헤이, 우리 소풍 간다

문지클래식 9 / 장편소설

헤이, 우리 소풍 간다

초판 1쇄 발행 1995년 8월 5일
재판 1쇄 발행 1998년 4월 6일
재판 4쇄 발행 2013년 11월 8일
 3판 1쇄 발행 2023년 5월 18일

지은이 백민석
펴낸이 이광호
주간 이근혜
편집 유하은 김필균 이주이 허단 방원경 윤소진
마케팅 이가은 최지애 허황 남미리 맹정현
제작 강병석
펴낸곳 ㈜문학과지성사
등록번호 제1993-000098호
주소 04034 서울 마포구 잔다리로7길 18(서교동 377-20)
전화 02)338-7224
팩스 02)323-4180(편집) / 02)338-7221(영업)
대표메일 moonji@moonji.com
저작권 문의 copyright@moonji.com
홈페이지 www.moonji.com

ⓒ 백민석, 1995, 1998, 2023. Printed in Seoul, Korea

ISBN 978-89-320-4154-4 04810
     978-89-320-3455-3(세트)

문 지
클래식

9

백민석

헤이, 우리 소풍 간다

장편소설

문학과지성사

차
례

산책하는 사람들

TWO STONES 카페의 밤새 켜져 있는 붉은 네온 간판과 미다스 유통 체인점의 거대한 황금 손가락이 교차되는 골목에서 어른거리던

딱따구리들의 그림자를 나는 잊을 수 없어, 그렇지, 거기서 어슬렁거리던

딱따구리들이 골목 안으로 한 노파를 끌어들였을 때, 그리고 잠시 후 고통에 찬 늙어빠진 후두를 타고 올라오는 숨 가쁜 비명을 들었을 때, 아,

그 노파는 이미 볼품없이 찢긴 상한 고깃덩이에 불과했다. 딱따구리들의 손아귀에서 마침내 골목 밖으로 던져진 노파의

센 머리카락은 마치 은빛 광섬유 다발처럼 보도블록들 위로 펼쳐졌고

흰 저고리는 보잘것없는 비늘 조각처럼 한쪽 어깨에서 벗

겨져 떨어져 내리고 있었다. 나는 처음 알았지, 그때

　　염색용 헤어스프레이를 뿌려놓은 듯 붉게 불늘어가던 그 모습에서, 그 광섬유 다발과 찢어진 비늘 조각에서, 그 비린내 나는 고깃덩이의 모습에서,

　　피는 얼마나 붉은가, 살갗은 얼마나 흰가, 또 흰 살갗과 붉은 피는 얼마나 조화롭게 어울릴 수 있는지, 그래,

　　바로 세상의 모든 혈관들 밖에서. 노파의 목전에 닥친 죽음 앞에서.

　　그리고 노파는 비 온 뒤 마구 덜컹거리는 포석들을 차근차근 그러잡으며 왈칵 핏덩이와 위액을 토해내고 있었다. 거기,

　　거기에서, 나의 퐁텐블로에서.

　　노파에게 힘이 남아 있다면, 새벽의 아스팔트 차도를 기어 건너와 내 발치까지 당도할 수 있으련만. 그러면 나는, 더 자세히 볼 수도 있었다. 노파의 은발을 자근자근 물들여가는 피. 기다렸다는 듯이 피를 빨아올리는 건조한 은빛 머리카락들. 가까운 곳에 파출소가 있었지만 나의 생각은 거기에까지 달려가지 못했다. 그저 이제 막

　　차도로 몸뚱이를 내려서는 노파를 더 잘 보기 위해 목을 뺐을 뿐. 그때, 보았던가, 허리께에서 마치 나를 부르듯이, 나의 퐁텐블로를 불러 세우듯이,

　　아주 천천히 흔들리며 솟아오르던 그것. 손목이 뜯어진 그 늙은 팔뚝이 솟아오르고 있었다. 떨면서,

　　파르르 경련하면서 경고등처럼, 붉은 경고등처럼 파르르, 경련하면서.

　　그리고 골목 안에서는 딱따구리, 그 빌어먹을 것들이 느

릿느릿 어깨를 흔들며 서성거리고 있었다. 딱따구리들은,

이미 푸르스름하게 내려 거리를 흘러 통과해가기 시작한 새벽빛을 언짢아하듯, 비틀거리는 몸을 더럽기 그지없는 빌딩 벽에 기대고 몇 분을 더 거기에 머물렀다. 나는 알고 있었지,

그것들은 아직은 추운 새벽 날씨 때문에 타액과 눈물과 콧물로 범벅된 얼굴로 끊임없이 훌쩍, 훌쩍거리고 있었고.

하지만 누군가 그 훌쩍거림들이 그 어떤 죄책감이나 저지른 일로 인한 두려움 때문이라고 말한다면 나는 반박할 것이다. 이봐,

저들이 누군지 알아? 어디에서, 무엇으로 태어났는지 알아? 저들의 *태생*을 알아?

아이들처럼 순수하고 무심한 딱따구리들의 발치에는 몇 점의 핏덩이가 흙탕물과 함께 끈끈이처럼 굳어가고 있었고, 하지만 딱따구리들은 여전히

그저 지루하고 의미 없고 심심하다는 표정으로, 추위에 떨며 타액과 눈물과 콧물로 뒤범벅된 얼굴을 부끄러워하지도 않고, 느린 걸음으로 골목 너머로 사라졌던 거야. 그래,

그 새끼들이 돌아왔어, 난 저 빌어먹을 것들을 알아, 저 빌어먹을 것들의 *태생*을 알아, 그리고

딱따구리들이 오래전에 잊힌 그 모습을 다시 드러낸 바로 그 골목 높은 곳에선 여전히

미다스 유통 체인점의 거대한 황금 손가락과 TWO STONES 카페의 두 쪽으로 갈라진 붉은 네온 간판 입술이 파르르 스파크를 일으키며, 경련하며 새벽 하늘을 뚫고 솟아올라 있었다.

*잠에서 깨자마자 우리는 갑자기, 격렬한 외로움을 느꼈
다……*

창밖 거리는 새벽 비에 젖어 온통 검푸르게 빛난다. K는
워드프로세서의 액정 모니터에 찍힌 글의 첫 문장을 읽는다.
침침하고, 할로겐 스탠드 불빛엔 잘 읽을 수 없다. K는 손을 뻗
어 형광등을 켤까 잠시 망설이다 창 쪽으로 다시 돌아선다. 뭘
까? 손으로 이마를 짚는다. 열로 부풀어 오르는 듯하다. 혹처
럼 부풀고……

폭발할 것처럼 아파온다. K는 잠시 기우뚱 비틀거렸다가
바로 선다. 뭘까, 무엇이 내 워드프로세서에 저 글을 찍어놓고
갔을까? K는 물끄러미 제 손가락들을 내려다본다. 열 손가락
끝마다 감당할 수 없을 만치 육중한 무엇들이 매달려 있는 듯
하다. 지겨워…… K는 중얼거린다, 지긋지긋해……

그리고 K는 잠시, 서서 웃는다. 뻣뻣하게 튼 두 뺨에 흘러
내리는 두 줄기 물기가 느껴진다. 혀로 입술을 적신다. 갈라진
틈새들이 짜릿짜릿하게 아파온다. 손가락은 아직 얌전히들 붙
어 있다. 하지만, 하고 K는 생각한다, 그것들이 발작하기 시작
할 때……

K는 워드프로세서를 돌아본다. 손가락들이 다시 발광하
기 시작할 때, 마구, 자판 위 80개 키 위에서 발광하기 시작할
때, 미친 듯 그것들이 춤추기 시작할 때……

K는 고개를 젓는다. 뭘까, 무엇이 내 워드프로세서에 저

것을 찍어놓고 갔을까? 다시 손가락들을 내려다본다. 열 손가락이 나직이 뭔가에 대해 속삭이듯 꿈틀한다. 다시 고개를 젓고 창밖을 향한다. 창밖 열 지은 수은등들이 가는 빗줄기들 속에서 뭔가에 질린 듯한 표정으로 가볍게 떨고 있다.

K는 창밖을 좀더 잘 내다보기 위해 책상의 스탠드를 끈다. 수은등들은 둥글고 투명한 광선의 막에 감싸여 있다. 새벽의 찬 빗줄기들은 그 막을 뚫고 수은등들에 몸을 부딪히며 사방으로 흩날리고 떨어져 내린다. K는 창문 방충망에 땀땀이 맺혀 있는 빗방울들에 손을 뻗는다. 빗방울들이 뭉개지고 손가락 끝이 서늘해진다.

K는 방을 둘러본다. 희미한, 견딜 수 없을 만치 희미한 창밖 광선에 의지해 방은 겨우 분별해볼 수 있을 만큼만 밝다. 책상, 책장, 워드프로세서…… K는 오디오 턴테이블의 플라스틱 덮개에서 눈을 멈춘다. 먼지 더께가 하얗게 앉아 있다. 엘피들이 몇 장인가 바닥에 널려 있다. 재킷들은 깜깜해져서, 그것이 어떤 음반들인지 거의 보이지 않는다, 아마도……

그것들은 1950~60년대에 제작되었고, 몹시 낡은 것들이고, 소리 골들이 닳고 닳은 탓에 잡음투성이고, 어느 음도 깨끗하게 재생시킬 수 없고, 따라서 어느 곡도 제대로 연주해낼 수 없다…… K는 보지 않아도 그 음반들에 대해서 충분히 짐작할 수 있다. 소리 골들이 닳고 닳은 탓에, 하고 K는 중얼거린다.

K는 다시 창 쪽으로 고개를 돌린다. 자전거를 탄 아파트 경비가 랜턴 불빛을 휘두르며 멀리 창 아래를 지나치고 있다. 경비의 우의가 젖어 파랗게 번들거린다. 뭘까. 비는 그쳤다.

K는 약간 비틀,하며 벽에 몸을 기댄다. 목을 틀어본다. 뚝,

하고 뒷덜미 어딘가에 있는 관절이 꺾이는 소리가 난다. 근육들은 딱딱하고 사타구니는 젖었다. 어깻죽지가…… 턱은 뻑뻑하고…… 발기하지 않은 지도 꽤 되었다. K는 다시 할로겐 스탠드를 켠다.

K는 잠시 뜸을 들였다가 붉게 채색된 나무 함을 책장 맨 위 칸에서 꺼내 내린다. 나무 함, K는 그것에 층층이 쌓인 먼지 더께가 날리지 않도록 조심하면서 뚜껑을 들어 올린다. 뚜껑을 잡은 손가락 끝으로 부드러운, 지나치게 부드러워 낯설고 역겹기까지 한 먼지의 층층이 두껍게 느껴진다. K는 문득 동작을 멈춘다. 물끄러미,

K는 반쯤 들어 올려진 채로 멈추어져 있는 나무 함의 뚜껑을 내려다본다. 스탠드 불빛이 연하디연한 옐로 톤으로 가볍게 그 위에 떠 머물고 있다. 먼지 더께 위에 불빛이 이루는 또 하나의 가벼운 층…… K는 그것을 흘려 보낼 셈이라도 하는 듯 조금 뚜껑을 기울인다. 먼지 더께의 한 층이, 그런 한 층이 정말 존재하는 것인지는 알 수 없지만, 미끄러져 책상 위 어렴풋한 스탠드 불빛 속으로 날아오른다.

K는 그렇게 느릿느릿, 그 오랜 주저함을 즐기는 듯 느릿느릿 뚜껑을 들어 책상 한편에 내려놓는다.

K는 이제 비스듬히 고개를 기울여 나무 함 속을 들여다보고 있다. 흠칫, K는 뭘까, 하고 손을 멈춘다. 뭔가, 그 오래 갇혀 있었던 나무 함 속 어둠과 광선의 틈바귀에서 뭔가 움직이고 있다. 몇 번의 이사와 몇 번의 흔한 소동 속에서도 뚜껑은 열린 적이 없었는데…… K는 갸웃하며 다시 고개를 숙인다. 풀려난 적이 없던 나무 함 속의 어둠에서,

이제 뭔가 움직이고 있다. K는 자기 손가락보다도 더 느릿느릿 움직여나가는 그것을 찬찬히 살핀다. 그것에는 가느다랗고 긴, 광섬유 가닥 같은 다리가 여럿 달려 있다. 다리 숫자는 램프 불빛에 가려 네 쌍 혹은 세 쌍으로 보인다.

하지만 홀수로, 불구처럼 보이기도 한다. K는 손가락을 뻗어 나무 함 속 어둠과 광선의 틈바귀를 기고 있는, 투명하고 긴 다리 네 쌍을 가진 유령거미를 틱 튕겨버린다. 어떻게,

이 속으로 들어왔던 걸까, 어떻게 그럴 수 있었던 걸까? K는 한 번도 풀려난 적 없던 나무 함 속의 어둠을 생각해본다. 그리고 다시, 유령거미가 떨어져 나간 그 어둠과 광선의 틈바귀에 또 무엇인가 놓여 있는 것을 본다. 그것은 붉은빛을 띠고 있다.

K는 가만히 그것에 손을 얹어본다. 전체적으로 삭아 있고 끔찍스러울 정도로 부드럽던 그것의 감촉도 깔끄럽고 거칠게 변해 있다. 원래의 빛깔이란 붉은 반점 몇몇으로만 남아 있다.

K는 그 두루마리에 무엇이 싸여 있을 것인지 기억을 더듬는다. 불쑥 노랗고 각이 여럿 진 불빛이 방 창문을 훑고 지나간다. 아파트 단지를 한 바퀴 돌고 온 경비의 랜턴 불빛이다. 방 안은 다시 나직하고 흔들림 없는 스탠드 불빛으로 채워진다. K는 고개를 들어 어두워진 창밖을 쳐다본다. 그러곤 다시 두 손 아래 나무 함 속에 얌전히 누워 있는 융 두루마리를 내려다본다.

K는 융 두루마리를 나무 함 속에 조용히 눕혀놓던 때를 떠올린다. 그것을 봉인해 나무 함 속에 가지런히 눕혀놓던 때를 떠올린다. 봉인…… 파라핀 봉인처럼 끈적끈적하고 시간이

지나면 단단하게 굳어지는 무언가로 그것을 봉했었다. K는 두루마리의 가운데 아직도 형태가 흐트러지지 않고 남아 있는 어떤 매듭을 본다.

봉인은 처음의 싱싱하던 붉은빛만이 검게 변해 있을 뿐 여전히 매듭 위에 달라붙어 남아 있다. 그러니까…… 매듭은 한 번도 풀리지 않았던 것이다…… K는 고개를 끄덕인다.

K는 매듭을 봉인하고 있는 검은 피딱지를 향해 손가락을 뻗는다. 그러고는 잠시 머뭇거리다 그것의 가장자리에 손톱을 끼워 넣는다. 훅, 비린내가 끼쳐 올 것 같다. K는 재빨리 손톱 끝으로 그것을 긁어내고 떼어낸다. 수호라도 하듯 매듭을 두껍게 감싸 쥐고 있는 피딱지를 벗겨내고 매듭의 한쪽 끝을 잡고는 잡아당기기 시작한다.

K는 융 두루마리를 펼쳐 삭은 천의 모서리들을 나무 함의 네 귀퉁이에 걸쳐놓는다. 먼지들이 뿌옇게 날아오르며 스탠드 불빛에 작은 구름의 실루엣처럼 어린다. K는 잠시 숨을 멈추었다가 손을 저어 그 먼지의 구름을 흩뜨린다. 그러고는 융 두루마리에 오래 봉인되어 있던 그것에 두 손을 올려놓는다. 손가락 끝으로 흠칫 그것의 냉랭함이 전해진다.

안녕? K는 잠시, 서서 웃는다, 안녕?

K는 기도라도 하듯 두 손으로 그것, 20센티미터 길이의 나이프를 감싸 쥐고는 조심조심 들어 올린다. 가지런히 모은 열 손가락 끝으로 나이프의 광선에 예민한 끝이 비죽이 튀어나와 있다.

그리고 K는 나이프를 융 두루마리에 내려놓고는 의자에 주저앉는다.

……호주머니 속에는 지금 지폐 몇 장만이 들어 있을 뿐이고,

우리가 뭘 하고 있었더라, 지난밤에, 그리고 오늘 새벽에. 이미 죽어버린 몇 개의 꽁초들, 허기로 미칠 듯한 창자들, 그리고 우리는 조금씩 더 사나워지지. 더 사나워져……

두 손은 뒤집힌 채로 무릎 위에 펼쳐져 있다. 손바닥 위로 할로겐 스탠드 불빛이 비쳐 든다. 불빛은 K의 손바닥 위에 흰 웅덩이를 만들며 조금씩 조금씩 고여나간다. 고인 채 출렁이며 조금씩 밖으로 번져나간다. 손은…… 움찔한다. K는 주먹을 쥐었다 펴본다. 손가락들 새새로 불빛이 새어 나간다. K는 얼굴을 찌푸린다. 주먹은 제대로 쥐어지지 않고 관절들은 뻑뻑하다. 그리고 마치…… K 자신의 것이 아닌 것처럼 무감각하고 구부정하게 공중에 펼쳐져 있다.

K는 책상 위 나무 함을 들여다본다. 나이프 날 한 면에 음각되어 있는 어떤 문양에 K는 손가락 끝을 대어본다. 싸늘하고 다시 한번 더 냉랭하다. 문양 표면을 손가락으로 조심스레 문질러본다. 요철, 요철, 섬세하게 깎여 있다…… 글자들 같다. 어떤 글자들…… K는 일어나 트레이닝복을 걸친다. 나이프를 다시 융 두루마리에 싸고 나무 함 뚜껑을 덮는다.

K는 할로겐 스탠드 스위치를 딸깍 내린다. 쉽사리, 쏜살같이, 먼지 더께 앉은 나무 함이 K의 눈앞에서 꺼진다.

K는 거실로 나선다. 벗은 발바닥으로 먼지들이 붙어 달려

온다. K는 문득 걸음을 멈추고 주방 쪽으로 고개를 돌린다. 아파트 실내는 어두컴컴하고, 기실 긴면 청으로 새어 들어오는 새벽 광선에 의지해 겨우 분별해낼 수 있을 만큼만 밝다. 습기 차고 시큼한 독한 내가 탁하디탁한 어둠을 뚫고 K의 코 속으로 훅 밀려든다. K는 냄새에 이끌리듯 거실을 가로질러 주방 쪽으로 걸음을 옮긴다.

K는 물끄러미 가스레인지 위 법랑 단지를 내려다보고 섰다가 뚜껑으로 손을 뻗는다. 주춤하면서 K는 뚜껑을 들어 올린다. 콧날이 시큰해진다. 뚜껑은 끈끈한 것이 묻었는지 열기에 부드럽지 않다. K는 레인지 후드의 조명을 켠다. 뭘까, 허리를 굽힌다. 법랑 단지 앞으로 K를 끌어낸 그것.

허리를 편다. 그러고는 이맛살을 찌푸리며 뚜껑이 열린 단지 가까이 얼굴을 들이댄다. 뭘까. 희부옇고 걸쭉해 보이는 반쯤 굳은 액체가 그것의 3분의 2쯤 차 있다. 수프일까, 희(姬)가 자랑하던 그 1950년대식 밀기울죽일까. 액체 가운데 짙은 갈색빛의 건더기들이 몇 점 떠올라 있다. K는 고개를 갸우뚱하며 그것에 손가락을 뻗다가 멈칫한다. 수프 가운데 떠올라 있는 것은 버섯일까. 어떤 종류의 살점일까.

저 액체는 생소하기만 해, 하고 K는 고개를 갸웃한다, 아는 게 없어. K는 액체를 기분 나쁜 표정으로 들여다본다. 액체처럼 자기 안의 어떤 것들이 뒤엉키고 걸쭉해진 채 알 수 없는 것들로 굳어져가는 느낌이다. K는 주춤거린다. 코를 바싹 갖다 댄다. 어쩐지

위험해 보여, K는 얼른 코를 떼고 허리를 편다, 위험해 보여. K는 한 발짝 가스레인지에서 물러난다. 아파트 전체가 집

전체가

위험해 보여, 그렇지 않니? K는 고개를 젓는다.

그렇지 않아? K는 주방 맞은편 희의 방 쪽으로 고개를 튼다. 그렇지 않아, 희?

내 요람의 방: 세게 흔들지 말 것.

K는 희의 방문에 붙은 그림을 본다. K의 컬러 펜슬을 빌려 가더니 희는 *그것*을 그렸다. 언제였더라, 희는 *그것*을 제 방문에 고정해놓더니 그 아래 그렇게 휘갈겼다.

*세게 흔들지 말 것,*이란 자기 잠을 방해하지 말라는 이야기이다. K는 방문 앞에 잠시 멈춰서 그림을 들여다본다. 핑크빛 침대며 빨간 소녀용 화장대, 보랏빛 인형 가방, 진녹색의 장식장, 잡다한 원색의 별 의미 없는 수집품들…… 서로 혼합되지 않은 윤곽의 소품들이 큼직큼직하게 면을 나누어 잿빛의 방 안을 가득 채우고 있다. 희의 *요람의 방,* K는 그 좀처럼 알 수 없는 방을 들여다본다.

귀고리가 침대보다 크고 창밖으론 장식장이 떠다니고 화장대 거울에는 방 전체가 거꾸로 들어앉아 있다. 반쯤 열린 인형 가방은 뒤집힌 채로 방 천장에 가 붙었고 장식등은 바닥 한 귀퉁이에 마치 눌려 죽은 은빛 벌레처럼 달라붙어 있다……K로선 어째서 방이 이처럼 아무렇게나 사물들이 뒤죽박죽인 채로 그려졌는지 알 수 없다. 그림 속의 방을 보자면 속이 울렁인다.

K는 *그림 속 요람,*을 들여다본다. 그것만이 거의 유일하

게 상식적으로 낯익은 모양을 지키고 있다. 바닥이 둥글며 하얀 감보가 깔렸고 베개가 놓였다. 그늘조차 느리워져 있지 않은 요람은 비어 있다.

K는 그림 너머 실제 희의 방을 떠올린다. 요람은 아니지만 안락한 소형 침대가 있고 그 위에서 희는 지금 잠들어 있을 것이다. 털 스웨터를 껴입고 악몽에 시달리는 아이처럼 무릎을 가슴까지 끌어 올린 채.

그 까만 피부의 여자아이는 한여름에서부터 한겨울이 되도록 무릎까지 길게 내려오는 털 스웨터만을 입고 산다…… K는 털 스웨터에 온몸을 파묻고는 거친 숨을 몰아쉬고 있을 희를 떠올리며 현관 자물쇠를 푼다.

발 하나를 옮겨 디딜 때마다 관절들이 바스러지듯 저려온다. K는 비 온 뒤의 습기가 차기 시작한 트레이닝복을 손바닥으로 문지르며 더디게 걸음을 옮긴다.

담배와 라이터를 꺼내기 위해 가끔 걸음을 멈춘다. K는 콜라 캔 따위를 발로 밟아 우그러뜨리기 위해, 습기 찬 머리카락을 쓸어 넘기거나 아니면 고양이에게 불붙은 꽁초를 던져버리기 위해 이따금 걷기를 멈춘다. 쓰레기 분류함들 사이로 고양이들이 기어 들어가고 있다.

고양이들이 꼬리로 제 그림자들을 끌고 간다. 그것들은 가볍고 날렵하다. 주민 회의 공문이 있었다. 얼마 전부터 그 수가 부쩍 는 집 없는 고양이들에 대한 내용이었다.

고양이들이 들끓고 있다, 단지를 온통 헤집고 다닌다.

고양이들은 밤새 쓰레기 분류함들을 다 헤집어놓고 쥐들

의 피 묻은 꼬리와 가죽 들을 단지 곳곳에 버려놓는다. 음식 찌꺼기가 담긴 비닐봉지들을 이리저리 질질 끌고 다니며 기분 나쁜 얼룩들을 길게 뿌려놓는다. 주민들은 아침마다 악취 나는 고약한 얼룩들로 모욕받은 제 집 앞을 본다. K는 꼬리가 뭉툭 잘린 고양이가 울며 아파트 화단 속으로 숨어드는 것을 본다.

K는 걷는다. 하늘을 올려다본다. 아파트 단지 스카이라인 위로 새벽 광선이 가볍게 떠 일렁이고 있다. 여명과 아파트 단지가 이루는 지루한 잿빛 스카이라인.

그렇게 멀지 않은 곳에서 밑동이 노랗게 물든 구름이 느릿느릿 아파트 단지 위로 흘러오고 있다. 태양광선은 구름 뭉치를 저미며 얇디얇은 은회색빛 칼날처럼 내려온다…… 광선은 잿빛 스카이라인을 가르고 성긴 새벽의 공기층을 자르며 K의 발길이 닿는 곳, 지표에까지 와 튕겨 오른다. K는 새벽 산책 길이 광선의 칼날에 의해 조금씩 조금씩 밝혀지리라는 것을 안다. K가 한 발 한 발 내딛듯 그렇게 광선은 한 땀 한 땀 지표를 두드려 깨운다.

K는 고개를 들어 찢기고 흩어져가고 있는 구름 뭉치를 본다…… 이런 날의 날씨는 대개 건조하고 종일 달아오른다.

공중에서 내려지는 광선의 칼날, K는 퉁퉁하게 살 오른 고양이들의 가냘프고 깨지기 쉬운 울음을 듣는다. 그 울음은 거의 매일 새벽 K의 귓전을 울려온다.

K는 아파트 단지 후문 경비 초소 앞에 다다른다. 후문 초소를 지나 K의 산책은 이어질 것이다. 후문 초소와 지금 그 초소 앞에 쭈그리고 앉아 있는 경비는 K의 산책 길에선 빼놓을

수 없는 것들이다.

경비는 굽은 등을 K 쪽으로 향한 채 흐트 잎, 그의 자선서 앞에 쭈그리고 앉아 있다. 경비에겐 윗입술을 일그러뜨리며 미소 짓는 버릇이 있다. 미소 끝엔 늙고 삭은 검은 이가 온통 드러난다. K는 그 미소가 달갑지 않다. 그것은 그의 자전거만 큼이나 구역질 난다.

경비는 K를 등진 채 순찰용 자전거의 페달을 만지작거리고 있다. 주름투성이 손이 페달에 얹혀 있다. 자전거는 그의 손만큼이나 늙고 삭았다. 뒷바퀴가 일그러진 원을 그리며 공중에서 헛돈다. 헛도는 뒷바퀴도 돌아앉은 경비의 등도 K의 산책 길에선 낯익은 것들이다.

저치도 그걸 알까. K는 경비의 등 뒤 몇 발짝 떨어진 곳에서 머뭇거린다. 경비는 좋지 않은 평판에 휩싸여 있다…… 머지않아 쓸데없는 지출을 줄이기 위해 단지 주민 회의에 의해 해고될 것이다, 그 미소 때문에. 혹은 이런 소문도 있다, 경비에겐 뭔가 사람들을 질리게 하는 면이 있다는 것이다…… 경비는 미쳤다, 경비는 오로지 자전거에 대해서만 사람들과 이야기하며, 자전거와 조금도 떨어져 있지 않으려 하고, 심지어 자전거와 말을 하기도 한다. 주민 회의는 그리고 K 역시 그 경비를 지나치게 낡아 무엇도 뒤쫓을 수 없는 그의 자전거 정도로 여기고 있음에 틀림없다, 경비는 자전거의 일부, 거의 자체처럼 보인다.

경비는 크게 어깨를 들썩이며 더 빨리 페달을 돌린다. 점점 빨리 뒷바퀴는 더 크게 일그러진 원을 공중에 그린다. 훌쩍거리는 소리도 들린다. 끝없이 삐걱거리는 체인의 소음, 덧붙

여지는 훌쩍거림. K는 훌쩍거림을 주민 회의 결정이 있기 훨씬 전부터 매 산책 길마다 들어왔다…… 경비의 등이 조금씩 떨리고 있다. 굽은 등 안쪽에서 훌쩍거림은 갈수록 정도를 더해가며 새어 나온다. 손등에 힘줄이 툭툭 불거지고 있다. 훌쩍거림이 평소보다 더 오래 계속된다.

훌쩍거림은 끊이지 않는다. 더 크게 울먹이며 더 거칠게 페달을 비튼다. K는 마침내…… 커다랗게 징징거리는 울음소리를 듣는다. *이젠 어떤 부품을 넣어줘도 자꾸 뱉어내……* 경비가 갑자기 몸을 일으키며 불쑥 뒷바퀴를 걷어찬다. *알겠어? 근본까지 망가져버린 건지……* 자전거가 경비실 담벼락에 부딪혀 튕겨 나온다. *이젠 근본까지 다 뱉어내, 자꾸자꾸……* 경비는 몇 번 더 쓰러진 자전거에 발길질을 한다. *알겠어?* 하고

경비는 K에게 말한다. K는 그것을 듣는다. 여기 이 초소 앞 거리로 이제 첫새벽 지하철이, 첫 시외버스가 지나쳐 갈 거야,

언제나 그렇지, 얼마 안 있으면 사람들은 이 대규모 아파트 단지 곳곳에서 이 거리로 각자의 길들을 끌고 모여든다, 출근하고 등교하고 또 뭔가 다른 할 일로. 하지만 보라지…… K는 고개를 들고 본다.

하지만 저치들은 뭘까? 저치들은 아직은 아무 시간도 아닌 이 시간에 이 거리로 기어 나와 끊임없이 걸어 다니며 고개를 주억거리고 낮은 목소리로 욕지거리들을 내뱉기도 한다…… 어둡고 쉽게 눈에 띄진 않지만 저치들은 분명 실제로 있는 거야, 이를테면…… *산책하는 사람들*이지, 저치들이 지금 이 거리로 끌고 나온 길들은 출근길도 등굣길도 그 어떤 길

도 아냐,

너처럼, 너의 그 긴커럼 신켁허는 밑이시, 날 셌어? K는 눈
을 감았다 뜬다. ……대개 트레이닝복에 조깅화 차림이지, 혹
은 낡고 구겨진 양복바지를 걸쳤거나. 보이지? 빼무는 담뱃불
이 멀리서 반짝한다. 저치들은 출근하는 사람들이 아냐, 갑작
스러운 복통으로 뛰쳐나온 사람들도 아냐…… 어쩌면 새벽녘
에 냉장고를 뒤지다 툴툴 불평을 늘어놓으며 편의점으로 달
려가는 그런 사람들인지도 모르지, 하지만 그것도 아냐, 보라
지…… K는 눈을 감았다 크게 뜬다.

보라지, 저치들…… 뭔가에 깜박 정신이 홀린 듯 눈에는
초점이 없고 걸음걸이는 휘청휘청 풀려 있지, 이를테면……
저치들의 새벽은 텅 비어 있는 거야, 초점도 해야 할 일도 잠
도 없는 거야, 그러곤 저렇게 매 새벽 불면에 시달리는 거
지…… 보여? K는 고개를 든다.

저 지루한 잿빛 스카이라인 아래의 얼굴들…… 지표로 내
리꽂히는 태양광선의 칼날 아래 떠도는 저 사내들…… 퍼렇게
녹아내린 눈두덩들…… 보여? 광선의 칼날이 공중에서 저치
들에게로 천천히 내려지고 있구나.

K는 고개를 젓는다. 빌어먹을, K는 이마를 감싸 쥔다……
그러고는 울음을 뚝 그치고는 마치 아무 일 없었다는 듯이 어
깨를 한번 들썩이는 경비를 본다. 경비는 뒤돌아선다. 짐칸에
서 커다란 랜턴을 하나 꺼내 든다…… 언제나 그랬듯이 K를
지나쳐 단지 안쪽을 향해 걸어 들어간다, 한 발 한 발 느린 걸
음으로…… 보라지,

이 거리는 분기점, 소실점과 같은 곳이야, 저 산책하는 사

람들이 끌고 다니는 새벽 산책의 길들이 모였다가 흩어지는 곳이야…… 이를테면 이 거리로부터 끝없이 갈라져 나가기도 하고 끝없이 모여들어 사라지기도 하는 거지,

그리고 이 대규모 아파트 단지엔 이 거리와 같은 곳이 한두 군데 있는 게 아니지…… 경비의 미소가 K의 내리깐 눈꺼풀에 잠깐 와 달라붙었다 떨어진다…… 한두 군데가 아냐, 보라지, 어디서건 광선의 칼날은 저 홀린 얼굴들 위로 떨어지고 있어. *자, 보라고, 자전거들이 오고 있어,*

그것들, 자전거들이 오고 있어, 날 태우러, 날 태우고, 태워 데려가려고.

K는 이제 아파트 단지를 벗어나고 있다…… K의 아파트 단지는 이곳에 조성된 예닐곱 되는 단지 가운데 하나다. K는 아파트 단지 뒤편을 가로지르는 간선도로의 한 지선에서 멈춰선다.

……관광버스 한 대가 새벽 광선에 흐릿하게 빛나고 있다. 그것은 거기 한 달째 버려져 있었다. 몇 번이고 되붙인, 닷새 후까지 신고와 자진 폐기를 하지 않으면 고발을 당할 거라는 구청의 경고장이 눈에 띈다. K는 경고장을 매 새벽 산책 길마다 보아왔다. 비와 바람에 오래 시달린 탓에 알아보기 힘들 정도로 바랬다.

K는 관광버스 앞에 서 허리를 틀어보고 있다. 몸이 풀리지 않았다. 통증과 현기증이 K의 걸음을 막아서고 있다. 버스 주위, 사방에는 유리 파편들이 새벽 광선을 흐릿하게 되쏘며 무수히 흩어져 있다. 아침마다 그것들을 쓸어내 치워버린다

해도 효과는 기대할 수 없다. 버스의 창들은, 크고 멀쩡한 유리는 아직 많이 남아 있다. 언제나 그랬듯이 K는 무심하다.

조깅화에 유리 파편들이 절그럭절그럭 밟힌다. K는 한때 자동문이 달려 있었을 네모나고 각진 텅 빈 공간을 기웃거린다. 운전석은 부속들이 뜯겨져 나가 휑하고 철제 바닥에는 어떻게 그 안까지 쓸려 들어갔는지 모를 흙모래들이 어둡게 깔려 있다.

K는 버스의 발판에 문득 한 발을 올려놓는다. 녹슬고 얼룩지기 시작한 버려진 철제 몸통에서 무엇이 보일는지는 짐작할 수 있다. K는 발뒤꿈치부터 서서히 뗀다. 무릎에 느껴지던 통증이 발목과 발바닥으로 옮아 내린 듯하다. K는 왜 갑자기 버스 안을 들여다볼 생각이 들었는지 궁금하다는 듯 고개를 갸웃한다. 그랬던 적이 없다. K는 두 발 다 발판에 올리고 숨을 한번 몰아쉰 다음 다시 한 발을 맨 위 발판에 놓는다. 운전석 아래 습기와 빗물에 커다랗게 부푼 여성 월간지가 놓여 있다.

곁에는 회색 곰 인형과 납작하게 눌린 플라스틱 유아차가 뒹굴고 있다. K는 왜 이런 것들이 지금 여기 있어야 하는지 알 수 없다는 듯이 고개를 갸웃한다. 버려진 관광버스에는 어울리지 않는 뜻밖의 것들로 보인다. 곰 인형의 두 귀는 뜯어진 채 없고 유아차는 핸들 자리에 뒤집힌 채로 우스꽝스럽게 얹혀 있다. 유아차 햇빛 가리개의 핑크빛 천이 비 얼룩이 진 채로 축 늘어져 있다. K는 버스 통로로 몸을 돌린다.

이젠 아무도 앉지 않을 좌석들이 열 지어 놓여 있다. 비닐 가죽이 찢기고 스프링이 사납게 튀어나온 좌석들. K는 언젠가 그것들에 걸터앉았을 엉덩이들을 떠올린다. 좌석들은 엉덩이

땀에 축축이 젖기도 하고 체온에 따뜻이 데워지기도 했을 것
이다. 매연으로 가득한 분진에 찌든 새벽 공기가 K의 폐에 느
껴진다. K는 어슴푸레 드는 광선을 통해 희고 빛나는 분진들
을 본다. 그리고 K는

통로 복판에 길게 가로놓인 흰 물체를 본다. 어스름이 흰
물체를 감싸고 있다. 두 개의 자그마한 빛나는 점이 나란히
물체의 머리에 박혀 있다. 가까이 다가간다. 두 휘점은 그것
을 처음 본 순간 K를 깜짝 놀라게 했을 만큼 강렬하고 격렬하
다…… 뭘까. K는 고개를 갸웃하며 그것을 들여다본다. 희끄
무레한 물체의 윤곽이 눈에 들어온다. 두 휘점을 둘러싼 흰 물
체는 융처럼 부드러운 털가죽으로 이뤄져 있다…… 뭘까, K는
잠시 숨을 몰아쉰다. 융 같은 흰 털이 고루 덮인 가죽, 그리고
가죽에서 비죽 흘러나온 검붉고 검푸른 창자. K는 자기 발치
로 점점 다가오고 있는 두 휘점의 물체를 본다.

고양이야, K는 문득 걸음을 멈춘다. 온몸이 납작하게 눌
리고 두개골이 으깨어진 고양이야. K는 한 발짝 뒤로 물러선
다. 두 휘점이, 두 번뜩이는 안광(眼光)이 K의 발치에서 빛나
고 있다. 죽은 고양이야, K는 왜 그것이 버스 안에 놓여 있어
야 하는지 알 수 없다는 듯이 뭘까, 한다. 그리고 왜 두 눈이 아
직도 광선을 내뿜고 있는지…… 죽은 고양이의 안광은 두 개
의 사납고 격렬한 빛의 못처럼, 완강한 표지처럼 거기 박혀 있
다…… K는 당황해 뒤로 물러선다. 두 개의 희번덕거리는 표
지가 K의 눈에는 보이지 않는 어떤 무엇을 끈덕지게 핥고 물
어뜯고 있는 것만 같다. 그처럼 내장이 터지고 두개골이 곤죽
처럼 바스러진 죽은 고양이는 K의 아파트 단지에선 산 고양이

들만큼이나 흔하다. 그리고 어디선가

그리고 어디선가 K는 듣는다. 어디선가

웅얼거림들이 들려온다. 웅얼거림들은 K가 뒷걸음치고 있는 내내 조금씩 커져 또렷이 분별할 수 있는 어떤 웅성거림으로 바뀌고 있다. 이건 뭐지, K는 듣는다, 이건 뭐지?

우리가 대체 무슨 버스를 탄 거지? 웅성거림은 점점 또렷해져 이제 외침으로 바뀌고 있다. 이게 무슨!

이게 무슨 빌어먹을 경우야! K는 뒷걸음치며 버스의 빈 좌석들을 쭉 훑어본다. 이게 무슨! 바람이 창으로 들어와 좌석 사이 통로를 맴돌아 치고는 또 다른 창으로 빠져나간다. 좌석들에는 그저 새벽 어스름만이 내려앉아 있을 뿐이다. K는 뛰다시피 발판을 내려와 몇 발짝 버스에서 물러선다.

K는 숨을 몰아쉰다. 그리고 어떤 외침들을 다시 듣는다, 우리, 뭣에 타고 있는 거지? 도대체 무슨 버스를 탄 거야!

대체 무슨 차표를 샀길래 이래! K는 겁에 질린 눈으로 휑하니 빈 버스의 창들을 본다. 왜 멈춰 선 거야!

버스 창가에 전엔 없던 무언가가 어른거린다…… K는 못 박힌 듯 눈을 떼지 못한다. 뭘까. 그림자, 흰 연기 같은 것, 안개 같은 어떤 것. K는 고무 창틀과 유리 파편, 손잡이 들만이 눈에 띄던 그 자리에…… 문득 어른거리는 어떤 것들을 본다. 뭐야!

어디가 고장 난 거야! 외침들이 이제 K의 귓전을 후벼 파듯 울려온다. 뭐야! K는 고개를 젓는다. 그러는 동안 흰 그림자들은 이제 조금씩 더 뚜렷해져 형체를 갖추고…… K가 더욱 어리둥절해가는 동안 움직임과 소리를 갖기 시작한다. 무엇인가 노래를 부르고 있다. 이제 그것들은…… 믿을 수 없을 만큼 K의 눈과 귀에 선명하게 다가온다. 뭘까.

무엇인가 무료하게 손을 놀리며 담배를 태우고 있다. 졸 거나 부채질을 하고 있다. 각자 권태스럽거나 즐겁거나 흥분 한 표정들을 하고 있다. 무엇인가 차창 밖을 내다보며 짜증으로 이맛살을 찌푸린다. 뭐야,

무엇인가 맥주 캔을 따며 창밖을 향해 소리 지른다, 헤이,

우리 소풍 간다! 이제 한꺼번에 그것들이 떠들어대기 시작한다. 무엇인가 카스테레오 볼륨을 높이고 창밖을 향해 감자를 먹이고 있다. 씨팔,

우린 단지 지루함 때문에 옛 노래를 들을 뿐이다! 무엇인가 소리 지른다, 욕설을 퍼붓는다. K 앞 새벽 산책 길이 미친 듯 눌러대는 그것들의 경적으로 끓어오른다. 헤이,

더 이상 못 참겠어, 우리, 미칠 것만 같아, 무엇인가 버클을 끌러 창밖으로 휘두른다. 휘둘러, 휘둘러, 무엇인가 셔츠를 벗어 던지고 이미 깨어져 없는 창유리를 다시 한번 깨뜨린다. 미칠 것만 같아,

누가 우리 좀 구해줘, 우린 아직 안 죽었어!

우린 아직 할 일이 많아! K는 겁에 질린 얼굴로 몇 발짝 더 뒤로 물러선다. 외침들은 점점 더 커지고 커져서 K의 귓전을 날카롭게 찌른다. 그 외침들 틈에서 K는 문득 으깨진 고양이의 두 눈, 그리고 그 안광이 핥던 자신이 상상할 수 없는 그 무엇을 떠올린다.

안광이 핥던 상상할 수 없는 그 무엇, K는 놀란 눈을 하고 입을 쩍 벌린다. K는 어쩐지 자기가 지금 고양이의 눈빛이 끈

덕지게 핥던 무언가를 향하고 있는 것만 같이 느껴진다. 밀까? 저 광경은 건에도 보았던가? 어쩌면 늘 보아왔던 것이었나?

K는 깨어지고 없는 창유리들에 그것들이, 흰 그림자 얼굴들이 비치는 것을 본다. 유리창에 성에가 끼듯 입김이 눌어붙듯 그것들이 얼굴을 들이밀고

있는 대로 입을 벌린다, 이봐,

K에게 소리친다, 이봐,

우릴 꺼내줘, 답답해 죽겠는걸! 우린 모두 바쁜 사람들이란 말이야,

7시까진 출근해 있어야 해, 통근 버슬 놓치겠어! K는 그것들의 입이, 아가리가 창에 눌어붙어 그것들의 머리통만큼이나 크게 쭉 늘어나는 것을 본다. 혀와 이가 덜덜 떨리고 이봐, 소리치고 있다, 우릴

이 빌어먹을 고장 난 버스 칸에서 구해줘! 구해줘! 빌어먹을!

K는 뒤돌아 뛰기 시작한다. 난 알아, 난

그 무언가를 향해 치닫게 될 거야. 고양이의 눈빛이 핥던 그 뭔가를 향해.

그 무엇이 과연 무엇이든 간에, K는 왔던 길로 되돌아 뛰면서 거칠게 숨을 몰아쉰다.

K는 지쳐 있다. 알 수 없는 웅얼거림들이 들려오기 시작했을 때 머뭇거리지 않았어야 했다고 후회하며 빨리 왔던 길을 되돌아 걷는다. 차게 굳은 손가락들이 떨리고 감각이 없어지기 시작한다.

K는 후문 경비 초소가 멀리 보이기 시작하자 걸음을 늦춘다. 경비의 자전거가 버려진 것처럼 뒹굴고 있다. 그리고 지금쯤 경비의 손에 단단히 쥐어져 있어야 할 랜턴이 초소의 측백나무 화단에 떨어져 있는 것을 본다. 랜턴이 측백나무 화단에 연약한 둥근 광선의 원을 하나 그려놓고 있다. 육중한 새벽 공기가 광선의 원을 짓눌러 일그러뜨리며 바닥을 흘러 기어가고 있다.

K는 멀찌감치 떨어져서 초소를 본다. 훌쩍거림, 울먹임이 초소에서 새어 나오고 있다. K는 뻑뻑해진 눈꺼풀을 깜박거린다. 뭘까. K는 초소를 둘러싼 어스름을 뚫고 흘러나오는, 자전거 체인같이 늙고 삭은 훌쩍거림, 울먹임을 듣는다. 새벽의 습기 찬 공기층을 다시 한번 적시며 귓전까지 흘러드는.

K는 망설이며 자기 아파트를 향해 걸음을 뗀다. 걸음을 멈춘다. 비린내가 훅, K의 발길을 멈추게 한다. 어떤 비린내가 훅 새벽 공기층을 뚫고 초소로부터 K의 코에까지 와 닿는다. 비린, 비린,

K는 돌아선다. 손으로 코와 입을 틀어막는다. 콧날을 끊어내는 듯한 비린내……

K는 허리를 움켜잡고 거칠게 숨을 내쉰다. 관절들이 꺾이는 듯하다. 뼈마디들이 불거지고 다리에서부터 재빨리 꺾이는 듯하다. 초소 창에 언뜻,

반짝거리는 무엇이 창에 비친다. 죽은 고양이의 두 안광 같은 버스 창유리마다 달라붙어 있던 흰 얼굴들 같은

그것들의 혓바닥과 이 같은 반짝거리는 무엇이 초소의 창에 어른거리고 있다. 창유리에 달라붙어 검붉은 것으로 재빨

리 변하고 있다. K는 창유리에 흘러내리는 검붉은 핏덩이들을 본다.

K는 차고 습기 찬 시멘트 포도에 풀썩 무릎을 꿇고 앉는다. 두 손으로 목을 싸쥔다. 훌쩍거림 울먹임이 K와 경비 초소 사이에서 울려 퍼진다. *자전거들이 와, 그것들이 와,*

그것들이 날 태우러⋯⋯ K는 그것이 마치 자기 목울대에서 터져 나오는 소리인 양 절망적인 표정을 짓는다. 풀썩풀썩, 몸 부딪는 것 같은 소리가 들려온다. 발로 차고 발버둥 치고 자기가 감당할 수 없는 무언가에 저항하며 몸을 비트는 것 같은 소리가 들려온다. K는 점점 더 구역질 나는 검붉은 핏빛으로 몰드는 초소의 창유리를 본다.

목울대가 당장이라도 폭발할 것처럼 부풀어 오른다.

장화 신은 토끼

보여? 경기도와 경계를 이루는 이 산업도로는 이 시간쯤이면 네 개 혹은 여섯 개 바퀴가 구르는 거대한 트레일러들의 경주장이 되지. 물론 그들이 앞뒤를 다투고 사이드미러로 손가락을 내렸다 올렸다 하면서 진짜 경주를 하는 것은 아니야. 하지만

운전자 하나가 허기를 때우려 트레일러를 정차하고 도로변 24시간 편의점에 들어갔을 때 과연

무슨 일이 있었지? 그리고 휘발유를 가득 채운 그 커다란 탱크 트레일러가 편의점 전면을 가리며 주차했을 때, 그래서 유조 탱크 주위로 조명등이 후광처럼 둥글고 환하게 터지고

가까이 가보지 않으면 누구도 그 아침 6시 15분의 편의점 매장에서 무슨 일이 벌어지고 있는지 알지 못하게 되었을 때 정말

무슨 일이 있었지? 나는 하지만 멀리 떨어져 있어도 알

수 있었던 거야. 물품 수령을 마치고 막 곯아떨어지던 점원들, 주린 배아 군은 히리를 움거쥐고 큰장 상상세 신녈대로 향하던 탱크 트레일러 운전기사, 그리고

딱따구리들. 그래, 딱따구리들이 있었던 거야, 빌어먹을 딱따구리 놈들. 나는 아침 6시 30분의 24시간 편의점에서

그 빌어먹을 것들이 무얼 했는지 알아, 한 놈은 금적색 도는 날개를 파닥거리며 맥주 캔 진열대로 뛰어가 막무가내로 캔을 터뜨리며 거품을 천장까지 쏘아댔지. 또

다른 한 놈은 소시지를 한 움큼 쥐고는 포장째 마구 뜯어 먹고, 한 놈은 개 먹이 통조림 앞에서 신기해하며 고개를 갸웃거렸던 거야, 다른 놈들은 왁스 칠을 새로 한 바닥에 마구 토악질해대며

미친 듯 울부짖었다. 그때 정말

무슨 일이 있었지? 점원 중 한 친구가 외쳤던가, 무례한, 미친 듯 무례한 딱따구리 손님들을 다그치고 쫓아내려 했던가?

방금 걸레질한 빌어먹을 바닥과 자신의 생명을 맞바꾸려 했던가, 어리석게도 딱따구리들 앞에서? 그래,

그 친구는 결국엔 저지르고 말았던 거야. 딱따구리들은

입가로 질질 침을 흘리며 점원 친구를 대걸레 자루로 찍어 거꾸러뜨렸다. 그리고 그래,

그때,

나는 알았던가, 이러한 24시간 편의점들 덕분에 그런대로 인생이 살 만한 것이 되었다고 믿었던 나는

세련되고 품격 있는 편의점 조명 아래 낭자한 핏덩이들이

얼마나 더 매력적일 수 있는지 알았던가? 어떤 상품의 아무리 놀라운 색채 미학이더라도 신선한 핏덩이의 매혹을 뛰어넘을 수 없다는 것을.

가격표엔 새로운 매혹에 대한 보상도 포함되어야 한다고, 바로 새로운 잔혹을 불러일으키는 연쇄효과에 대한 보상도 포함되어야 한다고

나는 주장하게 되었던가? 우리의 기질,

이를테면 뭔가에 미친 듯 매혹되지만 그 정체는 전혀 생각하지 않는 우리의 기질에 대해 알게 되었던가.

뭔가에 미친 듯 매혹돼 그것을 사 긁어모으지만, 치명적인 실체에 대해서는 생각하지 않는 우리 기질에 대해서 말이야, 딱따구리들만큼이나 치명적인 실체에 대해서 말이야. 그리고 그때

또 무슨 일들이 계속되었지?

그때 탱크 트레일러 기사는 놀라 눈을 희번덕거리며 자기도 모르게 강장제 병을 떨어뜨렸지, 그러곤 딱따구리들에게 다가갔던 거야. 놈들을 타이르려 했겠지.

바보 같은 짓을 한 거야. 그때

맥주 캔마다 발로 짓이겨 터뜨려놓으며 이 새로운 장난에 몰두하던 딱따구리 하나가 그 시대착오적인

탱크 트레일러 기사의 엉덩이에 우산대를 꽂아버렸다. 그러자 헐렁한 바지춤으로 견딜 수 없이 불쾌한 똥물, 핏덩이 그리고 최후의 똥 덩이가 질질 흘러내렸고

잠시 후 기사의 항문과 입에서 쏟아지던 속의 것들은 바닥에 긴 얼룩들을 남기며 기사와 함께 매장 뒤편으로 사라졌

다. 그리고 그 친구,

그 친구는 또 어떻게 됐더라?

어린애처럼 징징거리며 밖으로 도망치려던 나머지 한 점원, 아직 졸음이 안 풀려 다리가 휘청거리던 친구, 재수 학원 7시 타임 수업을 들으려 가방을 주섬주섬 꾸리던 친구. 그 친구는 또

어디로 가버렸더라? 오후가 되어 탱크 트레일러를 회수해 간 회사 친구들은 행방을 알았지. 회사 급유장에서 탱크를 마침내 개봉하였을 때

갈기갈기 찢기고 해부학 교실의 진열물처럼 가슴이 뻐개져 탱크 속에 가라앉아 있는 그 친구를 발견해야 했던 거야. 얼마나 놀랐을까, 얼마나 불행한 놀람이었을까. 하지만 그건 나중 일이고

아무튼 이 새로운 놀이를 끝마친 딱따구리, 빌어먹을 것들은 일제히 자기에게 가장 맛깔스러워 보이는 상품의 진열대 앞에서

마구 쪼아대기 시작했다. 이젠 방해할 아무것도 남아 있지 않고, 남은 거라곤 오직 폭발해버린 자기네들의 굶주림뿐이었으니까. 그리고 그때

나는 들었던가? 팝콘 옥수수알이며 사탕이며 스낵 들이 바닥으로 축복처럼 쏟아져 내리는 아주 맛 좋은 게걸들린 소리를 들었던가, 그리고 쉼 없이 쩝쩝대며 홀쩍대는 소리도.

그것들의 덕지덕지 때가 앉고 얼룩진 뺨을 타고 내리던 눈물 소리도 나는 들었던가? 딱따구리, 강철 턱으로 씹어대는 소시지나 스낵 나부랭이들과 함께 입 안으로 빨려 들어가던

피눈물 나는 소리, 나는 소리를 들었던가? 피눈물 나는 굶주림의 소리. 맥주나 소시지 정도로는 어림도 없는, 턱도 없는 굶주림, 허기의 소리. 한 사람이나 두 사람 정도의 목숨 가지고는 채울 수 없는.

우리는 하지만 그 허기를 일찌감치 알고 있지 않았나? 탐욕스러운 딱따구리적 굶주림, 속일 수 없는 딱따구리적 삶의 기질.

피와 살덩이에 대한 부인할 수 없는 우리의. 그리고 딱따구리들은 그토록 먹어치우고도 여전히 허기에 시달리며 훌쩍이며 울먹이며 밖으로 걸어 나갔다. 그때가 6시 40분이었고

그것들은 여전히 제 굶주린 창자들을 퉁퉁 채울 궁리를 하고 있었다. 나의 퐁텐블로에서

딱따구리들의 새 순례지에서. 채워도 채워도 채워지지 않는 그 배를, 게걸스럽고 피투성이인 배를

퉁퉁 불릴 셈들을 하고 있었다. 나의 퐁텐블로에서.

*

벅스버니와 그의친구들…… 은종이로 싼 나무토막 서너 개…… 벅스버니와 그의친구들 앞에 놓인 악기들…… 악기들, 고무줄로 이어 붙인 캐스터네츠, 조약돌로 속을 채운 플라스틱 필통, 청동제 요령 두어 개, 쇠못들을 술처럼 매단 막대, 그리고 유리구슬들이 든 유리 우유병 하나…… 됐어,

말한다. 벅스버니와 그의친구들은 각자 가장 맘에 드는 악기 한 가지씩을 집어 든다. 됐어, 다 끝난 거야.

벅스버니는 죽었어, 울먹인다. 하지만……

우린 아직 연주할 수 있어, 설사 죽었다 해도. 그의친구들
은 고개를 끄덕이며 옳아, 한다. 그의친구들은 이제…… 연주
하기 시작한다.

빈 페트병이 바닥을 두드리기 시작한다, 둥 둥 둥 시작은
그렇게 느리고 둔중하게…… 마지못해 한다는 듯이 머뭇거리
며 쇠못 술이 달린 막대가 바닥을 때린다. 쇠못들이 바닥을 긁
는다…… 마찰음이 공명음을 찢으며 날카롭게 흩날린다. 조약
돌을 넣은 필통이 좌우로 몸을 흔든다. 빠르게 빠르게. 그리고
이제 청동 요령이 그의친구들의 어리고 훼손되고 결핍된 귓바
퀴 속의 고막을 가볍게 울리며 공중에서 흔들리기 시작한다.
한 땀 한 땀, 그의친구들의 훼손되고 결핍된 박자의 빈 곳을
메워나가듯 간간이…… 두 쪽으로 벌어진 캐스터네츠가 맞부
딪기 시작한다. 옳아, 할 수 있어, 우리…… 이제 그의친구들은
유리구슬을 담은 우유병이 소리 내기를 기다린다, 찰랑찰랑.
우리끼리도 할 수 있어,

마침내 우유병이 소리 내기 시작한다. 우유병…… 오색
물감이 녹아든 투명하고 둥근 유리구슬들…… 빨갛고 파랗고
노란, 빨강 속의 파랑, 파랑 속의 노랑, 다시 노랑 속의 파랑,
파랑 속의 빨강, 다시 빨강 속의 노랑, 노랑 속의 빨강, 우유병
속 물결치는 빨강 파랑 노랑…… 맑고 세찬 유리구슬의 물결,
투명하고 환한 유리구슬의 물살…… 그의친구들 사이를 뚫고
세차게 흘러다니는…… 연주는 이제

두번째 변주에 이른다, 나무토막들은 단순한 연속음을 만
들며 쉴 새 없이 서로를 두드린다. 페트병이 쇠못 술의 경박함

들에 둔중함을 싣고, 청동 요령이 조약돌이 든 필통의 탁한 소리들을 맑고 유쾌하게 걸러준다…… 끊임없이 반복 변주되는…… 캐스터네츠의 딱딱함을 우유병 속의 유리구슬이 경쾌하게 굴려주고…… 세번째 변주가 이어진다. *그의 친구들*은

그렇게 힘겹게 소리를 자기 내부에서 불러내고 있다. 문득…… 어딘가 삐걱거린다. 있어야 할 것이 없고…… 있어야 할 어떤 소리가 들리지 않는다…… *그의 친구들*은 흐트러지기 시작한다. 울음을 터뜨린다. 벅스버니는

이젠 여기 없어, 손을 멈춘다. 나무토막들이 바닥으로 떨어진다. 쇠못 술이 바닥으로 던져진다…… 연주는,

연주는 깨어졌어. 필통이 바닥을 구른다. *그의 친구들*은 이 처음 배우는 교과목 앞에 어쩔 줄 몰라 하고 당황하기 시작한다. *그의 친구들*은 울고 소리치고 침묵하고 성을 낸다. 저 멀리,

저 멀리로부터 쿵쿵 울려온다…… 곡괭이들이 굴 파는 소리, 굴이 파이고, 흙더미가 무너져 내리는…… *그의 친구들*이 놀라 일제히 손에 쥔 악기들을 떨어뜨린다. 안 돼, 그러지 마. 곡괭이들이 굴 파 들어가는 소리가 한 발 한 발 *그의 친구*들 쪽으로 가까이 오고 있다. 안 돼, 놀라지 마…… 멀리, 가까이, 굴을 파 들어가는 일곱 개의 곡괭이 그림자가 보이기 시작한다. 무너져 내리는 굴 사방에 어리는 일곱 그림자, *그의 친구*들은 겁에 질려 비틀거리며 자리에서 일어난다. 안 돼, 도망치지 마…… 쉴 새 없이 내리꽂히는 일곱 곡괭이…… 일곱, 미친듯이 굴을 파 들어가는 흙더미를 쏟아내는 일곱 곡괭이. *그의 친구*들은 비명을 지르기 시작한다. 비명을 지르며 굴을 파 들어가는 일곱 곡괭이, 모자를 눌러쓴 일곱 곡괭이, 저 멀리……

일곱 개의 빨간 모자, 빨간 모자를 쓴 일곱 개의 곡괭이……
안 돼, 연주를 께뜨리지 마.

그의 친구들은 뛰기 시작한다, 겁에 질려 공포에 사로잡혀
미친 듯이 뛰기 시작한다. 굴은…… 끝이 없어 보인다. 입구가
어느 쪽이었지? 어느 쪽이었냐고! 그의 친구들이 공포에 발작
하듯 비명을 질러대기 시작한다. 굴속을 이리저리 뛰며 마구
이마를 부딪치며…… 상처 입고 훼손당한 어떤 울부짖음들,

진짜 소음들, 단순한 비명들, 훼손과 결핍뿐인 어떤 난장
판들…… 떨어져 깨어지는 우유병…… 깨어지는 우유병 속에
서 튀어 사방으로 흩어지는 빨갛고 파랗고 노란 유리구슬들,
사방으로 흩어져 굴속 저 깊은 어딘가로 굴러떨어지는 빨강
파랑 노랑의 유리구슬들, 사방으로 깨어져 흩어지는 구슬들,
그의 친구들, 그의 친구들…… 안 돼, 안 돼……

K는 튕기듯 자리에서 일어난다. 그러고는 쭈그리고 앉아
잠시 웃는다. 골이 흔들렸는지 띵하다. 목덜미로 스멀스멀 벌
레들이 기어다니는 듯하다. 고개를 들어 책상머리를 본다. 7시
고 K는 눈이 부시다. 7시의 태양광선이 눈꺼풀을 짓누르며 창
으로부터 쏟아져 들어온다.

K는 잠시 그렇게 쭈그리고 앉았다가 천천히 자리에서 일
어난다. 그러고는 책상 한편으로 밀어놓은 워드프로세서를 껐
다 켠다. 모니터가 밝아지면서 문장들이 나타난다. K는 나지
막이 소리 내 읽는다.

……이젠 뭘 할까? 마리화나를 너무 피우다 달리는 차에

서 핸들 위로 고개를 처박은 아이들, 술 취해 욕조에 빠져 죽은 아이들, 라이플 총구를 자기 입천장에 대고 단번에 제 머리를 날려버린 친구들, 알아?

잠에서 깨어보니 그 아이들처럼 우리도 격렬한 외로움에 몸을 떨고 있었다……

K는 잠시 모니터를 넋 놓고 보고 있다가 거울을 본다. 뺨 한쪽이 자면서 흘린 침으로 얼룩져 있다. 두 손을 얼굴 가까이 들어 올려본다. 창백하고 부드러운 손등에 담뱃진에 찌들고 마르고 주름투성이인 열 손가락이 솟아올라 있다. K는 손가락을 하나하나 꼽아본다.

지겨워…… K는 짜증 난 눈으로 제 열 손가락을 흘겨본다. 그러곤 훌쩍 흘러나온 콧물을 들이켜고는 창밖을 향한다. 창밖 아파트 단지 주차장은 출근 준비하는 차들로 소란하다.

시동을 걸고 아무 때나 울려대는 보안장치에 불평을 해대고 단지를 떠나며 뱉어놓는 엔진 소리들, K는 이러한 출근 타임의 소란을 즐거운 듯이 바라본다. 카디건 차림의 사내가 K의 아파트 창 아래서 프레스토 승용차의 보닛을 두들기고 있다.

두 손으로 쿡쿡 보닛을 찔러댄다. 동 경비에게 뭐라 소리친다. 표정으로 보아선 동 경비에게 차를 당장 치우지 않으면 박살을 내버리겠다고 하는 것 같다. 종종 눈에 띄는 그런 소동이다.

K는 앞 동에서 길길이 삿대질을 해대며 뛰어나오는 다른 사내를 본다. 잠옷 차림이다. 잠옷의 사내는 프레스토까지 달음박질해 오더니 꽥꽥 소리 지르며 카디건을 밀쳐낸다. 프레

스토의 주인인 듯한 잠옷의 사내는 경비와 카디건에게 욕설을 퍼붓는다.

K는 잠시 서서 웃는다. 아침은 이처럼…… 활기찬 게 좋다. 온몸을 뒤흔들며 소동을 피우고 있는 사내의 잠옷 틈새로 커다랗고 새하얀 살찐 아랫배가 출렁출렁한다. 태양광선이 새하얀 아랫배에 닿았다가 눈부시게 튕겨 오른다. K는 아랫배에 캔의 알루미늄 탭처럼 붙은 배꼽을 본다. 까맣다. 까만 배꼽의 사내는 제 차 보닛을 쿡쿡 찌르며 뭔가 또 불평을 늘어놓고 있다. 카디건은 기가 좀 질렸는지 잠자코 한편으로 물러나 있다. K는 돌아선다.

……창턱을 넘보는 저 새벽의 싯누런 해바라기 떼처럼 사정없이 어질병을 느끼면서. 저
　무기력한 폴리에틸렌 해바라기들. 태양만 보면 미쳐 환장하는! 수백 수천의 텅 빈 눈깔을 까뒤집는……

책상 위 워드프로세서 모니터 위에 펼쳐져 있는 저…… K는 잠시 굳은 얼굴로 그것을 바라본다. 무엇이 저걸 내 모니터 위에 찍어놓고 가버렸을까…… K는 잠시 침묵을 지키며 제 손등에서 얌전한 열 손가락을 물끄러미 내려다본다.

K는 방 한구석에 널려 있는 여러 엘피반 중 하나를 턴테이블에 올려놓고 스타트 버튼을 누른다. 뉴올리언스풍 흑인 행진곡 「버번 스트리트 퍼레이드」. K는 엘피반의 앞 장이 해진 재킷을 본다. 드위 리 두 비 밥 올라 쿠, K의 귓전에 단순하고 유쾌한, 한 가지 리듬에 두어 가지 멜로디만으로 이루어진

행진곡이 울려 퍼진다. 한 가지 리듬에 두어 가지 멜로디 그리고 1955년 1월에 녹음되었다는 아주 오래전의 기록…… 그 외엔 아무것도 없다. January 1955…… 다른 음반들도 마찬가지로 낡았고 늘었고 결코 복원해낼 수 없을 정도로 소리 골이 닳아 있다.

K는 단조로운 리듬에 맞춰 약간씩 어깨를 들썩이며 무료하게 창밖을 향한다. 단순하고 발랄한 아침 광선이 K의 얼굴을 환히 비춘다.

K는 팬티를 주워 입는다. 발기되어 있다. 몸이 얼마간 상쾌해진 듯도 하다. 희가 두드리기 전에 먼저 방문을 열어놓는다.

창밖 주차장, 카디건의 사내가 고함을 치며 와이퍼를 뽑아내고 있다. 뜯긴 와이퍼의 한끝이 광선을 튕겨내며 차고 희게 번뜩인다. 뜻밖의 일이 벌어지고 있다. 와이퍼 한끝이 공중에서 휘둘려지고 있다. 카디건의 손에서 와이퍼의 한끝이 잠옷의 사내를 향해 차고 희게 번뜩인다. 출렁이는 사내의 아랫배가 크게 출렁인다.

구경꾼들이 한 발짝씩 일제히 뒤로 물러선다. 뭔가 툭 터지는 듯한, 캔에 달린 알루미늄 탭이 툭 뜯기는 듯한, 뭔가 육중한 것이 고꾸라지는 듯한 소리를 문득 들은 듯하다. K는 방충망을 마저 열고 창밖으로 고개를 내민다. 구경꾼들에 둘러싸인 탓에 이젠 카디건도 잠옷의 사내도 보이지 않는다.

경비가 외부 전화가 설치된 중앙 경비실로 내닫고 있다. K는 방충망을 닫는다. 워드프로세서 모니터를 들여다본다.

……저 수천수만 해바라기 떼의 끓어오름을 견디다 못해,

그 싯누런 죽임의 태양들을 견디다 못해, 고개를 처박은 놈이
과연……

그러고는 잠시 서서 웃는다.

K는 거실 쿠션에 앉아 권태로운 얼굴로 엉덩이를 비비고
있다. 날은 환하고 따뜻하다. K는 베란다 통창으로 쏟아져 들
어오는 신선한 아침 태양광선을 쬐고 있다.
아아,
하고 희의 목소리가 들려온다, 전화 왔었는데. 희가 커다란 스
웨터 자락을 펄럭이며 거실로 달려 나오고 있다. ……극단에
서 뭐 필요한 게 있으면 미리 얘기해달라고.
없어.
손가락 끝까지 내려온 스웨터 소매로 침이 묻은 입가를
비비며 희가 말한다. 제발, 전화라도 해봐, 극단 아저씨들이 얼
마나 그렇겠어…… 막은 올라가는데 작가라는 작자는 코빼기
도 안 비치니!
몰라, K는 웃으며 고개를 돌린다.
희가 뾰로통해져서 소리친다, 너한텐 전혀 잘해줄 필요가
없다고 극단 아저씨들한테 일러줄 거야! 나쁜! 그러면서 희는
머리카락을 쓸어 올린다. 단발머리에 가려 있던 기름지고 까
무잡잡한 이마가 반짝한다.
K는 맘대로 해, 하며 희를 끌어당겨 입을 맞춘다. 혓바닥
은 치즈처럼 얇고 달콤하다. 그래,
그래, 희는 흥얼거린다, 맘대로 할 거야.

희는 일어서서 아주 잠깐 스웨터를 가슴까지 바싹 끌어 올렸다가 내린다. 희의 스웨터 속에는 희의 육체가 아닌 것은 아무것도 없다. 희는 낄낄댄다. 그 짧은 동안 거실 통창을 통해 쏟아져 들어온 광선이 희를, 스웨터를 하체를 체모를 환하게 한다.

까맣고 기름기 도는 희의 체모는 원뿔 모양으로 다듬어져 꼿꼿하게 세워져 있다. 주위 털들을 면도기로 밀어낸 다음 젤과 스프레이를 뿌려 곡선이 섬세한 작고 기름진 뿔을 만든다. 무엇 때문에 그런 스타일을 즐겨 하는지는 알 수 없지만 K는 그런 희의 체모가 좋다.

희는 낄낄거리며 스웨터를 들어 올린 채 K의 앞에서 빙그르르 맴을 돈다. 까맣지 않은 곳이 없다. 아니, K는 손을 젓는다, 안 돼.

기다려? 희는 약간 새침해져서 묻는다, 유혹이 부족해? K는 웃으며 스웨터 밑으로 손을 넣어 희의 탱탱한 사타구니를 만지작거린다. 고개를 뒤로 젖힌 채 희는 어린애처럼 깔깔한다. 이제 윤기도 나고 전에 비해 제법 살이 붙은 희의 목덜미를 K는 올려다본다. 몸이,

건강이 점점 좋아지고 있다…… K는 목을 튼다. 뚝 소리가 난다. 그러곤 통창을 향하며 쥐었던 손을 놓는다. 좋아,

대가를 치러야 할걸, 희가 깔깔대며 제 방으로 돌아간다. K는 아침 광선 속에서 짜증스러운 얼굴을 짓는다…… K는 아파트 현관에 부려놓은 이삿짐 박스들을 젖지 않게 하려고

그것들 위에 비닐을 덮고 있었다. K와 비닐 덮개 위로 오래 비가 쏟아졌다. 단지 저편 스카이라인에서부터 저녁은 노

란빛으로 지루하게 물들고 있었다.

지쳐 K는 넋을 놓고 빗속에 서 있었다. 비는 비닐 넢개를
핥으며 두드리며 미친 듯이 퍼붓고 있었다. 노란 하늘은 K 쪽
으로 조금씩 조금씩 더 가까이 다가오고 있었다. K는 비닐 덮
개들과 나란히, 더 어찌해볼 무엇을 찾지 못한 채 빗속에 팽개
쳐져 있었다.

스카이라인도 차차 그리고 확연하게 뭉개지고 있었다. K는
아무도 오지 않는 빗속 멀리를 쳐다보고 있었다. 수은등들이
켜지고 있었다. K는 어디에서부터 오늘 하루가 망가지기 시작
했는지 궁금해하고 있었다. 할 수 있는 일이란 그뿐이었다. 문
득 젖빛 비닐 우의를 걸친 희가,

K의 비닐 덮개 앞에 와 있었다. 천천히 무엇도 보지 않는
것이나 다름없는 눈으로 비닐에 덮인 이삿짐 박스들과 K를 바
라보고 있었다. 숨을 내쉴 때마다 이마를 타고 내리던 빗줄기
가 K의 입 안으로 새어 들었다.

젖빛 비닐 우의 안으로 희는 맨드라미꽃 빛깔의 털 스웨
터를 걸치고 있었다. 젖빛 속에서 털 스웨터는 부드럽게 요동
치고 있었다. K는 거의 무엇도 보지 않는 것이나 다름없는 희
의 두 눈에 느릿느릿 눈인사를 했다. 희의 머리카락이 마치 까
만 빗줄기들처럼 비닐 우의의 아랫배 부분까지 흘러내려 있었
다. 비닐 우의 속 희의 아랫배는 터질 듯 부풀어 있었다. 빗물
이 머리카락으로부터 새까맣게 쏟아져 내리고 있었다.

K는 이삿짐 박스들과 함께 오늘이 어디서부터 온통 뭉개
지기 시작했는지 궁금해하고 있었다. 꺽꺽,

희가 말했다, 머릴 좀 잘라야겠어.

미장원이 어딨는지 아니? 희는 파랗게 질린 두 손을 포개 어 부푼 아랫배 위에 가지런히 올려놓았다. 잘 곳도 필요해.

재워주지 않을래? 꺽꺽.

K는 아득히 뭉개지는 잿빛 스카이라인을 보고 있었다. 눈 꺼풀이 제풀에 깜박였다. 꺽꺽,

않을래?

그러고는 칭얼대는 어린애를 달래듯 희는 제 아랫배를 톡 톡 토닥였다, 미장원…… 젖빛 비닐 우의 속 맨드라미꽃 빛깔 털 스웨터가 숨이 막히는 듯 요동치고 있었다. 아파트의 흐린 그림자들이 물 위로 커다란 기름 막처럼 퍼져 나가며 조금씩 조금씩 더 엷어져 사라져가고 있었다. 저녁의 노란 하늘이 조 금씩 조금씩 뭉개져 어두운 빛으로 돌아서고 있었다.

K는 욕조에 목까지 잠기도록 길게 드러눕는다. 거울은 그 다지 흐려지지 않는다. 욕실에까지 더운 계절이 들이닥쳤다…… K의 몸은 뜨거운 물속에서 젖은 휴지 덩이처럼 흐느적댄다. 곧 끓겠지, K는 고개를 젖힌 채 두 팔을 욕조 턱에 걸쳐놓는 다, 계절이 끓어올라라, 끓어올라라.

K는 굳은 근육들을 마사지한다. 차차 살갗 밑을 휘젓고 다니는 듯한 따뜻한 피가 느껴진다. K는 제 체모가 물속에서 일렁이는 것을 본다. 한 올 한 올, 체모가 검은 아지랑이처럼 물속에서 피어오른다. 몸이 한결 가벼워지는 느낌이다.

나른해진다…… 기댔던 등이 점점 물속으로 미끄러진다. K는 물속으로 잠긴다. 피부에서 떨어져 나온 피부 조각들이 물에 불어 희뿌옇게 떠다닌다.

그것들은 K의 반쯤 감긴 눈을 향해 느릿느릿 다가온다. K의 나른한 눈에 그것들은 차츰 두꺼워지고 부푸는 듯 보인다. 그것들,

앳되고 순진하며 핏기 없는 부유하는 것들이 K의 눈을 향해 흘러온다. 나른하고 졸리다⋯⋯ 깜박깜박 그것들이 눈꺼풀에 달라붙는다.

K는 물속에 잠겨 킥킥거린다. 눈을 향해 흘러오는, 흘러와 눈꺼풀에 달라붙는 그것들. 부유하는 것들. K는 자신에게서 떨어져 나온 죽은 피부 조각들을 향해 손을 뻗는다. 손이 퉁퉁 물에 불어 죽은 자의 그것처럼 커다랗게 확대된다.

벅스버니, K는 물속에서 소리 내 중얼거린다, 벅스버니. 부글부글 공기 방울들이 K의 입 밖으로 끓어오른다. 끓어오른 공기 방울들이 물 밖으로 나가 텅텅 소리를 지르며 터진다. 벅스버니, K는 길게 쭉 팔을 뻗는다.

빌어먹을 만화 주인공들의 대장. 더 큰 공기 방울들을 만들어내며 K는 킥킥거린다. 벅스버니⋯⋯ 빌어먹을, K는 팔을 쭉 뻗어 마침내 손에 잡힌 뭔가를 힘껏 끌어당긴다. 얘,

얘, 얘!

K는 문득 머리카락을 붙잡고 자기를 물 밖으로 끌어 올리는 누군가의 손을 느낀다. 손은 양 볼을 쥐어뜯으며 억지로 K의 턱을 벌리려 한다. 또 욕조에서 잠들었지!

또! 희는 화난 투로 소리를 지른다, 미치겠어.

K는 컥컥대며 목구멍까지 넘어 들어온 물을 뱉어낸다. 침침한 K의 눈에 희의 까무잡잡한 이마가 단발머리가 흐릿하게 비쳐 든다.

K는 기침을 해대며 억지웃음을 약간 지어 보인다. 희는 새침해져서 K의 등을 두들겨준다. 욕조 안에선

잠들면 안 되는 거야, 절대, 알겠니? K는 고개를 끄덕이며 희를 욕조 안으로 잡아끈다.

희는 욕조 안으로 뛰어든다. 희의 커다란 스웨터가 욕조 가득 통치마처럼 부풀어 오른다. 해줘, K가 킥킥 웃으며 말한다.

해줘? 희는 잠시 무언가 곰곰 생각하듯 고개를 숙이고 있더니 두 손을 K의 성기로 가져간다. 좋아? K가 고개를 끄덕인다.

희는 잠시 뜸을 들이더니 K의 성기를 귀두 끝에서부터 불알까지 열 손가락으로 천천히 오르내리며 마사지한다. K는 더 크게 킥킥한다. 끼들끼들, 희는 K의 성기에 입을 맞춘다.

성기를 끌어당겨 가슴에 가져다 댄다. 오락기 레버처럼 쥐고 흔든다. K는 좀더 몸이 가벼워지는 느낌이다.

K는 희의 엉덩이를 쥐고 끌어 올린다. 희는 두 다리를 K의 겨드랑이 사이에 끼우고 욕조 턱에 팔을 걸친다. 됐어? K는 희가 편한 자세를 잡을 때까지 기다린다. 희는 K의 것을 제 성기 속에 밀어 넣는다.

재미난 이야기해줄까? 희는 엉덩이를 틀어보며 재미난, 하고 말을 꺼낸다. 응?

앨리스를 알아?

앨리스란 거짓말쟁이를 알아?

K는 젖어 무거워진 희의 맨드라미꽃 빛깔 털 스웨터를 벗겨낸다, 응?

앨리스의 엄마를 알아? 좀 흥분했는지 희의 목소리가 커

져 있다. 아주 커다란 장화를 신은 앨리스의 토끼를 알아?

K는 쉴 새 없이 오물거리는 희의 입술 두 쪽을 본다.

빨간 곱슬머리에 주근깨투성이의 소녀를 알아? 앞니가 두 개 빠졌고. 앨리스의 엄마랑 함께 사는 앨리스를 알아?

그게 무슨 소리니? K가 고개를 든다. 앨리스의 엄마는 뚱뚱하지, 그리고 토끼는 아주 커다란 장화를 신었어.

희는 잠시 말을 끊고 킁킁대며 K의 가슴에 코를 갖다 댄다. 킁킁, 난 그이들과 일주일을 살았지.

자, 첫째 날, 희는 말을 잇는다,

앨리스의 엄마는 에이프런을 두르고 있어. 하지만 뚱뚱하기 때문에 언제나 너무 작지. 팔뚝은 앨리스의 허리만큼 굵고, 허리는 앨리스의 침대만큼 굵지. 엄마의 머리는 천장까지 닿고 발바닥은 두꺼워서 마룻바닥 판자의 쇠못들도 그것을 뚫지 못하지. 앨리스,

앨리스는 잠을 잘 자지 못하지, 아래층에서 엄마가 걸어 다닐 때마다 엄마의 머리가 천장에 부딪혀 앨리스의 방을 흔들어놓기 때문이야. 앨리스, 너무 세게 흔들지 말라고 말도 못하고. 희는 자기 입이 앨리스의 방이라도 된다는 것처럼 아, 벌리고는 턱을 이리저리 뒤튼다.

자, 둘째 날.

앨리스는 집 앞 골목을 청소하고 있어. 골목에는 담장과 가로등과 커다란 쓰레기통이 하나, 둘, 셋 있지. 희는 손가락으로 어딘가에 있다는 쓰레기통 수를 꼽는다. 앨리스가 이만한 빗자루로 골목을 쓰는 거야, 엄마한테 벌을 받았거든.

엄마가 그런 벌을 주는가 보구나, K는 희의 젖꼭지를 번 갈아가며 꾸욱꾹 누른다. 응, 정말 귀찮은 벌이야. 핏줄들이 보일 듯 말 듯 드러나 있다. 골목은 정말 더러워. 나무들도 있는데, 장미며 목련 그런 거, 그런데 어느 것 하나도 잎을 달고 있는 게 없는 거야, 다 푸석푸석하게 말라 있고.

쓰레기통들은 더러운 쓰레기로 폭발할 것처럼 부풀어 있지, 언제나. 젖꼭지가 K가 당겼다 놓을 때마다 탄력 있게 튕겨 오른다. 골목에서 활기찬 것이라곤 바람밖엔 없어.

자, 셋째 날.

또 골목을 쓸고 있는데, 어디선가 쿵쾅쿵쾅 발 구르는 소리가 나는 거야. 그래서 고개를 들고 봤더니 골목 저 끝에서 토끼가 뛰어오고 있지 않겠어? 아주 커다란 장화를 신은 토끼 말이야. 희의 가늘게 뜬 눈의 눈썹이 파르르 떨린다. 그러고는 빗자루를 들고 있는 앨리스 주위를 빙빙 돌며 뛰어다니는 거야,

커다란 눈을 커다랗게 뜨고 말이야. 아주 커다란 장화를 신은 토끼가 말이야. 할 말이 있는 것처럼.

또 다음 날.

앨리스는 에이프런을 두른 엄마한테, 희가 아, 하더니 말을 끊는다. 아래를 쳐다보며 얼굴을 찡그린다. 아주 커다란 장화를 신은 토끼 이야기를 했어. 골목 저 끝에서 나타나더니 주위를 빙빙 맴맴 맴돌고는 문득 사라졌다고 말이야. 하지만 엄마는 그랬지, 거짓말. 혀를 끌끌 찼어, 거짓말을 하다니. K는 엉덩이를 들썩이는 희의 어깻죽지를 가볍게 받쳐준다.

그날 저녁 앨리스가 창밖을 내다보고 있는데 아주 커다란 토끼가 또 골목 저쪽에서 쿵쾅쿵쾅 뛰어오고 있는 거야. 앨리

스는 토끼를 불렀지, 얘,

엄마한테 혼났어, 네 얘기를 했거든.

토끼는 하지만 아무 말 없이 앨리스의 창 밑을 맴돌 뿐이었지, 희의 목소리 톤의 굴곡이 차차 심해진다.

다섯째 날.

희는 엉덩이를 빙빙 돌린다. 입술에서 조금씩 침이 방울져 흘러내린다. 앨리스는 아주 커다란 장화를 신은 토끼 이야기를 엄마한테 또 했어, 엄마, 엄마, 또 왔었어요, 또. 그러자 엄마는 마구 화를 냈지. 앨리스, 거짓말, 거짓말을 하다니! 앨리스,

나가서 골목을 쓸어라, 골목을 쓸어!

골목을 쓸어! 하고 희는 노래라도 부르는 듯 몇 번이고 흥얼거린다. 웅웅 목소리가 떨려 나온다.

그래서 골목을 쓸고 있는데 토끼가 또 나타난 거야. K는 둘의 엉킨 체모를 풀어내기라도 하듯 두 사타구니 사이로 손을 밀어 넣는다. 아주 커다란 장화를 신은 토끼는 또 아무 말 없이 앨리스 주위를 쿵쾅쿵쾅 뛰어다니기만 했어. 뭔가 할 말이 있는 듯 끊임없이 입을 오물오물하면서 말이야.

오물오물 오물오물 희가 낄낄한다.

자, 또, 다음 날 저녁.

앨리스는 엄마한테 또 그랬어, 엄마, 엄마, 그 토끼가 왔었어요. 참 멋지고 아주 커다란 장화를 신고 있었어요.

거짓말이 아니에요. 희의 이야기가 잠시 끊긴다. K의 브리지처럼 휜 허리 위에서 희의 단단한 아랫배가 꿈틀꿈틀거린다. 희는 꺽꺽대면서 거칠게 흔들어댄다. 꾸르릉 하는 소리가

희의 성기 속에서 터져 나온다.

엄마는 정말 화가 났어, 희는 K를 밀어내고는 잠깐 숨을 돌린다. 앨리스! 나가서 골목을 쓸어라, 골목을 쓸어! 내가 부를 때까지 골목을 쓸어! 내가 다시 불러들일 때까지! K는 희의 클리토리스를 마사지해준다. 오늘은

맨 마지막 날이야.

앨리스는 다음 날 아침이 되도록 골목을 쓸었어. 꼬박 밤을 새우며 골목을 쓸었던 게지. 쓸 것들이 아주 많았던 게지. 희는 K의 콧등을 혀로 핥아준다.

엄마가 앨리스를 잊고 그만 잠들었나 보지, 치워도 치워도 쓰레기들이 쌓이는 골목이…… 아주 커다란 쓰레기통들과 아예 말라 죽은 나무들, 그리고 바람, 바람뿐인 골목이 앨리스와 같이 밤을 새워주었던 게지.

앨리스는 그래서 울었을까…… 그리고 토끼가 또 왔지.

마침내 토끼는 말을 건넸어. 그토록 앨리스를 쫓아다닌 이유를 말이야.

앨리스, 앨리스, 파티에 가지 않을래?

파티?

그래, 파티.

K는 정액이 희의 성기 안으로 넓게 퍼져 나가는 것을 느낀다. 희가 물끄러미 밑을 내려다본다, 벌써? K는 고개를 끄덕인다. 굴속 같은, 굴속 같은…… K는 희의 이야기가 끝날 때까지 성기를 빼내지 않고 그대로 두기로 한다. 아주 커다란 장화를 신은 토끼는, 희가 다시 말을 잇는다,

토끼는 차를 끌고 왔어. 정말 잘생긴 차야.

아주 길고 크고 시커멓고, 시커먼. 얼마나 검었냐 하면 얼굴을 비추면 앨리스의 기다란 머리칸 한 올 한 올끼지 다 비칠 정도였지! 하면서 희는 단발머리를 쓸어 보인다, 색이 너무 검으면 거울처럼 맑아 보인다는 거 알아?

차창으로 사람들 얼굴이 언뜻 비쳐, 앨리스가 알고 있던 사람들이지. 문방구 쭈글탱이 할머니, 칭얼대는 아이, 턱살이 늘어진 파란 대문 집 아저씨, 다들 거기 타고 있는 거야. 아주 커다란 장화를 신은 토끼는 그 차 운전석에 올라타고는 손짓을 했지, 앨리스,

앨리스, 이리 와, 이리 와서 놀자. 차창에 비친 얼굴들이 얼마나 많던지, 얼마나 많이 타고 있던지! 그 희끄무레하고 희끄무레한.

엄마는 어떻게 됐어? K가 묻는다.

엄마? 엄마? 글쎄.

어떻게 됐을까? 글쎄, 희가 저도 모르겠다는 듯이 고개를 갸우뚱한다.

앨리스 대신 골목을 청소하고 있을까? 아무튼 앨리스가 없으니까, 누군가 그 일을 대신 해야겠지. 아니면 그렇게 골목을 쓸다가 늙어 죽었을까. 아니면 골목을 쓸고 쓸다가 싫증이 나서 앨리스를 불러들이지도 않고 떠나버렸을까, 아무튼……

새 에이프런이 있어야 할 텐데. 그 허리에 맞는 게 있을까?

앨리스는 그럼 가버린 거야? K가 희를 물 밖으로 들어 올리며 말한다. 응, 그래,

그 많고 많은 시커먼 차 속 얼굴 중 하나가 되어서 말이

야, 그리고 바람만 골목을 텅텅 메우고 있는 거지, 끝이야.

　　재미없어?

　　거실 통창으로 광선이 환히 밀려든다. 희는 아직도 제 방에서 골목을 쓸어!라는 노래를 흥얼거리고 있다. K는 부신 눈을 가늘게 찌푸리며 손차양을 한다. 오전 9시의 태양이 창의 한쪽 귀퉁이로 막 돌진해 들어오고 있다. 거실 가득 환한 것들이 퍼부어진다.

　　나야…… K는 전화 자동 응답기에서 가만히 속삭이는 듯이 들려오는 목소리에 귀 기울인다. 나야…… 이 시간에 깨어 있는 게 나만은 아니라고 늘 생각해왔었는데 그것도 아닌 모양이로구나, 벌써 자니? 다름이 아니고, 아 이런 따위 허두는 정말 싫은데…… 다름이 아니라니.

　　내가 언제부터 친구한테까지…… 샐리한테 학교로 전화가 왔어. 샐리가 너한테 얘기해주래. 걔는 내가 학교 선생이란 게 못마땅한가 봐, 정말.

　　안 선생님 건이야, 언제? 시간이 되겠어? 공연 끝나는 시간하고 엇비슷하던데…… 모르겠어, 만약 시간이 틀어지면 극단으로 샐리가 연락하겠다고 했으니까. 얼마나 기다린 거니, 안 선생님……

　　K는 안 선생님, 하고 중얼거려본다, 안 선생님…… 나야, 나! 갑자기 웅웅 하고 폰 스피커가 떨린다. 하핫 소리 질러 미안해, 나 술 먹었거든. 내가 누굴까? 누구! 나 뽀빠이야.

　　뽀빠이라고! 이런 늦은 시간에 전화해서 죄송합니다. 어이구, 씨팔…… 이게 얼마 만이야? 술 먹고 전화하는 게 아닌

데…… 올리브랑 술 먹다가 브루투스랑 한판 붙었는데 코가
깨졌어, 하핫 농담…… 내가 왜 여기 누워 있을까? 차 안인데
카폰 옆에 네 전화번호가 붙어 있잖아……

이젠 다 잊어버렸어, 그렇게 날 부르지 마…… 난 이
제…… 거기에 없어, 하핫! 내가 울었니, 그럴 리가. 맘이 내키
면 갈 테고…… 못 가더라도 샐리가 맘 다치지 않게 잘 말해
줘, 사랑스러운.

내가 왜 여기 자빠져 있는 걸까? 베개 대신 구두 두 짝을
베고 있어, 아마…… 그래서 목이 뻐근한 거겠지, 빌어먹을.

이 구두 두 짝도 버릴 때가 됐는데…… 한 10년 지났나?
한 십수 년 지났나? 술이 덜 깼어, 난 도무지……

그러면서 전화가 끊긴다, 도무지…… 도무지 도무지 하던
그 목소리가 K의 귓전에서 몇 번이고 맴돈다. 난 이제 거기에
없어……

K는 창밖, 창 한쪽 귀퉁이로 집요하게 밀고 들어오는 아
침의 태양을 멍한 눈으로 바라본다. 아빠,

아빠,

아빠, K는 잠시 하염없는 눈으로 전화기를 바라본다, 왔
어, 그 빌어먹을 놈들이.

전화벨이 울린다. 내가 받을게, 희가 제 방에서 뛰어나온다.

K는 희의 무릎까지 내려오는 커다란 털 스웨터를 본다.
아침 광선 속에서 맨드라미꽃 빛깔로 찬찬히 출렁이고 있다.
희는 수화기를 든 채 아무 말이 없다.

애, 누구니?

말 좀 해봐, 얘. 너 누구니?…… 얘…… 누굴 바꿔줄까? 말해봐, 나? 아니면…… 희는 몇 마디 더 수화기에 대고 중얼 거리더니 짜증 난 얼굴로 돌아선다.

뭐래?

글쎄? 희가 갸우뚱 고개를 젓는다, 아무 말도.

아무 말도?

따—따—닥 따따—딱…… 그리고 우는 소리.

응?

그런 소리뿐이야, 그리고 코 훌쩍이는 소리.

그게 뭐야?

몰라. 희는 키득거리면서 수화기로 선반을 두드려 따— 따—닥—딱 하는 소리를 흉내 낸다. 몰라,

감기가 지독하게 든 모양이지, 훌쩍, 훌쩍, 딱, 딱, 이 부딪 는 소리……

K는 광선으로 환히 부풀어 오르는 거실을 둘러본다. 오늘 은 좀 더울 거야…… 거실 전체가 부글부글 끓어오르는 듯하 다. 오늘은 좀,

K는 문간에 내려서 있는 희에게 말한다, 더울 거야.

알아, 희가 말한다.

희는 당장이라도 나가 놀고 싶어 조바심치고 있다. 그런 희를 보며 K는 약간 침울한 표정을 짓는다. 거실 전체가 부글 부글 끓고 있다.

아까 그 이야기는 그걸로 끝이었어?

응?

아까 그 이야기, 앨리스.

아하, 그거?

응.

아니, 그 뒤로 하나 더 있지, 희는 조잘댄다. 그래?

응, 하나 더.

뭔데?

지옥에서 온 앨리스.

……지옥에서 온 앨리스? 그래.

거실 전체가 태양광선으로 부풀어 올라 당장이라도 폭발
할 듯하다.

앰뷸런스가 온다

아침 8시에서 10시까지 혹은 7시에서 11시까지, 8시 반에서 9시 반까지

아파트 지하 주차장은 텅 비고 별로 비지 않는다고 해도 그래,

차들이 관공서로 회사로 대학교로 레포츠 센터나 교양 강좌로 거의 빠져나가면 그래,

왁스 칠한 보닛과 잘 닦인 차창들, 차창 안의 엉덩이로 데워진 좌석들이 지하 주차장을 온통 빠져나가면 그래,

하지만 아직 찾아가지 않은 서늘한 좌석들도 있긴 하지만 그래도 이런 시간의

지하 주차장은 울적함을 가득 담고 있다. 그 커다란 빈 공간의 어찌할 수 없는, 말로 표현할 수 없는 치명적인,

치명적인 울적함. 그래, 나는 보았던가,

지하 주차장, 딱따구리들은 아직 태양광선에 익숙해지지

않은 탓에 쉼 없이 눈곱과 눈물로 짓무른 눈두덩을 끔벅거렸
고, 걸음도 이긱 새벽 친 바람에 얼이붙은 채로 풀리지 않은
채로 비틀거렸다.

그리고 나는 또 보았던가, 그 빌어먹을 한 놈은 커다란 야
구방망이로 차 보닛을 마구 두들겼고 또 한 놈은 기다란 쇠못
으로 타이어마다 바람구멍을 뚫고 있었다. 차창들을 한꺼번에
바닥으로 쏟아버렸다.

또, 유난히 콧물과 타액과 눈물을 홀쩍이던 파란 머리 깃
털의 딱따구리,

주차장 엘리베이터를 향해 마구 뛰어가던!

자, 거기에 누가 있었더라? 기막힌 영국제 양복지 콤비를
걸친 한 머저리가 놀란 눈을 뜨고 있었나? 느닷없는 딱따구리
식 습격에 어쩔 줄 모르고 있었나? 알겠어?

그 사내가 이 불길한 지하 주차장에서의 첫번째 희생자였고

아주머니가 두번째였지, 분홍 스커트를 입고 1993년형 뷰
익 리갈 차 키를 흔들면서 여유만만하던. 알겠어?

딱따구리 한 놈이 아주머니의 머리끄덩이를 쥐고 텅 빈
지하 주차장 한가운데로 질질 끌고 왔다. 분홍 스커트를 찢고

스타킹과 코르셋과 분홍 팬티를 찢고 그러고는

중년의 비애로운 보지에 함부로 제 아랫도리의 송곳을 밀
어 넣었지. 알겠어?

감히 혹은 자비롭게도 그러고 또

알아? 놀람과 비탄과 체념의 분홍빛 두 쪽 입술, 딱따구리
들이 번갈아가며 제 송곳들로 펌프질해대던

아주머니는 사방 구멍에서 피와 똥물을 토하며 바닥에 나

뒹굴었다. 첫번째 희생자 사내는 이미

지하 주차장 구석에서 발가벗겨진 채 엉덩이를 움켜쥐고
는 푸줏간의 고깃덩이처럼 굴려지고 있었고. 하지만,

하지만 그게 다였나? 그게 끝이었나? 악몽은 그걸로 끝이
었나? 그때,

딱따구리 한 놈이 아주 커다란 금적색 두 날개를 사방으
로 펼쳤다. 그 모든 빌어먹을 것들의 대장,

화려하고 사납기 그지없는 깃털과 울부짖는 목청을 지닌

딱따구리 대장은 텅 빈 지하 주차장 가득 펼쳐진 자기 두
날개 아래로 주위의

모든 울적함을 끌어모으기 시작했다. 아침 8시에서 10시
까지의 혹은 7시에서 11시까지의, 8시 반에서 9시 반까지의

지하 주차장에 가득 고였던 그 모든 울적함을 제 두 날개
밑으로. 치명적인 울적함의 모든 힘들! 그래,

딱따구리들의 모든 힘은 거기서 나오는 거야, 딱따구리들
은 그 힘을 이용하는 거야, 단지

사냥할 힘을 다시 얻기 위해 매 새벽 사냥을 나서는 가면
올빼미들처럼.

그 어린애처럼 순진하고 훌쩍거리기만 하는 딱따구리들
도 그런 아이러니의 법칙을 알고 있는 거야,

단지 사냥할 힘을 얻기 위해 매 새벽 또다시 날개를 펼치
고 발톱을 세우곤 하는 악순환의 아이러니를

그 치명적인 법칙을! 체득하고 있었던 거야. 거대한 날개
밑으로 모여들던 울적함의 치명적인 힘. 그래,

나는 보았던 거야, 마치 제 앞에 있는 것들은 무엇이든 제

적이라는 듯 자길 가로막은 그 모든 것들에 구멍을 내고

피를 흘리게 하는 딱따구리들을, 그 울적함의 체벌늘을.

그때 나는 그 빌어먹을 것들, 딱따구리들을 저주하며 비명을 질러야 했을까? 아니면 나의 말만 많은 그저 불평뿐인 아가리를 틀어막아야 했을까? 아니, 나는 알아,

우리는 이미 너무 많은 죄를 지었고 또한 그 죄가 별게 아니란 사실도 너무나 잘 알고 있다. 그리고 나는 또 알지,

죽음에 이르는 병인 울적함, 그 치명적인 병적 증후의 지하 주차장이 그랬던 것처럼,

불길함의 거대한 날개 밑으로 나의 퐁텐블로도 사정없이 휩싸이리라는 걸.

나의 퐁텐블로 역시.

사납고 잔인한 죽음에 이르는 울적함의 날개 밑으로.

*

복도 난간에 방풍 방음창을 다는 작업이 한창이다. K의 아파트 건너편 동엔 벌써 몇몇 층의 작업이 끝나 있다. 새로 단 창유리들이 아침 태양광선을 환히 되쏘고 있다. 침침한 창유리들 안쪽에서 한 사내의 얼굴이 언뜻언뜻 드러난다. 작업복 차림의 사내는 잰걸음으로 복도의 이쪽 끝에서 저쪽 끝으로 다시 이쪽 끝으로 왔다 갔다 하고 있다.

사내는 이따금 무언가 망설이는 듯 멈춰서 두 손으로 제 머리를 쥐어뜯기도 한다. 그러곤 고개를 들어 창밖 어딘가를 노려보기도 한다. K는 침침한 창유리들에 순간순간 날카롭게

번뜩이며 비쳐 드는 사내의 찌푸린 이마를 본다. 하늘이 몇몇 층의 길게 늘어선 창유리들에 파랗게 어리고 있다.

흰 구름 덩이 하나가 막 꼬리를 끌며 창유리들을 스쳐 지나가고 있다. K는 문득 걸음을 멈춘 사내의 일그러진 얼굴이 창을 넘어 불쑥 튀어나오는 것을 본다.

고개를 내민 사내가 창 아래 주차장에 대고선 분명치 않은 억양으로 무엇이라 소리친다. K는 크고 흉측하게 일그러지는 사내의 입술을 본다. 그 바람에 흰 구름의 꼬리가 그 사내의 머리에 툭 끊겨 사라진다. 사내가 소리를 질러대는 아래쪽엔 새시 작업을 맡은 인부가 열댓 더 눈에 띈다.

권태로운 표정의 인부들은 사내의 고함 따위엔 아랑곳하지 않는다는 듯 주차장 화단 앞에 꼼짝하지 않고 앉아 있다. 담배를 피워 물거나 작업복의 실리콘 얼룩 같은 것을 떼어내고 있거나 눈을 감고 내리쬐는 강렬한 광선에 얼굴을 넣어놓고 있다. K는 인부들의 뒤편, 벽에 기대 세워놓은 여러 묶음의 유리판을 본다. 다갈색 알루미늄 새시들도 멀리 정문 앞 트럭에 한가득 실려 있다.

사내의 목청은 좀더 커져 있다. K는 저 꼭대기 10층부터 주차장까지 내리꽂히듯 울려 퍼지는 고함을 듣는다. 분명치 않고 일그러진 그것은 인부들을 더욱 무관심하고 무신경하게 만들고 있는 것 같다. K는 표정 없이 한가롭게 쭈그리고 앉아 광선을 쬐고 있는 인부들을 본다. 그들은 이따금 눈을 들어 공중에서 내리꽂히는 고함의 주인을 멍하니 올려다보기도 한다. 하지만 그것에 좀더 관심을 보이는 이들은 유통센터로 슈퍼마켓으로 혹은 학원이나 문화 교실로 가기 위해 주차장을 지나

치던 주민들이다. 행인들은 멈춰서 사내를 올려다본다.

K는 유리판 묶음들에 파랗게 비쳐 드는 하늘을 본다. 흰 구름 덩이들이 때때로 혹은 계속해서 그 표면에 머문다. K는 유리판 표면 위로 천천히 미끄러져 꼬리를 감추는 흰 구름 덩이 하나를 본다. 그것은 서서히 자리를 옮겨 K의 시선을 끌고 어느 한 곳으로 가 느릿느릿 멈춰 선다. K는 흰 구름을 좇던 눈길을 내려 바로 아래, 주차장 가운데 어느 한 곳에 눈을 멈춘다.

K는 카디건 차림의 사내와 잠옷 차림의 사내가 서로 다투던 장소로 걸음을 옮긴다. 희는 그저 무심한 자세로 10층의 사내를 계속 올려다보고 있다. 카디건과 잠옷이 다투던 곳은 이미 비어 있다.

K는 고개를 갸우뚱한다. 카디건은 와이퍼를 뽑아 들었고…… 그리고…… 소리가 들렸지, K는 쉴 새 없이 광선이 내리쬐는 그곳을 본다. 툭 하고…… 뭔가 터지고 폭발하는 소리…… K는 제 발밑에 나란히 난 굵고 선명한 타이어 자국들을 내려다본다.

K는 발밑에 길게 드리워진 제 그림자를 내려다본다. 카디건도 프레스토도 잠옷의 사내도 보이지 않는다. K는 차들이 거의 다 빠져나간 주차장을 한번 둘러본다. 그러곤 발끝을 아주 조금 움직여 그림자를 흔들어본다. 그림자 끝이 예리하다. K는 발밑의 그것이 딱딱하고 육중한 무엇이라도 되는 양 툭툭 발끝으로 차본다. 그림자는 칼날처럼 이미 빈 그곳의 광선을 찌르고 잘라낸다. 무턱대고 아무 데나 찔러댄다.

아주 팽팽해 보이고…… 그리고 날카로워 보인다, 아주 위험해.

K는 저도 모르게 이맛살을 찌푸린다. 잠옷의 사내도 제 통통하고 하얀 비계투성이 아랫배에 와이퍼의 한끝이 와 닿았을 때 소리쳤을 것이다, 아주 위험해…… 와이퍼의 번뜩이는 희고 예리한 한끝이 아랫배 어딘가에 닿았을 때.

그리고 K는 그 비곗덩어리 아랫배에 달려 있던 새까만 알루미늄 탭을 떠올린다. 탭을 와이퍼가 쑤셔댔고…… K는 희가 지루하고 권태롭다는 얼굴로 K를 돌아보며 하품하는 것을 본다…… 그리고 다시, 비계투성이 알루미늄 캔은 핏빛 거품을 내뿜으며…… 터뜨려졌다…… 바로 이 자리에서.

K는 희고 날카롭게 번뜩이는 와이퍼가 기다랗게 꽂혀 사내가 거친 숨을 내쉴 때마다 조금씩 흔들렸을, 검붉게 급하게 물들어갔을 하얗고 커다란 복부를 떠올린다. 하얀

그리고 비곗살로 권태롭게 출렁거리는…… K는 몇 발짝 걸음을 옮긴다. 핏빛 거품이 일그러진 원을 그리며 주차장 바닥 K의 발밑에 고여 있다.

K는 거품 위에 다급하게 움직였던 것이 틀림없는 신발 자국이 여럿 찍혀 있는 것을 본다. K의 날카롭고 예리한 그림자 끝이 피거품 위로 어른거린다. 현기증이 느껴진다.

K는 한 걸음 뒤로 물러난다. 핏덩이는 차차 마르고 딱딱하게 굳어갈 것이다. K는 아직 마르지 않은 핏덩이 위로 광선이 검붉게 환히 들끓고 있는 것을 본다, 들끓어, 들끓어…… K는 고개를 돌린다.

10층 사내는 이제 아주 분통을 터뜨리고 있다. 잰걸음으로 복도를 뛰듯 오가며 거칠게 두 팔을 휘둘러대고 제 머리카락을 쥐어뜯기도 한다. 짜증과 화로 찌푸려진 사내의 얼굴이

창유리들 그 침침한 안쪽에서 언뜻언뜻 날카롭게 번뜩인다.

사내는 이제 허공에 대고 마구 주먹을 휘두르고 있다.

희가 심드렁한 얼굴로 K의 어깨를 친다. 가, 뭐 하니?

하아, 하고 K의 얼굴에 대고 하품을 한다. 잠깐, K는 언뜻 이맛살을 찌푸린다.

사내의 주먹이 유리창 하나를 스쳐 지나가고 있다. 가볍고 찰랑이는 듯한 소리가 K와 희의 머리 위로 울려 퍼지고 있다. 둘은 동시에 고개를 든다. 잘 그을린 다갈색 주먹 하나가 공중으로 튀어나와 있다.

K는 창유리를 꿰뚫고 튀어나온 공중의 주먹을 본다. 봐, 희가 외친다,

드디어 우리가 기다리던 일이 시작됐어!

K는 한 발짝 뒤로 물러선다. 10층의 사내가 10층 복도에 설치된 창유리를 하나씩 깨나가고 있다.

사내가 한 걸음 한 걸음 옮길 때마다 창유리도 하나씩 하나씩 바수어지고 있다. K는 그 아래 우두커니 표정 없이 앉아 있던 인부들이 놀라 튀어 달아나는 것을 본다. 고함들이, 격정에 찬 고함들이 10층 복도에서 주차장으로 내리꽂힌다.

K는 사내의 주먹이 퍽 퍽 하는 파열음과 함께 창유리들을 꿰뚫고 있는 것을 본다. 하늘도, 파랗게 어리던 하늘도, 흰 구름 덩이들도 창유리들과 함께 꿰뚫려 공중으로 사라진다. 그때마다 사내의 주먹은 우연히 놓이게 된 뜻밖의 정물처럼 움직임을 멈추고는 잠시 공중 한가운데 머문다. 사람들은 머리를 감싸 쥐고는 멀찌감치 물러선다.

사내의 주먹은 이제 피로 붉게 물들어 있다. K는 사내의

주먹에서 튀는 몇 개의 핏방울이 공중에 날아오르는 것을 본다. 사내의 주먹과 주먹에서 튀는 피와 피에 젖은 파편들이 공중을 날고 있다.

깨어진 유리 파편들이 번뜩이며 공중에 흩어져 날고 있다. 번뜩이는 반사광들 아래 K는 눈이 부셔 손차양을 한다. 화단으로 파편들이 쏟아져 내리고 있다. 화단에 와 꽂힌다. K는 멍하니 화단 사방에 직각으로 꽂혀 온통 번뜩이고 있는 유리 파편들을 본다. 파편들이 아침나절의 강력한 태양광선을 튕겨낸다, 조금씩 예리한 귀퉁이마다 핏물을 묻히고서.

K는 멍하니 뜻밖의 광경에서 눈을 떼지 못한다. 사내는 짧고 급작스럽게 일을 저질렀고 마쳤다. 사내는 이제 걸음을 멈추고는 K가 있는 주차장에까지 들려오도록 숨을 헐떡인다.

사내는 힘이 다했는지 움직이지 않는다. 거칠 것이 없이 단호했던 걸음걸이도, 빠르고 강했던 주먹질도 더는 보이지 않는다. K는 그 짧은 시간에, 그저 찰나적인 깜박거림 같았던 그 시간에 차례로 부서져 떨어져 내린 10층 복도의 창유리들을 떠올린다. 창유리들은 한꺼번에 폭발해버린 것처럼 이제 그 자리에 없다. 희?

K는 희를 찾는다, 어딨지?

어딨어? K는 사방을 둘러본다.

화단 측백나무들 틈에서 언뜻 희의 털 스웨터 자락이 엿보인다. 빨간 맨드라미꽃 빛깔, 희는 쭈그리고 앉은 채 무언가에 열중하고 있는 듯 보인다. K는 다가가 희를 부른다.

불쑥 희가 돌아앉으며 K의 턱밑에 무언가를 들이민다. 이거!

예쁘지?

희는 두 손으로 마치 꽃 한 송이라도 되는 양 사내의 피가 묻은 각진 유리 파편 하나를 소중하게 감싸 쥐고 있다. 희의 얼굴만큼이나 크다.

K는 기가 막히는지 말없이 서 있기만 한다. 그러곤 사내가 있는 10층 난간을 올려다본다. 사내는 살균하기 위해 널어놓은 낡은 카펫 한 장처럼 난간 위로 기다랗게 늘어져 있다.

사내의 피투성이 두 팔이 기다랗게 아래를 향해 축 늘어져 있다. 주차장은 구경꾼들로 북적대기 시작한다.

세상에, 이게 다…… 경비 하나가 중얼거리며 K와 희 쪽으로 다가온다. K는 경비에게 손을 내젓는다.

해장국이 K와 희의 테이블에 놓인다.

K는 방금 걸어 나온 8차선 도로 너머의 아파트 단지를 본다. 거대한 콘크리트 철골 구조물들 사이로 몇 대의 차가 오간다. 한산하다. 차 몇 대가 진입로 횡단보도에 걸려 있다. 앰뷸런스 사이렌이 시끄럽게 울린다. 앰뷸런스의 흰 차체가 아파트 진입로를 달리고 있다.

뭘 봐? 희가 밥을 말며 묻는다.

앰뷸런스.

오늘 아침만 해도 벌써 몇 번째야? 밥집 아주머니가 다른 테이블에서 콩나물을 다듬다 말고 말한다, 뭔 놈의 사고가 그리 많은지.

그래요? 앰뷸런스의 사이렌이 태양광선으로 가득한 아파트 단지를 울리고 있다.

72

원, 요즘엔 앰뷸런스 사이렌 소리로 아침이 시작된다니까, 아주머니가 저도 모르겠다는 듯이 어깨를 들썩한다, 예전엔 그래도 새마을 종소리라도 있었는데……

그게 뭐야? 희가 묻는다. 새마을 종소리? K가 고개를 흔들며 어서 먹으라는 시늉을 한다.

지금 건 또 뭘꼬? 아주머니가 손을 놓고 하염없는 눈으로 아파트 단지 쪽을 보고 있다. 신호가 떨어지고 차들이 움직이기 시작한다. 멀리, K는 수저를 든다, 멀리, 앰뷸런스 소리가 멀어져간다, 멀리, 아빠,

아빠,

아빠, 들려?

들려? 그래,

먼 데서 사이렌이 울렸지, 먼 데서, 멀고 그리고 가까운 데서.

K는 정원의 향나무에 기대 있었다. 그리고 나무 몸통에 귀를 대고 있었다. 나무 몸통은 무슨 소리의 전도체나 되는 것처럼, 땅속과 저 먼 곳의 소리까지 실어 오곤 했다. 지하철이 터널을 달리는 소리며 굴착기가 땅속 바위를 깨는 소리가 들렸다. K는 그 소리들이 좋았다, 향나무들.

사이렌이 울렸다. 향나무 몸통에서 사이렌이 울리고 있었다. 그리고 어쩌면 아버지. 아버지는 햇볕을 쬐며 정원 그물 침대에 누워 있었다. K는 탁자를 하나 갖다 놓고 책을 보고 있었다. 사진첩이었다.

K는 아버지를, 아버지의 햇빛 가득한 두 눈을 보고 있었다. 눈두덩이 짓물러 당장이라도 뺨 아래로 흘러내릴 듯했다.

아빠,

이게 누구야? K는 책을 보고 있었다. 책 속 사진에는 한쪽 눈에 시커멓고 딱딱해 보이는 물체를 꽂은 사내가 길게 가로 누워 있었다. 왜? 이 사람은 얼굴이 왜 이렇지? 아버지는 붉게 단 얼굴로 K의 책을 받았다. 그래,

정말 이상하구나.

우리와는 얼굴이 달라, 아빠. 그렇지? 정말 그렇구나.

다른 얼굴을 가진 사람이구나. K는 동네 어귀에서 비명처럼 울리는 사이렌을 듣고 있었다. 다른 얼굴이야, 아빠. 향나무 그늘들이 출렁이고 있었다. 기름지고 두꺼운 잎사귀들이 아버지 얼굴에서 출렁이고 있었다.

사이렌이 향나무 잎사귀들을 흔들고 있었다. 사이렌은 아주 먼 데서 멀리 그리고 지나치게 가까운 곳에서 들려왔다. 다른 얼굴, 우리완 다른 얼굴. 하지만 애야,

그런 것에 너무 집착하지 말려무나. 그냥 보고 잊으려무나. 햇볕을 너무 많이 쬔 탓으로 아버지의 얼굴은 책 속의 사진처럼 약간 바래 있었다. 그러고 보니 K와도 많이 다른 얼굴을 아버지는 하고 있었다. 애야,

까만 구름이 향나무들 위로 빨리 몰려들고 있었다. 애야,

아버지가 말했다, 사이렌이 울렸어.

K는 사진첩을 덮었다. 까만 구름 아래 아버지 얼굴도 까맣게 덮이고 있었다. 그래,

사이렌이 울렸어, 아버지가 향나무 그늘들 속으로 새카맣게 접히고 있었다, 이제 곧 폭우가 올 거다. 아빠,

아빠,

아빠, K는 아파트 단지로부터 눈을 거두고 수저를 내려놓는다. 희는 털 스웨터에 떨어진 김칫국을 닦아내느라 정신이 없다.

K는 티슈를 몇 장 집어준다. 그러곤 밥값을 치르러 카운터로 간다.

그거 아남?

아주머니가 묻는다, 저 아파트 경비가 오늘 새벽 실려 나갔다지? 체인으로 목을 매달았다던가.

희가 눈을 똥그랗게 뜨고는 그 말에 귀를 기울인다, 예?

모르남? 아주머니가 히죽 웃는다.

오늘 새벽에 누가 후문 경비 초소 앞을 지나가는데 창유리에 뭔 희끄무레한 것이 비치고 있었다지 않아? 뭔 희끄무레한 것이 두 눈을 똥그랗게 뜨고는 빠안히 바깥을 내다보고 있었다지 않아?

그 썰렁한 시간에…… 약간 정신이 나간 늙은이란 소문은 전부터 있었지만.

그러고는 거스름돈을 내주며 손으로 자기 목을 한번 쓱 그어 보인다, 체인에.

체인에 살갗이 찢겨서 피를 많이 흘렸다지? 하여튼 살점들이 뚝뚝 묻어 나왔다니까.

불쌍한 늙은이 같으니라고…… 아무튼 이런 해장국집을 하다 보면 운전기사들 때문에 소문을 빨리 듣는 편인데…… 아침나절엔 웬 또 멀쩡한 사내가 실려 나갔다지? 시비가 붙어 싸우다가 그랬다나.

아까 화단에 박힌 그 유리들, 희는 해장국집을 나오며 K에게 흥분한 목소리로 떠들어댄다, 봤지? 이뻤지?

이만 한 것들! 그러면서 손으로 하단에서 주웠던 유리 까편의 크기를 그려 보인다. 얼마나 멋졌게. 정말 굉장했어,

빨갛고 예쁜 게.

K는 물끄러미 희의 흥분에 떠는 까만 이마를 내려다보며 말한다. 아마도 그건……

빨갛고 예쁘다고 말하는 게 아닐 거야.

남자 여자라고 부르지 말기로 해, 우리.

희가 분홍빛 찻잔을 들었다 놓으며 말한다, 정말이야. 그렇게 부르면 어쩐지 치졸하게 들려, 난. 남자는 그, 여자는 그녀,라고 하기로 해, 희가 다시 찻잔을 들어 입술을 적신다.

좋아, K는 고개를 끄덕인다, 그와…… 그녀야.

희는 자기 앞에 놓인 분홍빛 찻잔에 손가락 하나를 튕기며 이야기를 시작한다, 거기에 그녀들이 있었는데……

그녀들은 서로에게 엄마가 돼주기로 했어, 어느 날…… 한 여자가 바에 턱을 고인 채 아까부터 거의 꼼짝하지 않고 둘 쪽으로 얼굴을 향하고 있다. 다른 손님은 없다.

서로에게 말이야, 서로에게. 그러고는 엄, 마, 가,라고 강조하듯 끊어 말한다. 엄마란 게 뭔 줄 알아? 응? 엄마?

엄마란 게 뭔 줄 아느냐고. 글쎄.

여자의 얼굴은 여전히 둘을 향해 있지만 여린 갈색의 두 홍채엔 어쩐지 초점이 없어 보인다. K는 희가 이상해하는 눈으로 여자를 힐끔거리는 것을 본다. 아무튼…… 여자는 분홍 레이스들이 치렁치렁 달린 분홍 드레스를 걸치고 있고, 또 그

것은 둘의 찻잔 빛깔을 닮은 갖가지 크기의 유리구슬들로 장식돼 있다.

그녀들은 서로에게 책을 읽어주기로 했어. 책을 읽어준다고, 서로에게?

그래. 그리고 서로를 꼭 안아줬어.

그게 뭐야? K는 약간 어처구니없다는 듯 쏘아붙인다.

그게 엄마야, 희가 웃는다.

엄마란 그런 거야…… 그러면서 희는 털 스웨터 안에 감추어진 제 가슴을 두 손으로 쓸어 모은다, 그런 거야…… 가슴으로 어린애를 껴안아주는 거.

추위 타는 아이가 얼굴을 폭 파묻을 수 있도록 해주는 거. 그래? 하더니 K는 낭만적인데? 하고 덧붙인다.

낭만적? 아무튼 아이는 제 앞에 놓인 세상이 반드시 춥거나 차거나 딱딱하지만은 않다는 사실을 바로 그때 엄마로부터 배워야 하는 거란 말이야.

바로 그 시기에. 아주 어렸을 적에…… 엄마로부터.

둘의 테이블 옆 벽감에는 인형이 하나 세워져 있다. 작고 합성수지로 만들어진 듯한 인형은 분홍 드레스 분홍 구두 분홍 모자로 장식돼 있다. K의 엄지손톱만 한 왼손엔 분홍빛 유리봉이 하나 쥐어져 있다. 바의 여자다…… 레이스들엔 거의 보일락 말락 한 크기의 작은 유리구슬들이 달려 있다.

세상이 반드시 춥거나 차거나 딱딱하지만은 않다는 걸 말이야. K는 바의 여자와 여자의 이미테이션 같은 인형을 잠시 번갈아 쳐다본다.

하지만 그녀들은 이미 갓난아이가 아니지 않나? K가

삐딱하게 고개를 틀며 말한다. 물론 아니지, 하지만 그녀들은…… 서로에게 엄마가 돼주기로 했어. 서로 껴안아주고, 책을 읽어주기로…… 왜냐하면

그런 게 필요했으니까, 아무튼. 이맛살을 찌푸리며 희는 왜냐하면의 분명한 까닭이 잘 떠오르지 않는지 입술을 달싹인다. 아무튼,

그만한 값어치가 있는 일일 거야, 희가 거의 우기는 투로 말한다.

아이를 가슴에 안고 책을 읽어주다 보면 아이의 연하고 작은 귓불이 토끼처럼 샐룩샐룩, 샐룩거리는 것까지 볼 수 있을 거야. 희는 우스꽝스러운 표정을 지으며 제 두 귀를 꼼지락꼼지락 비틀어댄다.

K는 홀의 한구석을 차지한 침대를 본다. 낮고 짧아 아마도 유아용으로 만들어진 듯싶은 침대. 분홍빛 얇은 천으로 된 휘장이 둘러쳐져 있다. 아늑하고 아늑하다. K는 침대에 깔린 분홍빛 시트와 분홍빛 베개가 누군가 방금 누웠다 일어난 것처럼 조금 구겨져 있는 것을 본다.

그렇게 책을 읽어주다 보면, 언젠가는 세상이 그걸 다시 빼앗아 갈 테지만 아이는 이불 속으로 기어 들어가듯 잠시나마 이 세상에 없는 것들이 있는 곳으로 몸을 피할 수 있다는 사실을 알게 될 거야,

잠시나마지만, 하고 희는 생각을 가다듬는 듯 머뭇거린다, 그렇지? 바의 여자가 고개를 끄덕인다.

그러고는 서로를 밖으로 데리고 나와 서로에게 볕을 쬐어주는 거야. 서로에게, 볕을.

볕을? 그래,

눈부시고 찬란한 것을.

카페의 홀은 어둡고 우울하기만 한 어떤 색깔로 가득 차있다. 이 지하 카페의 아치 현관에는 요술공주 샐리의 찻집이라는 분홍빛 아크릴 간판이 달려 있다. 분홍빛 카펫이 깔려 있고 등마다 분홍빛 종이 갓이 씌워져 있다. 몇 안 되는 테이블도 쿠션도 분홍빛이다. 눈부시고 찬란한 것, 바로 그것을 쬐어주는 거야. 볕을, 눈부시고 찬란한.

그래, 그런 게 엄마야, 그게 엄마야! 그게!

책 읽어주고 품어주고 볕을 쬐어주는 게 엄마? K가 고개를 갸우뚱한다.

그래, 그 세 가지면 서로에게 엄마가 돼줄 수 있는 거야.

좋은 엄마가…… K는 고개를 끄덕인다, 무슨 이야기인지 잘은 모르겠지만…… 넌 언제나 엄마에 대해서만 얘기하는구나.

그래? 내가? 하고 희는 샐쭉댄다.

하지만 그건, K가 눈을 깜박이며 말한다, 여전히 낭만적인 생각이야…… 단순하다는 얘기지. 그래, 하고 희가 눈을 내리뜬다. 뺨의 촘촘한 솜털들이 쓸쓸하게 빛난다.

실제의 엄마들이란 좀 괴상망측하고 난폭한 데가 있지…… 지긋지긋하고 별 의미 없는 엄마들. 그럼, 그녀들은 실패한 건가? 그렇게 할 수 없었던 건가?

그렇지, 실은 좋은 엄마는커녕 그냥 엄마가 어떤 건지도 잘 모르는 그녀들이었거든.

저런, K가 혀를 끌끌 차며 웃는다. 게다가 누군가를 껴안아 주고 책을 읽어주기에는 덩치가 너무 커다란 그녀들이었고 말이야, 희가 K를 따라 웃는다.

ㄱ래요?

그래요? 희는 어디선가 던져진 이 느닷없는 물음에 깜짝 놀라 고개를 든다. 두 분 다 여기 처음이지요? 여자의 입술이 다시 한번 떨어지고 있다. 여자가 바에서 일어난다.

여자가 바의 모퉁이를 돌고 침대와 몇 개의 테이블 사이를 빠져나오고 있다. 분홍 화장대와 분홍 수납장 사이를 지나 K와 희 앞에 선다. 그렇지요? 여자가 앞 테이블에 걸터앉으며 묻는다. 여린 갈색의 두 눈이 맞은편 벽감 속 분홍빛 인형을 향해 있다.

예? 희가 놀란 눈을 깜박인다. 여자가 찬찬히 입을 연다, 난 눈이 안 보여요.

눈이 좋지 않아요, 말로 해줄래요?

희가 어쩔 줄 몰라 허둥대며 예, 처음이에요, 한다. 그래요, 여자가 다시 찬찬히 말한다, 그럴 줄 알았어요. 그래, K가 물끄러미 여자의 두 눈을 올려다보며 입을 뗀다, 잘 지냈어?

K가 다시 묻는다, 잘 지냈어, 샐리?

물론, 여자가 말한다. 여자의 어쩐지 초점이 없는 듯한 두 눈이 깜박인다, 잘 지냈지.

어머, 희가 어리둥절해서 묻는다, 아는 사이야? 예, 여자가 K의 목을 더듬어 끌어안고는 뺨에 입을 맞춘다, 그럼요.

여자가 껄껄, 웃는다.

아르바이트 학생이 아직 오지 않았기 때문에 지금은 내가 홀을 볼 수밖에 없어, 여자가 유쾌한 투로 말을 잇는다, 원래는 바에서 차를 끓이기만 하면 되는 건데, 쉬운 일이지.

굉장해! 희는 여자가 흥미로운 무엇이라도 된다는 듯이 소리친다, 눈먼 사람과 얘기해보게 될 줄은 꿈에도 몰랐어!

여자가 벽감 속 인형에 붙박인 듯한 두 눈을 샐쭉댄다, 눈이 보이지 않는다고 귀까지 먼 건 아니에요.

어머…… 미안해요.

괜찮아요, 여자가 희 쪽으로 고개를 돌리며 말한다. 사람들은 대개 내가 귀까지 멀었다고 생각하고 날 대하니까…… 만약 귀가 먼 사람이었다면 사람들은 눈까지 멀었다고 지레짐작하고는 내 앞에서 별의별 짓을 다 할걸요.

우리 가게 아르바이트 학생만 해도 그래…… 얼마 전에는 제 여자 친구를 데려와서는 홀에서 쪽쪽 소리가 나게 한참이나 뽀뽀를 하고 그러잖아, 바에 내가 있는데…… 그런데도, 얘 혀를 더 빼봐 너 정말 가슴이 커졌구나 왜 남자애들은 뽀뽀할 때 늘 침을 질질 흘리는 거지? 하는 소리까지 거리낌 없이 하는 거야.

여자가 껄껄 웃는다. 어쨌든 남자들한테는 늘 뭔갈 끊임없이 빨아대는 습성이 있지…… 내가 민망해서 헛 하고 신호를 보냈어, 그랬더니 테이블이 꾸다당 넘어가고 찻잔이 쨍그랑 깨지는 소리가 나더니 한참 만에 그 아이가 말하더라고, 이렇게.

죄송해요, 계신 줄 몰랐어요…… 물론 몰랐겠지.

장사는 잘되는 거야? K가 할 말을 찾는 듯 머뭇거리더니 묻는다. 그럭저럭, 여자가 대꾸한다,

국민학생 때가 그립고 그때로 돌아가고픈 젊은 애들이 꽤

찾지. 국민학교 코흘리개로 돌아가려는 향수병에 걸린 애들이
수도 없어…… 희가 분홍빛은 좋아하는 소녀의 비밀스러운 분
홍빛투성이 침실 같은 홀을 둘러보고 있다.

아마도…… 저런 꼬마 침대며 꼬마 화장대며 꼬마 수납장
따위에 맘이 끌리는 것이겠지. 특히…… 요술공주 샐리의 찻
집이라는 것도.

게다가 네 옷도, K가 소리 안 나게 웃는다, 네 의상이라고
해야겠지? 그래, 여자가 계면쩍은 듯 웃는다, 이 모든 장식의
메인은 바로 나, 샐리겠지……

무슨 소린지 하나도 모르겠어, 희가 뾰로통해져서 중얼거
린다, 하지만 언니는 볼 수 없다면서요? 이렇게 꾸며놓아도 언
니는 어차피…… 여자가 껄껄 웃는다.

예, 그래요, 하지만 아주 볼 수 없는 건 아니지요…… 망
막이나 시신경이 진짜로 상해서 볼 수 없게 된 건 아니니까.
음, 그러니까…… 여자가 천천히 말을 잇는다…… 실제의 해
부학적 손상이 전혀 없더라도 정신적 외상으로부터 개체가 자
신을 보호하기 위해…… 자신의 신체 일부, 시신경을 스스로
마비시켜버린 경우예요.

무슨 얘기예요? 희가 눈을 깜박이며 묻는다.

음, 그러니까…… 전환 장애라고…… 회복이 안 되는 거
야? K가 여자의 말을 끊으며 묻는다.

회복? 여자가 쓸쓸하게 되묻는다, 글쎄, 내가 그것을 다
스릴 수 있게 되면 자연 회복되겠지…… 하지만 그 외상적 기
억이 자꾸만 반복되고 강화되어가면…… 마침내 극복할 수 없
게 돼버린대…… 시신경이 진짜로 못쓰게 돼버린다는 거지.

점진적인 회복이 아니라…… 이를테면 점진적인 손상인 셈이야……

아직 기회가 있어? K가 주저하듯 묻는다. 그럼!

여자가 빳빳이 고개를 쳐들며 말한다. 어떤 계기가 주어진다면…… 외상을 다스릴 어떤 계기가 주어진다면…… 여자는 하지만 쓸쓸한 투로 말꼬리를 흐린다. 초점 없는 두 홍채가 파르르 떠는 듯하다.

……하지만 아직은 밝은 광선 아래서는 어렴풋이 윤곽이나 저 분홍빛 정도는 즐길 수 있어, 희 쪽으로 고개를 돌린다.

촉감만으로도 난 충분히 즐거울 수 있어요. 저 휘장을 봐요. 저 분홍 천은 〈요술공주 샐리〉가 방영되던 1980년, 1981년 당시 잠시 시판되다 단종된 레시카,라는 나일론 천의 일종이지요. 봐요, 얼마나 감촉이 부드러운지. 인조섬유임에도 인간의 살갗과 감촉이 거의 같았다는 게 금지된 까닭이었지요……

요즘이야 그런 인조섬유들이 얼마든지 나와 팔리고 있지만, 여자가 K를 돌아보며 말한다, 기억나?

우리 아버지 회사에서도 이 천으로 바지 지퍼를 만들어 팔았었지. 그래, K가 묻는다, 아버진 어떠셔?

아…… 여전하시지, 여자가 쓸쓸히 웃으며 말을 잇는다, 화장대를 봐요. 저걸 들여다보자면 꼭 점자 책에 찍힌 요철처럼 내 얼굴이 흐릿하고 몽롱하게 떠다니는 게 어렴풋이 보이지요. 그런 게 내가 감지할 수 있는 이 세계의 유일한 얼굴이고요.

세상에, 희가 흥미롭다는 듯 중얼거린다.

어때요? 저 몽롱한 분홍빛과 실체 없는 애니메이션의 주인공 샐리와 시각장애인, 잘 어울리는 조합 아니에요? 아무튼 뷰홋빛 만화영화 〈요술공주 샐리〉를 얼마나 좋아했던지…… 그냥 그런 만화의 배경 하나를 지금 여기로 옮겨 왔다고 생각하면 돼요, 그런 만화, 그런 만화가 한때 있었다고.

난 잘 몰라, 난 하나도 못 봤어, 하고 중얼거리며 희가 손가락을 꼽아본다, 1980년에 내가 어디서 뭘 하며 놀았는지도 전혀 기억에 없는걸…… K도 샐리도 웃는다.

늘, 하고 K가 주저하며 말한다. 와보고 싶었어.

그래? 샐리가 껄껄 웃는다. 글쎄…… 별로 믿기지 않는 말인데? 네게도 내게도 똑바로 쳐다보고 싶지 않은 어떤 때가 있는 거겠지…… 아, 누가 왔어, 샐리가 고개를 튼다.

카페 문이 열리며 남자애와 여자애가 들어서고 있다. 둘 다 검은 셔츠에 진 차림이다. 남자애의 셔츠에는 Breast Handling이라고 씌어 있고 여자애의 것엔 Bush Fire라고 씌어 있다. 샐리가 주문을 받으러 그 둘 쪽으로 간다.

왜 저리 떠는 거야? 희가 바로 돌아가 찻물을 끓이고 있는 샐리의 통통하고 흰 두 손을 가리키며 묻는다. K가 말없이 고개를 젓는다. 둘의 맞은편에 앉은 남자애와 여자애는 이마를 맞대곤 무언가 이야기를 나눈다.

글쎄, 알아? 똥구멍까지 빨아주더라니까…… 정말? 그래, 옆에 내가 있건 말건…… 완전히 포르노 쇼였구먼…… 여자애가 깔깔댄다. 너도 봤어야 하는 건데, 남자애가 킥킥댄다.

어서 아르바이트 학생이 와야 제대로 대접해드릴 텐데, 샐리가 K의 테이블로 돌아와 희에게 말한다, 우리는 그렇게 놀았지요, 별명을 지어놓고 텔레비전 만화 주인공들의 이름을 따 서로에게 붙여놓고…… 소꿉질하듯, 기억나? 아니.

K가 아니, 하고 대꾸한다, 우린 절대 소꿉장난 같은 건 안 했어. 샐리가 껄껄댄다, 그래, 그런 걸 하고 놀기엔 너무 난폭한 우리였지, 벅스버니가 언제나 우리 대장이었고. 그래, 기억나? K가 말한다, 벅스버니가 우리에게 싸워 이기는 법을 가르쳐줬지, 놀이를 더욱 신나게 할 수 있는 법을.

벅스버니? 희가 고개를 갸우뚱한다. 그래, 너도 언젠가 본적 있을걸. 늘 당근을 쥐고 다니며 사냥꾼을 골탕 먹이는 토끼. 토끼? 그래, 아주 커다란 두 귀가 달린 만화의 주인공……

여자애가 큰 소리로 왜? 너도 해줄까? 한다. 그런데 왜 걔하곤 헤어진 거야? 남자애가 묻는다. 여자애가 깔깔댄다, 내 배꼽이 너무 못생겼대. 정말? 그래, 정말. 지 배꼽은 얼마나 잘생겼다고! 남자애가 장난스레 탁자를 두들긴다. 글쎄 말이야, 여자애가 고개를 끄덕인다, 하긴 나도 맘에 안 들긴 했어,

걔는 시끄러운 음악을 싫어하거든…… 난 또 헤비메탈을 싫어하는 사람을 싫어하고, 결국엔 세계관의 차이야, 여자애가 잘라 말한다, 난 나와 세계관이 다른 사람이랑은 조금도 같이 있고 싶지 않아.

벅스버니가 아랫동네 비둘기 떼를 습격했던 날 기억나? 샐리가 즐거운 듯이 손뼉을 치며 말한다. 그래, K가 말한다, 나일론 빨랫줄에 비둘기 한 다스를 엮어서 산에 가서 구워 먹었더랬지. 비둘기 한 다스? 희가 구역질 난다는 표정을 짓는다.

그 더러운 걸 어떻게 먹어? 껄껄, 샐리가 웃는다, 그때야누가 아나? 우리 모두 고작 국민학교 졸업반들이었는걸요. 애, 우리가 소스까지 만들어 왔던 것 기억해?

동네 슈퍼에서 케첩을 훔치다 후추와 소금을 섞어 그것에 뿌려 먹었더랬지, 햇 두 그 보 다 아 휠 맛 좋았어, K기 오 는 디, 그런 건 아무것도 아냐, 우리, 유쾌한 만화 주인공들이, 벅스버니가 즐겨 했던 놀이에 비하면……

글쎄, 손을 한번 휘두르면, 남자애가 말한다, 사람이 쾅 하고 폭발한다니까. 폭발? 여자애가 고개를 갸웃한다. 그래, 폭발, 그런 걸 백열장이라고 하나, 뭐 그런데 암튼 기가 막혀. 그런 것에 사람이 폭발해? 여자애가 피식 웃는다. 물론이지, 비록 전자오락이지만, 남자애가 킥킥대고 웃느라 잠시 말을 끊는다.

사람은 피자에 콜라를 먹다가도 폭발할 수 있는 거야, 그냥, 쾅 하고. 그러더니, 남자애와 여자애가 큰 소리로 킥킥댄다. 정말. 보라고, 우리 탁자 밑에 지금 뭐가 있을지 누가 알겠어? 우리도 그저 농담 따 먹기 하다 쾅 하고 흔적도 없이 날아가버릴 수 있는 거라고.

아잉, 여자애가 칭얼대며 우는 시늉을 한다. 남자애가 깔깔 깔 웃는다.

벅스버니의 특기였지, 샐리가 한숨을 쉬며 말을 잇는다, 우리 동네엔 쥐가 참 많았거든요…… 그래서 그럴 잡아다 벅스버니에게 갖다주면 벅스버니는 그걸로 우리에게 목걸이를 만들어주곤 했지요. 목걸이? 희가 고개를 갸우뚱한다.

그래, 벅스버니한테는 칼이 있었거든. 칼? 그래, 칼, K가 야릇한 미소를 지으며 말한다. 어디서 났는지는 알 수 없었지만 아무튼 우리 팔뚝만 한 아주 커다란 칼이었어. 아무도…… 그래, 샐리가 말한다, 아마도 군용인가 사냥용인가로 만들어진 꽤 날이 예리하고 큰 칼이었지.

그걸로 벅스버니는 시궁쥐의 껍질이며 살덩이를 떼어냈던 거야, 그렇지? K가 샐리에게 묻는다. 샐리가 고개를 끄덕인다. 그러곤 하얀 해골만 남을 때까지 그것들을 긁어냈지. 어머, 희가 놀라 외친다. 껍질과 살을 다 발라내면 그걸 동네 산속 냇물에 가져가 깨끗이 씻었어, 비린내가 안 날 때까지.

정말, 우엑, 희가 구토하는 시늉을 한다.

그러곤 정말 새하얀 해골만 남으면 나일론 실로 대가리만 몇 개 엮어서 목걸이를 만들었던 거지……

우리는 그 모든 걸 다 지켜봤어. 그래. K도 샐리도 하지만 울적해진 얼굴로 그래, 한다. 우린 다 봤지, 그리고 그것을 목에 건 채 온 숲속을 뛰어다녔고 말이야. 그 칼……

여자애의 웃음소리가 들려온다. 남자애가 말한다, 박중훈이 최진실 머리채를 붙잡고는 짜장면 그릇에다 처박아버린 거야…… 최진실 얼굴이 어땠겠어, 온통 짜장투성이지, 하핫.

이렇게 최진실 머리채를 거머쥐고 말이야, 남자애가 여자애의 짧은 파마 머리채를 움켜쥔다. 여자애가 머리채를 잡힌 채로 낄낄대며 웃는다, 아야, 아프단 말이야. 순간 남자애의 팔이 당겨지는가 싶더니 여자애의 머리가 테이블 위로 곤두박질친다.

테이블 위 찻잔으로 처박힌다. 충돌음이 홀 가득 울려 퍼진다. K 일행이 깜짝 놀라 그쪽을 돌아본다. 여자애의 얼굴이 온통 피투성이다.

여자애는 무슨 영문인지 도무지 모르겠다는 표정으로 멍하니 앉아 있다. 희가 자리에서 일어나 홀 반대편으로 뒷걸음

질 치고 있다. 샐리의 두 홍채가 파르르 떨고 있다. 희고 통통
한 두 손이 경련하고 있다. 여자애가 마심내 제 얼굴에 무슨
일이 벌어졌는지 깨닫고는 울음을 터뜨린다. 이런, 빌어먹을,
K가 중얼거리며 자리에서 일어난다.

뭐지? 샐리가 사방을 두리번거리며 묻고 있다. 무슨 일이
지? 무슨 일이 벌어진 거야? 애, 애, 샐리가 두 눈을 불안하게
굴리며 K를 찾는다.

왔지? 샐리가 바들바들 떨리는 목소리로 K에게 묻는다,
왔지? 그렇지?

남자애와 여자애의 테이블에 놓였던 분홍빛 찻잔이 피로
물든 채 굵은 조각들로 온통 깨어져 있다. K는 이맛살을 찌푸
리고는 머리를 감싸 쥔다, 빌어먹을…… 희는 홀 구석으로 도
망가 있다. 쪼그리고 앉아 제 커다란 털 스웨터에 몸을 파묻고
는 손으로 눈을 가리고 있다. K는 여자애 쪽으로 다가간다. 찻
잔 파편들 몇 개가 여자애의 뺨에 코끝에 턱에 입술에 이마에
그리고 왼쪽 눈동자 깊숙이 피투성이가 되어 박혀 있다.

이런…… K가 짜증으로 일그러진 얼굴로 어쩔 줄 몰라 허
둥대는 남자애를 본다. 여자애의 피투성이 왼쪽 눈동자에서
말할 수 없을 만치 선연한 검붉은 액체가 꿀럭꿀럭 뿜어 나오
고 있다. 여자애의 검은 셔츠가 피로 반질반질 윤이 난다. 이
런, 이런……

내 얼굴, 내 얼굴…… 여자애가 울먹이고 있다, 아파, 아
파……

왔어, 그렇지? 샐리의 불안에 떠는 두 홍채에 스파크가 일
고 있다, 왔어, 그렇지?

K는 어처구니없다는 얼굴로 홀을 돌아본다. 희는 홀 한 구석에 쪼그리고 앉아 털 스웨터를 뒤집어쓴 채 손가락을 빨고 있고 샐리는 뭔지 모를 소리만 중얼대고 있다. 남자애가 넋나간 얼굴로 K를 보며 말한다, 난 그저 맛만 좀 보여주려 했던 건데!

이 씨팔 년한테 딴 남자 냄새가 나잖아, 이 로션은 내가 쓰는 게 아닌데…… 남자애는 계속 K가 알아듣지 못하는 말만 주절주절 늘어놓는다. 여자애는 이제 바닥으로 고꾸라져 쇼크로 정신을 잃었는지 꼼짝하지 않고 있다.

난 알아, 샐리가 불안에 떠는 목소리로 저 혼자 속삭이듯 중얼거린다, 왔어, 난 알아, 그것들이 왔어, 그 빌어먹을 것들이 왔어.

그 미친 샐리년들이…… 샐리는 계속 보이지 않는 어떤 것의 존재를 확인하려는 듯 쉴 새 없이 초점 없는 두 눈동자를 굴리고 있다. 그 미친 샐리년들이 왔어……

K는 홀 구석에서 손가락을 빨고 있는 희를 일으켜 세워 쿠션에 기대어놓고 바의 전화기로 간다.

K가 경찰과 119 구급대에 전화를 걸고 왔을 때 남자애는 이미 어디론가 가고 보이지 않는다.

아냐, 그게 아냐, K가 지치고 체념한 얼굴로 혼잣말처럼 중얼거린다, 아냐, 사고가 났어…… 경찰한텐 내가 알렸으니까 설명은 경찰한테 들어……

그러고는 난 갈 테야, 하고 말한다. 난 갈 테야, 알았지?

K는 지친 얼굴로 아직도 반쯤 겁에 질린 얼굴의 희와 함께 카페 문으로 띄엄띄엄 걸음을 옮긴다, 미안해…… 난 지겨워.

분홍빛 샐리 인형이 어느 틈에 그랬는지 벽감에서 떨어져 바닥을 뒹굴고 있다. 분홍 모자며 드레스가 찢기고 밟힌 채도 볼썽사납게 흐트러져 있다. 사는 게…… 지겨워, 난…… 샐리.

K는 층계를 오른다. 희는 어서 빨리 이 지하 카페를 빠져 나가고 싶은지 저 혼자 뛰어올라 밖으로 사라진다.

내가 샐리였던 것처럼…… 층계를 반쯤 올랐을 때 카페 안에서 샐리의 목소리가 들려온다. 이제는 안정이 된 나직한 목소리다.

……너도 무언가 있었지?

그래.

넌 아마도…… 딱따구리였지? K는 다시 그래, 한다.

딱따구리, 빌어먹을 만화 주인공, 그렇지? 틀림없지?

그래…… K가 힘없이 그래, 한다.

그래, 딱따구리, 샐리가 주저하며 말한다. 딱따구리, 난 여기서 샐리처럼 꿈이나 꾸며 분홍빛 요술 봉이나 휘두르며 사는 게 아냐. 그렇게 살지는 않아.

우린 어른인걸, K가 희미하게 웃으며 말한다, 샐리 따윈 잊어버려……

미안해, 난 시력을 잃어버렸어……

그러고는 샐리의 울먹이는 소리가 나지막하게 들려온다…… 몹쓸 꼴을 보여서 미안해, 난 아직도 가끔은……

샐리가 층계 아래까지 따라 나와 희미하게 웃고 있다, 딱따구리…… 내게 계기가 찾아올까? 계기가 와서 내 눈을 다시 찾을 수 있을까? K는 아무 말 없다.

딱따구리…… 완치되지 않은 질병은 언젠가는 한번 반드

시 재발하는 법이야…… 그렇지 않니? 그렇지 않아?

그래, K가 말한다, 언젠가는 반드시. 멀리서 앰뷸런스 사이렌 소리가 아득히 그리고 점점 카페로 가까이 돌진해 들어오는 것처럼 들려온다. 층계 맨 위, 희가 열어놓고 간 카페의 현관을 통해 광선이 몇 개의 날카로운 각을 그리며 쏟아져 내리고 있다.

걱정 마, 샐리, 경찰이 곧 올 거야. 샐리의 하얗고 통통한 얼굴이 그 얼굴에 박힌 두 쪽 빨간 입술이 광선에 터져 오를 듯 빛나고 있다.

그래, 가능하다면…… 샐리가 말한다, 네 연극 공연에도 갈게.

그래.

그러면 안 선생님께도 같이 갈 수 있을 거야…… 다 같이, 친구들과 함께.

그래, K는 힘없이 중얼거리고는 폭발할 듯 쏟아져 드는 층계 위 광선을 올려다본다.

고아들의 노래

알아? 속의 것이 튀어나온 소파들 닳고 닳은 탁자들 가래침과 재로 범벅이 된 스탠딩 재떨이들, 그리고 그것들의 홀 *PorkerScope*.

*PorkerScope*라는 아치 간판이 달린 홀. 바깥 주차장으로 트인 통창에선 태양이 막 정점으로 올라가려 하고 있었고

때문에 홀 안은 더욱 환하고 더더욱 어두워져 있었지. 알아?

싸구려 동시 상영관 *PorkerScope*의 오전 11시가 어떤지, 첫회 프로그램 상영 직전의 풍경이 어떤지, 그곳으로 만약

딱따구리들이 들이닥친다면, 그 빌어먹을 것들이 들이닥친다면.

알아? 시영 벨이 울리기 직전의 오전 11시.

영화는 보잘것없을 게 뻔하고 실제로 관객들은 봐, 벌써 권태로워하고 있는데. 저기 저 친구,

난 저 실업자 친구를 알아, 이 거리 중앙 공원에서 빵과 우유로 끼니를 때우고 한 입씨 한 모금씩 제 실업의 싦을 씹어 먹으며 나날을 견디는. 해진 코르덴 바지와 빈 서류철이 든 서류 봉투를 옆에 끼고서

그리고 어리석게도 아무것도 추억할 게 없는 제 옛 청춘을 자꾸 되새김질하는 거지, 온종일. 자꾸 씹을 게 아무것도 없는 옛 청춘을 헛되새김질해보는 거지.

그런 그가 이제 삼류 극장의 소파에서 까딱까딱 이른 오수를 즐기고 있군, 또 저 친구,

저 친구의 수첩엔 휴식을 위한 공란이 없어, 최후조차도 구두 두 짝 속에서 맞을 듯이 정력적으로 이 거리를 쏘다니지. 발바닥은 갈라졌고 발가락들은 흉측하게 찌그러졌어, 거리의 상가들을 남김없이 훑고 다니는

성실한 세일즈맨, 이게 그의 명예야. 이제는 꽤 자리도 잡혔고

그런데 왜 이런 시간에 따분한 *PorkerScope*의 홀을 쏘다니고 있는 걸까? 저런 사적인 얼굴을 하고서. 황량하고 울어버릴 것 같은, 세일즈의 세계에선 결코 용납할 수 없는 개인의 얼굴을 하고서.

하지만 결코 걸음은 멈추지 않는구나. 열댓 폭밖엔 안 되는 이 좁은 홀에서조차 쉬려 하지 않는구나. 끊임없고 쉴 새 없이 뺑뺑이를 도는구나, 여기서조차. 또 저 친구들,

저 소녀들, 알지? 이 거리를 가로지르는 똥집 골목에서

언젠가 본 일이 있을 거야, 이 극장의 단골들이지. 한 소녀의 엉덩이에는 별 무의미한 사랑의 푸른 문신이 새겨져 있

고, 한 소녀의 폐에는 거품들이 마구 피어나고 있지, 알아?

저들은 둘만의 은밀한 데이트를 즐기고 있는 거야, 저들의 방에선 알몸의 고객들이 좆을 빨아달라고 보채고 있기 때문이지. 하지만 그저 귀찮은 것일 뿐이야, 소녀들의 유일하고도 진짜인 불행은

씹이 더는 어쩔 수 없이 헐렁해져버렸다는 것, 그것뿐.

약간 피곤하고 창백한 표정으로 캔 음료 하나를 둘이 열심히 빨아대고 있구나. 또 저이,

정말 놀랍고 신비로운 관객이야. 바로 이 거리에서 가장 폼 나는 투자회사의

가장 폼 나는 젊은 중역이거든. 잘빠진 승용차에 잘빠진 여비서, 잘빠진 패션 감각에 회화 실력, 심지어 책상머리의 명패까지 잘빠졌지. 하루에

열다섯 시간 일하고 점심은 랩톱컴퓨터 앞에 앉은 채 패스트푸드로 해결하지. 우뇌로는 일본을 사고하고 좌뇌로는 미국과 유럽을 사고하는 게 그의 성공 비결이었어, 쉴 틈이 없는 거지. 집에 돌아와서도 팩스와 서류철로 씨름을 하고, 그는 단지

세 사람 몫의 일을 하면 세 사람 몫의 대가가 돌아온다는 신념 하나로 저 어린 나이에 중역에까지 올랐던 거야. 그의 약점이란 단지 한 사람 몫의 일을 해도 한 사람 몫의 대가는 돌아온다는 사실을 잊고 있다는 것뿐, 당연하게도 그의 스케줄에는

네번째 사람, 즉 자기 자신에 대한 배려는 전혀 들어 있지 않아. 그가 이런 시간에 아무도 거들떠보지 않는 삼류 극장에 모습을 나타내다니

정말 신비로운 일인걸? 하지만 여전히 제 랩톱컴퓨터로부터는 떨어져 나오지 못한 채 키피 자판기 옆에 등을 붙이고 서서는 울고 있구나. 또 저이, 이제 마지막이야,

저이, 이 *PorkerScope*의 사장. 언제나 좀 낙심해 있고 눈가는 담배 필터처럼 얼룩지고 짓물러 있어. 이 거리에서의 그의 사업은 끝장나가고 있는 거야. 저이는 이 거리의 배척받는 모든 악덕이

자신의 극장 *PorkerScope*로 죄다 몰려드는 것을 벌써 몇 년째 지켜보고 있지. 동성연애자들, 환각제 밀매인, 불량배들, 그리고 무수한 질 나쁜 싸구려 필름, 게다가 그는 거리 건너편에 세워진 멀티플렉스 때문에 요샌 좀더 깊은 절망감에 사로잡혀 있어.

이 침몰해가는 싸구려 필름들의 화물선 선장, 그는 이제 두 손을 몇 장 안 되는 입장권에 가지런히 올려놓고 제 파산의 시간을 계산해보고 있구나, 하지만 알까? 알고 있었을까?

*PorkerScope*로 몰려든 악덕 중에 또 무엇이 있는지,

또 파멸의 시간은 결코 계산해낼 수 없다는 것을, 결코 예견할 수 없다는 것을, 그러한 파멸의 영원불변한 법칙을 알까? 알고 있었을까? 그래,

그때 *PorkerScope*의 홀 가득 벨소리가 퍼부어졌다. 그리고 그들이 한꺼번에 고개를 들며 몸을 일으켰고

오전 11시, 막 정점으로 올라가려는 태양광선이 그들의 얼굴에서 까닭 없는 미소처럼 문득 환했고, 그리고 다시

그들은 두께도 부피도 없는 얇디얇은 흰 종이 쪼가리들처럼

한낱 종이 쪼가리들이 바람에 날리듯 관람실 안으로 휩쓸려 들어갔다 사라졌다. 저 느닷없는 파멸의 첫 시영 벨소리에 따라

딱따구리 타임에 맞춰 딱따구리들의 상영 시간에 맞닥뜨려. 그리고 다시

딱따구리들의 외침이, 비명이 관람실 안에서 들려왔던 거야, 딱—딱—따다 즐거워 미치겠다는 것처럼.

딱딱—따따—딱, 축제의 마지막에 울려 퍼지는 고통의 탄성, 환호처럼.

딱따—따다—딱, 그들의 몸을 찢고 단순한 스티로폼처럼 가루로 바수어 공중으로 날리는 즐거움들처럼. 그래,

그랬던 거야, 딱따구리들은 그렇게 느닷없는 기습을 했던 거야. 캄캄한 관람실 안에서

그것들, 그 빌어먹을 딱따구리들은 영사막을 찢고 스피커를 난도질하며 관람석을 엉망진창으로 헤집어놓았던 거야.

날카롭고 재치로 번뜩이는 부리들로. 그리고

그 단순한 스티로폼, 종이 쪼가리, 부피도 두께도 없는 그들의 지난한 삶을 훨훨 공중으로 찢어 훨훨 날렸던 거야, 즐거움에 미친 듯한 환호와 핏빛 비명과 함께. 그래,

우리는 알아, 우리도 어쩔 수 없이

신기하지만 쓸모는 없는 또 하나의 가짜 가제트 카탈로그라는 걸, 원했던 것이 반드시 세 사람 몫의 대가만은 아니었다는 걸, 되새김질하고 싶지만 되새김질할 만큼 좋았던 시절이 우리에겐 존재치 않는다는 걸, 우리 삶이 더는 어찌할 수 없을 만치 헐렁해져버렸다는 걸, 알아,

그래, 알아, 이 모든 앎 뒤에 찾아오는 것, 바로 그것을
알아,

모든 앎 뒤에 찾아오는 바로 그 빌어먹을 것들, 딱따구리
들을 알아,

언제 우리 눈앞의 것들이 지옥으로 변해버릴지

언제 우리 중의 누가 홀연 딱따구리로 돌변해버릴지

알고 있는 거야. 태양이 정점에 오르듯 권태와 의미 없음
이 막 정점에 오르는

*PorkerScope*에서. 나의 퐁텐블로에서.

나의 퐁텐블로에서.

*

K는 인조대리석 층계에 걸터앉아 있다. 희는 운동장가에
늘어선 수양버들을 빙글빙글 따라 돌며 놀고 있다. 이리 와,
이리 와 놀자. K는 인조대리석 층계 뒤편 한때 자기가 매일 오
갔던 국민학교의 교사를 돌아본다. 바랜 아이보리빛 커튼들이
창마다 늘어져 있고 드문드문 아이들의 졸린 얼굴이 거기 매
달려 있다.

K는 자기가 그 창문들에서 얼굴을 내놓고 운동장의 수양
버들잎들을, 그 하얗게 반짝이는 잎들을 내다보던 때를 떠올
린다.

……*마당에는 아빠의 부러진 목발과 낡은 역기가 있고요*
부엌에는 엄마의 기름투성이 냄비와 행주치마가 있지요……

K는 예전에 부르던 노랫말을 외워본다. 창문의 아이들 얼굴이 희고 따스하게 빛나고 있다. 희는 기다랗게 늘어진 가지를 붙들곤 매달려 폴짝폴짝 뛰어오르고 있다. 수양버들 가지들은 희가 흔들 때마다 휘청휘청 출렁이고 잎들은 태양이 부서져 내리듯 운동장을 광선의 파편들로 채워 넣는다. 노랫말의 다음이 어찌 되는지는 알 수 없다.

일곱난쟁이가 알 거야, 일곱난쟁이……

희는 수양버들에 벌써 싫증이 났는지 층계 옆 멀리 장미 화단에 가 있다. 희는 화단 장미 한 송이 한 송이에 거의 감싸인 듯 얼굴을 들이대고는 냄새를 맡는다. 네가 여길 다녔어?

그럼.

그때도 이게 있었어? 희는 장미 꽃잎들을 한 줌 끊어내더니 공중에 흩뿌린다.

아니. 왜?

그건 벌써 십수 년 전 일인걸. 그때 장미 화단이 있었다 해도, 저것들은 이미 그때의 나무들은 아닐 거야.

그래? 희는 무심히 그래, 하고는 장미 화단 속으로 고집스럽게 파고든다.

양편의 저학년용 교사 둘이 K가 앉은 층계를 중심으로 ㄷ자 모양을 이루고 있다. 그 뒤편을 돌아 5백여 미터 가면 학교의 북쪽 산자락에 이르게 된다.

K는 뭉텅 잘려 나간 산자락 끝, 붉게 녹슬어가는 커다란 바위 절벽을 떠올린다. 학교에서는 절벽으로 가는 길목을 가로막으며 매년 잣나무니 가문비나무 따위를 심어놓곤 했다.

이파리 하나 없는 헐벗은 묘목들이 매년 식목일이 되면 그 길목에 나란히 심어졌다. 여름이 되면 길목을 막아서는 초록 이파리들로 위장된 장벽의 역할을 할 것이었다. 잎이 돋기 전까지는 출입 금지 따위의 푯말이 달린 줄이 기다랗게 둘러쳐져 그 역할을 대신하곤 했다.

하지만 매년 여름이 오기도 전에 묘목들은 번듯한 이파리 하나 틔워보지 못하고 말라 죽곤 했다. 산화철의 붉은 토양이 문제인 듯싶었다. 바위 절벽으로부터 방사형으로 뻗어 나온, 물기를 모두 빨아들여 사라지게 만드는 잿빛 돌밭이 문제인 듯도 싶었다. 산화철로 끓어오르는 듯한 진흙 웅덩이들이 곳곳에 늪, 치명적인 함정들처럼 고여 있었다. 언제 보아도 돌밭은 물기 한 점 없이 바짝바짝 빠득빠득 말라 있었다. 그 살풍경, 바로 그것의 토양이 문제였을 것이다. 똑같은 일들이 붉은 진흙 웅덩이와 돌밭 들이 포진한 길목에서 되풀이되곤 했다. 매년 똑같은 일이 되풀이됐다. 선생들은 매년 아이들을 길목으로 내몰아 나무를 심게 했고 매년 똑같은 출입 금지 푯말이 달린 줄이 길목 앞에 둘러쳐졌다. 그리고 매년 여름이 오기도 전에 묘목들은 말라비틀어져 거기 죽어 있었다.

심고 말라 죽고 뽑아내고 심고 말라 죽고 뽑아내고. 그때 왜 그런 부질없고 의미 없어 보이는 일에 학교 선생들이 그토록 고집스레 달라붙곤 했는지 K로선 이해할 수 없었다. 선생들은 마치 보이지 않는 무엇과 맞붙어 힘겹게 싸워나가고 있는 것 같았다…… 무엇인가 있어 매년 되풀이되는 학교와 선생들의 노력을 도무지 쓸데없는 것으로 만들고 있는 것 같았다.

때문에 절벽으로 향하는 길목은 언제나 죽은 묘목들만

이 어리둥절한 표정으로 지키고 서 있게 되었다, 퀭하니. 마치 반드시 그래야만 한다는 듯이 언제나 퀭하니 뚫려 있게 되었다…… 무엇인가 있어 묘목들의 뿌리를 비틀어 쥐고 뿌리째 힘껏 짜버린 것도 같았다.

K는 졸업하던 그해까지 그 모든 일을 지켜보았고 또 동원되었다. 길목에 묘목들을 심고 또 뽑았다 다시 심었다. K와 같은 아이들은 약간의 주의만 기울인다면 언제든지 그 너머까지 가볼 수 있었다. 하지만 대부분은 그곳에 대한 호기심조차 가져보지 않은 채 졸업하곤 했다.

언제 시작되었는지 모를 그 이해할 수 없는 싸움은 K와 친구들이 국민학교를 졸업하던 그해 일단락되었다. K가 졸업하던 그해 1981년 겨울, 학교와 선생들은 별 효과를 기대할 수 없는 묘목들 대신 아이들 키의 두 배가 넘는 높다랗고 기다란 철책을 길목 전체에 둘러쳐버렸다. 길목 전체를 둘러싼 철책으로 그 기묘한 투쟁은 일단 끝을 본 것 같았다.

K는 채 마르지 않은 피딱지처럼 빨갛게 빛나는 장미 화단을 따라 걷기 시작한다. 화단의 끝엔 만약 기억이 틀리지 않다면 음악실로 통하는 문이 있을 것이다. 음악실엔 일곱난쟁이와 그의 유쾌한 학생들이 있을 것이다……

희의 통통한 털 스웨터 호주머니에서 넘쳐 나온 빨간 꽃잎들이 바람에 날리며 땅으로 떨어지고 있다. 여리고 가냘픈 바람 같은 어떤 소리가 화단 끝 창문에서 K와 희 쪽으로 새어 나오고 있다. 일곱난쟁이의…… 음악 수업이다.

음악실 안에선 키가 거의 교탁의 두 배는 될 듯한 바짝 마른 선생이 줄곧 안경을 고쳐 쓰면서 아이들을 지휘하고 있다. K는 약간 창백한 얼굴이 선생을 창 너머로 넘겨다보며 빙긋 웃는다. 책상들은 교탁 쪽으로 넓게 열려 있는 반원 형태로 배열돼 있다. 책상에 앉아 선생의 지휘를 따르는 아이들 손에는 피리며 캐스터네츠, 탬버린, 트라이앵글 따위가 들려 있다. 반원의 뒤쪽으론 실로폰이나 틴 드럼, 베이스드럼 등 좀 덩치 큰 악기들이 놓여 있다.

아이들은 선생이 흔들어대는 두 팔의 움직임에 따라 그것들을 두들기고 연주하고 있다. 우리가 했을 때 말이야…… 여기 1층 복도가 정말 시끌벅적했었어, K가 희를 돌아보며 말한다, 우리였을 때는 말이야.

그리고 쟤가 일곱난쟁이야.

일곱난쟁이? 그래, 일곱난쟁이.

전혀 그렇게 보이지 않는데? 난쟁이치고는 키가 좀 큰데?

그래? K는 웃는다. 정말.

백설공주의? 희가 손가락으로 창유리 너머 선생의 얼굴을 찍는다.

그럴 수도…… 아닐 수도 있지……

응? 백설공주를 증오하는 일곱난쟁이에 대해서 들어봤어?

응? 희가 두 눈을 깜박이며 되묻는다, 응?

백설공주를 증오하고 괴롭히고 못살게 구는 빨간 모자 쓴 일곱 명의 난쟁이……에 대해 들어봤냐고, K가 희미하게 킥킥대며 다시 음악실 안을 향한다.

음악실 안에서 새어 나오는 소리는 창에 설치된 방음유리 때문에 웅얼거림, 바람 소리, 그저 누군가 흥얼대는 소리 정도로밖엔 들리지 않는다. 우리였을 때는 이런 방음유리가 없었어, K가 신기한 듯 방음유리를 톡톡 손가락으로 튕겨보며 말한다.

K는 음악실 안의 선생에게 손을 흔든다. 운동장 쪽 창에서 막 11시가 지난 태양광선이 음악실 안으로 작열하고 있다. 아이들이 악기들을 흔들고 두드릴 때마다 광선도 사방으로 흩어져 날린다. 부드럽게, 느릿느릿, 혹은 격렬하게, 날뛰듯 악기들로부터 튕겨 나와 사방으로 흩날린다. 아이들은 어린애다운 집중력을 보이며 선생의 두 팔에서 눈을 떼지 않는다. 보여?

K는 즐거운 목소리로 희에게 묻는다. 보여?

창틀에 턱을 괸 희가 눈을 깜박이며 중얼거린다, 그래……보여.

트라이앵글의 각진 금속 봉으로부터, 에나멜을 칠한 실로폰의 나무토막 음판들로부터, 탬버린의 금속 테와 금속 방울들로부터, 그리고 반질반질한 플라스틱 캐스터네츠의 두 짝 몸체로부터 튕겨 나온 태양광선이 격렬하게 혹은 부드럽게 음악실 안을 비춰 K와 희의 눈을 부시게 하고 있다. 마치 귀먹은 광선에도 음고, 박절, 박자 들이 있는 것처럼 그리고 리듬과 화음이 있는 것처럼 알 수 없는 규칙과 방향을 가지고 음악실 안에서 나름의 조화를 이뤄내고 있는 것만 같다. 희가 두 눈을 반짝이며 나지막하게 한숨을 쉰다. 틴 드럼과 베이스드럼의 가죽 울림판을 둥근 소구의 채가 내리칠 때마다 커다란 섬광의 원판이 깨어져 유리 파편들처럼 흩어져 사방으로 날린다…… K와 희는 귀먹은 반사광들의 찬란한 합주를 하염없이 바라보고 있다.

그래, K가 중얼거린다, 보이지   보여.

칠판에는 K가 지금의 아이들만큼이나 어렸을 적, 이 학교 이 음악실에서 익히 보았던 낯익은 모양의 악보가 그려져 있다.

칠판의 오선은 구부러진 선들과 점들로 이뤄진 뭔지 모를 들쭉날쭉한 암호들만으로 가득 차 있다. 음표도 악상기호도 아니다. 그것들은 단지 선생과 아이들만이 알아볼 수 있는, 그들 사이에 맺어진 약속에 의해서만 읽히는 암호다…… 그것들은 각기 트라이앵글이며 캐스터네츠며 베이스드럼을 지시하고 있으며 때론 음의 강약과 길이를 나타내기도 한다.

우리가 저 곡을 연주했을 때는, K가 속삭인다.

뭐? 저 곡?

그래, 고아들의 노래…… 희가 고개를 끄덕인다.

……그때 우리가 가질 수 있었던 악기들이라곤 고무줄로 이어 붙인 캐스터네츠, 조약돌로 속을 채운 플라스틱 필통, 청동제 요령 두어 개, 쇠못을 술처럼 매단 막대, 은종이로 싼 나무토막들,

그리고 유리구슬이 든 유리 우유병…… 그런 것들뿐이었어…… K가 희의 귀에 대고 속삭인다.

뭐? 그런 게 악기야? 희가 고개를 갸우뚱한다.

그래, 소리가 나는 것이면 무엇이나 악기가 될 수 있다고 하셨는걸…… 소리가 나는 것이면 무엇이나.

무슨 말이야? 누가? 희가 눈을 동그랗게 뜨며 묻는다.

안 선생님…… K가 아이들을 손가락으로 가리키며 대꾸한다. 안 선생님.

안 선생님?

그래, 안 선생님, 하고 K는 창틀에 쌓인 새하얀 먼지들을 훅 분다…… 하지만 내게도 낯선데? 거의 십수 년 만이야.

그래? 희는 그저 웅얼거림일 뿐인 음악실 안의 소리에 조심스레 귀 기울이고 아이들의 움직임들을 놓치지 않고 눈으로 좇고 있다. 까맣고 동그스름한 턱을 까딱까딱해대며 흐뭇한 표정을 짓는다.

좋아…… 뭔진 모르겠지만 어쨌든, 하고 희가 빙그레 미소 짓는다.

하지만 음악실 안의 선생은 뭔가 일이 잘 안 풀려나가고 있다는 듯한 표정이다. 팔은 조금 경직된 듯하고 입술 한쪽은 불안하게 구겨져 있다. 갑자기…… 음악실을 향한 K의 눈썹 끝을 무엇인가가 툭 건드리고 지나간다. K는 소스라치듯 눈을 깜박인다.

선생의 두 뺨도 실룩거리고 있다. 눈의 초점이 흐트러져 있다. 반사광도 아이들의 팔 동작도 흩어지고 있다. 아이들은 이제 아무렇게나 악기를 두들기고 시선은 우왕좌왕하고 있으며 반사광들의 합주도 제멋대로 날뛰고 있다. K는 선생의 얼굴이 흥분으로 일그러지는 것을 본다. 한눈을 파는 사이 안에서 뭔가 일이 있었는지도 모른다…… K의 눈썹 끝을 건드리고 지나갔던 어떤 것……

그것이 음악실의 팽팽했던 조화까지 툭 터뜨려놓은 것인지도 모른다. 무언가 툭 하고 지나간 순간 한꺼번에 뒤틀려버렸다. 선생의 눈에도 낭패한 기색이 비친다.

K는 어떻게 된 영문인지 알 수가 없다. 뭘까, 눈썹 끝을

툭 하고 건드리고 지나간 그것은. 무엇이었길래 음악실 안을 저토록 엉망으로 휘저어놓은 건가. 희이 눈에도 이미 저 음악실 안처럼 떨리는 불안의 그늘이 져 있다. 무엇인데 저런 음악을 처음 대하는 희까지도 불안케 하는 걸까. K는 창유리에 이마를 댄다.

K는 창유리에 이마를 찧는다. 서늘한 기운이 K의 더운 이마에 전해진다, 그래, 아빠,

아빠,

아빠, 어디 있었어? K는 저 멀리 정원의 한편에서 허리를 구부리고 아버지를 보고 있었다. 엉덩이를 치켜올린 채 엉거주춤 선 아버지를 보고 있었다. 검고 찐득찐득한 정원 부식토가 엉덩이와 맨발에 묻어 있었다.

아빠,

거기서 뭘 해? K는 다가갔다. 비 온 뒤 늦은 오전의 시간이었다. 정원수와 꽃 들, 부식토가 뿜어내는 악취가 정원과 아버지 몸에 가득했다. 몇 개의 물웅덩이가 아버지의 정원을 반짝이는 볕의 곰보로 만들어놓고 있었다. 아버지는 여전히 엉거주춤한 자세로 진흙투성이 바닥을 내려다보고 있었다.

정원에 깔린 포석들이 아버지의 엉덩이 아래로 긴 잿빛의 꼬리처럼 지나가고 있었다. 포석들을 따라 멀리

정원을 통해 밖으로 나가는 파란 철문이 보였다. 아빠,

아빠, 뭐 해? K는 아버지의 곁에 가 섰다, 아빠, 뭐 해? 아버지는 그러자 더듬거리고 버벅거리며 입을 열었다, 얘야,

왜? 나·비·가·죽·었·다. 응?

얘야, 나·비·가·죽·었·어. 응?

준다. 희는 그것을 한입에 밀어 넣는다, 아, 여기 뭐 들었어요?

매일 점심이 이래요? 누가 이런 걸 싸줘요? 나도 맨날 이런 점심만 싸가지고 다녔으면, 희가 쏟아내는 수다에 일곱난쟁이가 웃으며 고개를 끄덕인다. 난 난쟁이라면 뭔가 특별한 것을 먹을 거라고 늘 생각해왔어, 희가 손바닥에 묻은 밥알들을 혀로 떼어내며 말한다.

이를테면 단지 먹기만 해도 아이를 배게 하는 주먹밥이라든가, 흰 젖이 떨어지지 않고 흘러나오게 만드는 술이라든가.

가능할까? K가 말한다.

그건 가능하지 않아, 희가 혀를 쏙 내밀며 말한다. 어쨌든 좋은 점심이야, 하고 희는 일곱난쟁이의 런치 백을 들여다본다, 안 그래요? 일곱난쟁이 씨?

선생질이, 그래, 어때?

어떻긴, 그저 그렇지, 일곱난쟁이는 무심한 얼굴로 K를 돌아본다, 바빠…… 하지만 점심만은 정말 신경 쓰지.

바쁘다고? 그래, 일곱난쟁이가 머뭇거리며 말을 잇는다, 선생도 공무원이라고, 일이 얼마나 많은 줄 아니? 게다가 음악학원 한두 군데 강사로도 나가지…… 실은 별것도 아니야, 할 만하니까 하는 거지…… 일곱난쟁이가 이마를 감싸 쥔다,

불면인 데다 두통에…… 이마가 당장이라도 폭발해버릴 것 같아, 붐! 하고.

붐! 희와 K가 일곱난쟁이의 말투를 흉내 내며 깔깔 웃는다. 돈 벌게?

으음, 당연한 말이지, 돈 벌게! 일곱난쟁이가 우스꽝스러운 표정을 지어 보이며 고개를 끄덕인다, 돈 많이 벌게…… 돈

벌어 엄마 금니도 박아드리고 무엇보다 하고 싶었던 음악 공부도 마저 해야겠어, 으음!

끔찍한 인생이구나, K가 중얼거린다. 그래…… 일곱난쟁이가 금세 침울해진 목소리로 그래, 한다.

어쩌면 돈 땜에 이러는 게 아닌지도 몰라…… 내가 사는 이유가 언제부터 바쁘다는 것, 그저 눈코 뜰 새 없이 바쁘다는 것, 그것이 돼버렸을까? 어떻게 생각해? 뭘?

정신과 치료를 받아야 할까? 일곱난쟁이가 K의 어깨를 툭 치며 킥킥댄다. 그래, K가 말한다, 이마가 네 말대로 붐! 하고 터져버리기 전에 말이야, 어느 날 갑자기.

그래…… 맞는 말이야, 분명한 건 내가 스트레스에 약한 체질이란 거지, 이마가 당장이라도 폭발해버릴 것 같아…… 목소리가 다시 침울해져 있다. K는 학교 뒤편, 산자락 쪽으로 고개를 돌린다.

학교 뒤편 산자락 쪽으론 여전히 흉한 모양으로 녹슬어가는 커다란 바위 절벽이 눈에 띄인다. 절벽으로 가는 길목엔 K가 학교를 떠난 후 몇 번째 교체된 것인진 알 수 없지만 낯익은 철책이 기다랗게 둘러쳐져 있다. 하지만 K는 이제 그곳이 더는 산화철의 붉은 토양과 진흙탕과 물기를 빨아들여 사라지게 만드는 잿빛 돌밭이 펼쳐진 그런 살풍경만은 아니라는 사실을 확인하고 있다. 철책 너머로 이파리들이 아주 많이 달린 커다란 아카시아들이 군락을 이루고 있는 것이다. 말할 수 없이 색 짙은 아카시아 숲은 절벽을 반쯤 가려버릴 정도로 무성히 자라 있다. 지난날의 철책을 따라 나란히 꽂혀 있기만 하던 빈한한 인공 방벽이 아닌 것이다. 그 풍부함은 학교의 인공조림을 향한 노력이 오래전에 성공했음을 보여주고 있다. K는 의아해하며 일곱난쟁이에게 묻는다, 어찌 된 거야?

처음 부임해 왔을 때 나도 보곤 놀랐지. 일곱난쟁이는 런치 백을 챙기며 말한다, 흙을 갈아엎었대.

그래? 지방 어딘가에 있는 흙을 사다가 아예 토질을 바꿔버렸다는 얘기지.

토질을?

그래, 그 방법 아니면 뭐 다른 게 있을까? 그리고 저……빌어먹을 아카시아들.

그래도, K가 고개를 끄덕인다, 아카시아가 아니면 어느것이 저런 데서 자랄 수 있겠어? 집요하고, 그리고 잔인한 식물이잖아. 하지만

보기는 좋지?

보기는 좋아, 하고 일곱난쟁이는 K와 희를 돌아보며 희미하게 웃는다, 그래, 모든 건 바뀌게 마련이야.

그래, 네가 음악 선생이 된 것처럼…… 그런 음악, 하고 K는 약간 주저하며 말한다, 애들이 좋아할까.

그런 음악? 응, 아까 네가 수업하던.

아하, 일곱난쟁이는 금세 그늘이 지는 두 눈을 내리깔며 말한다, 좋아하겠지, 애들이니까.

일곱난쟁이는 뺨을 약간 일그러뜨리며 애들이니까, 하고 말한다. 나도 망설였는데…… 아이들한테 바흐의 미사곡 같은 것을 연주해보라고 시킬 순 없는 노릇이잖아.

엉뚱한 대꾸에 K는 웃음을 터뜨린다, 그래, 애들이니까. 하지만 우린 그 악보를 잃어버리지 않았었나?

그래, 안 선생님 악보는 분실돼서 없지, 벌써 오래전 일이야.

그런데 어떻게?

내가 복원시켰어, 기억을 더듬어서. 사실은 감각의 기억 말이야. 내 머린 그걸 전혀 기억 못 하지…… 그러니 어쩌면 그때의 안 선생님 곡과는 전혀 다른 무엇으로 내가 만들어놓은 것인지도 몰라.

설마, K는 하지만 흥미 있다는 듯한 미소를 지어 보인다, 네가 그걸 복원시켰다고!

아이들이 어려서 안 선생님 이야기는 들려주질 못했는데…… 듣고 싶다면 이따 오후 첫 시간에 음악실로 와.

오후 첫 시간? 그래, 예전 같지는 않겠지만…… 제목만은 같지, 그걸 어떻게 잊겠어?

고아들의 노래, K가 중얼거린다.

그래, 안 선생님이 가르쳐주었던 그것, 고아들의 노래……맞아.

일곱난쟁이가 K의 눈앞에 두툼한 은색 열쇠 꾸러미를 흔들어 보여준다.

응? 그게 뭐야?

일곱난쟁이가 말없이 철책 너머 붉게 녹이 슨 커다란 바위 절벽을 손가락으로 가리킨다. K의 눈이 반짝인다.

갈까? 일곱난쟁이가 시계를 들여다본다.

여긴 길도 없어, 일곱난쟁이는 즐거워서 미치겠다는 듯한 표정을 짓는 희의 손을 끌면서 아카시아 숲을 헤쳐 나가고 있다. K는 그보다 조금 앞서가며 나뭇가지로 가시넝쿨과 뭔지 모를 잡풀, 키 작은 가시투성이 아카시아 들을 양쪽으로 갈라놓고 있다. 태양광선과 나뭇가지와 이파리 들이 만드는 그늘 조각들이 그물의 얽힌 눈처럼 사방에 드리워져 있다. K는 숨을 몰아쉬면서 연신 여기가 이렇게 넓었는지 잊었어,라고 중얼거리고 희는 낄낄 웃어대면서 쉴 새 없이 바지며 스웨터에 묻은 가시넝쿨과 아카시아 가시 들을 떼어내고 있다. 여기가 어쩌다 이렇게 됐지?

발밑을 조심해, 일곱난쟁이는 K에게 소리친다, 어딘가에 늪이 있을 거야. 그래? 냄새가 아주 지독해. K는 걸음을 멈추고 일곱난쟁이를 돌아본다. K는 허리까지 닿는 잡풀 속에서 어이없다는 표정을 짓고 있다. 냄새가 정말 지독해? 똥물이야, 하면서 일곱난쟁이는 웃음을 터뜨린다.

저것 봐. 신발에 묻은 진흙을 닦아내던 K는 일곱난쟁이의 말에 고개를 든다. 갑자기 눈이 아려온다. K의 눈앞에서 광선이 터질 듯 부풀어 오르고 있다. 숲이 끝난 거야, 일곱난쟁이의 중얼거리는 소리가 들려온다. K는 잠시 눈을 감았다가 아카시아 숲에선 보이지 않던 붉게 녹슬어가는 바위 절벽을 향해 고개를 든다.

세상에, 그러고는 흐릿한 미소를 띠며 말한다, 하나도 변하지 않았어. 그렇지?

K와 일곱난쟁이는 바위 절벽 가까이 걸음을 옮긴다. 둘의 걸음은 왠지 조심스러워져 있다. 희는 둘을 따라가면서 그들 앞에 펼쳐진 거대하고 붉은 절벽, 짙푸른 아카시아 숲, 그리고 무엇보다 절벽을 반으로 가르며 흘러내리고 있는 폭포에 넋

놓고 있다. 폭포는 실개천처럼 폭이 좁고 수량도 아주 조금밖에는 돼 보이지 않는다. 졸졸 물 흘러내리는 소리가 가냘프게 들려온다. 폭포는 녹슬어가는 바위 절벽을 위에서 아래로 쭉 가르며 핏빛으로 번뜩이고 있다. 빨개!

희가 환호한다, 저거 봐, 빨개!

K와 일곱난쟁이는 절벽 밑동을 촘촘히 감싸며 타고 오른 가시넝쿨 앞에 걸음을 멈춘다. 폭포는 가시넝쿨 아래 어딘가로 스며들고 있다…… 희는 어린애처럼 깡충깡충 절벽 밑의 이젠 조금밖엔 남아 있지 않은 돌밭을 뛰어다니며 키득거리고 있다.

어때? 뭐가?

감상이. 모르겠어.

나도 여기까지 들어온 건 처음이야. 매번 숲속에서 헤매다 돌아 나오곤 했거든.

일곱난쟁이가 계면쩍게 웃으며 말한다, 겁이 났던 게지…… 그러곤 나뭇가지를 들어 가시넝쿨들을 거둬내기 시작한다.

거기가 맞아? K가 묻는다.

그래, 폭포 옆…… 왼쪽이었나, 오른쪽이었나……

가시넝쿨은 몇 해 전에 죽은 바삭바삭한 줄기들부터 차례차례 겹을 이루며 두껍게 절벽 밑동을 두르고 있다. 일곱난쟁이와 K는 넝쿨의 산 줄기들과 죽었지만 여전히 질긴 줄기들이 이룬 몇 겹의 바리케이드를 숨을 헐떡거리며 헤치고 있다.

그게, 여기가 틀림없어? 아마도.

그렇담, 이런 넝쿨이 어떻게 있을 수가 있는 거야?

가시넝쿨을 거의 거둬냈을 때 K와 일곱난쟁이는 나뭇가지를 쥔 손을 힘없이 떨군다. 이런……

막혔잖아, K는 자기 앞에 드러난 그것이 믿기지 않는다는 듯 중얼거린다. 세상에…… 일곱난쟁이는 자신들 앞에 모습을 드러낸 돌덩이들을 쌓아 만든 반원 형태의 돌벽을 손으로 더듬어본다. 돌벽의 표면에 발린 시멘트가 일곱난쟁이의 손이 닿을 때마다 바슬바슬 떨어져 내린다.

이럴 줄 알았어, K는 한 걸음 뒤로 물러서 주저앉는다, 빌어먹을, 막아버린 거야……

이게 뭐야? 희가 묻는다.

돌벽이죠, 일곱난쟁이가 이마의 땀을 닦는다. 지금은 돌벽이고, 한때는 그러니까……

동굴이었죠.

동굴? 그래요, 이 막힌 것 뒤로…… 어머, 희가 재미있어하는 표정으로 코가 닿을 듯 가까이 다가가 돌벽을 살펴본다, 예쁘네요. 예뻐요? 예, 이 돌들 좀 봐요. 일곱난쟁이가 기막히다는 표정으로 K를 돌아본다,

대체 이 여자애는 어디서 데려온 거야? K가 킬킬대며 몰라, 한다.

희는 마냥 재미있어하는 표정으로 동굴 주변을 깡총깡총 뛰어다닌다. 알겠어? 일곱난쟁이가 K 옆에 와 주저앉으며 말한다.

마침내는 입막음을 해버린 거라고…… 봐, 아주 시치미를 뚝 떼는 표정이잖아.

그래…… 정말 그런데.

아무도 이 동굴엔 출입하지 못했겠군……

이렇게 된 걸 샐리가 알면 좋아할까, 안타까워할까?

샐리? K가 일곱난쟁이를 돌아본다, 아까 샐리를 만났어.

그래?

몇 번이고 간다 간다 하면서 못 갔었잖아, 오늘 가봤지.

어때? 그 눈먼 공주님?

히스테리가 더 대단해졌어, K가 나지막이 중얼거린다.

그래? 무슨?

그것들이 오고 있다는 거야. 그것들?

그래, 요술공주 샐리들, 미친 샐리년들.

일곱난쟁이가 들릴락 말락 하게 웃는다, 그렇다면…… 정
말 큰일이군. 걔는 내가 이 학교 선생이 되었다는 게 아무래도
못마땅한가 봐. 모교의 선생이 되었다는 게 걔한테는 끔찍한
일인 거야……

하긴, K가 돌벽을 물끄러미 바라보며 중얼거린다, 동굴이
야 막아버리면 그만이지만…… 그걸 어떻게 막겠어, 기억을?

그건 그렇고 조사를 좀 했어, 일곱난쟁이가 나지막이 말
을 잇는다, 저 동굴에 대해서……

정말? K가 깜짝 놀라 묻는다.

그래, 저 동굴…… 그런데…… 실은 아직까지 알아낸 게
없어. 일곱난쟁이의 이마가 연한 붉은빛을 띠고 있다.

이상해…… 일곱난쟁이가 손가락을 들어 이젠 안을 들여
다볼 수 없게 된 동굴을 가리킨다, 저것에 대해선 아무것도 찾
을 수 없다는 게……

역사적·지리적 사실…… 문헌 조사, 설화들, 기록되거나

구술된 거의 모든 것들, 그런데…… 눈을 가늘게 뜨고는 말을 잇는다, 간단한 지리적 사실조차 정리된 게 없는 거야…… 동 사무소, 지리학회…… 심지어 국방 자료까지 뒤졌는데…… 없어, 아무것도.

과연, 집요한 일곱난쟁인데? 그래서?

일곱난쟁이의 눈두덩이 어떤 격함과 짜증으로 일그러지고 있다, 저것엔 이름조차 없어.

이름도 없어? 그래.

그러니 저건 그저, 일곱난쟁이가 이마의 땀을 닦는다…… 바위 절벽에 뚫린 하나의 시커먼 구멍일 뿐이야……

바위 절벽에 뚫린 하나의 검은 구멍?

그래, 무엇도 아니라고…… 그것 외엔 아무것도 아냐.

그 아무것도 아닌 것에 학교는 왜 또 그렇게 집착하고 진을 뺐을까? K는 붉게 달아오른 일곱난쟁이의 이마를 본다.

그래, 모를 일이지…… 어쨌든 내가 알아본 바에 의하면 역시…… 일곱난쟁이가 피식 웃는다.

별 이유가 없어, 아무것도.

정말? K가 재밌는데? 하곤 웃는다.

당시 작업에 참여했던 교직원들도 이상히 여기던데? 동굴 길이와 폭이 얼마인지…… 생성 연대는 얼마쯤인지…… 또 그 빌어먹을 이름은 뭔지…… 아무튼 당시 작업이 이뤄지게 된 과정을 종합하면 이거야.

어느 날…… 교직원 회의를 하는데 누군가 학교 뒤편의 살풍경에 대한 얘기를 꺼냈지…… 그러자 다들 흥미를 보이기 시작했어, 문득…… 누군가 그것이 학교 경관을 망치고 있다고 주장했고…… 또 누군가 조경 작업을 해 경관을 보기 좋게 꾸며야 한다고 주장했지, 갑자기……

그러곤 모두들 그 의견에 동의했어, 첫번째 작업이 시작됐지……

그렇게 해서 그 부질없는 작업이 매년 되풀이되는 것을 우리는 졸업하던 해까지 지켜봐야 했던 거야…… 그러곤 마침내 두 손 두 발 다 든 학교에선 아예 그 근원을…… 토질을 완전히 갈아엎기로 했다는 얘기지.

그래? K가 잠시 생각을 가다듬는 듯 고개를 갸웃거리고 있더니 입을 연다, 이상하잖아?

응?

이상해, 네 이야기엔 확실한, 분명한 구석이 하나도 없어 보이는데?

아니, 있지, 일곱난쟁이가 야릇하게 웃으며 말한다, 있어. 바로 저, 바위 절벽에 뚫린 시커먼 구멍 하나……

그렇네! K가 고개를 끄덕인다, 저만큼 우리 앞에 명료한 것도 또 없지! 바위 절벽에 뚫린 검은 구멍 하나, 예나 지금이나 여전히!

그래, 선생들도 꼭 그래야만 하는 이유를 확신할 만큼 알지 못한 채, 스스로 납득하지 못한 채 그런 작업에 매달렸던 거야. 미친 듯이 나무를 한 짐씩 등에다 지고.

인상적인데? K가 이맛살을 찌푸린다.

예나 지금이나 우리에게 분명하고 확실한 건 저것 하나뿐이야, 이럴 수 있는 거야? 일곱난쟁이의 얼굴이 이제 시뻘겋게 달아올라 있다.

그렇다면 저 동굴은 도대체 언제 막아버린 거야?

글쎄…… 알 수 없는 일이지. 벅스버니가 죽은 다음이 아니었을까? 우리가 이 학교의 6학년 졸업반이었던 1981년…… 벅스버니가 죽은 1981년 다음 해쯤의 일이 아니었을까, 우리가 졸업하고 난 다음의 일…… 그렇다면 우리가 모르는 게 당연한 일일 거고……

그래…… 그럴 수도 있겠군, K가 고개를 끄덕인다. 아닐 수도 있고.

빌어먹을, 일곱난쟁이가 이마를 감싸 쥐며 중얼거린다. 이마가 터질 것 같아. 허리가 고꾸라지듯 굽는다. 빌어먹을 난……

아이들이 반원으로 이어 붙인 책상에 빙 둘러앉아 있다. 창밖에서 본 그대로다. 저마다 흥분, 무관심, 아이들다운 집중으로 음악실을 떠들썩하게 만들고 있다. 손에는 트라이앵글, 캐스터네츠, 탬버린, 심벌즈 따위가 들려 있다.

일곱난쟁이가 교탁 옆 의자에 앉은 채로 손뼉을 치자 아이들은 칠판의 악보에 따라 악기들을 연주하기 시작한다. 일곱난쟁이가 하는 일이라곤 아이들이 박자를 흐트러뜨리지 않도록 그저 팔을 흔들어주는 것뿐이다.

K와 희는 아까 창밖에선 듣지 못했던 아이들과 일곱난쟁이의 합주에 새삼스럽게 놀라며 귀 기울이고 있다. 맑고 둔탁하며 섬세하고 때론 거친 울림들이 둘을 둘러싸며 울려 퍼진다…… 흥겹고 우울하게 전개되다가 다시 음침하고 왁자지껄한 환함으로 돌아가고 다시 권태로운 읊조림 같은 리듬으로 바뀌기도 한다. 이제…… 연주는 도입부로 들어서고 있다.

베이스드럼이 울리기 시작한다, 둥 둥 둥 느리고 둔중하다…… 탬버린이 뒤를 잇는다, 가볍게 찰랑이는 싯고 파들의 울림이 베이스드럼의 공명음을 찢으며 공중에 흩날린다…… 캐스터네츠가 맞부딪기 시작한다, 빠르게 그리고 틴 드럼이 K와 희의 고막을 가볍게 울리며 합주의 빈 곳들을 메우기 시작한다. 나무로 만든 두 개의 채가 가죽을 때려 만드는 단순한 반향음들…… 그리고 마지막으로 실로폰의 음판들이 떨기 시작한다. 각 음별로 빨갛고 파랗고 노랗게 칠해진 음판들이 한낮의 태양광선을 튕겨내듯 울림을 튕겨내고 있다. 이제 아이들의 악기가 한꺼번에 울리고 있다. 아무런 잘 짜인 리듬도 화음도 귀를 솔깃하게 하는 멜로디도 없다…… 하지만 K는 그 엉망으로 두드려지는 불협화음들, 우연과 불확정성뿐인 아이들의 울림이 하나의 체계로 모아지는 것을 본다. 이제……

두번째 변주다. 틴 드럼과 베이스드럼은 단조로운 연속음을 만들어내며 쉴 새 없이 공명음을 만들어낸다…… 베이스드럼이 탬버린의 경박함에 둔중함을 실어주고…… 트라이앵글이 캐스터네츠의 탁한 소리를 유쾌하고 환하게 걸러준다…… 틴 드럼의 무미건조함을 실로폰의 수십 개, 빨갛고 파랗고 노란 음판들이 경쾌하게 궁글려주고…… K는 이제 세번째 변주가 이어지는 것을 본다…… 이 끊임없고 반복 변주되는 합주는 아이들 각자의 무작위, 자발, 자유로운 선택에 의해 이뤄지는 것이지만 그 안엔 그러한 우연과 불확정성들을 한데 모으는 조화에 대한 약속들이 깔려 있고 지켜지고 있다…… K는 칠판의 알 수 없는 암호들로 꽉 찬 악보를 본다…… 악보는 단지 최소한의 약속만을 아이들에게 제시해줄 뿐이다……

네번째 변주다…… 우연과 불확정성뿐으로 이뤄진 아이들의 불협화음이, 악기의 울림들이 서로, 서로의 훼손되고 결핍된 빈 곳들을 채워주며 끝없이 보완해주며…… 하나의 조화로운 체계를 만들어나가고 있다. 조화로운 체계, 고아들의 노래를…… K는 본다. 클라이맥스가 가까워지고 있다……

K와 희는 음악실 한편에 마련된 걸상에서 아이들과 일곱난쟁이가 연출해내는 장난 같은, 종류를 알 수 없는 어떤 게임 같은, 마술적인 놀이 같은 고아들의 노래 합주에 정신이 팔려 있다.

문득 반원으로 늘어앉은 아이들의 가운데로 여자애가 들어서는 게 보인다. 일곱난쟁이가 앉은 채로 K를 힐끔 비껴 보며 윙크한다, 샐리야…… 그렇게 속삭이는 듯하다. 그래, 샐리…… K가 일곱난쟁이에게 눈을 깜박거려 보여준다.

그래, 샐리…… 여자애가 턱을 꼿꼿이 쳐들고는 가늘고 높고 째지는 목소리로 노래를 읊기 시작한다. 기억이 옳다면…… 연주는 저 반원의 중심에 선 여자애의 노래를 시작으로 클라이맥스에 올라서는 것이다…… 여자애는 읊기 시작한다…… 아이들은 저마다 자기들이 만들어낸 조화에 흥분한 듯 열광한 듯 발갛게 얼굴이 달아올라 있다.

마당에는 아빠의 부러진 목발과 시멘트 역기가 있고요

부엌에는 엄마의 기름투성이 프라이팬과 행주치마가 있지요

마루 밑에는 아빠의 워커가 버려져 있고요, 우리는 매일 아침 코 광을 내지요

마당에는 엄마의 죽은 고추들이 심겨 있고요, 우리는 매일 저녁 연탄재를 빻아 뿌리지요

어른들은 물으시죠, 너희 아버지는 어딨니

얘야, 너희 어머니는 어딨니

우리는 목발을 짚고 마당에 나가 문 앞을 쓸어놓지요

우리는 행주치마를 두르고 부엌에 나가 밥을 짓지요

투명해질 때까지 아빠의 워커에 광을 내고

고추들이 되살아날 때까지 연탄재를 빻아 뿌리지요

저희가 뭘 알겠어요, 아빠는 출근한다고 아침에 나갔다가 돌아오질 않고

저희가 어떻게 알겠어요, 엄마는 설거지하다 말고 끌려나가 고추밭이 다 죽도록 돌아오질 않는데

여자애의 우윳빛 나는 턱과 붉은 입술이 정점을 지나는 태양광선에 터질 듯 환히 빛나고 있다. 가슴에 모은 희고 통통한 두 손이…… 하얗고 통통한 얼굴이…… 그 얼굴에 박힌 두 쪽 빨간 입술이…… 환히 터져 오를 듯 빛나고 있다. 어머, 희가 나지막이 중얼거린다, 언니……

샐리 언니야, 그렇지? 그래, K가 고개를 끄덕인다,

우리 노래야, 우리 노래……

뭔가 툭 음악실 안을 지나간다. 툭, K의 눈썹을 건드리고 지나갔던 뭔가가 다시 한번 지나간다. K는 깜짝 놀라 감았던 눈을 뜬다. 음악실 전체가 우왕좌왕 흐트러지고 있다. 팽팽했던 조화가, 클라이맥스에 올랐던 환희와 열광이 다시 한번…… 깨어지고 있다, 깨어졌다. 일곱난쟁이의 얼굴이 낭패

감으로 일그러진다. 일곱난쟁이가 지휘하던 두 팔을 거둬들이며 이마를 감싸 쥔다. 이마며 두 눈이며 빨개져 있다.

　모든 것들이 삐걱거리고 있다…… 무언가 툭 하고 음악실 전체를 건드리고 지나갔다…… 아까 K의 눈썹 끝을 툭 건드리고 지나갔던 어떤 것이…… 아이들의 얼굴엔 당황한 빛이 가득하고…… K는 희를 돌아본다. 희의 두 눈에 다시 한번 불안에 떨리는 그늘이 져 있다.

태생들

알겠어? 기다리던 것이 가까워졌어, 저 놀이터, 저 아이들의 놀이터. 난 저 놀이터를 기억하지. 목조 정글짐이 아이들을 기다리고 있고, 목조 시소와 목조 구름다리.

알아? 예전엔 저 모든 것들이 쉽게 녹슬고 쉽게 흉기로 변해버리는 철제 구조물이었지. 하지만 이제는 봐,

저 새로운 스타일의 놀이터, 아이들 턱이 깨지지 않게 하려고 20센티미터 두께로 깐 모래사장, 이가 부러지지 않도록 특별히 제작된 무른 나무들의 뼈대. 이제는 모든 놀이 기구들의 모서리는 누가 보더라도 안전의 포근함을 느끼도록 깎여 있지, 모든 게 배려된 거야,

알겠어? 저 세심하게 배려된 놀이터의

낮 1시, 낮 1시의 한가로움, 수천 년 묵은 모래 알갱이들이 태양의 작은 입자들처럼 타오르고,

하교한 아이들은 닭꼬치와 아이스크림 가판으로 몰려가

한 줌 동전을 치르지. 아주머니들은 장바구니 출렁이면서 해태 코스코로 장을 보러 가고, 알겠어? 낮 1시의

이 한가로움, 장바구니에 담겨 한가롭게 출렁이는 무공해 야채와 퉁퉁하게 익은 물 많은 과일 들, 직장을 잃은 반바지의 사내들이 한낮의 광선을 쬐며 졸음에 겨워하고

놀이터 화장실 흰 변기들엔 다리 여섯에 빨판 입 달린 은 빛 날개의 파리들이 윙윙대지, 이 한가로운 낮 1시, 멀리 떨어져 있을수록 모든 게 더 안전한 법, 그래,

그래, 하지만 저 놀이터는 너무 가까운데?

너무 가까워, 바로 이웃에 있잖아? 낮 1시의 태양광선 아래 너무 환하게 노출돼 있잖아, 우리 이웃에서

바로 우리 코앞에서 너무 노골적이어서 불쾌하기까지 하잖아? 그래, 저 현대적이고 세련된 목조 놀이 기구들도 저 한가로운 놀이터도

이런 시간 이런 장소에선 그것들로 변해버릴 수 있는 거야,

그것들로 돌변할 수 있는 거야, 정말이라고.

봐, 돌변해버린 저 놀이 기구들,

안전한 시설들에 대한 오만과 과신을 비웃기라도 하듯 마침내 어슬렁거리며 나타난

빌어먹을 딱따구리들. 마침내 나타난 딱따구리 한 놈이 한 아이의 뒷덜미를 밟고 모래사장에 짓이기고

또 한 놈은 한 아이의 턱을 이를 시소 모서리에 문질러대고 있구나, 오래 한가롭고 권태롭게 태양광선에 출렁이던 모래사장에서 마침내

피거품들이 부글부글 끓어오르고 목조 뼈대를 물들이며

핏줄기들이 흘러내리는구나,

또 저 한 놈, 한 아이를 반으로 접어 정글짐 작은 구멍 속으로 쑤셔 넣고 아이는 제 몸에 지금 무슨 일이 벌어졌는지조차 알지 못한 채 비명을 지르는구나, 목을 틀어 공중을 올려다보려 하지만 거기엔 흙 묻은 제 살찐 엉덩이만 있을 뿐.

그리고 또 한 아이는 폐타이어 그네에 목 매달려 흔들리고 있지, 쇠사슬에 목이 감겨 흔들리는 거지, 어떤 액체가

우리가 아는 한 가장 구역질 나는 액체가 졸졸 맴을 돌며 은빛의 쇠사슬에 흘러내리는구나, 알겠어? 지금 아이들은

딱따구리들과 함께 전혀 새로운 놀이를 즐기고 있는 거야, 전혀 새로운 놀이,

전혀 새로운 스타일, 처형에 관한 놀이, 알아?

저 빌어먹을 것, 딱따구리들은 이 섬광으로 터질 듯한 날씨를 즐기고 있는 거야, 마침내 태양광선에 익숙해지고

유리알처럼 빛나는 두 눈으로 모든 광선들의 권력, 태양을 똑바로 쏘아보면서

응용해먹고 있는 거야. 이젠 조금도 겁내지 않으면서 찬란한 금적색 날개를 활짝 펼쳐 들면서

그 아래 고여 있던 피딱지와 진물 그리고 소외와 광기의 눈물들을 말리며 섬광 아래 활개 치고 싸돌아다니고 있는 거야. 눈곱을 떼어내고 콧물도 더는 흘릴 필요가 없지, 알아?

얼마나 눈부신 놈들이야. 안전에 대한 오만과 과신을 마구 비웃어대면서, 저 빌어먹을 것들은 도무지 저지할 수가 없어. 아주머니들은 비명을 질러대고 흰 얼굴의 사내들은 다가와 위협을 하지. 하지만

무슨 소용이야? 벌써 모든 건 코앞에 닥쳤는데.

아이들은 벌써 턱이 깨져 있고 이가 부러져 있고 쇠사슬이 연약한 목살을 헤집어놓고 있는데, 알아?

안전한 시설에 대한 오만과 과신 그리고

모든 배려된 한가로움에 대한 믿음.

딱따구리들은 그 믿음을 손아귀에 쥐고 출렁출렁 흔들어놓는 거야. 출렁출렁

뒤흔들어놓는 거야, 처형하는 거야.

빌어먹을 것들은 알고 있지, 그 모든 안전한 장치들은 빌어먹을 놀이 기구가 아니라 바로 자기들한테 설치해야 한다는 걸, 바로 처형자들 자신, 우리한테.

우리 퐁텐블로한테, 우리 퐁텐블로 자신한테. 알겠어?

우리 자신에게.

*

아무도 없는 거지?

응?

다들 떠나서 아무도 살지 않는 거야, 이젠. K는 아래 시장통에서 시작된 널따란 소방 도로 끝에 멈춰서 주위를 두리번거린다. 이 지점에서 완만한 경사의 비탈길은 끝나고 몇 갈래로 갈라져 나가는 좁고 가파른 철거촌의 골목들이 시작된다.

K는 뒤를 돌아 자기들이 올라온 새하얀 반사광으로 눈부신 포도를 내려다본다. 포도의 양편으론 담쟁이들이 휘감거나 장미들 벚나무들이 담 너머로 고개를 내밀고 있는 정원 딸린

양옥들이 늘어서 있다.

잔디밭이 초록으로 찰랑이는 휘점들처럼 양옥 붉은 담장들 너머로 넘겨다보인다. 통제라는데?

희가 이마의 땀을 훔치며 묻는다, 통제.

잔디 정원에 띄엄띄엄 놓인 파랗고 빨간 간이 의자들에서 반사광이 반짝이고 있다. 졸리고 위태롭고 그리고…… 눈꺼풀이 절로 감겨오는 느낌이다.

간이 의자들엔 잠깐씩 연한 구름 그늘들만이 앉았다 갈 뿐이다…… 정원수들이 담장마다 짧고 날카로운 그림자들을 찔러 넣고 있다.

세상이 다 조용한데? 희미하게 희가 웃는다.

K는 다시 뒤를 돈다. 이곳, 여기서부터 철거 작업이 시작된다……를 알리는 표지판이 둘 앞에 서 있다.

출입 통제

위 지역은 범죄가 우려되는 지역으로서, 주민들이 이주해 간 틈을 탄 가출 청소년, 폭력배 들의 범행 장소로 이용될 수 있으니, 출입을 삼가주시기 바랍니다.

라고 철거 일시 아래 덧붙여져 있다.

표지판에서부터 철거촌이 시작되는 것이다…… K는 한낮 광선에 환한 깨어진 기왓장과 루핑 조각이 날리는 회벽투성이 철거촌을 본다. 기왓장 조각들이 밟혀 절그럭거리고 루핑 조각에 바람이 스치며 휘파람 같은 소리를 낸다.

산의 중턱까지 차오른…… 흰빛의, 흰빛의 회벽들…… K는 잠시 눈을 감았다 뜬다. 그러곤 제 앞에 펼쳐진 무수한 조각으로 금 간 시멘트 포도 비탈길들을 물끄러미 올려다본다.

그 좁다란 비탈길들로부터 철거촌은 시작된다. K는 철거촌의 초입을 기웃거린다.

잡화점이 있다. 그리고 잡화점을 중심으로 나 있는 서너 개의 골목길 중 하나로 접어들면 곧 무개(無蓋) 하수도와 하늘색 대문 집이 보일 것이다. K는 설레면서 잡화점 앞을 서성인다.

희의 얼굴이 한낮의 광선 속에서 반짝이고 있다.

K는 2층 양옥을 개조해 아래층을 작은 잡화점으로 사용했던 집을 본다. 생철 간판이 칠이 다 지워진 채 K의 발아래 떨어져 누워 있다. 찌그러지고 우그러지고…… K는 간판을 내려다보며 거기 씌어 있던 점포명을 기억해내려 애를 쓴다.

잡화점집그것의 나이는 스물인가였다. 코가 아주 뾰족하고 날카로운 구두를 그것은 즐겨 신었다. 새카맣고 뒷굽도 아주 높았다. 그런 구두만 신고 다녔다. 눈빛이 유리 파편을 박아놓은 것처럼 아주 섬뜩했다. 불안하게 떨리는 초점 없는 두 눈이었다.

잡화점은 그것의 홀어머니가 하던 것이었다. 철거촌, 이 무허가촌이 생길 때부터 있었던, 백발이 아주 끔찍한 여자였다. 그 백발은 잡화점 창유리 너머에서 늘 유령의 그것처럼 비치곤 했다.

신경이 약간 이상하다는 평판이 나 있었다. 사나웠고 계산이 약빨랐다. 1980년, K로선 본 적이 없던 슈퍼마켓이란 것이 아랫동네에 처음 생겼다. 시장통 입구 빌딩 지하에 K로선 본 적이 없던 찬란한 조명의 슈퍼마켓이 들어섰다. 그러자 잡화점으로부터 손님들이 빠져나가기 시작했다.

20~30원의 할인 혜택을 받으려고 손님들이 슈퍼로 몰려가자 그것의 어머니는 슈퍼의 물건에 약을 풀어놓겠다고 공공연히 떠들어댔다.

한 아이가 복통을 일으켜 실려 갔다. 1980년의 일이었고, K는 그때 이 무허가촌이 올라앉은 산 너머의 국민학교에 다니고 있었다. 그 뒤로 몇 아이가 더 그랬다는 소문도 있었다.

그 후로 잡화점의 단골들까지 떨어져 나가자 마침내 그것이 나섰다. 그것은 새끼들이 우리 엄마와의 계약을 무시하려 하고 있다라고 불평을 터뜨려대며 온 동네를 쏘다녔다. 어느 날 시장통에서 그것의 뾰족하고 날카로운 구두코가 춤을 추었다.

간판의 다 떨어져 나간 칠만으론 잘 알 수가 없다, K는 고개를 저으며 돌아선다. 벗겨진 칠 틈틈으로 생철이 차게 번뜩인다. 희는 인적 없고 이상할 정도로 환한 주위의 분위기가 맘에 들지 않는지 K에게서 떨어지려 하지 않는다. 뭐 해?

응?

뭐 하느냐고.

글쎄, 모르겠어……

K는 잡화점 앞에서 갈라져 나가는 서너 개의 골목길 중하나로 접어든다. 서서히, 이제 서서히 경사가 가팔라진다…… K는 무개 하수도와 마주 보고 서 있는 집 앞에서 걸음을 멈춘다. 대문도 두 문설주도 이젠 남아 있지 않다.

무개 하수도의 깊이는 원래 2~3미터인데, 이젠 골목과 거의 같은 높이까지 쓰레기와 오물 들이 가득 차 있다…… 희는 그것들을 보며 역겹다는 표정을 짓는다. K는 한때 하늘색 페인트칠이 정갈했던 그 집의 잡초 무성해진 마당을 들여다본다.

하늘색대문집그것의 아버지는 축구 중계방송광이었다. 집에는 전파를 좀더 잘 받기 위한 별도의, 은빛으로 반짝이며 언제나 좀 기괴해 보이는 높다란 안테나까지 달려 있었다.

온종일 틀어박혀 스포츠 중계방송만 들여다보는 그것의 아버지는 셔츠의 단추도 다 채우지 못할 정도로 몸이 불어 있었다. 셔츠 바깥으로 이상할 정도로 핑크빛인 커다란 아랫배가 툭 불거져 나와 있곤 했다. 그것의 아버지는 그것이 먹여 살렸다.

그것은 아버지가 언젠가는 틀림없이 커다랗게 핑크빛 고무풍선처럼 부풀어 올라서 꽝 하고 터져버릴 거라고 우스갯소리 하고 다녔다. 그것은 일을 늘 많이 했다. 피곤이 그것의 몸을 지배했다. 때문에 그것은 무허가촌 사람들이 대개 그러했듯 누렇게 뜬 꾑진한 얼굴을 하고 있었다.

그것은 곧잘 말했다, 끝없이 먹을 것만 달래, 아빤 돼지야. 그리고 어느 날 그것은 아버지 끼니 챙겨주는 일을 그만두었다.

그것의 아버지가 주린 배를 움켜쥐고는 하늘색 대문 밖으로 기어 나와 골목을 건너고, 그 2~3미터 깊이의 무개 하수도 아래로 고꾸라져 떨어졌을 때 그것과 함께 K도 있었다. 1980년의 일이었다.

핑크빛 돼지가 하수도 바닥에 처박힐 때 꽝 하는 폭발음 같은 것이 들렸다. 목이 부러질 때 나는 소리였다. 커다랗게 출렁이는 아랫배에 새까만 오물 덩이들이 점점이 박혀 있었다.

K는 걷기를 계속한다. 10여 미터를 더 가자 말할 수 없을 만치 허물어진 높다란 돌층계가 나온다. 마흔 개, 마흔 몇 개의 촘촘하고 가파른 돌층계를 올라간 곳에 그 집이 있다. 하수도와 이어진 축대 위로 올려 지어졌기에 그토록 까마득했다. 그 집은 널찍한 마당에 여러 칸의 방을 갖고 있었다.

그것은 대학을 다녔고 장학생이었다. 무허가촌에서는 꽤 드문 일이었다. 경우가 드물었던 만큼 그것의 얼굴 보기도 쉽지 않은 일이었다. 그것의 집안이 대대로 학자 집안이었다는 것은 동네에서도 잘 알려진 자랑이었다.

그것의 홀어머니는 여러 칸의 방을 세놓아 생활을 꾸려나가고 있었다. 별도로 무슨 일을 하는지는 잘 알 수 없었지만, 늘 생활이 풍족해 보였다. 그것의 집에선 싸움이 잦아들 날이 없었다. 전기세며 상하수도세 따위가 말썽이었다. 세금 고지서가 나오면 동네 대개의 집이 그러했듯이 집주인인 *그것의* 어머니가 세입자들의 몫을 계산하고 나누고 다시 고지했다.

말썽이 되는 건 세입자들 몫이었다. 그것의 어머니는 자기만의 독특한 계산법을 갖고 있었던 게 틀림없었다. 터무니없다란 불평이 매달 말이 가까워지면 터져 나왔다. 백 원, 2백 원이 늘 말썽이었다. *상식을 무시한다*라고 세입자들은 떠벌렸다.

그러한 세입자들을 그것의 홀어머니는 반년이 멀다 하고

갈아치웠다. 반년이 멀다 하고 세입자들은 그 집에서 쫓겨났고, 반년이 멀다 하고 몇만 원 오른 값에 사글셋방 한 칸에 새얼굴들이 찾아들었다.

세입자들은 그것의 어머니를 저주하며 그 집을 떠났다. 높다란 돌층계 한 층 한 층을 내려디딜 때마다 저주는 더해졌다, 네년은 평생 이놈의 빌어먹을 무허가촌에서 *빠져나가지 못하리라*는 것이었다. 그러면 그것의 어머니도 그들의 등에 대고 그보다 더한 저주를 퍼부어댔다, *이 씨팔 년아, 그따위로 살다간 무허가촌에서 평생을 떠돌게 될 거다.* 나중엔 그 집의 흔한 싸움에 관심을 보이는 이들이라곤 K와 같은 어린애들밖엔 없게 되었다. 그것이 집회에 참가했다가 경찰에 끌려갔던 그날도 여자는 싸우고 있었다.

훈방으로 풀려나온 그것에게 여자는 *네가 우리 집안의 마지막 희망*이라고 말했다. K는 아직도 그 말을 기억한다. 그것의 얼굴은 늘 짜증으로 일그러져 있었다. K와 같은 어린애들조차도 그것의 짜증 난 얼굴에 대고 감히 말을 붙이지 못했다. 그러던 어느 날 그것의 어머니가 또 한 가족을 내쫓아버렸을 때 마침내 저주가 실현되었다.

그것의 어머니는 쪽 쪘던 긴 머리를 푼 채 머리를 감고 있었다. 아마도 비누질 때문에 눈이 잘 안 보였던 게 틀림없었다. 여자는 높다란 돌층계 꼭대기에서 맨 아래층 무개 하수도와 이어진 곳까지 한 층 한 층 찬찬히 마치 층계 수를 하나하나 세어보듯이 그렇게 굴러떨어져 내렸다.

누가 여자를 등 뒤에서 떠밀었는지는 결국 밝혀지지 않았다. 그것의 어머니가 장기 입원을 하자 그것은 세입자들을 불

러 모아놓고는 일장 선언을 했다. 더 이상 빌어먹을 싸움 따위
는 없을 것이라는 내용이었다. 1980년이었고 그것은 이미 반
쯤 미쳐 있었다.

K는 돌아가자고 보채는 희를 끌고 축대에서 갈라져 나간
두 골목 중 하나로 들어선다. 왜?

희는 자꾸만 말한다, 괴물이 나올 것 같단 말이야.

괴물은 무슨 괴물.

괴물이 왜 없을 것 같아? 날 좀 보시게나, 하더니 희가 고
개를 쳐들고는 눈을 홉뜬다. 그러더니 큰 소리로 깔깔 웃음을
터뜨린다.

얼마간 낮은 경사의 골목을 지나자 반지하 가옥처럼 마당
이 낮은 집이 나타난다. K는 그 집의 땅 밑으로 주저앉은 듯한
마당을 본다. 마당의 시멘트가 울퉁불퉁 깨져 있고 대청의 유
리문도 마당 한가운데 떨어져 내려와 있다.

그 집은 과외로 개장사를 하고 있었다. 그 집 마당엔 늘
핏물이 고여 있곤 했다. 핏물 웅덩이들은 일을 끝내고 물청소
를 할 때면 빨간 소용돌이를 일으키며 하수구 속으로 빨려 들
어가곤 했다.

그것의 나이는 겨우 열여섯이었다. 사고를 쳐서 중학교에
서 쫓겨난 상태였다. 그것은 빼빼 말랐고 별명이 뻥튀기였다.
그것의 아버지가 시장통에서 튀밥 장사를 한 경력이 있다는
이유에서였다. 그것은 K를 비롯한 동네 아이들에게서 푼돈이
나 뺏어 쓰며 나날을 보냈다.

하지만 그런 것은 한갓 장난일 뿐이었다. 그것은 언젠가 K에게 제 등에 난 혁대 자국들을 보여주었다. 아버지가 새겨놓은 자국이라는 것이었다. 아마도 개가죽을 벗기는 데 그것을 부려먹곤 하는 모양이었고 일을 게을리하면 그런 식으로 교훈을 주는 모양이었다. 그것의 머리엔 어머니가 연탄집게로 찍어놓은 땜통도 여럿 있었다. 하지만 그런 것도 한갓 장난에 불과했다.

어느 날 그 집의 낮은 마당이 핏물 웅덩이들로 온통 시뻘겋게 물들어 있을 때 그것이 집 밖으로 울며 뛰쳐나왔다. 열린 문 한편으로 그것의 아버지가 보였다. 그것의 어머니는 아무 일에도 개의치 않겠다는 표정으로 호스를 가져다 시뻘건 마당에 물을 뿌릴 준비를 하고 있었다. 잘못했어요, 그것이 악을 쓰고 있었다,

용서해주세요, 다신 안 그럴게요, 다신. 그것의 눈에선 눈물 대신에 검푸른 체액이 호스의 물처럼 거세게 사방으로 뿌려지고 있었다. 1980년의 일이었다. 그것의 툭 튀어나온 한쪽 눈알에서 그리고 눈알을 감싼 손가락들 사이사이로 마치 물총을 쏘듯 검푸른 체액이 사방으로 흩뿌려지고 있었다. 그것의 어머니가 핏물 웅덩이들을 호스로 씻어내고 있었다.

K는 얼굴을 찌푸리며 돌아선다. 멀었어?

아직 멀었어? 아니, K는 대꾸하며 지붕이 날아가고 담벼락이 사라지고 없는 샐리의 오래된 한옥 앞에서 발길을 멈춘다.

이게 샐리네 집이었어.

정말? 희가 깜짝 놀라는 표정을 지으며 되묻는다, 샐리 언

니가 정말 이런 집에서 살았어? 이런 후진 데서?

아니, K가 웃으며 말을 잇는다, 그땐 물론 최고였고 좋았지…… 아무도 돌보고 있지 않기 때문에 이렇게 된 거야.

근동에서 처음 컬러텔레비전을 마련한 집은 샐리네 집이었다. 1980년 당시에는 아직 컬러 방송이 실시되지 않고 있었다. K를 비롯한 샐리의 친구들은 AFKN을 통해 컬러판 미국 만화영화들을 구경했다. 컬러판 〈딱따구리〉가 K의 마음을 가장 흥분에 들뜨게 했고 열광케 했다. 샐리도 K도 이 무허가촌이 올라앉은 산 너머의 국민학교에 다니고 있었을 무렵이었다.

샐리의 아버지는 작은 공장을 했다. 바지에 다는 지퍼를 생산했고 시장통에 면해 있었다.

샐리는 종종 K를 그곳에 데려갔다. 누렇게 뜬 얼굴의 혹은 형광등처럼 얼굴이 온통 창백한 자그마한 여자애들이 그 공장에 있었다. K보다 겨우 몇 살쯤 많아 보이는 키 작은 여자애들이 피댓줄이 무시무시하게 감겨 있는 커다란 기계 앞에 앉아 있었다. 괴상한 소음이 기계들에서 울려 나오고 있었다. K가 상상할 수 없는 어떤 괴물이 K를 향해 으르렁거리고 있는 것 같기도 했다. 하늘색대문집그것도 그 공장에서 일하고 있었다.

평판이 좋지 않게 났다. 아침 7시부터 밤 11시까지 공원들을 부려먹는다는 것이었다. 샐리의 아버지는 근동에 집을 가진 여자들을 주로 고용했는데 아마도 늦게까지 일을 시키거나 작업량에 따라 새벽에라도 불러내기 위해서였을 것이었다. 천식이나 폐병에 걸려 힘이 달리는 듯 보이면 공장을 그만두게 했다. 손가락이 기계에 말려 짓이겨지기라도 하면 공장 밖으로 끌어내 시장통 진흙탕 속으로 팽개치고는 소리를 질러댔다.

아버지는 공원들을 불러놓고는 샐리 자랑을 했다. 똑똑하고 공부 잘하고 강하다는 것이었다. 너희처럼 그렇게 맹하지도 까지지도 않고 농땡이도 안 부린다는 것이었다.

하늘색대문집그것은 샐리를 쪽발이 공주님이라고 놀려댔다. 〈요술공주 샐리〉가 당시 1980년에 텔레비전에서 방영되던 다른 만화영화들과 마찬가지로 일본 것이라는 얘기를 어디서 들었던 모양이었다. 그것이 일의 시작이었다.

샐리 아버지는 하늘색대문집그것을 공장 밖 시장통에 끌어내놓고는 그것의 태생에 대해 떠들었다. 손에는 기계를 죄는 커다란 멍키스패너가 들려 있었다. 구경꾼들이 몰려들었다. 쓰러진 채 그것은 쓰레기투성이의 진흙 구덩이 속을 뒹굴고 있었다. 정수리부터 양미간까지 그것의 이마가 둘로 쪼개져 있었다. 그렇게 진흙투성이, 피투성이가 되어 그것은 샐리 아버지가 제 아버지를 헐뜯는 것을 전부 들었다. 월남전쟁에서 그것의 아버지가 시체 파묻는 일을 했다는 것이었다. 그것이 젖먹이였을 때부터 시체나 파묻어주면서 그것의 분윳값을 벌어들였다는 말이었다. 샐리의 아버지는 이렇게 소리 질렀다, ……우리 명선이는 네놈하고는 태생부터가 달라.

그것의 아버지가 무개 하수구에 떨어져 죽은 지 한 달 만의 일이었다. 1980년이었고 무언가 세상이 잘못 돌아가고 있다는 것을 그것이 어렴풋이 느끼기 시작하던 때의 일이었다. K는 시장통의 무수한 구경꾼과 함께 그 모든 일을 보고 들었다.

그것은 얼마 지나지 않아 무허가촌을 떴다. 누군가 경찰에 신고했고 샐리 아버지는 서를 오갔지만 처벌을 받은 것 같지는 않았다. 무슨 배경을 가지고 있다는 소문이 파다했다. 사고가 끊이지 않는데도 공장의 규모는 갈수록 커갔다. 하늘색 대문집그것은 떠나기 전날 K에게 이렇게 말했다.

태생이 달라? 그러더니 이마가 두 쪽으로 갈라진 그것은 깔깔 웃기 시작했다, 좋아, 가르쳐주지.

그 개새끼가 말하는 태생이 어떤 건지…… 다른 태생이 무엇인지, 그게 뭘 뜻하는지…… 1980년의 일이었다.

K는 골목 모퉁이에 자리 잡은 창고 앞에서 걸음을 멈춘다. 다 쓰러져가는 창고 앞엔 주민들이 동네를 뜰 때 버리고 간 쓰레기들이 산더미처럼 쌓여 있다. 이거야.

뭐?

여기에 벅스버니가 살았어.

벅스버니? 아, 하더니 희가 고개를 끄덕인다.

K는 얕은 한숨을 쉬며 창고 앞 돌 더미에 앉는다. 벅스버니는 만화영화에 등장하는 의인화된 토끼 캐릭터의 이름이지만 실제의 벅스버니도 귀 끝이 기다랗고 앞니 두 개가 어처구니없을 정도로 뻗어 나와 있어 얼추 토끼를 연상케 하는 생김생김을 하고 있었다. 볼록 튀어나온 두 볼이 특히 더 그랬다.

벅스버니는 여섯 살배기 동생과 함께 창고에서 한두 해를 살았다.

소문에 의하면 부모가 벅스버니 형제를 여기에 따로 떨어져 살게 쫓아버렸다는 것이었다. K를 비롯한 벅스버니의 친구들은 그래서 더욱더 벅스버니 형제에게 친근감을 느꼈다. 아마도 어머니가 계모인 모양이었다. 진짜 집은 무허가촌에서 두어 정거장 지나 있는 또 다른 무허가촌에 있다고 했다.

벅스버니는 만화 속의 주인공처럼 장난꾸러기에다 말할 수 없을 만치 난폭했다. 어른들이 혀를 내두를 만큼 사나웠다. 보는 사람을 꼼짝하지 못하게 하는 능력이 있는 것 같았다. 불안에 떠는 늘 번뜩이는 두 눈 때문에 특히 그래 보였다. 그 거의 미친 듯한 안광이 그랬다.

하지만 K를 비롯한 샐리와 여러 친구는 벅스버니와 친하게 지냈다. 서로를 친절히 대했다. 벅스버니는 K와 친구들에게 신기한 처음 해보는 여러 놀이를 가르쳐주었다. 그들로서는 감히 꿈조차 꿔보지 못했던 놀이들이었다.

아랫동네에 사는 비둘기들을 습격하는 놀이가 그 하나였다. 비둘기들에게 라면 부스러기를 주는 척하면서 그것들을 잡아 죽이고, 빨랫줄에 몸통을 꿰어 무허가촌이 있는 산 위 적송 숲으로 가져가곤 했다. 주워 온 벽돌들로 바비큐 화덕을 만들고 불을 지펴 살진 비둘기들을 구워 먹었다. K와 친구들 모두가 그런 것에 입을 댈 만큼 가난했던 것은 아니었지만 벅스버니는 달랐다. 벅스버니 형제로서는 그만큼 푸짐한 저녁이 따로 없었다. 때로는 잡아 온 비둘기 수가 한 다스가 되기도 했고, 때로는 적송 숲 가운데 비둘기 굽는 연기가 밤늦게까지 피어오르기도 했다.

아랫동네 슈퍼마켓을 습격하는 놀이도 가르쳐주었다. K를 비롯한 벅스버니와 친구들 일고여덟이 한꺼번에 슈퍼로 들어가 진열대 사이를 오가며 군것질거리들을 훔쳐내곤 했다. 그 물건들은 대개 항상 굶주려 있던 벅스버니 형제에게 돌아갔다. 비누니 치약이니 하는 생필품들도 벅스버니와 친구들에게 인기 있던 품목이었다. 샐리도 이따금 끼곤 했다. 벅스버니는 친구들에게 걸렸을 때 튀는 법도 가르쳐주었다.

벅스버니에게는 또 K의 팔뚝만 한 아주 커다란 칼이 있었다. 어디서 구했는지는 알 수 없었지만 군용인가 사냥용인가로 제작된, 날이 아주 예리해 보이는 큰 칼이었다. 벅스버니는 그 칼로 친구들에게 해골 목걸이를 만들어주었다. 팔뚝만큼 자란 시궁쥐를 잡아다 주면 벅스버니는 칼로 그것의 껍질을 벗기고 살점을 발라 나일론 실에 꿰어 목걸이를 만들었다. 하얀 해골이, 비린내조차 나지 않는 하얀 해골들이 나일론 실에 엮여 멋진 목걸이가 되었다. 작업은 벅스버니에 의해 산속 적송 숲에서 행해졌다. 친구들은 언제나 호기심에 찬 눈으로 그의 작업을 지켜보았고, 그가 만든 목걸이를 목에 걸고 온 숲속을 길길이 뛰어다녔다.

벅스버니는 대장이 되었다.

벅스버니에겐 하지만 사고가 끊이질 않았다. 그중 몇 가지는 K에겐 잊을 수 없는 것이 되었다. 잡화점집그것이 이제 겨우 열세 살 남짓이었던 벅스버니에게 시비를 걸었다. 무엇이 발단이었는지는 알 수 없었다.

그것이 벅스버니를 때렸고 그러자 갑자기 벅스버니가 그것의 입술을 물어뜯어버렸다. 그러곤 게걸스레 비둘기 고기를 뜯듯 벅스버니는 입술에서 뜯긴 살점을 질겅질겅 씹어 삼켜버렸다. 툭 튀어나온 두 앞니가 피로 번들거렸다. 그 일이 문제가 되어 두어 정거장 밖에 산다던 벅스버니의 계모가 동네에 찾아오게 되었다. 계모는 키가 컸다. K는 그때 일을 도무지 잊을 수가 없었다. 벅스버니가 껑충 뛰어오르더니 부지깽이를 휘두르던 계모의 입술을 물고 뜯고 또 끊어 삼켜버린 것이었다. 사납고 난폭한 두 앞니로. 1981년의 일이었다.

동네 사람 모두가 벅스버니 형제를 두려워하고 있는 것이 분명해 보였다. 하지만 여전히 친구들에게 벅스버니는 대장이었고 나쁜 토끼가 아니라 선한 토끼였다.

선한 토끼는 아주 배가 고프면 저 혼자 주절주절 혼잣말을 하는 버릇이 있었다.

태생이 그래, 진짜 엄마였다면 우리 둘은 아마 지금 살아 있지도 못할 거야. 벅스버니의 말에 의하면 벅스버니의 생모는 전쟁 때 월남했고 그 후로 환시 환청에 줄곧 시달려왔다고 했다. *착란*이란 말을 K는 그때 처음 들었다. 자주 있는 일은 아니었지만 발작하면 생모는 자기 앞에 놓인 무엇이든 질겅질겅 씹어 걸레 조각으로 만들어놓곤 했다.

벅스버니의 생모는 바느질품으로 얻어 온 한복 꾸러미를 씹다가 바늘쌈을 삼켜 뒈졌다.

아하, 희가 고개를 끄덕이며 아하 한다, 벅스버니가 여기 살았어?

응…… 그래, K는 긴 나뭇가지로 툭툭 쓰레기 더미를 건드려본다, 꼭 튀어나올 것 같지?

벅스버니…… 우리의 죽은 토끼……

K와 희는 몇 개 비탈진 골목들을 더 지나온 다음 지붕이 사람 어깨높이까지 주저앉은 낡은 한옥 앞에서 걸음을 멈춘다.

태생이란 말 들어봤어?

뭐? 태생, K는 손가락으로 한옥의 한쪽 귀퉁이를 가리킨다. 저기 살던 사람이 그랬지. 뭘?

무슨 뚱딴지같은 소리야? 희가 입술을 삐죽댄다.

이곳에서 태어난 아이들은 죄다 태생이 좋지 않다고 말이야. 뭐?

태생이 좋지 않다고, 아주 나쁘다고 말이야. 그러면서 K는 눈을 감는다. 태양이 K 앞에 광선을 한꺼번에 쏟아부은 듯 갑자기 참지 못할 정도로 눈이 부셔온다. 눈이 아리다.

치자나무 열매가 눈 아린 금적색으로 익어 있었다. 그것은 한옥의 대청마루에 앉아 있었고, K는 그 앞에 쪼그리고 앉아 *그것*의 얼굴을 올려다보고 있었다. 태생?

예, 태생이란 말을 들었어요, 그게 뭐죠? 하늘색대문집*그것*이 *진짜 태생*을 가르쳐주겠다며 동네를 떠난 직후였다.

글쎄. *그것*은 그래도 동네에서 알아주는 식자층이었다. 공무원이었고 아마도 대졸자였으며 동네 분란의 판결자였다. 알코올의존자였는지는 알 수 없지만 술버릇이 아주 고약했다. 취하면 늘 욕지거리를 입에 달고 다녔다.

전두환을 죽여버려야 한다고 아무나 붙들고 혀 꼬부라진 소리로 고함을 질러댔다.

어디선가 사람이 태어나는 걸 말하지, *그것*은 말했다.

태어난 곳, 태어나게 된 저간의 사정, 태어난 이의 혈통의, 가문의, 민족의, 국가의, 저간의 사정.

뭐, 그런 거지, 알겠니? *그것*의 얼굴은 취기에서 방금 깨어난 사람처럼 아주 초췌하고, 핍진해 보였다. 하지만 K는 말

뜻을 이해할 수가 없었다. 좋아, 그것은 손가락을 쪽 빨며 말을 이었다. 좋아,

사람은 엄마 배에서 태어나지?

예.

엄마 배에서 태어나는 것이 사실이라면 사람은 태어나기 전에 엄마의 어디에 들어 있었겠니? K는 엄마 배 속이라고 대답했다.

그렇지, 엄마 배 속. 그게 태야. 사람은 누구나 태 속에 들앉아 있다가 열 달 후에 세상으로 나오게 되어 있는 거야. 물론 그보다 한두 달 빨리 밖으로 나오는 애들도 있긴 하단다, 그것은 낄낄 웃었다. 두 뺨이 아직도 취기로 붉어 있었다. 오랜 권태와 싫증과 그리고 그보다 더 오랜 욕구불만에 시달려온 사람만의 독특한 표정을 그것은 지니고 있었다.

말하자면 그게 태생이지.

그러자 K의 머릿속에서 갑자기 엉뚱한 궁금증이 솟아올랐다.

만약 엄마 배에서 나오지 않았다면요? 응? 그것은 어리둥절해서 되물었다.

엄마 배 속에 있지 않고 뭐 딴 식으로 태어났다면요? 응? 그럼 그건 어떤 태생인 거지요? 그것도 태생인가요?

그것은 얼굴을 찌푸린 채, 한참이나 말없이 마당 한구석의 치자나무를 바라보고 있었다. 치자나무 금적색 열매들이 눈 아리게 반짝이고 있었다. 그것이 마침내 K의 사타구니 사이로 손을 밀어 넣기 시작했다. K는 깜짝 놀라 얼른 다리를 오므렸다. 하지만 그것의 손놀림은 K를 설득하고 안심시키기에

충분할 만큼 부드럽고 자연스러웠다. K는 옷이 벗겨졌고 잠시 후 그것의 손가락이 입 안으로 들어왔다. 혓바닥에 닿는 짠맛에 K는 구역질이 났다. 그것은 낄낄 웃으며 빨라고 했다. K의 옷은 팬티까지 저 밑 마당에서 구르고 있었다. 그것의 손가락이 거둬지고 일이 끝났을 때 말할 수 없을 만치 고추가 쓰려왔다. 치자나무 그림자가 한 뼘만큼 길어져 있었다. 1980년의 일이었다.

K는 그것이 한 짓이 과연 무엇이었는지 알게 된 훨씬 나중의 충격을 떠올린다.

그것은 또 K와 샐리 그리고 벅스버니 같은 무허가촌에서 태어나고 자란 아이들을 일컬어 *태생이 잘못된 아이들*, *잘못된 태생을 가지고 태어난 아이들*이라고 불렀다. K로선 그 말을 이해할 수가 없었다.

모두가 엄마 배에서 태어난 게 틀림없었다.

그것은 제 주사의 내용을 전혀 고치려 하지 않았다. 전두환을 죽여버려야만 한다고 아무나 붙들고 혀 꼬부라진 소리로 고함을 쳐댔다. 그래야,

다음에 태어날 아이들의 태생이 올바르게 된다고 했다. 다음 아이들이 올바른 태생을 가지고 태어난다고 했다.

그것의 주사는 점점 더해갔다. 동네 사람 모두가 그것에게 말 한마디 건네지 않게 되었다.

그것의 집에는 또 한 가족이 사글세를 얻어 살고 있었다. 군인 가족이었다. 아이도 하나 있었다. 아이는 이 무허가촌에서 태어났고 아버지의 근무지를 따라 지방을 떠돌다가 최근에

다시 어머니의 친정이 가까운 이곳으로 방을 얻어 돌아온 것이었다.

그러니까 벅스버니와 친구들이 이 무허가촌을 태생으로 가진 것처럼 그 아이도 이 무허가촌을 태생으로 가진 것이었다.

아이는 열 살 남짓이었는데 벅스버니와 친구들에게 역시 새로운 놀이를 가르쳐줌으로써 호감을 얻어냈다. 새로운 놀이란 이를테면 군대의 제식훈련 같은 것이었다. 무허가촌 가까운 산꼭대기에는 군부대가 있었고 친구들은 산꼭대기에서 어느 날 내려와 아이스바 따위를 사 먹는 총 멘 군인들을 열광에 들뜬 눈빛으로 바라보곤 했었다. 그랬으니 아이가 보여주는 새로운 놀이가 흥미롭지 않을 수가 없었다. 아이는 벅스버니와 친구들에게 차려, 경례, 또는 총검술 따위를 가르쳐주었다.

어느 날 적송 숲에서 아이가 친구들 몇몇이 적이라며 편을 가르더니 기다란 나무 꼬챙이로 일곱난쟁이의 어린 동생을 찔렀다. 울며 동생은 병원에 실려 갔다. 큰 부상은 아니었지만 친구들은 그 아이를 경계하기 시작했다.

그러고서도 아이는 그 놀이를 그칠 줄 몰랐다. 벅스버니, 샐리, 일곱난쟁이를 비롯한 친구들이 같이 놀지 않겠다고 위협하면 우리 *아빠*가 와서 너희를 때려줄 거야라고 아이는 말했다.

아빠만 오면 다 일러줄 거야, 그러면 아빠가 너흴 죽여버릴 거야, 아이는 적송 숲이 다 떠나가도록 소리를 질러댔다. 1981년의 일이었다.

K는 희를 끌고 동네의 맨 끝 골목 앞에 선다.

골목을 올라가면 몇 채의 집이 더 있고 그 끝에 이르러서는 적송 숲, 약수터, 산꼭대기로 올라가는 산길과 만나게 되어 있다. 산길은 위태스러운 디딤돌 몇 개로 이어지다가 어느 한 순간 붉은 진흙이 기다란 주름들을 지으며 마냥 쓸려 내려오는 산화철 토양 속으로 쓸쓸히 숨어버린다.

산길을 따라 올라가다 중간쯤에서 빠져 산 중턱을 돌아가면 벅스버니와 친구들이 다니던 국민학교가 나온다. 국민학교의 바위 절벽이 나오고 바위 절벽에 뚫린 검은 구멍, 동굴이 나온다…… 이 무허가촌이 올라앉은 산의 남쪽 자락과 맞붙어 있는 것이다…… 남쪽 산자락 끝에는 절벽을 타고 내려갈 수 있는 좁디좁은 오솔길 하나가 나 있었다. 친구들은 때때로 산길을 통해 거꾸로 학교를 오가기도 했다.

K는 잠시 고개를 까딱이며 가뭄에도 한없이 발이 빠지던 그 산길의 붉은 진흙 웅덩이들을 떠올린다. 붉은 진흙 웅덩이들은 반드시 학교의 바위 절벽 길목에만 있는 것이 아니었다.

K는 골목의 초입에 서 있는 돌담을 본다.

일곱난쟁이네 집이야, K가 희를 돌아보며 말한다.

일곱난쟁이? 아까 그 학교 선생님?

응. 지금도 여기 살아? 아니, K가 고개를 젓는다. 지금은 아무도 여기 살지 않아.

돌담은 좀 삭긴 했지만 그때 그대로인 것처럼 보인다. 일곱난쟁이는 우연히 텔레비전을 통해 본 〈백설공주와 일곱 난쟁이〉라는 만화영화를 보고는 제 별명을 일곱난쟁이라고 지어버렸다.

벅스버니와 친구들은 그 얌전한 별명이 영 맘에 들지 않았지만 딱히 별명 붙이기 곤란한 일곱난쟁이의 애늙은이 같은 성격 때문에 그냥 원하는 대로 일곱난쟁이라 불러주기로 했다.

K는 돌담 위로 결코 많지 않은 가지들을 뻗고 해마다 커다란 꽃송이들을 피워 올리던 목련을 떠올린다. 두껍고 굵고 질긴 그 꽃잎들이 K는 좋았다. 목련은 일곱난쟁이의 아버지가 가꾸던 것이었다. 돌담 뒤 일곱난쟁이의 집은 이제 번듯한 양옥으로 바뀌어 있다.

어느 날 일곱난쟁이가 뭐라 형용할 수 없는 표정을 하곤 K의 집 마당으로 뛰어 들어왔다. 일곱난쟁이는 그렇게 뛰어 들어와 뭐라 형용할 수 없는 눈빛으로 마루에 엉거주춤 나와 서 있는 K를 향해 이렇게 소리쳤다, 아빠가 죽었대. 그날도 날이 맑아 마당이 온통 환했었다.

아빠가 죽었대, 목을 매 죽었대. K는 어찌할 줄 몰라 엉망으로 울상이 된 두툼한 안경이 씌워진 일곱난쟁이의 두 눈을 놀란 눈으로 내려다보고 있었다.

K도 일곱난쟁이처럼 감정의 갈피를 찾지 못한 채 어쩔 줄 몰라 했다. 그들 열세 살의 인생에서 죽음은 대단한 얘깃거리임에 틀림없었다. 호기심을 불러일으키고 가슴을 방망이질 치게 하고 그 소식을 전한다는 일이 어쩌면 자랑스럽고 이제 곧 그 낯선 것, 죽음에 자기의 얇고 가는 손가락 하나를 대볼 수 있게 되었다는 설렘 속에서 K와 일곱난쟁이는 몹시 떨고 있었던 것이다. 아빠가 목을 맸대.

하지만 K와 일곱난쟁이의 그 낯선 것에 대한 설레는 호기심과 구역질 나는 끔찍스러움 사이에서 결국은 형언할 수 없는 침울함만이 남게 되었다. 일곱난쟁이의 어머니는 얼마 되지 않는 친척들을 불러 모았고 일곱난쟁이는 보기에도 이상스러운 상복을 걸치곤 상주 자리를 지켜야 했던 것이었다. K는 일곱난쟁이가 무슨 조화를 부려 그 받아들이기 힘든 일 모두를 투정 한번 없이 치러낼 수 있었는지 도무지 알 수가 없었다.

장례가 끝나고 K는 일곱난쟁이 아버지의 유품 꾸러미에서 플라스틱으로 만든 검은 빛깔의 둥근 판들을 찾아냈다. 그것은 거의 천여 장에 이르렀다. 아버지가 젊었을 때 기지촌에서 디제이란 것을 했는데 그때의 물건들이라고 했다. K는 그레코드들이 담긴 박스 중 하나를 집으로 가져왔다.

그것들은 이미 낡을 대로 낡아 있었다. K가 알 수 있는 건 단지 그것들이 낡았고 그래서 그것들을 감싼 두꺼운 종이 껍데기가 손끝에서 부스러져나가곤 한다는 사실뿐이었다. 종이 부스러기는 그것들을 꺼내 볼 때마다 작은 먼지가 되어 K의 머리 너머로 날아올랐다.

박스 겉면에는 JAZZ라고 씌어 있었다. 또 거기엔 휘갈겨 쓴 필체로 드위 리 두 비 밥 울라 쿠라고 씌어 있기도 했다. K는 다락방에서 가져온 검고 둥근 판들을 이따금 꺼내 보면서 ……비 밥 울라 쿠……라고 저 혼자 뜻 모를 말들을 흥얼거려보곤 했다.

아트 블래키, 듀크 엘링턴, 소니 롤린스, 모던 재즈 콰르텟, 찰리 파커, 디지 길레스피, 텔로니어스 멍크, 그리고 태드 대머런 등의 판이 가장 많았다. 「버번 스트리트 퍼레이드」가 든 판도 한 장 끼어 있었다. 거리를 행진하고 있는 흑인들의 뒤를 황금빛 십자가가 찍힌 검은 관, 검은 장례 행렬이 따르고 있는 사진이 종이 껍데기에 실려 있었다. 하지만 분위기는 텔레비전에서 보던 축제와 많이 닮아 있었다.

일곱난쟁이의 아버지는 레코드로 채워진 박스들이 있던 다락방에서 창문을 통해 바깥 뒷마당 쪽으로 목을 맨 채 죽어 있었다. 몇 달 전부터 일곱난쟁이의 아버지는 이따금 혼자 이렇게 중얼거리곤 했다고 한다,

판이 하루에도 서너 장씩 그냥 깨어져 나가, 손가락 하나 까딱 안 했는데도 저절로 그냥 깨어져 나가. 하루에도 서너 장 씩……

밥 먹다 말고 마당을 거닐다 말고 잠자리에 들다 말고 이따금 그렇게 혼잣말을 하곤 했다는 것이었다. 1980년 가을의 일이었다. K가 다락방에서 가져온 박스에는 검고 둥근 판이 백 장도 더 들어 있었다.

K는 일곱난쟁이와 함께 다락방 창문에 판자를 둘러치는 일을 도와주기도 했다. 판자에 못을 박으며 일곱난쟁이의 어머니가 하염없어 하던 모습을 K는 오래 잊지 못했다. *그러지 라우…… 그러지라우…… 막아뿌러야제, 막아뿌러야제……* 일곱난쟁이의 어머니도 아버지처럼 혼자 중얼거렸다.

얼마 안 남았어.

K가 희를 돌아보며 말한다. 날이 더워오자 희는 스웨터를 허리까지 끌어 올리고는 할딱거리며 뒤따라 올라오고 있다. 땀에 젖은 팬티가 살에 투명하게 달라붙어 있다.

K는 반 정도가 흙탕물에 허물어진 나지막한 층계에 올라서다 말고 걸음을 멈춘다. 산길과 이어지는 마지막 골목의 끝

에 놓여진 돌층계다. K는 층계 측면에서 마당이 훤히 내려다 보이는 집을 본다. 슬레이트 지붕의 벽돌집, K는 집 마당에 버려져 있는 다 삭은 시멘트 역기를 물끄러미 내려다보며 흐린 웃음을 웃는다.

예전에도, K는 이마의 땀을 닦는다, 예전에도 여기 이렇게 서서 저 집을 훔쳐보곤 했는데…… 아직도 저 역기가 남아 있다니……

어깨며 팔뚝이며 손등이며 정강이까지 문신 없는 곳이 없었던 그것이 그 집에 살았었다. 알 수 없는 글자와 그림 들이 마구 낙서처럼 새겨져 있던 그것의 검은 몸을 K는 잊지 못한다.

동네 사람 전부가 어쩐지 그것에게 앙심을 품고 있는 것만 같았다. 그것에 대한 나쁜 평판들이 있었다. 그것은 근동의 인력시장에 나가 품을 팔던 막일꾼이었다. 말수가 적었고 이웃을 피하는 눈치였다. 아들이 둘 있었다. 어쩌다 일감이 없어 집에 있는 날이면 아이들을 전부 내쫓고 내내 잠만 잤다.

겨울에도 한겨울에도 그것은 발가벗은 채 집 마당에서 미역을 감았다. 물방울들이 그것의 검은 몸 검은 등에 송이송이 맺혀 얼음 알갱이처럼 반짝이곤 했다.

그것에게는 원래 어린 아들이 하나 더 있었는데, 어느 겨울날 집 문밖에서 꽝꽝 얼어붙은 채 나체로 죽은 몸이 되어 발견됐다. 그러자 동네 사람들이 수군대기 시작했다.

그것에게는 아이들을 벌줄 때 발가벗겨서 문밖으로 내쫓는 버릇이 있었다. 손을 대는 것 같지는 않았다. 아이들은 그것이 안으로 들어오라고 허락할 때까지 그렇게 문밖에 서 있어야 했다.

이웃들은 그것이 아마 흰파가 끌아지는 중인데도 불러들이는 것을 잊고 잠이나 처잔 게 틀림없을 거라고 경찰에게 귀띔했다. 그것은 서에 몇 번 오갔고 결국엔 풀려났다. 하지만 그 후로 더 말이 없어졌고 경계하는 빛이 더 역력해졌다.

어느 날 아이들의 엄마가 찾아왔다. 그날 날이 새도록 그 집에선 오열이 새어 나왔다. 그것의 오열이었다. 구경꾼들이 몰려들었고 호기심에 찬 불평들이 터져 나왔다.

아이들의 엄마는 며칠 후 다시 돌아와 두 아이 중 작은아이를 데려갔다.

남은 큰아이가 복통을 일으켰다. 새로 생긴 슈퍼마켓에서 군것질을 한 다음이었다. 그것은 아이를 어떻게든 입원시킬 수는 있었지만 불어나는 비용은 감당할 수가 없었다. 동네 잡화점집그것의 홀어머니가 슈퍼의 물건들에 약을 풀었다는 소문이 있었다.

그것은 이웃들에게 통사정을 했다. 어쩌면 단돈 몇만 원이 필요했던 것이었는지도 몰랐다. 이웃들은 그것을 뿌리쳤다.

어느 날 병원 백차가 잡화점 집 길목에까지 들어오고 작업복 차림의 사내 둘이 아이를 들것에 실어다 그것이 없는 텅 빈 집 마루에 버리고 갔다. 아이는 그것이 저녁 늦게 돌아올 때까지 마루에 버려진 채 거품을, 게거품을 흘리고 있었다.

하지만 이웃들은 그것의 집안일과 어떻게든 관련되는 것을 꺼렸다. K 역시 모든 것을 지켜보았지만 공포에 사로잡혀 꼼짝도 할 수가 없었다. 일곱난쟁이의 아버지가 목을 맨 바로 그 직후였다. 죽음은 더 이상 낯선, 호기심의 대상이 아니었다.

그것은 저녁녘에야 술에 곤드레만드레 취해 돌아왔다. 그날 밤늦게 아이들의 엄마가 다시 와 아이를 데려갔다. 오열이 밤새도록 무허가촌에 울려 퍼졌다.

그것이 취한 채로 잡화점에서 행패를 부리자 이웃들이 경찰에 신고했다. 풀려나긴 했지만 어째서 사람들이 그것에게 앙심을 품고 있었는지 도무지 모를 노릇이었다. 어쩌면 그것의 태생 같은 나쁜 평판들 때문이었는지도 몰랐다. 어쩌면 이 동네의 첫 집을 짓기 위한 공사의 첫 삽을 그것이 들었다는 사실 때문이었는지도 모른다.

사람들이 이렇게 말하는 것을 K는 들었다, 이 빌어먹을 동네가 이 모양 이 꼴로 생겨먹은 게 대체 누구 책임이야?

K가 그것의 집으로 거미 사냥을 하러 갔을 때 그것은 조용히 마루에 앉아 작업복을 꿰매고 있었다. 아이들이 사라지고 없는 집은 검은몸그것에겐 너무 맑고 환해 보였다.

그것은 K를 제 무릎 위에 앉혀놓곤 말했다, *사람들이 왜 날 괴물로 만들려 하는지 모르겠구나, 괴물로 만들어 뭘 어쩌겠다는 건지 모르겠구나.* 1980년의 일이었다.

벌써 철거가 시작된 거야?

희는 어리둥절해져서 이젠 눈 밑으로 펼쳐져 있게 된 무허가촌을 내려다보며 묻는다.

아니, 왜?

이상해서. 벌써 다 망가졌잖아.

K는 고개를 꺾어 검은몸그것이 살던 집을 내려다본다. 그것은 이 무허가촌을 직접 짓고 살아온 사람이었다. 그것이 말

했다, 사람이 그러듯 집도 사람을 그리워하기 마련이란다. 무허가촌이 재개발될 거라는 소문은 그때부터 있었다. 그렇다면 이 동네는 어떨까? 동네가 여기 이 사람들을 그리워할까?

이 동네가 제 사람들을 그리워할까? 과연 제 품속의 사람들을 그리워할까, 어떨까?

그것은 고개를 젓더니 K를 내려놓고 광선으로 끓어오르는 듯한 문밖 골목으로 천천히 걸어 나갔다.

한낮의 광선 아래 황량하게 펼쳐진 부채꼴 모양의 이제는 텅 빈 무허가촌을 K는 내려다본다.

K의 무허가촌은 별로 다르지 않은 또 다른 무허가촌들과 함께 산의 등성이를 말할 수 없을 만치 빼곡히 뒤덮고 있다. 검은몸그것과 같은 막일꾼들이 산등성이를 온통 헤집어놓으면서, 종횡무진 누비면서 조그마한 빈틈이라도 발견되면 거기에 또 새로운 무허가 집들을 꽂아놓곤 했던 것이다. K가 태어나기 전부터의 일이었다.

무허가촌은 그렇게 자리를 넓혀갔을 것이다. K가 어렸을 적에도 재개발에 관한 소문이 끊이질 않았는데도 그러한 집들은 여전히 늘어가고 있었다. 그리고 그에 따라 지금 K의 눈앞에 들끓고 있는 태양광선처럼 사람들도 더욱 많아지고 들끓게 되었다. 사고가 끊이질 않았고 어린 K의 눈에도 사람들은 갈수록 사나워지고 난폭해졌다.

곧 터져 오를 듯한 광선 아래 건조한 냄새가, 살풍경한 냄새가 K의 코 속을 환하게 만들고 있다…… 갈수록 무허가촌의 골목들도 복잡해지고 미로와 그 모양이 같아졌다. 겨우 두 사람 어깨 폭인 그 골목들의 위치와 방향과 쓸모 들은 더욱 알 수 없는 것으로 되어갔다. K는 종종 우리는 이 빌어먹을 데서 평생 못 *빠져나갈 거야*라는 소리를 듣곤 했다. 골목들에서 제 삶의 모양을 보고 있는 것인지도 몰랐다. 미로와 같은, 끝없이 허물어지고 새로 태어나던 골목들에 대해 한 사람이 죄다 꿰고 있기란 거의 불가능해 보였다. 심지어 골목들을 깔아놓은 장본인인 검은몸그것 같은 사람조차도 그럴 순 없을 것 같았다.

대부분의 무허가촌이 산등성이 적송 숲과 시장통에 이어진 고급 주택가를 위아래의 경계로 삼고 있었다고 해도 그 골목들의 끝없는 얽힘에 대해서만큼은 한계가 있어 보이지 않았다.

위치와 방향과 쓸모 들이 끊임없이 얽혔고 서로 알 수 없게 되어버린 미로와 같은 골목들 사이에서 사고는 끊이질 않았고 동네 사람들도 갈수록 사나워졌고 미친 듯 난폭해져갔다…… 요컨대 모든 게 폭발 직전의 순간에 놓인 것처럼 들끓고 들끓고 있었다.

지금 K의 눈앞에서 폭발하고 있는 태양의 섬광처럼 마침내 그 얽힘은 어떤 절정에 다다르고 있는 것처럼 보였다.

결국 그것의 온몸을 뒤덮은 낙서 같은 문신들이 말썽이 되었다.

경찰은 우범자, 범죄를 저지를 우려가 있는 자들을 찾아다니고 있었다. 산을 둘러싸고 있는 K의 무허가촌을 비롯한 무허가촌 서너 개가 경찰의 요주의 대상이었다. 우범 지역들, 산의 온 무허가촌들을 경찰이 들쑤시고 다녔다.

K의 무허가촌이 특히 주목되었다는 소문도 있었다. 대개의 무허가촌이 그러했듯이 K의 무허가촌에도 잡화점집그것

같은 잔챙이 폭력배들이 들끓고 있었던 게 사실이었다.

하지만 경찰에게도 우범의 확신이 필요했다. 동네 사람들은 결국 검은몸그것을 일러바쳤다.

어느 날 경찰이 그것의 집에 들이닥쳐 그것이 제 아이들에게 하던 식으로 그것을 발가벗겼다. 발가벗겨진 그것이 몸부림쳤다. 몸부림치는 근육들을 따라 온몸의 문신이 벌레처럼 꿈틀거렸다. 곤봉이, 경찰의 곤봉이 그것의 이마 위에서 작열했다. 제 아이들에게 하던 식으로 그것은 집 밖으로 쫓겨났다. 그러곤 끌려갔다. 훔쳐보고 있던 K는 어리둥절한 채로 울음을 터뜨렸다. 1980년의 일이었다. K는 왜 울음이 나오는지 왜 울음을 그칠 수가 없는지 이해할 수가 없었다.

검은몸그것이 끌려간 며칠 후 개장사집그것이 자기네 집 문 앞에서 사라졌다.

다시 그날, 시장통에서 구두 춤을 추며 행패를 부리던 잡화점집그것이 경찰에 붙잡혀 끌려갔다. 검은몸그것을 희생시켰던 일의 주모자는 바로 잡화점집그것의 홀어머니였다. 잡화점은 문을 닫았고 그것의 홀어머니는 발작을 일으켰다. 잡화점의 생철 간판이 태양광선에 여자의 백발처럼 하얗게 타들어가던 날의 일이었다.

잡화점집그것이 사라지자 주정뱅이 공무원그것은 폭소를 터뜨리며 기쁨을 감추지 못했다, 그런 자식은 교육 좀 받고 와야 한다는 것이었다. 하지만 주사가 심했던 공무원그것도 어느 날 아침 출근한 이후로 모습을 감췄다.

대학생그것의 연락이 끊긴 바로 그때쯤이었다. 1980년 가을의 일이었다.

들어가, K는 돌쩌귀가 부서져 간신히 매달려 있는 두 쪽 나무 대문에 손을 얹으며 말한다, 쉬었다 가. 희는 약간 주춤 거린다, 스웨터를 거의 가슴까지 끌어 올리고는 숨을 할딱거린다, 정말?

돌아가는 거지? 갈 거지?

그래, 이 지긋지긋한 동네…… 이젠 더 올라가봤자 집도 없어.

이젠 더 돌아볼 집도 없다고, 다들 똑같아,

똑같은 집들뿐이라고…… K는 숨을 몰아쉬며 두 쪽 나무 대문을 열어젖힌다. 마당이, 시멘트로 포장된 흰 마당이 환하게 둘 앞에 드러난다. 눈이 부셔, K와 희는 잠시 눈을 감는다. 그리고 다시 떴을 때 K는 두 팔을 활짝 벌리고는 마당 안으로 뛰어든다. 마당은 충분히 크고 넓다. 들어와봐, K는 희를 향해 외친다,

들어와서 너도 놀아봐, 희, 이리 와 놀아봐.

K는 낄낄대며 희의 손을 잡아 마당으로 끌어 들인다.

K는 깡충깡충 네 활개 치며 마루며 문이 뜯긴 방이며 부엌을 온통 헤집고 뛰어다닌다.

여기가 부엌, K가 다 구겨진 양철 냄비를 마당 한가운데로 집어 던지며 소리 지른다.

여기가 안방, K가 흙투성이 캐시밀론 담요 한 장을 질질 마당 가운데로 끌고 나온다. 공중으로 빙빙 돌린다. 뿌옇게 회오리바람처럼 흙가루가 날린다.

여기가 다락, 어느 틈에 올라갔는지 지붕 밑 마름모꼴 창

에서 K가 고개를 내민다.

여기가 작은방, K는 부엌 옆에 딸린, 작은 격자무늬 문을 걷어차며 소리 지른다.

그리고 우리는, 하면서 K는 사다리를 가져다 지붕을 오르기 시작한다, 이 지긋지긋한 곳에서……

이렇게 비둘기 사냥하기를 좋아했다고! 다 올라간 K가 엉덩이를 치켜들고는 엉금엉금 지붕을 기며 새 울음을 흉내낸다.

우리라니? 미쳤어? 희가 볼멘소리로 외친다, 왜 그래! 그러더니 엉덩이춤을 추고 있는 K를 가리키며 깔깔 웃음을 터뜨린다.

K는 지붕에서 마당으로 뛰어내리더니 희를 붙안고는 털 스웨터를 홀렁 벗겨버린다. 맨드라미꽃 빛깔 털 스웨터가 현기증 나는 한낮의 태양광선 속으로 날아오른다. 희는 웃음을 그치지 않는다. 깔깔대는 그 웃음소리에 맞춰 K는 희의 팬티를 벗기고 광선으로 끓어오르는 듯한 마당에 쓰러뜨린다.

희는 깔깔대며 K의 성기를 잡아 제 성기에 비빈다. K는 침을 질질 흘리며 희의 입을 벌리고 희의 혀를 뽑아 그것을 질겅질겅 씹기 시작한다. 말할 수 없을 만치 환한 태양광선이 K와 희의 젖은 체모를 더욱 새까만 빛으로 반짝이게 한다.

K는 갑자기 사라져버린 그것들의 일이 궁금했다.

동네 사람들은 여전히 수다를 떨고 소문을 옮기고 전기세 따위로 소동을 벌이곤 했지만 어느 순간에 이르러선 약속이나 한 듯이 입을 다물었다. 하지만 곧 활기찬 생활들이 K로부터 그것들의 일을 잊게 했다.

1980년 겨울 컬러텔레비전 방영이 처음으로 시작됐다. 벅스버니와 친구들은 근동에서 처음 컬러텔레비전을 마련한 샐리네 집으로 몰려갔다. 1980년 그리고 1981년에 걸쳐 새로운 컬러 만화영화 주인공들이 탄생했다, 딱따구리, 오로라공주와 손오공, 마이티마우스, 집없는소년, 달려라 뽀빠이, 요술공주 샐리, 그리고 벅스버니와 그의친구들 등등이 그것이었다. 이 새로운 주인공들이 텔레비전 브라운관을 누비기 시작했다.

이 주인공들은 벅스버니와 친구들을 열광케 했다. 색을 입었고 입체감을 띠었으며 그래서 사실감이 있었다. 같은 영화지만 흑백이었을 때보다 더욱 박진감이 느껴졌다. 더욱 사나워 보였고 더욱 난폭해 보였다. 그것은 하나의 작은 충격이었다.

게다가 국민학교 기악 합주부의 안 선생 수업이 동네에서 사라져버린 그것들에 대한 궁금증을 결정적으로 잊게 했다. 벅스버니와 친구들은 합주부 연주에 새롭게 열광하고 있었다. 변변한 것 하나 없는 학교 악기들 대신에 안 선생은 소리를 낼 수 있는 것이라면 무엇이든 가져오라고 했다. K는 빨갛고 노랗고 파란 오색 구슬들이 든 유리 우유병 하나를 가져갔다.

안 선생은 칠판에 처음 보는 기괴한 기호들로 가득 찬 악보를 그렸다. K와 친구들은 악보의 어떤 기호가 자기 손의 소리 낼 수 있는 것을 뜻하는지만 알고 있으면 되었다. 악기가 모자라거나 합주 연습이 부족해 애먼 책을 읽거나 산수 문제를 풀지 않아도 되었다. 악보는 외울 필요도 없었고 실수해도 좋았다. K는 부담 없이 우유병을 흔들었다. 각자 제 손에 들린 것에만 신경 쓰면 되었다. 그러면 희한하게도 반원으로 둘러

앉은 자신들로부터 리듬과 화음을 갖춘 놀라운 울림들이 음악실 하나 가득 퍼져 나갔다. 울림들은 아이들 내부의 모든 공간으로도 퍼져 나갔다.

얼마간 호흡이 맞춰지자 안 선생은 고아들의 노래라는 곡을 샐리의 입을 빌려 부르게, 읊게 했다. 1981년, K가 6학년이었을 때의 일이었다.

K는 발가벗은 채 희와 나란히 누워 하늘을 바라보고 있다. 구름 한 덩이 없이 하늘은 온통 태양광선, 섬광으로 환히 출렁거린다. 희는 여태껏 깔깔대다가 이제 겨우 잠이 들었다. 잠든 희의 뺨은 젖어 있다.

K는 주섬주섬 옷을 챙겨 입고는 희 앞에 다시 주저앉는다. 희의 젖꼭지 위로 빨간 꼬리를 가진 잠자리 한 마리가 앉았다 날아간다. 알겠어?

뭘?

뭘 그리워하는지, K는 중얼거린다.

뭘?

글쎄, K는 손가락 끝으로 희의 젖꼭지를 톡 건드려본다. 희의 졸음 묻은 목소리가 들려오는 듯하다.

글쎄…… 왜 내 그리워하는 것들의 얼굴은 다들 끔찍한 것일까? K는 무너진 담 너머의 환히 끓어오르는 무허가촌 잿빛 풍경을 물끄러미 내려다본다. 멀리, 부채꼴 모양으로 한눈에 내려다보인다. K는 눈이 부신지 이맛살을 찌푸린다.

왜?

희는 자면서도 왜라고 묻고 있는 듯하다. K도 똑같이 묻고 있다. 왜? 왜?

왜? 희가 문득 눈을 뜬다. 잠에서 깨어 K에게 묻고 있다.

뭐라고 했어?

뭐라고 하지 않았어? 희가 광선 때문에 눈이 아린지 손차양을 하면서 졸음 섞인 목소리로 되묻는다.

아니, 아무 말도 하지 않았어, K는 희의 뺨에 붙은 체모 한 오라기를 떼어준다, 이제 이곳도 헐리게 될 거야.

그래, 철거촌이라며?

그래, 헐려 없어지게 되는 거야.

음…… 어쩐지 한번 와봤던 것 같아, 희가 아직 꿈결인 듯 몽롱하게 두 눈을 치켜뜨며 중얼거린다.

여길?

응…… 하지만 진짜로 와봤던 것은 아닐 거야……

희는 아무 말도 없다. 잠시 후 입을 열고는 다시 중얼거린다, 아, 너무 밝아,

너무 환해…… 아, 애,

……헐린다고 해서 뭐든 완전히 사라지게 되는 걸까?

응?

K가 희의 두 눈을 물끄러미 내려다보며 다시 묻는다, 응?

그냥…… 한 번도 와보지 않은 이곳인데도 걸어 올라오는 내내 마음이 아팠어, 왜였을까?

아프고…… 왜 이렇게 이곳에 마음이 끌리는 걸까…… 희가 천천히 몸을 일으키며 묻는다.

1981년 1월, 대학생그것과 주정뱅이 공무원그것이 돌아

왔다.

동네 사람들은 그 둘을 쓸쓸한 표정으로 맞았다. 아무 말도 없이 둘은 방 안에 틀어박혔다. 대학생그것은 어머니가 세입자들과 서로 저주를 퍼부으며 싸우건 말건 아무 상관도 하지 않았고 공무원그것도 더는 술을 먹지 않았다.

K는 둘의 눈빛이 심상찮다는 것을 느끼고 있었다. 마치 꼬맨 것처럼 그것들의 입은 꽉 다물어져 있었다. 하지만 둘의 일은 이제 K의 생활에 하찮은 부분이 되어 있었을 뿐이었다.

봄이 다 지나가도록 둘은 여전히 사납고 안광이 번뜩이는 두 눈을 하고서는 방구석에 틀어박혀 지냈다. 마침내 겨울이 가까웠을 때 나머지 그것들이 한꺼번에 모두 돌아왔다. 문득 동네에서 사라졌던 그때처럼 문득 한꺼번에 모두 동네로 돌아왔다.

거기에는 샐리의 아버지가 멍키스패너로 이마를 쪼갠 하늘색대문집그것도 끼어 있었다. 하늘색대문집그것의 이마의 흉터는 더 끔찍해져 있었고 더욱 길어져 있었다. 잡화점집그것의 눈빛은 더욱 불안에 떨리고 더욱 커다란 유리 파편이 박힌 듯 사납게 끓어오르고 있었다. 개장사집그것의 한쪽 눈은 K의 국민학교 뒤쪽 바위 절벽에 뚫린 검은 구멍처럼 퀭 뚫려 있었다.

그리고 세 아들 모두를 잃어버린 검은몸그것은 온종일 눈을 부라리며 온 동네 온 골목을 쏘다녔다.

K에게 검은몸그것이 했던 말이 떠올랐다, 날 괴물로 만들어 뭘 어쩌겠다는 건지 모르겠구나…… 1981년의 일이었다.

166

꿈, 퐁텐블로

퐁텐블로의 탄생, 알겠어?

이건 전통적이고 아주 고전적인 주제야, 끝없이 변주되고 모두를 흥분케 하는 힘이 있지. 모두가 알고 있어.

낮 3시, 몸과 마음의 어느 한 귀퉁이는 이미 식곤증과 무기력증에

졸음에 빠져 죽어 있고 제 외눈 아래 모든 것들과 함께 태양은 더욱 참지 못할 나른함으로 다가가지,

이미 황도의 가장 따분하고 지루한 지점에 발을 들여놓고 있는 거야, 낮 3시, 권태와 무의미의 정점, 바로 이 시간.

수백만 년 전의 이 시간

낮 3시. 이 시간에 퐁텐블로가 탄생한 거야, 볼래?

볼래? 퐁텐블로의 탄생. 여기,

바로 수백만 년 전의 그것들이 있어. 그것들이 나무에서

내려와 개와 늑대의 기원형인 토마르크투스들과 함께 들판을
쏘다니기 시작한 지

　겨우 천만 년 정도가 지났을 무렵이야, 먼 들판의 지평선
을 바라보기만 하던 두 짐승의 눈이

　지평선까지 직접 한번 어슬렁거려보기로 한 지 겨우 천만
년 정도가 지났을 무렵이야. 그것들

　수백만 년 전의 그것들은 겨우 한 발론 먹이를 쥐고 세 발
론 땅을 짚는 원숭이들에 불과했고

　도구도 불의 사용도 겨우 늪 속의 뼛조각과 번갯불이라는
우연의 신들에 의해 가능했던 거야, 우연의 신들을 노획하고
원컨대

　길들이기엔 뇌의 용량이 너무 적었던 거지, 쥐면 한 줌밖
엔 안 되는 600~800cc의 용량,

　콜라 페트병 하나도 다 채우지 못할 뇌 용량의 그것들은
수백만 년 전의

　낮 3시, 들판 위의 점심 식사를 막 끝낸 상태였지, 그때 역시

　그것들 머리 위론 태양이 이미 황도의 가장 따분하고 지
루한 지점에 발을 들여놓고 있었던 거고

　그것들 역시 들판을 어슬렁대며 원숭이처럼 졸음에 겨워
하고 있었지, 수백만 년 전

　바로 이 시간 낮 3시, 마침내

　까닭 없이 성이 난 그것 중 하나가 점심으로 먹은 플라이
오히푸스의 해골을 향해 다가갔지. 그러곤 플라이오히푸스,
방금 끝낸 점심 식사의 찌꺼기들을

　물끄러미 내려다보고 있던 그것은 문득

플라이오히푸스의 넙다리뼈를 집어 들었어. 넓적하고 쥐기 쉽도록 손잡이까지 달린

곤봉 모양의 넙다리뼈를 집어 들었던 거야. 그러곤

겨우 식사를 끝내고 잠을 청하던 또 다른 그것의 머리를

내리쳤던 거야, 피가 튀고 한 줌밖엔 안 되는 뇌장이 두개골 밖으로 덩이덩이 흩어져 날리고,

그랬던 거야, 인류 최초의 살인

인류 최초의 죽임. 그러곤 인류 최초의 동종 살해자는 제 손에 문득 쥐어져 있는 넙다리뼈를

신기해하고 일견 낯설어하는 눈으로 바라보았던 거야, 인류 최초의 발명품, 문명의 이기

인류 최초의 살해 도구를 말이야. 그러곤 아무 일 없었던 듯이 낮잠을 청하러 나무 밑 그늘로 기어 들어갔지, 천만 년 전 직립보행을 배웠던 인류 문명의 선구자, 그것은 그렇게 죽임을 배웠던 거야,

인류 최초의 도구는 살해 무기였던 거야.

그리고 그것들의 터전이었던 들판은 곧 문명의 터전으로 바뀌어갔지, 바로 그렇게 들판에 문명,

죽임의 미로가 세워지기 시작했던 거야, 수백만 년 전.

그리고 다시 수백만 년 후엔 불과 철이라는 두 우연의 신을 길들이고 다스리는 법을 배웠던 거야.

뇌의 용적도 콜라 페트병을 가득 채우고도 남을 만큼의 1,200~1,700cc로 늘어나고

죽임과 또 죽임으로 가득 찬 현대가 시작되었던 거야, 그렇게

그것들은 죽임의 도구들을 발명하고 그 터전 위에 문명, 죽임의 미로들을 건설했던 거야, 수백만 년 전

그리고 오늘날에도 끊임없이 영원 변주되는 위대한 법칙,

개와 늑대의 기원형인 토마르크투스들조차도 깨우치지 못했던 죽임의 법칙, 그 진화의 법칙을 배웠던 거야. 그렇게,

단순히 굶주림과 성욕만으론 설명될 수 없는, 인류만이 소유할 수 있는

죽음과 공포의 오라가 수백만 년 전의 이 시간, 낮 3시

이 시간에 눈을 뜬 거야,

죽음과 공포의 오라는 눈을 뜬 거야,

바로,

퐁텐블로가 탄생한 거야, 알겠어?

그리고 그것들의 현대적 변주인 우리의 딱따구리들도

이 시간엔 오수에 들지, 참으로 한가롭고 평화로운 낮잠이야. 그래,

나도 방금

내 손목을 둥글게 감싸고 돋아나는 깃털들을 발견했어.

금적색이고 기름기로 반질반질하지. 약간 뻣뻣한 감도 없진 않지만

썩 보기 좋다는 것은 알겠어. 드디어 내게도

죽임의 깃털이 생긴 거야. 그리고 곧 죽임의 발톱도 돋아나겠지, 심장을 도려내고 찢긴 튜브처럼

허파를 조각낼. 그래,

내 목에는 벌써 딱따구리들의 붉은 갈기가 돋았어, 좀 있

으면 아주 찬란한 빛으로 출렁이게 되겠지, 그리고

알겠어? 낮 3시,

수백만 년 전 들판 위 점심 식사의 현대적 변주인

이 퐁텐블로 레스토랑에서 나는 지금

홀과 거리를 동시에 경계하고 있지,

과식과 과음이 식탁이고 물욕과 미칠 듯이 과도한 섹스가
이 레스토랑의 스페셜 메뉴이지.

웨이터는 게으름이고 추악함은 웨이트리스지, 권태와 의
미 없음은 지금 카운터에 앉아 졸고 있고.

자살 해결법은 퐁텐블로 레스토랑의 자랑거리 실내장식
이지,

알겠어? 지금 거리에선

플라이오히푸스 넙다리뼈의 현대적 변주인 배트와 잭나
이프가 춤을 추고

비탄과 복수의 격정이, 창백한 병과 우울한 노년이

범죄와 공포와 어깨를 나란히 하고 걷고 있지. 알아?

저 졸린 차 보닛들과 행인들의 낯빛,

그리고 어딜 가나 감당할 수 없는 과로와 육체와 정신의
한계에 다다른 탈진의 어두운 그림자가 어슬렁대고 있지, 그래,

바로 이 흔한 퐁텐블로 레스토랑의 문안과 문밖에서 언제
나 동시에.

알겠어? 문 안쪽의 얼굴은 광기와 폭력으로 일그러져 있고

문 바깥의 얼굴은 적의와 세상의 모든 악덕으로 찌그러져
있어, 알겠어?

바로 딱따구리들처럼

이 딱따구리, 바로 나처럼

우린 선택할 여지가 없는 거야, 문을 열고 어느 쪽을 향해 서더라도 비명을 지를 수밖엔 없는 거야, 바로 우리 자신의 얼굴을 향해.

선택의 여지가 없는 거야, 모두 같은 쪽의 다른 표현일 뿐이야.

알겠어?

불안과 스트레스의 오라,

수백만 년 전 죽음과 공포의 현대적 변주인

불안과 스트레스의 오라,

딱따구리들, 그 빌어먹을 것들.

그리고,

나는 마침내 아주 멋진 헤어스타일을 얻었어. 바로

딱따구리 헤어스타일이지,

뒤통수에서 금적색의 기다란 깃털이 뿔처럼 솟고, 누구도 눈 뜨고 쳐다보지 못할 만큼 끔찍하게 아름답지.

낮 3시의 불안과 스트레스가 만들어낸

딱따구리들, 또 하나의 영원 변주의 돌연변이들.

그리고 다시, 이 시간으로부터 수백만 년 전의 현대적 변주인

첫번째 희생자를 만드는 일이 시작됐지, 첫번째 희생자.

알겠어? 아이였지.

지금으로부터 십수 년 전 일이야, 곧 20년 전 일이 되겠고, 또 한 세대 전 일이 되겠지. 그리고 그것은 다시 민담과 전설이 되어

이 퐁텐블로에 오래 떠돌 거야, 첫번째 희생자.

어느 무허가촌. 불안과 스트레스의 오라가 클라이맥스에 달해 곧 폭발할 듯 어지럽던

1981년의 늦가을, 어느 무허가촌의 가을. 알겠어? 아

잠깐,

입이 근지러운데, 아

부리가 돋아나나? 무슨 일이지?

돌연변이가 완성되려나? 부리가 돋아 나무껍질을 쪼며 따따딱— 따닥— 딱딱 소리를 지르려나? 딱따따— 따—

나의 퐁텐블로에서

바로 우리의 퐁텐블로에서.

*

우리 늦었어, 희는 눈을 똥그랗게 뜨고는 K를 노려본다. 뭘?

뭘이라고! 늦은 거 몰라?

아직이야, 공연은 원래 조금 늦게 시작해, K는 소극장이 딸린 건물의 홀로 들어서면서 중얼거린다. 천만에!

미리 와 있어야 했던 거 아냐? 희는 뾰로통해서 2층 소극장으로 가는 층계를 뛰어오르기 시작한다. 층계 옆 벽면에는 「꿈, 퐁텐블로」라는 오늘 공연되는 연극의 포스터가 붙어 있다. 청색 바탕에 좀 몽롱한 표정의 외계인 같은 무엇이 어정쩡히 서 있고, 뒤로는 의자와 탁자가 어스름 속에서 아무렇게나 뒹굴고 있다. 희는 포스터를 손가락으로 꾹꾹 누르면서 K에게

외친다. 봐! 이게 할 짓이야?

바빴잖아! K가 계단을 뒤따라 오르며 말한다. 포스터 하단에는 '만남과 헤어짐의 변주, 그 세번째'라는 공연 부제가 달려 있다. K는 그것을 보며 얼굴을 찌푸린다. 그래, 바빴지,

하지만 난 너랑 하루 종일 뭘 하고 싸돌아다녔는지 아직도 모르겠어, 희가 K를 걷어차기라도 할 듯 눈을 부라린다. 출입문에서 조연출이 뛰어나오더니 아, 한다. 아,

이제 왔어요? 정말! 조연출은 난처한 표정을 짓더니 인사를 한다. K는 고개를 끄덕하더니 곧장 객석으로 들어간다. 희는 조연출 손을 맞잡고는 이러저러한 일이 있어 늦었다고 사설을 늘어놓고 있다.

희와 K는 객석의 중간에 자리를 잡는다. 일곱난쟁이가 팸플릿을 구겨 들고 앉은 옆자리다. 왔어?

어쩐 일이야?

수업도 없고 해서.

그러다 네 말대로 정말…… 터져버리면?

응? 일곱난쟁이의 얼굴이 어두워진다, 뭘, 그러라지…… 모르겠어…… 피식 웃는다.

K는 아직도 투덜대고 있는 희를 옆에 끌어다 앉힌다. 객석 뒤쪽에서 약간 화가 난 듯한 연출의 목소리가 들린다. 할로겐 조명의 위치가 마음에 들지 않는 모양이다. 이런저런 지시를 내리고 있다. 아까도 봤겠지만, 일곱난쟁이가 팸플릿으로 손바닥을 탁탁 치며 중얼거린다,

아이들이 연주를 잘 못해, 우리 같지 않아.

뭘, 잘하던데. 아냐, 일곱난쟁이가 고개를 흔든다, 뭔가 맛

이 없어, 뭔가 빠졌다고.

빠져? 그래, 뭔가 빠져 있고 비어 있어, 다시 팸플릿으로 손바닥을 탁 친다.

비어? 걔네는 우리하고 처지가 좀 달라…… 아버지 어머니도 다 있을 테고……

그렇진 않아, 부모가 이혼한 아이들이 얼마나 많은데…… 하긴, 걔네도 우리가 아니고 나도 안 선생님이 아니지, 일곱난쟁이가 중얼거린다.

그 고아들의 노래의 노랫말, 가사, 그걸 요즘 아이들이 이해나 하겠어? 고추밭에 연탄재를 왜 뿌리는지도 모를 텐데…… 게다가 악기부터가 고급스러워졌잖아.

하긴 겨우 1981년의 일인데도…… 아, 참, 샐리가 왔어.

정말? 저 앞에 있어, 얼굴이 안됐던데? 그리고 원석이, 이현이 들도 왔어.

정말? 다 왔어? K가 되묻는다, 그 빌어먹을 만화영화 주인공 놈들이 다 모였다고? 그래.

안 선생님께 먼저 안 가고?

응, 샐리가 괜찮대…… 어떻게 시간을 맞춰봐야지, 하며 일곱난쟁이가 시계를 들여다본다.

이왕이면 너 딱따구리까지…… 다 함께 모여서 찾아뵙기로 했어…… 그러는 게 좋잖아.

안 선생님이라…… 그래, 다 같이 가야지……

무대는 준비가 덜 된 모양이다. 조명이 극장 전체를 흐릿하게 비추고 있다. 갑자기 캄캄해진다. 무대도 일곱난쟁이의 얼굴도 사라져 보이지 않게 된다.

무대는 겨울밤 카페의 풍경이다. 뒤쪽으로 커다란 창이 있고 눈을 뒤집어쓴 플라타너스 가로수가 그 밖으로 보인다. 카페는 어둡고 침침한 무채색으로 장식돼 있다. 중앙에는 테이블 두 개가 있고 오른쪽 끝으로는 디제이 부스가 보인다.

왼쪽 끝으로 바와 카운터가 있다. 디제이는 부스 안에 들어가 있다. 웨이터는 바 앞에 무료한 표정으로 서 있다. 여자는 무대 중앙, 테이블에 앉아 무언가를 끄적이고 있다. 이따금 디제이를 쳐다본다.

막이 오르기 전 어두운 상태에서 음악이 흘러나온다. 곡은 태드 대머런의 「퐁텐블로」다. 그러고는 조금 지나 디제이 부스에 파란 형광빛 등이 들어오고 음악에 맞춰 차츰 무대가 밝아온다. 밝아오는 동안, 그 밝아옴에 맞춰 음악은 처음부터 끝까지 연주된다.

디제이는 부스에 있을 때는 굵고 잔잔한 음성을 내지만 밖으로 나왔을 때는 경솔하고 비굴한 느낌이 드는 음성, 즉 이중적인 음성을 내야 한다. 여자는 낡은 잿빛 롱 코트를 입고, 빨갛게 색이 입혀진 스카프를 두르고 있다.

K는 디제이를 30대 초반, 여자를 20대 후반으로 잡았었다. 배우들이 관객들에게 그렇게 비칠지는 잘 알 수 없다. 웨이터는 그럭저럭 10대 후반으로 보인다.

음악이 끝난다.

디제이가 굵고 잔잔한 음성으로 말한다…… 태드 대머런의 「퐁텐블로」였습니다. 이 곡이 대머런에 의해서 녹음되었을 때 우리나라에서도 들려졌다면…… 아마도 주한 미군 전용 바에서였겠지요. 저는 이 곡을 문산 근처의 낡은 레코드 상점에서 처음 들었는데…… 그때는 제가 막 군대의 마지막 휴가를 나왔을 때였습니다. 그 레코드 상점은…… 그렇군요. 오늘은 참 기분 좋은 하루였군요. 제가, 제가 듣고 싶은 노래를 빠짐없이 모두 틀 수 있는 날이었으니까 말입니다…… 모두 말입니다. 다음은 모던 재즈 콰르텟의 장고 라인하르트 추모곡, 「장고」를 들으시겠습니다.

여자가 주위를 둘러보며 혼잣말을 한다…… 저 아저씬 이상해. 대체 누가 있다고. 여긴 나 하나밖엔 없는걸. 괜히, 안 좋아. 게다가 난…… 저런 음악관 안 어울리는걸.

웨이터가 부스를 바라보며 혼잣말한다…… 컨디션이 좋아 보이는군. 하지만 그렇다고 뭐가 달라지겠어? 나도 정신을 차려야지…… 아직 10시도 안 됐잖아. 두 시간 내내 저 여자 하나뿐이었는데! 세상에…… 모두들 오늘이 무슨 날인지 알고 있는 모양이로군.

여자가 말한다…… 저 좀 볼래요? 여기 차 말고…… 뭐 먹을 만한 게 있을까요?

웨이터가 묻는다…… 뭐요?

스낵이라든가. 아니면……

감자칩이 좀 있는데……

어머, 제가 먹어도 괜찮은 거예요?

웨이터는 바에서 과자 봉지를 꺼내 온다…… 오늘 좀 특별한 날이거든요.

좀 앉을래요?

웨이터가 여자 앞에 앉는다.

아, 오늘은 기분 좋은 하루였어요…… 여자가 말한다, 오랜만에 거리도 종일 쏘다녀보고.

뭐요?

여자가 앞에 앉은 웨이터의 눈치를 살피며 혼잣말하듯 말을 잇는다…… 부끄럽지만…… 별거 아닌 얘기지만…… 아침에…… 막 전화벨이 울리는 거예요. 정말 오랜만의 전화벨 소리…… 따르릉따르릉 울리는 소리…… 그랬어요. 채광창으로 아침 햇빛이 들어와서 빨간 전화기를 반짝반짝 윤을 내고…… 게다가 오늘은 눈이 많이 내렸지 않아요?

웨이터가 디제이를 가리킨다…… 아이고, 저 인간은 오늘 내린 눈 때문에 온종일 투덜거렸는데요.

그래요?

구두가 낡아서 물이 새거든요. 눈 녹은 물이 전부 새 들어온 거죠. 그래서…… 찜찜하대요…… 그래, 그래서요?

여자가 웨이터의 눈치를 계속 살피며 말을 잇는다…… 이상하게 들릴지 모르지만…… 난 막 겁이 났어요. 도대체 누가 이런 아침에 나한테 전화를 다 할까……

전화가 뭐 어때서요? 전화가 누굴 잡아먹는대요?

전화를 받아본 지 정말 오래됐거든요…… 너무 오래돼서 마지막 전화를 받은 게 언제였는지조차도 잊었을 정도라고요…… 너무 오래돼서 어떻게 전화를 받아야 하는 건지도 생각이 안 났고……

이런.

……부끄러운 얘기예요, 그런데…… 난 전화한 사람이 누군지를 알자마자 수화기를 놓아버렸지요…… 아마…… 할 말이 너무 많았기 때문일 거예요…… 아…… 아침으론 무엇을

먹는가, 그동안 읽은 책 중에 좋았던 건 뭐였나, 내가 왜 이 낡고, 얼룩도 지워지지 않는 빨간 스카프를…… 그토록 걸치고 다니는가, 그런 것들이지요…… 하지만 막상 수화기를 들고 보니까…… 갑자기 울음이 터지는 거예요…… 갑자기 울음이…… 그런 기분 알아요?

……

여자는 체머리를 흔든다…… 아니에요, 애인도 아니고 아빠도 아니고 내가 아는 사람이 아니었어요…… 내가 아는 사람이었다면…… 그렇게 눈물이 나올 리가 없죠…… 그럴 사람도 이제 더는 없고…… 그냥 평범한, 잘못 걸린…… 누굴 계속 찾았는데…… 그런 사람 여기 안 산다고 끊었지요…… 계속 누군가의 이름을 불렀는데……

웨이터가 우스꽝스러운 목소리로 말한다…… 까닭 없는 눈물이란 얼마든지 있다고요.

그렇죠? 그게 그렇죠?……이렇게 말을 많이 하기도 참 오랜만이야, 그래도 말하는 법은 안 잊어버렸나…… 여자는 웃는다, 그런데 카페 이름이 퐁뗀블루라……

재밌긴 한데…… 아무도 그 뜻을 몰라봐서 문제지요. 저 인간이 그렇게 짓자고 우겨댔대요…… 궁금하면 물어봐요.

여자가 디제이를 넋 나간 얼굴로 쳐다보며 말한다…… 좀 싸구려 같기는 하지만 삶의 수수께끼를 전부 알고 있는 듯한 멋진 목소리잖아요? ……그런데 아까부터 뭘 하고 있는 거죠? 저런 걸 재즈라고 하나 보죠? 저 혼자 신청곡 받고 음악 틀어주고 곡 설명해주고…… 저 혼자.

꼭 즐겁지만은 않을 거예요…… 벌써 몇 달째 이렇게 손님이 없었거든요.

하긴, 이런 후미진 데 있으면…… 이 거리는 정말 오래됐
어요…… 웨이터 아저씨는 이 거리에 얼마나 살았어요?

한 1년?

난 여기서 20년이나 살았어요. 처음엔 그런대로 보기 좋
았는데……

디제이가 음악을 끄며 마이크에 대고 말한다…… 이봐,
블래키. 콜라 한잔 갖다주겠어?

나와서 직접 따라 드세요, 빌어먹을.

여자가 디제이를 향해 손짓한다…… 아저씨, 그만 나오
세요.

디제이가 말한다…… 하하, 손님이 절 원하네요. 이럴 때
의 저는 디제이의 공적인 역할과 저 자신의 호기심 사이에서
갈등하게 돼요. 하지만 저 아가씨의 맑고 진지한 눈빛에 마음
이 끌리네요…… 어디 저 아가씨가 무슨 말을 하는지 한번 들
어볼까요? 그러면 아트 블래키에게 마이크를 넘기고 잠시 자
리를 비우겠습니다. 디제이가 음반을 올려놓으며 자리를 정리
한다. 아시겠지만…… 정말 대단한 폭설이었죠.

웨이터는 바로 가 콜라를 두 잔 가져오고 디제이는 여자
의 테이블에 와 앉는다.

디제이의 목소리는 갑자기 경솔하고 비굴하게 바뀐
다…… 마지막 밤의 마지막 손님이라! 퐁텐블로가 문을 연 이
래 가장 기억에 남을 손님인 것 같군.

여자는 바뀐 목소리에 놀란 듯하다…… 어머!

무슨 이야기를 하고 있었죠? 설마 재미없는 사랑 얘기를

하고 있었던 건 아니겠죠?

……이 거리에 대해서……

이 형도 여기로 옮겨 온 지 1년밖에 안 됐어요. 그렇죠?

그래, 하지만 한 10년은 여기서 썩은 것 같단 말이야, 이 놈의 거리는 지저분한 데다 매력도 없어.

여자는 웃는다…… 그럴 만도 해요…… 하지만 이 거리에 나처럼 오래 산 사람들은 옛날이 그립다고들 하지요. 그 사람들에게는, 맨 처음엔 이 거리가 얼마나 사랑과 희망으로 넘쳤는가, 하는 따위의 추억이 남아 있어요. 하지만 요즘은…… 어떻게 하면 여길 영영 벗어날 수 있을까, 하는 궁리만 하죠.

디제이가 테이블을 내리치며 말한다…… 장사가 안되는 것도 이유가 있군.

여자가 말을 잇는다…… 이 거리는 벌써…… 몇 년 전에 죽었어요…… 저쪽 주택가도 이젠 다 쓰러져가는 옛날 아파트들로 유령 마을처럼 되어버렸고요…… 아무도 이사 오려 하지 않죠. 10년 전만 해도 밤이면 이 거리는 대낮처럼 활기찼었다고요…… 사람들은 밤까지 희망에 넘쳐서 거리를 쏘다니고 큰소리로 노래 부르고 사랑을 나누고 그랬죠. 하지만 이젠 너무 늙어서…… 자기 힘으로 화장실도 못 갈 정도라, 누구든 옆에서 부축하고 일으켜 세워주지 않으면 안 돼요…… 하지만…… 누가 그러려고나 하겠어요? ……카페 이름이 뽕뗀블루죠?

그건, 뭐, 태드 대머런이란 재즈 피아니스트의 곡 이름인데……

여자가 되묻는다…… 태드 뭐요?

태드 대머런. 퐁텐블로란 프랑스에 있는 작은 소도시의

지명인데…… 그 친구가 거길 여행하고 나서 그때 받은 영감으로 이 곡을 썼다고 해요……

여자가 진저리를 친다…… 프랑스?

난 언제쯤이나 훌쩍 떠버릴 수 있을까?

여자가 주저하며 말한다…… 난 진짜 그곳으로 가버린 남자를 알고 있어요……

애인이었어요?

아뇨, 바이올린 연주자였어요.

웨이터가 묻는다…… 헤어졌어요?

예?

아, 참, 소개하죠, 난 이 카페 최고의 재즈 메신저고, 앤 이 카페 최고의 웨이터, 블래키죠.

웨이터가 화난 투로 말한다…… 날, 블래키라고 부르지 좀 말아요.

아, 참, 소개를 잘못했군. 앤 장래 희망이 쇼맨인데, 그런데 그게 웨이터하고 좀 다른 건가?

시끄러워요.

내가 보기엔 체질적으로 타고난 웨이턴데……

여자가 둘의 이야기엔 흥미 없는 듯 혼잣말하듯 읊조린다…… 애너벨 리, 애너벨 리, 아주 여러 해 전/바닷가 어느 왕국에/당신이 알지도 모를 한 소녀가 살았지……

……그녀도 어렸고 나도 어렸지만/나와 나의 애너벨 리는/사랑 이상의 사랑을 하였지……

여자가 놀란다…… 어머, 그걸 외워요?

웨이터가 말한다…… 그럼요, 상식인데.

그런데 쇼맨? 웨이터?

쇼맨요.

디제이가 과장스레 혀를 쯧쯧, 찬다…… 오 노, 블래키.

웨이터가 소리 지른다…… 난 블래키가 아냐!

여자가 말한다…… 길 건너에 싸구려 디스코텍이 있었는데, 거기서 매일 밤 미친 듯 춤을 추곤 했었어요…… 아무튼 그러지 않곤, 미쳐버릴 것 같았어요…… 그럴 때가 있나요?

웨이터가 말한다…… 그럼요, 특히 디제이 형이 제 곁에 있을 땐.

아, 이상한 날이에요, 아저씨 뭐 신나는 음악 좀 없을까?

디제이가 부스로 달려가 춤곡을 틀고는 다시 여자 곁으로 온다.

여자가 무대 중앙으로 천천히 걸어 나간다…… 뭐, 이런 것도 그 쇼인가 하는 데 낄 수 있나요?

둘은 묻는다…… 예?

여자는 춤을 추기 시작한다…… 나머지 둘은 그러한 여자를 넋 나간 듯 바라본다…… 마치 눈을 맞으며 춤추는 듯한…… 눈밭을 뛰어다니는 듯한…… 눈 폭풍의 한가운데 휩쓸린 듯한…… 가볍게…… 나풀나풀 눈송이들이 떨어져 내리듯…… 여자는 제 빨간 스카프를 리본처럼 공중으로 흔든다. 몽롱하고 꿈꾸는 듯한……

여자는 잠시 후 힘없이 자리에 주저앉는다.

웨이터가 감탄한다…… 괜찮은데요?

여자는 하지만 권태로운 표정으로 말한다…… 괜찮긴요…… 지긋지긋할 뿐이지……

디제이가 깔깔대며 과장된 목소리로 외친다…… 오늘은 죽기에 딱 알맞은 날이야. 난 이미 죽은 거나 다름없어, 아아.

여자가 기분 좋은 투로 외친다…… 아아, 쇼가 필요해, 쇼! 누가 쇼맨 좀 불러주겠어요?

잠시…… 셋 다 아무 말이 없다.

여자가 입을 연다…… 매직 쇼, 내가 어떤 여잔지 한번 맞혀볼래요?

웨이터가 놀란 듯 눈을 끔벅거린다…… 뭐라고요?

어디, 점쳐봐요.

정말요?

그럼요…… 난 다모. 다모예요, 세상 모든 이의 연인.

웨이터는 여자를 뜯어보며 잠시 후 좋아요,라고 말한다……

다모 누나…… 누나는 정식으로 춤을 배웠어요. 적어도…… 싸구려 디스코는 아니고.

디제이가 묻는다…… 그래?

다모 누나 장딴지를 한번 봐요. 장딴지 근육이 그렇게 위쪽으로 올라붙은 사람은 특별히 그렇게 될 만한 운동을 한 거라고요…… 그리고 저런 하이힐을 신고 그처럼…… 멋진 춤을 출 수 있는 여자가 이 거리에 그렇게 흔할 거라고 생각해요?

여자가 말한다…… 어머, 비슷해요.

비슷해요?

여자가 웃는다…… 천만에.

둘은 여자를 찬찬히 뜯어본다. 여자 자신도 자신을 찬찬히 뜯어본다…… 갑자기 전화벨이 울린다. 웨이터가 가서 받는다.

제 여자 친구예요. 할 얘기가 있다는데, 막무가내예요.

웨이터는 우울한 표정으로 전화를 받는다.

좋아요. 디제이 생활 10년이면 반은 점쟁이가 다 되지요…… 신청 쪽지의 필체만 봐도 그 사람의 건강 상태를 알 수 있다니까요. 그러곤 웨이터를 돌아보며 오케이? 하고 묻는다.

웨이터가 고개를 절레절레 흔들며 중얼거린다…… 정말, 어쩔 수 없는 형이야.

난 반 점쟁이죠.

여자는 고개를 끄덕인다.

디제이가 부스로 달려가며 외친다…… 분위기를 조성할 필요가 있어. 디제이는 자리에 앉아 판을 올려놓는다…… 음, 당신은. 아, 내 말이 맞으면 손가락을 흔들어줘요, 이렇게…… 틀리면 반대로. 알겠죠?

디제이는 다시 부스에서의 굵고 믿음직스러운 나직한 목소리로 바꿔 말한다…… 여기 이 부스에서는 바깥의 말소리가 안 들려요, 아시겠죠?

여자가 손가락을 흔든다.

디제이는 말한다…… 아, 음…… 당신은 오래전부터 그 빨간 스카프를 아껴왔군요…… 그리고 지금도 그게 어디론가 날아가버릴까 봐 약간 걱정을 하고 있고요…… 그렇죠?

여자가 손가락을 흔든다.

그리고 낯선 남자와 이렇게 같이 앉아 있는 것도 참 오랜만이고요.

여자가 손가락을 흔든다.

오늘은 어떤 중요한 일이 있어요. 하지만…… 당신에게는 그렇게 마음에 드는 깨끗한 새 구두가 없는 모양이군요.

여자는 손가락을 움직이지 않고 가만히 있는다.

그런 걸로 보아 굉장히 오랜만의 외출이에요…… 그렇죠?

여자는 가만 있는다.

당신은 매일같이 잠을 열두 시간 이상씩 자요, 거의……
하하, 내가 뭐 굉장한 걸 알아맞혔나, 왜 그래요? 싫으면 관두
고 뭐……

여자가 손가락을 반대 방향으로 크게 흔든다.

좋아요, 계속하고 싶은 모양이죠? ……몸매에는 자신이
있는데 다른 어떤 게 자신 없군요. 아무라도 자기 공간에 침입
하는 걸 좋아하지 않아요…… 당신의 그 두껍고 단단히 맞물린
외투와 단추들, 그렇죠? ……그리고 그 공간은 너무 작고 협소
해서 아…… 어쩌면 당신의 몸보다 더 작을지도 모르겠네요.

여자는 가만있는다.

그리고 어떤 한 계기에 의해서 급작스럽게 나이를 먹어버
렸군요. 어떤 일이냐 하면, 하하…… 알 수 없군요. 아무튼 그
일 때문에 당신에게는 큰 변화가 일어난 게 틀림없어요……
그래요?

여자, 가만있는다.

또…… 당신은…… 그렇군요. 물론 실수로 그랬겠지
만…… 팔목을 뭔가로 주욱…… 그은 적이 있어요.

여자는 손가락을 크게, 아무 쪽으로나 아무렇게나 흔든다.

여자가 웃으며 자리에서 일어난다…… 더 해주셨으면 좋
겠지만, 어쩐지…… 욕이 튀어나올 것 같아! 디제이 아저씨는
남의 일을 비꼬아서 말하는 버릇이 있군요.

이런 실수를 했나 보네, 화났어요? 계속해요?

여자가 다시 자리에 주저앉으며 말한다…… 미안해요, 감정을 절제하는 법을 잊어버린 것 같아요…… 아저씬 디제이 부스에 있을 때하고 또 여기 있을 때하고…… 정말, 다른 목소리를 사용하는군요.

계속해요, 말아요?

아저씬 대체 몇 개나 되는 목소리를 가졌죠?

디제이가 부스 밖으로 기어 나오며 말한다…… 잠깐, 아, 잠깐만요. 그러지 말아요…… 여기 이 부스에 있으면 바깥의 소리가 거의 들리지 않는다니까요…… 아까 얘기해줬잖아요.

여자는 약간 당황한다…… 그래요?

디제이는 테이블로 돌아온다…… 그래요.

……어떻게 그런 것들을 알아냈죠?

웨이터는 수화기를 내려놓고 자리로 돌아온다.

어떻게 알았느냐고요?

웨이터가 말한다…… 오늘은 정말…… 애인도 잃고 아르바이트 자리도 곧 잃어버리게 될 테고…… 빌어먹을. 되는 게 없어.

제대로 맞히긴 했어요?

물론 그렇진 않지요.

……좋아요, 스카프 얘긴데, 아까부터 스카프 한쪽 끝을 자꾸 만지작거리는 게 이상했어요…… 그만한 습관이랄까, 버릇이랄까, 하는 게 들기에는 제법 많은 시간이 들죠. 물론…… 하루아침에 그럴 수도 있지만…… 하지만 특히 그 스카프 한 귀퉁이가 닳을 대로 닳아 있는 걸 보면…… 다모 씨는 그 스카프

만 매일 걸치곤 했던 거예요. 그렇죠? 무슨 사연이…… 블래키!

웨이터가 말한다…… 여자 친구예요. 형도 본 적이 있죠?

다모 씨, 더 듣길 원한다면……

그냥 두세요. 다음에 더 듣죠.

그 애가 나랑 그만두겠대, 정말!

이런!

웨이터는 호주머니를 까본다…… 난 그 애한테 뭐든 해줄 형편이 안 돼요.

어머, 웨이터 씨는 누구에게 뭐든 해줄 수 있는 나이가 아니에요…… 나도 누군가에게 뭔갈 해줄 수 있게 되기를 늘 바랐지만……

하지만 난 상심한 연인들에게 음악을 들려주지. 연인들은 또 내게, 그렇게 해주길 바라고!

하지만 빌어먹을 재즈 따윈 아무래도 상관없어요.

오, 블래키, 그렇게 말하지 마.

제발! 제발, 블래키라고 부르지 말아요.

디제이는 부스에서의 목소리로 애원하듯 말한다…… 오, 블래키, 저를 용서하세요, 당신을 위해 하나님께 기도드릴게요.

갑자기 문 열리는 소리가 난다.

사장이 무대 안으로 성큼성큼 걸어 들어온다. 50대 후반 쯤이다. 주위를 둘러보며 디제이에게로 다가간다.

사장이 웃으며 말한다…… 이런 손님이 계셨군. 그래, 오늘 매상은 물론, 최고겠지?

웨이터가 텅 빈 금고를 들어 보이며 말한다…… 예, 최고 예요, 아, 저 아래 거리를 지나는 사람들이 죄다, 오늘이 무슨 날인지 알고 있는 거 같아요.

그럴지도 모르지. 하지만 더 슬픈 일은 그보다 더 많은 사람이 이 카페 뽕뗀블루가 과연 있는지도 모르고 있다는 사실이야.

디제이가 과장된 투로 외친다…… 오, 슬픈 일, 슬픈 일!

이젠 그만 정리를 하지.

아직 손님이 계시는데요.

여자가 말한다…… 어머, 일이 있다면 난 가겠어요…… 다음에 또……

웨이터가 말한다…… 아직 눈치 못 챘어요? 다모 누나는 이 뽕뗀블루 마지막 날의 마지막 손님이에요!

우린 아직 영업 중이야.

디제이가 말한다…… 사장님, 그럼 우리 시장 앞 포장마차에나 가서 쐬주 한잔?

기분 내고 있네. 난 마음이 찢어질 것 같아.

오, 찢어지는 마음, 찢어지는 마음!

사장이 그런 디제이를 보며 끌끌 혀를 찬다…… 계약이 잘 마무리되었으니 망정이지…… 내가 이 건물을 지키려고 끝까지 노력했다는 건 알겠지?

여자가 말한다…… 그럼…… 문 닫는 날이에요?

오늘 마지막 하루 매상을 정리하고 난 다음 문을 쾅 하고 닫아버리면 그만이죠.

그럼, 가야겠군요. 좋은 사람들하고 좋은 밤을 보내고 싶었는데……

전화번호라도 적겠어요?

아, 아니에요. 그럴 순 없죠. 만약…… 운이 남아 있다면, 또 언젠가는, 다시 만나게 되겠죠. 블래키 씨도.

웨이터가 으르렁거린다…… 난 블래키가 아니에요.

사장은 계산대로 가 장부와 금고를 챙기고 여자는 인사를 나누며 밖으로 나간다. 디제이와 웨이터는 아쉬운 표정이다.

저 아가씨 말이야, 지금이라도 꼭 숨통이 끊어질 것 같은 상이로구먼. 저 아가씨…… 제 숨통을 제가 조르고 있어. 내 당숙은 죽기 하루 전부터 이미 죽은 사람의 얼굴을 하고 있었지. 그 쥔 손을 어서 놔야 할 텐데……

우리도 이젠 이 퐁텐블로와 함께 끊어질 목숨들 아닙니까?

그거는 자네나 그렇고……

그게 다 이 빌어먹을 거리 탓이라고요.

얼씨구, 자넨 그 째즌가 뭔가 하는 껌둥이 음악만 밤낮으로 틀어대지 않았나? 카페 이름도 제멋대로 막 바꾸고. 뽕뗀블루? 뽕뗀블루, 좆같아.

디제이가 말한다…… 검둥이가 아니라 흑인이에요.

사장이 봉투를 꺼내며 말한다…… 좋아, 좋아. 아무렴 어떻겠어? 자, 그럼 늦기 전에 계산을 치러야지? 인수야, 이건 네 거고, 이건 자네 걸세.

웨이터가 세어보더니 말한다…… 이건 좀 틀린데요, 하루치가.

사장이 말한다…… 너 근자에, 아침 한 시간 저녁 한 시간 늦게 문 열고 일찍 문 닫은 거 기억하지? 그렇게 보름이면 도대체 계산이 얼마야?

기막혀…… 하지만……

그래도 신경 써준 거야.

디제이가 입을 삐죽거린다…… 난 들여다볼 필요도 없겠군.

좋을 대로. 자, 어떻게 할 거지? 퇴근들 해. 12시까진 문을 닫아야 한다고. 이봐, 난 정말, 마음 아프다고, 진심이야.

마음이 아파, 아파!

자네, 정말 심하군. 한두 살 먹은 어린애도 아니고…… 자네에겐 남을 향한 따뜻한 심성이 부족해. 이 늙은이의 말을 진정으로 받아줄 순 없겠나? ……자넨 어느새 자네가 그토록 싫어하는 그런 부류와 똑같이…… 닮아버린 것 같군. 불쌍한 친구, 난 이제 무언가에 실망을 느끼기엔, 너무 늙었어.

사장은 나간다.

디제이는 테이블에 앉고 웨이터는 바에 앉는다.

디제이가 말한다…… 뚱땡이 영감탱이 같으니라고.

형 말처럼…… 삶이란 그저 돼먹지 않은 농담 같은 걸까?

몰라.

일자리를 잃었으니……

한두 달 쉬어도 되잖아.

웨이터는 고개를 젓는다.

형은…… 어쩔 거예요?

몰라.

웨이터가 말한다…… 형은 꿈을 잃어버린 것 같아.

디제이가 말한다…… 그래? 하지만 내가 잃은 건 직장이야. 지금부터 어디 다른 디제이 자리나 알아봐야겠어…… 빌어먹을, 제대하고 쭉 이런 생활이었는데…… 쫓겨나고 헤매고 들어가고 쫓겨나고 헤매고……

자기를 좀 돌보세요.

몰라.

……내게도 꿈이라고 부를 만한 게 아직 남아 있지.

정말요?

디제이가 말한다…… 그래…… 퐁텐블로…… 저 염병할 파란 형광 램프가 켜진 부스 말고 말이야……

웨이터가 말한다…… 형이 저 디제이 부스 안에 들어가 있을 때면, 형은 무슨 파란 색깔 외계인처럼 보여요.

부스는 비행접시 같고?

그래요, 퐁뗀블루라는 이름의…… 그래, 그렇게 프랑스 남부 어딘가에 있다는 델, 퐁뗀블루엘 가보고 싶어요?

디제이가 말한다…… 글쎄…… 반드시 그렇지만은 않은 것 같아……

그럼요? 프랑스도 아니고, 디제이 부스도 아니고, 그럼 어디요?

디제이가 주저하며 말한다…… 글쎄…… 이를테면 그런 거지…… 이상향, 뭐 그런 거지. 이상향, 그래.

디제이가 다시 말한다…… 고통도 슬픔도 없는 그런……
……

웨이터가 입을 연다…… 고통도 슬픔도 없는 곳이 어떻게 이상향이 될 수 있다는 거예요? 고통도 슬픔도 없는 그런 델 어디다 써먹어요?

응?

그렇잖아요.

디제이가 말한다…… 그런 델 어디다 써먹겠느냐고? ……맞는 말이야. 그렇담 결국……

웨이터가 말한다…… 그래요, 형. 그 어쩌구에 있다는 프랑스판 뽕뗀블루 역시 여기와 크게 다르지 않을 거예요…… 일단 문을 열고 안으로 들어와보면 이 카페처럼, 구식 디제이 부스와 얼룩투성이 소파와 때투성이 카펫과 세균이 득실대는 커피 잔들로 가득할 거예요.

디제이가 말한다…… 그래, 문밖에선 한참이나 마음 설레하다가 말이야…… 그렇담 나는 완전히……

……하지만 너무 심한 말이잖아!

웨이터가 말한다…… 어떻게 할래요? 감자탕이나 먹으러 갈래요?

디제이가 고개를 젓는다…… 하지만 이렇게 연이 영영 끊기는 건 아니겠지?

웨이터가 가방에 짐을 챙기며 말한다…… 물론이죠. 전, 인연이란 걸 믿어요. 디제이에게 다가가 뺨에 키스를 한다. 이 거리를 아주 뜨지 않는 한…… 어쩌면 내일이라도 당장 만나게 될지 모르잖아요? 전화할게요.

디제이가 말한다…… 그래, 블래키. 먼저 가라고…… 난 저 지긋지긋한 디제이 부스나 좀 치워놔야겠어.

다시 말하지만…… 난 블래키가 아니에요…… 여자 친구한테도 좀 가보고…… 사랑해요, 형. 뽕뗀블루도.

웨이터가 나간다.

디제이가 잠시 있다가 힘없이 중얼거린다…… 난 블래키가 아니에요? 그럼 여긴 뭐 뽕뗀블루인 줄 아나? ……뽕뗀블루라고? 멍청한 블래키 같으니라고! 뽕뗀블루가 아니라 퐁텐블로라고! 그것도 구별 못 하다니……

······잘 가라고, 제발. 파이팅, 미래의 쇼맨. 인생을 지긋지긋한 것으로 만들지 말라고······ 지겨운 것으로 만들지 말라고.

관객 몇이 자리를 뜬다. 이따금 칫칫거리는 야유가 들릴락 말락 하게 터져 나온다. 희는 두 무릎 사이에 고개를 박고는 졸고 있다. K는 얼굴을 찌푸린 채 무대를 응시하고 있는 일곱난쟁이를 툭, 친다.

어때? 뭘?

저거, K는 어디랄지 딱히 가리키지도 않으면서 무대 쪽으로 손을 뻗는다. 연극? 그래.

모르겠어, 넌 이게 처음 무대지? 응. 그럼 뻔하잖아, 일곱난쟁이가 잘라 말하고는 킥킥 웃는다.

그런데 무슨 얘기야? 일곱난쟁이가 다시 속삭이듯 묻는다.

응?

아, 그냥, 어느 디제이와 어느 여자에 대한 얘기야······ 옛날이야기.

옛날이야기? 일곱난쟁이가 되묻는다.

그래, 옛날······ 1980년대 사랑 이야기.

1980년대가 옛날이야?

그래, 사람들이 돌아보지 않게 되면 그건 벌써 옛날이 되지, 안 그래? K가 피식, 웃는다. 그렇잖아? 사람들의 돌봄을 받지 못하면 무엇이나······ 옛것이 되고 옛날 일이 되잖아.

하긴, 일곱난쟁이가 고개를 끄덕인다, 1980년이라…… 그러고 보면 우리 아버지가 돌아가신 지도 꽤 됐는데.

그래…… K가 중얼거린다, 안 선생님을 뵌 지도 꽤 된 셈이지…… 안 선생님도 우리의 돌봄을 받지 못하셨으니…… 이미 옛날이 돼버리신 걸까?

안 선생님이 옛날이라…… 그렇다면 오늘 우리가 뵙게 되면 다시 현재로 돌아오시게 되는 건가?

아마도…… 우리가 그분을, 그때를 다시 돌보게 된다면…… 사랑으로든 다른 방법으로든……

디제이는 부스로 가 턴테이블에 판을 올려놓는다. 음악이, 흑인 행진곡풍의 음악이 흥겹게 울려 퍼진다. 단순하고 유쾌한, 한 가지 리듬에 두어 가지 멜로디만으로 이루어진 흥겨운 행진곡이 울려 퍼진다. 디제이는 이것저것 정리한다.

음악이 거의 끝나갈 즈음 문이 빠끔히 열리며 여자가 주저하는 눈치로 카페 안으로 들어온다. 옷과 머리가 마구 흐트러져 있고 디제이는 나중에야 여자를 본다. 깜짝 놀란다.

여자가 자리에 앉는다.

……이런, 마감 시간이란 걸 모르는 분이 또 왔군요. 이 카페 퐁텐블로는 마침내 운명의 시간을 맞이했답니다. 여긴 이제…… 퐁텐블로가 아니에요.

여자가 고개를 끄덕인다.

……손님은 어쩐지 낯이 익군요. 우리가…… 어디서 봤던가요? 퐁텐블로엔 단골이란 없는데 말씀이에요.

여자가 공중으로 스카프를 천천히 휘날린다.

아시겠어요? 사람들은 저 밖 거리에서 이 카페의 퐁텐블로라는 멋진 간판 이름을 보고는 설레며 문을 열고 들어오죠…… 저렇게 이름이 멋지니 안에는 뭔가 좋은 게 있을 거야…… 어디 한번 들어가보자, 하고 말이에요.

여자가 천천히 일어나 춤추는 듯한 동작으로 팔을 들어 몸을 한번 쓱 훑듯 쓸어본다.

그러고는 가장 편안해 보이는 자리를 골라 앉고는 침착하게 홀을 둘러보는 거죠. 자기 선택이 과연 옳았는지 말이에요…… 하지만 눈에 띄는 건 정말 보잘것없는 것들뿐…… 구식 디제이 부스와 더러운 바와 허름한 테이블들, 삐걱거리는 문짝들뿐.

여자가 가볍게 몸을 떤다.

그러고는 깨닫게 되죠…… 내가 원했던 건 이런 게 아니었어! 이렇게 헐겁고 낡아빠진 엉터리…… 빌어먹을 곳이 아니었어. 그리고 이 인스턴트커피란 또 뭐지?

여자가 가볍게 빙그르르 맴을 돈다.

애초에 이런 거리에서 제대로 된 카페를 찾은 게 내 잘못이었어, 모두 그렇게 말해요, 내가 원한 건 이런 게 아니었어! ……나의 퐁텐블로는 이런 게 아니었어!

여자가 춤을 추기 시작한다.

하지만 고맙게도 떠나기 전 제게 곡 신청을 하기도 하지요…… 그러면 저는 곧 난처한 표정을 지으며 그들의 청을 거스르게 됩니다. ……이곳 퐁텐블로는 재즈 카페고 재즈가 아닌 다른 어떤 곡도 저는 틀 수가 없으니까요…… 드위 리 두 비밥 울라 쿠, 이걸 아십니까? 이걸 들어보셨습니까? 드위 리 두 비 밥 울라 쿠…… 아시겠어요? 이곳, 퐁텐블로는 재즈 카페이고 결코 재즈가 아닌 다른 것은 틀어드릴 수가 없다는 것을.

여자가 춤추는 듯한 동작으로 고개를 끄덕인다.

그러면 손님들은 또 이렇게 불평을 늘어놓는 거지요…… 난 도무지 저 인간을 저 음악을 이해할 수가 없어. 뭐야? 하나도 귀에 안 들어와! 난 저 거지발싸개 같은 음악을 이해할 수 없어, 저 뽕뗀블루를……

여자가 테이블 사이를 오가면서 맴을 돌면서 계속 춤을 춘다.

이 퐁텐블로를 퐁텐블로답게 만드는 것은 무엇일까요? 예, 그렇습니다. ……비 밥 울라 쿠…… 이곳 퐁텐블로는 바로 재즈로부터 태어났고 또…… 비 밥 울라 쿠…… 결코 재즈를 부인할 수 없는 것입니다.

여자가 천천히 춤을 멈추기 시작한다.

손님들은 그렇게 침을 한번 퉤 뱉고는 문을 박차고 나가버리지요. 다시는 이 퐁텐블로로 돌아오지 않아…… 아무도 돌아오지 않아. 한번 침을 퉤 뱉고는…… 모두가 이 퐁텐블로의 실체를 알아차려버린 거지! 실망하고. 그것 때문에 오늘처럼 문을 영원히 닫아버리는 날이 온 것이고.

여자는 자리에 가 앉는다.

알겠어요? 이제 손님이 내일 아침 이부자리에서 기지개를 켤 때쯤엔 이 퐁텐블로란 이름의 간판도 땅에 떨어져 있을 테죠…… 아시겠죠?

여자가 손가락을 반대 방향으로 젓는다.

예, 좋아요, 손님. 신청 곡은 뭐죠? 이 카페 퐁텐블로의 마지막 신청 곡으로 손님 원하시는 곡을 받도록 하죠.

여자가 디제이를 향해 두 팔을 벌린다.

미안하지만, 손님의 요구엔 응할 수가 없군요. 전 오늘 밤 이 자리, 이 디제이 부스를 떠나고 싶은 마음이 조금도 없어요.

디제이는 일어나 부스 밖으로 걸어 나온다. 여자 앞에 가 선다.

여자가 말한다…… 이렇게 다시 오게 될 줄은 나도 몰랐어요.

디제이가 말한다…… 누구나 그렇게 생각하며 이곳을 나가죠.

그래, 정말로 끝난 거예요?

끝났어요, 정말. 그러니까…… 다모 씨는 이제 손님이 아닌 거죠. 손님이 아니라…… 그럼 뭘까?

그냥…… 뽕뗀블루 최후의……

어쨌든 이 퐁텐블로 최후의 가련한 순간을 같이하게 됐군요…… 그래, 밖은 어때요?

아주 질척거려요. 어둡고 초라하고.

언제나 그렇죠.

바로 그런 이유들 때문에, 바이올린을 켜던 그 남자는 이 거리를 아주 싫어했죠.

프랑스로 갔다던!

예.

그 남자는 이 거리를 정말 혐오했지요, 정도 못 붙이고.

그래, 어떤 사람이었어요?

……이상하죠? 그 사람 얼굴부터 시작해서 이젠 이름까지도 기억에 없으니…… 잊어버렸나 봐요. 도대체……

밖에 나가선, 뭘 했어요? ……엉망이군요. 그래, 넘어졌어요?

……그래요. 하마터면, 죽을 뻔했죠.

다친 덴 없고요?

예, 그저……

뭐 원하는 거라도? 차?

아니요, 좀 앉았다 갈게요, 쉬었다. 괜찮죠?

물론이죠!

여자가 잠시 머뭇거리다 말을 꺼낸다…… 음악 좀 틀어줄래요?

디제이는 웃는다…… 좋아요. 하지만 둘이 이야기를 나눌 순 없을 텐데…… 난 다만 음악만 틀고 다모 씬 다만 음악만 듣고, 그럴 수밖엔 없을 텐데.

여자가 웃는다…… 서로의 말을 못 듣는 게 그게 더 좋을 수도 있지 않을까요? 여긴…… 음악 카페가 아니었던가요?

그래요.

디제이가 힘없이 부스 안으로 걸어 들어간다…… 음악을 튼다. 모든 대사가 경쾌하게 처리된다.

자, 여러분이 좋아하시는 레이 찰스의 「하드 타임」 들으시겠습니다. 사실 여러분은 제가 이런 자리에 앉아 있으니 음악에 대해, 특히 재즈에 대해 대단한 지식과 안목을 갖고 있으리라 짐작하실 겁니다. 그 추측은, 맞습니다. 분명 뉴올리언스에서 재즈가 어떻게 인기를 얻게 됐는지 따위에 대해선 여러

분보다 많이 알고 있을 겁니다. 하지만 오늘은 그걸 말씀드리고 싶군요.

저는 이런 후미진 거리의 형편없는 카페에서 그저 상식적인 이야기밖엔 들려드릴 수 없는 수준이라는 걸…… 프랑스의 퐁텐블로는커녕 미국의 뉴올리언스에도 한 번도 가본 적이 없다는 걸…… 심지어 저의 재즈에 대한 지식도 그저 뜨내기처럼 곳곳을 떠돌아다니며 어깨너머로 주워들은, 그 정도라는 걸……

그저 다른 훌륭한 디제이들의 여러 훌륭한 목소리를 못생긴 원숭이 한 마리처럼 흉내 내고 있을 뿐이라는 걸…… 여러분, 부디 속지 마시길.

여자가 입을 연다. 여자의 두 눈엔 초점이 없고 머리 위쪽에선 좀 몽롱한 빛의 조명 하나가 여자를 향해 내리비친다…… 오늘에야 당신을 찾았군요…… 그 긴 시간 동안 당신이 전화 한 통화라도 해주길 바랐었는데…… 얼마나…… 그 긴 시간 내내……

저는 가끔 퐁텐블로는 어떻게 생겼을까 상상해보기도 한답니다. 물론 거기엔 이런 플라스틱으로 사방이 막힌 디제이 부스는 없겠죠. 많은 사람이 소설이나 영화에서 묘사했던 프랑스 남부 지방의 풍경을 떠올리는 것이지요…… 거기에는 소금이 반짝거리는 희고 커다란 바위들이 아무렇게나 햇빛을 받으며 사방에 놓여 있을 거고요……

왜, 좀더 일찍 전화 걸어주지 않았던가요? 오늘 아침에야 전화하다니…… 난 당신이 여론조사원인 척하거나 엉뚱한 이름의 사람을 찾더라도 단박에 당신이라는 걸 눈치챌 수 있다고요…… 알겠어요? 당신이 아무리 당신 아닌 다른 목소리로 가장하려 들어도 당신이란 걸 알아챌 수 있다고요…… 거기에 앉아 그렇게 다른 사람의 목소리로 가장하고, 꾸미려 해도 난 알 수 있다고요.

여러분의 머릿속에도 떠오르지요? 화강암 절벽 위론 가시넝쿨이 휘감아 오른 낡은 성채가 있고 그 성채에는 또 높다란 망루가 있어 연안을 한눈에 굽어볼 수가 있는 거죠…… 그리고 검은 포도며 무화과며 올리브 따위…… 인동덩굴이며, 장밋빛 회양목…… 그리고 신에게 바쳐지곤 하는 금작화 가지들…… 초원의 잔디들…… 이따금 빵과 무화과, 호두 따위가 가득 담긴 망태기를 든 퐁텐블로의 처녀들이 제 곁을 스쳐 지나가기도 하면서 말이에요…… 사랑의 또 다른 표현…… 수줍음으로써 말이에요.

어째서 당신은 당신이라고 떳떳이 밝히질 못했죠? 오늘 아침 왜 그렇게 머뭇거리고 엉뚱한 사람의 이름만 댄 거죠? 차라리…… 아무 말 없이 전화를 끊었다면 내 마음도 이렇게 혼란치는 않았을 거예요…… 아프지 않았을 거예요. 비겁한……

그러면 저는 저 퐁텐블로의 언덕에 서서 이렇게 중얼거릴 겁니다. 저 소금 바위들이 반짝이는 해안으로 갈까, 성채로 가 포도주를 마실까…… 무엇을 택해도 행복할 겁니다…… 퐁텐블로에는 저를 행복하게 만드는 것 외엔 무엇도 없을 테니까요.

오늘이 무슨 날인지 알아요? 오늘이 무슨 날인지…… 오늘 왜 이토록 낡고 볼품없는 빨간 스카프를 걸치고 나왔는

지…… 알겠어요? 추워서라고요? ……눈이 내려서라고요? 천
만에.

하지만 여러분은 이렇게 말할지도 모릅니다…… 그건 너
무 낭만적이다, 너무 꿈 같은 이야기다…… 실제론 건조한
기후와 가난한 삶들이 지배하는 지옥과 같은 곳일지도 모른
다…… 예, 그렇겠죠, 여러분은 그렇게 말하겠죠.

이 빨간 스카프가 어떤 의미를 지녔는지 알고나 하는 말
이에요? 이건 내가 이 손목을 칼로 긋던 날 당신을 생각하며
산 거라고요…… 그래요, 이 손목에서 나온 새빨간 피로……
이렇게 스카프를 물들였지요…… 예쁘지 않나요, 아주?

그렇지만 그런 이야기는 퐁텐블로에는 한 번도 가보지 못
한 저 같은 사람들에겐 너무도 잔인한 충고로군요. 그리고 앞
으로도 퐁텐블로에는 가보지 못할 이 퐁텐블로의 디제이에게
도 너무나 가혹한 말씀이시로군요. 게다가 저는 오늘로 이 카
페 퐁텐블로나마 잃어버릴 신센데도 말씀입니다.

당신은 아까부터 그 빌어먹을 뽕뗀블루 이야기만 하고 있
군요! 당신은 눈이 멀었어요…… 난 당신을 아는데 잊지 못하
고 있는데 당신은 그냥 멍청한 손님 하날 대하듯 날 쳐다보는
군요…… 오늘이 무슨 날인지 알기나 해요?

얼토당토않은 꿈 이야기는 그만두라고요? 물론 원하신다
면 그렇게 해드리지요. 하지만 어떤 충고를 듣더라도 저는 저
의 퐁텐블로에 대한 꿈을 저버리지 못할, 아니 않을 겁니다.
여러분의 어떤 충고도 저를, 퐁텐블로에서 뛰쳐나오게 하진
못할 겁니다.

전 오늘 당신을 그만 생각하기로 했어요. 아무리 생각

해도 당신에 관한 한 그 무엇도 떠오르지 않으니까요. 도대체…… 당신 커피에 설탕을 얼마나 넣어야 하는지 어떤 색의 팬티를 즐겨 입는지 당신이 어떤 종류의 노래를 좋아했는지…… 도무지 무엇도.

아시겠어요? 전 퐁텐블로에서도 가장 훌륭한 트럼펫 주자가 될 겁니다. 바다가 포돗빛으로 물들어갈 때 가장 신선한 바람이 부는 바위 꼭대기에 서서, 트럼펫을 불 겁니다…… 가장 뛰어나고 걸출한 재즈 뮤지션…… 퐁텐블로의 사람들은 그 바위 꼭대기를 가리키며 저기, 저 위에 그분이 계시다라고 말하게 될 겁니다.

오늘이 무슨 날인지 알기나 해요? 아까 이 카페에서 나가 무슨 마음으로, 어디를 쏘다니다, 무슨 짓을 했는지 알기나 해요? 당신은 여전히, 허튼소리만 주워 삼키고 계시는군요…… 저 따위는 조금도 위로해주려 하지 않고요! ……하긴, 누가 누구를 위로해줄 수 있겠어요? 누가 누구의 눈물을 닦아줄 수 있겠어요? ……제 눈물도 채 다, 닦지 못하고 사는데.

하하, 오늘의 제 멘트는 저 자신이 생각해도 참 멋졌던 것 같군요. 물론 푼수 같았다는 건 알고 있습니다…… 하핫, 그렇게 환호성을 지르고 저를 응원해주신다 해도 바뀔 수 없는 사실이 하나 있습니다. 뭐냐고요? 오늘로 이 멋진 디제이의 목소리를 여러분이 들을 수 없게 되었다는 거죠. 제 보잘것없는 농담이 과연 즐길 만한 것이었는지 모르겠군요…… 기억해주세요. 퐁텐블로! 퐁텐블로여, 영원하라, 하핫.

그렇군요. 저를 끝까지 모른다고 할 셈이군요…… 당신이 절 모른다면 누가 절 알아보겠어요! 누가 절 밝혀주겠어요?

디제이가 부스의 불을 끄고는 밖으로 나온다…… 어때요? 좋으셨어요?

여자가 입을 다문다.

여자가 말한다…… 예, 아저씬…… 그러니까 트럼펫 주자가 되고 싶으셨던 거군요.

……

아저씨 목소린 도대체 몇 가지나 되는 거죠? 어떻게 그럴 수 있는 거죠?

디제이가 말한다…… 떠돌이 디제이 생활을 좀 하다 보면 없던 재주도 생기고…… 그래도 얼굴은 이거 한 가진 게 그나마 얼마나 다행한 일인지 몰라요. 얼굴까지 이랬다저랬다 하면…… 하핫.

이젠 뭘 할래요?

글쎄, 뭐, 다른 자리를 알아봐야겠지요. 요즘엔 이런 자리도 흔치 않은데……

그래요……

다모 씬 뭘 할 거예요? 좋으면 나가서 술이라도 한잔.

아! ……전 지금 가봐야만 할 데가 있어요…… 아아, 내 정신 좀 봐. 여기서 뭘 하고 있담! 미안해요. 오늘이 다 지나기 전에 해야 할 일이 있는데……

뭔진 모르지만, 할 수 없죠.

여자가 말한다…… 고마웠어요. 오늘…… 제 이야기도 들어주시고.

여자가 인사하고 바삐 나간다. 그러다 갑자기 고개를 돌려 디제이에게 말한다…… 뿡뗀블루! 잊지 않을게요…… 절대.

......

디제이는 잠시 넋을 놓고 있는다. 다시 혼잣말을 한다…… 제길, 끝까지 제대로 부르질 못하는군…… 뽕뗀블루? 글쎄, 다들 그렇다니까. 똑똑히 발음하는 놈 하나 없어. 퐁텐블로! 퐁텐블로! ……참 괜찮은 아가씨였는데. 이렇게 헛좆 꼴리게 해놓고는 그냥 가버리다니…… 그나저나 이젠 뭘 하지? 또 혼자만 남았어!

디제이가 천천히 사방을 둘러보며 한숨을 폭폭 내쉰다. 창밖으로 함박눈이 쏟아지기 시작한다.

……이런, 눈이 또 오는군…… 좋아! 모두의 일이 잘되길! 모두가 축복받길!

디제이가 테이블을 치운다.

한동안 침묵.

……어디선가 음악이 아득히 들려오기 시작한다…… 천천히 소리가 높아지며…… 주위가 어두워진다…… 당황하는 디제이…… 사방을 둘러보지만 불 꺼진 부스에는 아무도 없다…… 갑자기 환한 스포트라이트가 디제이를 비춘다…… 창문의 함박눈을 비춘다…… 무대는…… 완전히 어두워진다…… 공중에서…… 빨갛고 파랗고 노란 사이키델릭 조명이 천천히 내려온다…… 천천히 내려와 멈춘 채…… 천천히 공중에서 바닥에 원을 그리며…… 회전하기 시작한다…… 무대를 감싸며 돌기 시작한다…… 음악은 계속 울려 퍼지고…… 마침내 고막을 찢을 듯 볼륨이 커진다…… 어리둥절한 디제이의 표정…… 마침내 빨갛고 노랗고 파란 사이키델릭 조명이 공중에서 춤추듯 빠르게 회전하기 시작한다…… 점점 음악은 커지

고…… 점점 조명의 회전은 빨라지고……

디제이가 미친 듯이 외친다…… 디제이의 미친 듯한 목소리가 터무니없이 커져 있는 음악 소리를 꿰뚫고 무대 전체를 울리기 시작한다…… 이런, 제길! 어찌 된 거야! 이런, 미쳤어? 엉? ……아아, 도대체 누가 이따위 장난을 치는 거야? 엉! 이 음악은 또 뭐지? 누가 음악을 틀었어? 이 카페의 디제이는 나야, 바로 나란 말이야!

디제이가 미친 듯이 사방을 뛰어다니기 시작한다…… 이 빛들은 또 뭐람! 난 아무것도 모르겠어! 아아, 도대체 여긴 어디야! 여기가 어디냐고! ……퐁텐블로가 맞긴 맞아? 제기랄!

디제이가 갑자기 체념한 듯 중얼거린다…… 맞아, 여긴…… 퐁텐블로지…… 내 퐁텐블로…… 아, 내 퐁텐블로, 내 사랑 퐁텐블로, 내 애인 퐁텐블로, 내 마누라 퐁텐블로.

조명이 하나둘씩 꺼지기 시작한다…… 멀리 창밖인 듯 디제이의 짧고 격렬한 비명이 들려온다…… 음악은 점점 사그라진다……

무대, 완전히 어두워진다.

한동안 침묵.

문 따는 소리가 들린다…… 문 열리는 소리와 함께 무대에 환한 불이 들어온다…… 무대는 마구 흐트러져 있고…… 아무도 없다. 디제이 부스에는 여전히 불이 꺼져 있다.

열린 문으로 웨이터가 들어온다.

웨이터가 주위를 둘러보며 말한다…… 내 이럴 줄 알았어. 형이 청소를 해놓을 거라고 믿은 내가 잘못이지.

청소를 시작한다…… 형한테 얘길 해줘야겠군. 어젯밤에

드디어 실연당했다고 말이야…… 빌어먹을, 염병할.

웨이터가 수화기를 집어 들고 어디론가 전화를 건다. 전화벨 소리가 크게, 그리고 오래 계속된다…… 여보세요.

어디선가, 여자의 목소리가 들린다. 늙고, 추레한 목소리다…… 여보세요.

거기, 희망여인숙이죠?

늙고 추레한 목소리가 말한다…… 희망여인숙 맞는데요.

장기 투숙객 중에 202호 손님 좀 부탁드려요.

기다려요…… 어젯밤에 안 들어왔나 봐요. 없어요.

없다고요?

늙고 추레한 목소리가 수화기를 내려놓는 소리가 난다.

웨이터가 혼잣말한다…… 없다고? 어딜 갔지? 벌써 가버린 건가? ……어젯밤에 눈이 꽤 많이 왔어…… 한 달은 녹지 않고 그대로 쌓여 있을 것 같아. 어쩌면 봄이 올 때까지 녹지 않을지 모르지…… 또 어쩌면 영영.

웨이터가 하던 청소를 계속한다.

무대가 완전히 어두워진다.

마지막 사이키델릭 조명과 함께 흘러나오던 곡은 태드 대머런의 「퐁텐블로」를 컴퓨터 음악을 이용해 기이하고 기계음적인 느낌이 들도록 편곡한 것이었다. 원곡의 기본은 그대로 두고 거기에 기계 소음 같은 불협화음들을 좀 섞은 것이다. K의 주문이었다.

단지 디제이의 혼란에 찬 마지막 대사들과 적당히 어울리기만 하면 되는 것이었다.

극에 쓰일 재즈 몇 곡을 고를 때도 그런 기준을 사용했었
다. 불협화음이 있을 것, 음울하고 약간은 고상한 느낌이 날
것, 엘피에서 그대로 녹음을 떠 스크래치의 칙칙거리는 소음
이 그대로 살아 있게 할 것. 그렇게 해서 공연에 쓰인 열댓 곡
의 재즈 음악은 하나같이 불안에 떨고 어떤 불길함으로 끓어
오르는 듯한 효과를 가져오게 되었다.

배우들이 인사를 하고 퇴장하자 K는 계단식 통로로 내려
선다.

어쩔래? 일곱난쟁이가 따라 일어서며 묻는다.

연출한테 인사라도 좀 해야 할 텐데, 하고 K가 말한다.

애들 끌고 요 앞 주차장에 가 있을게, 그리로 와.

그래.

일곱난쟁이는 팔을 치켜들고는 헤이, 하고 소리 지른다.
그 소리에 환한 얼굴에 말끔히 차려입은 몇몇 사내가 객석 곳
곳에서 일어서며 손을 마주 흔든다.

잘 왔어, 빌어먹을 만화 주인공 놈들…… K는 그들에게
웃어 보인다. 멀리 무대 앞 좌석에서 샐리가 뒤를 돌아보며 엉
거주춤 일어서고 있다. 푸른 윗옷을 걸친 마이티마우스가 샐
리에게 팔 하나를 내어준 채 K를 향해 뭐라 외친다. 샐리는 여
학생들이 입는 세일러복을 입고 있다. 역시 분홍빛이다.

K는 손오공과 집없는소년이 극장 밖으로 나가는 것을 보
며 무대로 올라간다. 테이블과 의자들이 쓰러져 있고 찻잔들
이 깨어져 뒹굴고 있다. 여자의 빨간 스카프도 바닥에 떨어져
있다. 인사하러 나왔을 때 깜박 잊은 모양이다. K는 스카프를
주워 든다. 배우들과 스태프들이 무대 아래를 오가고 있다.

K는 관객들이나 연극에 참여했던 사람들이 어떤 느낌을 받았을지 생각해본다. 이게 뭐죠? 퐁텐블로죠. 제목이 모던하고 세련돼서 호감이 있었는데 막상 극을 열고 보니 1980년대 싸구려 음악 카페의 디제이와 실연한 여자의 이야기예요, 뭐죠?

K는 스카프를 의자 등받이에 걸쳐놓는다,

퐁텐블로죠. K는 손을 폈다 쥐었다 하며 무대 위를 걷는다. 뭐랄까? 마지막에 남는 느낌은 황폐하고 황량한 이미지예요. 같은 표현이겠지만 무대장치를 건조하게 만들 필요가 있지 않아요?

K는 디제이 부스 앞에 가 선다. 파란 형광 램프가 켜져 있을 땐, 무대 한편에서 아득히 홀로 빛나고 있었다. 그 외엔 거의 무채색, 아주 작은 여자의 스카프만이 빨간색이다.

K는 디제이 부스의 아크릴 칸막이에 얼굴을 비춰본다. 희고 찌든 듯한 어떤 얼굴에 커다란 두 눈이 물그림자처럼 어려 있다. K는 아크릴 칸막이에 어렴풋이 비치는 얼굴 그림자를 꾹 눌러본다. 이마부터 턱까지 둘로 갈라진다. 뭐 해요?

고개를 돌리자 연출이 빙긋 웃고 있다. 어때요?

예? 감상이. 모르겠어요, K가 희미하게 웃는다. 처음 작품을 무대에 올린 감상이 고작 모르겠어요,예요? 평이 어때요? 그저 그렇죠. 수고하셨어요, K는 연출의 손을 잡는다.

연출이 무대 뒤편으로 사라지자, K는 허리를 굽혀 가슴 높이의 낮은 문을 통해 디제이 부스 안으로 들어간다. 디제이는 죽었다, 그리고 여자도, 하고 연출은 말했었다. 그런데 왜?

다시 한번 읽어봐요, 극 처음부터 벌써 죽어 있는 사람들

이지, 하고 K는 말했었다. 하긴 그렇기도 하군. 연출은 극을 이
미지 위주로 끌어가자고 했다. 재미야 없겠지만, 잘만 하면 뭔
가 독특한 게 되겠어.

K는 왜 그렇게 오늘을 강조했죠?라는 물음에 오늘이 퐁
텐블로가 문을 닫는 날이기 때문이죠,라고 대답했다. 그래요?
공연은 앞으로 며칠 동안 계속될 텐데, 하고 물어온 여자가 웃
었다. 그럼 며칠 동안 계속 문을 닫아야만 하는 거예요? 도대
체 그 문은 언제 진짜로 닫혀요?

오늘요. K는 디제이 부스 한편에 설치된 판 꽂이를 둘러
본다. 그중 몇 장을 뽑아보지만 알맹이가 들어 있는 것은 하나
도 없다. 모양을 내기 위해 어디서 레코드 재킷만 수백 장 빌
려온 것 같다. K는 객석 뒤편 무대 조정실에 있을 테이프들을
떠올린다.

거기에는 아트 블래키, 듀크 엘링턴, 소니 롤린스, 모던 재
즈 콰르텟, 찰리 파커, 디지 길레스피, 텔로니어스 멍크, 「버번
스트리트 퍼레이드」도 있을 것이다. 이게 뭐죠? 음악 담당이
물었다.

이걸 어디서 다 구했어요? 음악 담당은 찢어지고 혹은 뒷
면이 없는 것도 있는 K의 레코드 재킷들을 들춰 보며 말했다.
세상에, 이걸 어떻게 뜨죠? 알맹이들도 재킷이나 마찬가지여
서 이가 빠지고 혹은 소리 골이 다 닳아 잡음만 한없이 들리는
것도 있었다. 어떻게 녹음이 안 될까요? K는 물었다. 똑같은 판
이나 아니면 비슷한 곡이 담긴 새 레코드를 구해볼게요, 요즘
에는 제법 라이선스가 나오니까, 음악 담당은 그렇게 말했다.

안 돼요,라고 K는 말했다. 우기고 우겨서 결국 그 고물이

나 다름없는 엘피들로 녹음을 뜰 수 있었다.

이걸 다 어디서 구했어요? 음악 담당은 제작 연도가 1965년으로 되어 있는 태드 대머런의 음반을 이쪽저쪽 뒤집어보며 물었다. 이거요?

다락방요, K는 말했다.

다락방? 그런 레코드 가게도 있어요? 아니요. 친구, 친구네 집 다락방에서 그걸 구했단 말이에요. 친구네 집 다락방에서 이 레코드들이 나왔는데 나중에야 이게 재즈인 줄 알았죠.

음악 담당은 약간 기막혀하면서 녹음을 뜨기 시작했다. 때로는 음보다 칙칙거리는 스크래치 소리가 더 크게 들렸다. 최선을 다하는 거예요, 어떻게든 잡음을 없애보려고……라고 음악 담당은 투덜거렸다.

아니요, K는 깜짝 놀라 소리쳤다. 그냥 내버려둬요, 조작하지 말아요.

내가 평소에 듣는 것처럼, 평소처럼…… 그런 음이 나오게 내버려둬요! K는 음악 담당을 레코더 앞에서 밀쳐냈다.

K는 디제이의 높은 회전의자에 걸터앉는다. 아크릴 칸막이 밖의 무대는 피곤한 얼굴의 배우들과 스태프들이 이따금 눈에 띌 뿐 썰렁하기 그지없다. K는 디제이처럼 마이크를 턱 높이로 세우고는 눈을 감는다, 멀리, 어떤 소음 어떤 스크래치 소리

어떤 식식거리는 거친 숨소리가 들려오는 것 같다. 아빠,

아빠,

아빠, 아버지는 진공관 앰프가 딸린 전축을 부둥켜안고 있었다. 대체 언제 망가졌는지조차 기억 안 나는 오래된 전축

이었다. K는 그것에 쌓인 먼지의 겹들을 넋 놓고 바라보고 있었다. 먼지의 겹들 사이로 아주 엷은 빈틈들이 있었다.

아무 진동도 없는데 빈틈들은 떨고 있었다. 아빠,

아빠, 내려가, 내려가라고. 아래층에 새 오디오가 있어,

일본제야. 하지만 아버지는 어디 한 군데 깨끗한 곳이 없는 그 오래된 전축에서

떨어지려 하지 않았다. 아빠,

아빠, 그건 또 어디서 찾아냈어? 아버지는 너무나 사랑스럽게 그것을 껴안고 있었다.

이미 밴드가 삭아 끊어진 게 분명한 그 턴테이블을 때 낀 손으로 천천히 돌리고 있었다. 아빠,

아빠, 하지만 이건. 하지만 아버지의 두 귀는 이미 오래전에 찢긴 우퍼에 꿰맨 것처럼 찰싹 달라붙어 있었다. 쾡 뚫린 스피커 속에는

거미들이 쳐놓은 새하얀 그물들이 그만큼이나 징그럽고 끔찍스러워 보이는 어떤 어둠들을

꼭 움켜쥐고 있었다. 아빠,

아빠, 하지만 K는 도저히 어찌할 수 없을 정도로 어두워져 있는 아버지의 두 먼 눈동자를 들여다보고 있었다.

끊어지기 직전 최후로 꿈틀대며 타오르는 필라멘트처럼 그 두 눈은 깜박거리고 있었다. 아빠,

애야. 응?

하지만 애야, 아버지는 너무도 사랑스럽게 꿰맨 것처럼 꼭 달라붙어 있는 두 귀를 쫑긋거리며 말했다, 들리니? 응?

애야, 들리니? 응?

아이들이 부르는구나, 순진하고 텅 빈 목소리를 가진 아이들이 노래를 부르는구나.

하지만 이건 아빠, 이건 너무나 오래전에 망가진 전축인 걸, K는 말했다.

이젠 어떤 소리도 낼 수 없는걸. 하지만 아버지는 그 전축에서 손을 떼려 하지 않았다. 애야, 들리니?

아이들이, 아이들이 목마름과 굶주림의 노래를 부르는구나,

끝없이 애태우는 갈증과 허기의 노래를 부르는구나, 끝없이 타오르는 갈증과 허기의 노래를 부르고 있구나. 아빠,

하지만 이건. 하지만 아버지의 두 눈은 다락방의 어둠 속에서 데시벨을 가리키는 금속 바늘처럼 오래 떨리고 있었다. 아빠,

아빠, K는 아버지의 대체 언제 망가졌는지조차 기억 안 나는 마르고 오래된 두 무릎을 감싸 쥐었다. 아빠,

아빠,

아빠, K는 울고 있었다.

아빠, K가 눈을 뜨고 고개를 들자 부스 밖 무대 위로 희가 뛰어오르는 게 보인다.

희는 공연 내내 졸기만 했는데 막상 공연이 끝나자 그 무대라는 게 신기하게만 느껴지는 모양이다. K는 마이크를 제자리에 돌려놓고 자리에서 일어난다. 희는 여자 역을 맡은 배우의 빨간 스카프를 목에 두르고 있다.

알아요? 희가 말한다.

당신은 어깨에 바이올린을 가볍게 얹고 나를 향해 눈을 깜박거리고는 했지요…… 희가 스카프를 나긋나긋 제 머리 위

로 흔들며 중얼거리고 있다. 무대 아래에서 연출과 스태프 몇 몇이 그런 희를 올려다보고 있다. K가 당황한 얼굴로 희에게 다가가자 연출이 나지막하게 두고 보자고 한다.

이제 희는 아까의 여자처럼 스카프를 공중으로 휘두르며 춤을 추고 있다. 키가 작고 얼굴이 까맣고 머리가 짧아서 그렇지 아까의 분위기가 어느 정도 살아나는 듯하다. 알아요? 희가 말한다.

당신은 어깨에 바이올린을 가볍게 얹고 나를 향해 눈을 깜박거리고는 했지요,

그 슬프고도 긴 눈썹을 가진 커다란 눈동자로 말이에요…… 그래요, 당신의 속눈썹은 꼭 당신의 음악처럼 부드럽게 휘어져 있었지요. 마치 그 눈썹으로 이 세상을 간지럼 태우기라도 할 듯이.

희의 눈동자가 발작할 때의 그것처럼 몽롱하게 빛나고 있다. K는 어떤 불안에 사로잡혀 희를 바라보고 있다. 희는 늘 그랬듯이, 가볍고 날렵한 스텝을 밟으며 난장판이 된 무대에서 춤을 추고 있다.

하지만 정말 그랬어요? 희가 말한다.

정말 그랬느냐고요, 당신은 지금 프랑스에 가 있는 거예요? 그럼 저는 도대체 어디 있는 거죠, 저는 어디 있는 거냐고요. 당신은 당신의 바이올린을 끌어안고 매일 단잠을 자며 좋은 꿈을 꾸겠지만 저는 도대체 어디로 가서 무엇을 끌어안고 어떤 잠을 청하면 좋은 거죠?

희는 쓰러진 테이블들과 의자들을 한 번도 걸리지 않고 용케 뛰어넘으면서 계속 읊고 있다. 알아요? 전 과연 어디에

있으면 좋은 거죠? 어디에 있어야 하는 거죠?

알아요? 희가 읊는다.

전 물이 말랐어요, 제 몸은 너무 건조해요. 몸에 물이 마르면 어떤지 당신은 알아요? 어떤 몸이 되는지 알아요? 건조한 몸, 텅 빈 마른 몸, 아기를 밸 수 없는 몸, 제 몸이 말랐어요,

제 몸에 물이 말랐어요, 전 배고 싶은데…… 당신을 배고 싶은데 당신을 배고 품에 품고……

좋은 당신들을 낳고 싶은데…… 낳고 싶은데…… 당신들, 당신들의 엄마가 되고 싶은데, 당신들의 엄마가 되고 싶은데…… 희는 스카프로 무채색 일색의 무대에 나직이 출렁이는 빨간 물결을 만들어놓고 있다. 희의 손에서 빨간 스카프는 미끄러질 듯 퍼져 나가다가 어느 순간 다시 돌아오고 다시 뻗어 나가는 물결 같은 동작을 끝없이 되풀이하고 있다. 알아요?

알아요? 전 돌이킬 수 없이 건조해졌어요, 너무나 건조해졌어요, 무엇도 밸 수 없어요…… 희는 그 말만을 계속 반복하면서 이제 서서히 춤을 멈추고 있다…… 춤이 완전히 멈췄을 때 무대 아래에서 박수가 터져 나온다.

아니, 저 여잔 어디서 데려왔어요? 연출이 웃으며 K에게 외친다. 이번 기회에 아예 배역을 바꿔버려야겠어, 하고는 조연출이 낄낄거린다.

희는 그들의 환호에 장난스레 허리를 굽혀 답례를 한다. 봐, 나도 할 수 있다고, 희는 K에게 외친다.

나도 할 수 있어, 나, 연극시켜줄래? 그 말에 폭소가 터진다.

K는 희가 도대체 그 대사를 어디서 가져왔는지 종잡을 수

가 없다. 그 대사는 K의 희곡에는 없는 것이다. 절레절레 고개를 흔들며 K는 무대 뒤편 분장실로 발길을 돌린다. 희는 재미를 붙였는지 스태프들과 어울려 와자지껄 떠들어대고 있다.

분장실은 언제나 그렇듯이 갖가지 의상, 화장 용품, 소도구 들로 온통 어지럽혀져 있다. 분장 거울 앞엔 여자 역을 맡은 배우가 앉아 있다. K가 다가가자 웃어 보인다. 어땠어요?

예, 괜찮았어요, K는 그렇게 말하고는 분장실 안을 찬찬히 둘러본다. 화장품, 페인트, 목재 냄새가 빽빽하게 분장실 안을 채우고 있다. 뭐 물어볼 게 있어요, 여자가 묻는다.

예? 지금 몇이죠? 나요? 예. K는 멋쩍어하며 스물예닐곱쯤 되었죠, 하고 대꾸한다. 스물예닐곱요? 예. 나랑 비슷한 나인데……

내가 맡은 그 여자 말인데요. 예? 여자 말이에요, 그런 여자, 도무지 비현실적이에요. 연기하기가 불편해서 하는 말이에요, 그런 액션을 보여주는 여자가 실제로 존재할 거라고 생각해요?

K는 약간 놀란 듯한 눈으로 여자를 쳐다본다. 그런 대사, 그런 액션, 그런 알쏭달쏭한 이미지가 실제 속에서 가능하느냐 말이에요.

글쎄요, K는 마스카라를 지우고 있는 여자에게 한 걸음 다가간다, 생각지 못한 점인데. 그럼 한번 생각해봐요. 작가 씨의 상상 속 캐릭터라지만 좀 비현실적 아니에요? 몽롱하고, 뚜렷한 무엇도 없고, 아무튼 손에 분명히 쥐어지는 게 없어요, 연기하기가…… 난 그런 대사, 액션, 이미지의 여자 역엔 자신 없어요. 그런 캐릭터가 있을 거라곤 생각지 못했기 때문일 거예요…… 이봐요, 무슨 우화도 알레고리도 비현실이 배경이라고 까놓고 드러내놓는 극도 아니면서……

내가 보아온 세계엔 그런 인물이란 없었어요…… 피곤해요. 좀 현실적인 캐릭터의 여자였다면 나도 이렇지는 않았을 거예요. 게다가 리허설 때도 한번 들여다보지도 않고…… 여자는 입을 다물어버린다. K는 쭈뼛쭈뼛 일어서는 머리칼을 느끼며 물러선다. 디제이도 그렇고…… 과거 회상 투의 대사하며…… 여자는 K를 곁눈질하며 화장대 위로 고개를 파묻는다.

희는 자기를 둘러싼 극단 사람들 틈에서 수다를 떨고 있다. K는 연출을 찾아 약속이 있다고, 고생했다고 말한다.

2회 공연이 남았다. K는 통로를 올라와 다시 빌딩 아래층으로 내려가는 층계에 발을 딛는다. 희는 극장을 나오는 것이 못내 서운한 모양이다…… 아득히 밀려 올라오는 빌딩 아래 소음들을 느끼며 K는 희를 잡아끈다.

잇힌 만화의 주인공들을 위해

알겠어? 우리는 명령을 들었던 게지, 우리 위대한

딱따구리 대장의 명령. 계시, 그런 거였나? 석판에 번갯불
로 새겨진 그런 말씀이었나?

타오르는 사시나무 가지에 새겨진 불의 말씀이었나? 아
니면 거대한 평원 위에 씌어진 어떤 상형들이었나? 아니면 오
후 5시의 트랜지스터라디오 스피커에서 돌연 북북거리는 잡
음의 암시였나?

텔레비전 화면 조정 시간, 그 전기적 깜빡거림이었나? 불
현듯 고막을 찢는 두통의 울부짖음이었나? 기억나?

틀림없이, 기억나? 우리에겐 마침내 딱따구리 대장의 명
령이 내려졌던 거지,

1981년, 무허가촌, 어느 무허가촌, 그날 오후 5시.

우리는 들었지, 기억나? 우리의 귀를 뚫고 우리의 고막을
찢으며 우리의 오래 고여 썩어가던

뇌를 뒤흔들며 미친 듯 혹은 나직이 종용하듯 혹은 달래듯

우리에게 내려지던 위대한 딱따구리 대장의 명령, 기억나?

너희 사업을 완수하라! 알겠어? 그것이었지, 딱따구리 대장의 계시. 자비 그리고 인류애에의 계시, 인류를 위한 계시, 이 땅과 이때를 위한 사랑의 계시.

끝장내줘라, 끝장내줘. 그래, 우리는 알았지, 그게 무엇인지, 그게 무엇을 뜻하는지, 그게 무엇을 하라는 건지. 기억나?

그래, 이맘때였지. 이맘때, 저녁이 가까워지고

우리의 빌어먹을 무허가촌, 저 회칠한 벽들과 끝도 없이 뒤엉킨 골목들이 붉은 오렌지빛으로 물들어갈 때, 한없는 평온의 오렌지빛 나른하고 나른한 오렌지빛 끔찍할 정도로 어떤 환상을 불러일으키는,

안식감 속 한없는 깊이에 어떤 알 수 없는 불안을 감춘 그런 오렌지빛. 그런 빛깔이 나직이 중얼거리듯 좁은 골목, 바랜 기왓장, 슬레이트 지붕 위로 나직이 덧칠해질 때 그 모든 살풍경 위에 축복처럼

어떤 저녁, 황혼이 내려질 때 5시.

알겠어? 우리는 마침내

첫번째 희생자를 찾아 나서기 시작했지, 첫번째 희생자 말이야! 통통하고 잘 익은 물 많은 과일 같은

상큼한 즙이 한입 가득 깨물리는 너, 너 말이야.

열 살, 열한 살, 하지만 죽이기엔 그렇게 아쉬운 나이도 아니었지, 너, 우린 너를 찍었던 거야.

우리의 빌어먹을 무허가촌에서 태어난 아이, 무허가촌을

태생으로 가진 아이, *태생이 잘못된 아이, 너 말이야.*

잘못된 태생을 가진 아이, 너는 그때, 빌어먹을 무허가촌 산동네의 약수터로 향하는 어느 붉은 진흙 비탈에서 혼자 놀고 있었다.

잿빛 나뭇가지 하나를 손에 들고 그 길쭉하고 끝이 날카로운 흉기로 허공을 찔러대고 있었다, 재밌게. 그리고 우리가 다가가자 너는 타앙—탕—탕 우리를 쏘아대며 깔깔 웃어댔다. 물론 너는 곧

우리 딱따구리들이 장난이 아니라는 걸 깨닫고는 뒷걸음질 쳤지.

누렇게 떠 죽어가는 적송 숲으로 뒷걸음질 치기 시작했다, 당장이라도 울어버릴 것 같은 얼굴로.

그리고 곧 우리는 타앙—탕—탕 그렇게 너를 마주 쏘아대며 뒤쫓기 시작했다, 적송 숲의 띄엄띄엄한 적송들 사이를 쏜살같이 누볐다. 너의 짧고 어린 두 다리가 누런 풀숲을 헤치고

짧고 어린 네 비명이 적송 숲을 좀더 어지럽게 했다, 하지만

알아? 어떤 고통도 이미 고통이 아닌

우리, 딱따구리들의 빨간 눈앞에 너는 이미 죽어 있었던 거야, 결국 우리는 너를 통해

딱따구리 대장의 명령을 실천할 수 있었지, 타앙—탕—탕!

결국 너는 너절한 꼴로 누렇게 떠 죽어가는 어느

적송 가지에 꿰이게 되었지, *우리 아빠가 와서 너희를 때려줄 거야, 아빠만 오면 너흴 죽여버리라고 일러줄 테야,* 이게 네

최후진술이었나? 그래,

일은 그렇게 시작되었던 거야. 계시, 그리고 추종자들에
의한 계시의 첫번째 희생자, 그리고 다시 계시, 그리고 다시

두번째. 줄을 잇는 희생자들! 그것이야, 끝없이 계속되는
계시와

끝없이 발견되는 처참한 희생자들! 그것이야, 너는

적송의 이상할 정도로 예리하게 튀어나와 있던 나뭇가지
에 꿰이게 되었고

그 적송 가지 아래 풀숲은 온통 새카맣게 번들거리고 있
었다, 오히려 전에 없이 깔끔해진 얼굴로. 그리고 그때

벅스버니와 그의친구들이 있었나? 벅스버니와 그의친구
들이 너를 발견했나?

비둘기나 구워 먹으려고 적송 숲을 찾았던 벅스버니와 그
의친구들은 처음엔 어리둥절한 표정으로

새카만 풀숲 위 매달려 흔들리는 너를 물끄러미 올려다보
고 있었다. 그러곤 벅스버니가

네 발밑에서 눈에 띄지 않을 정도로 찰랑이고 있는 새카
만 풀숲을 얼핏 보았고 다시

윤이 흐르는 새카만 풀숲이 천천히 흘러 다니기 시작했을
때 놀란 눈을 치켜떴고, 그리고 갑자기 꿈틀거렸을 때

벅스버니와 그의친구들은 비명을 질렀다. 겁에 질렸고

미친 듯이 공포에 휩싸여 비둘기들도 내팽개치고 달리기
시작했다, 기억나?

그 새카만 풀숲은 바로 네 피를 갉아먹기 위해 모여든

개미 떼였고 벅스버니가 놀라 발길질을 하자 갑자기

새까만 잉크를 쏟아부은 것처럼 사방으로 흩어지기 시작했던 거야, 하지만 그렇게 흩어졌다가

잠시 후 다시 몰려들어 그 핏덩이 풀숲 위에 올라탔을 테지. 굴복할 줄 모르는

그것들의 습성, 바로 우리 딱따구리들의 습성이야, 우리

딱따구리들, 알겠어? 일은 결국 그렇게 시작되었던 거야, 그렇게 우리 딱따구리들은

두번째 희생자들을 찾아내고 찜해놓았던 거야, 두번째 희생자들, 바로 벅스버니와 그의친구들을 말이야. 그렇지,

우리 딱따구리 대장의 계시는 언제나

수다쟁이, 잔소리꾼처럼 말이 많지, 우릴 독촉하고 끊임없이 세상으로 내몰아, 우리가 세상을 구원해주도록

살해하도록 우릴 부추기지. 하지만 우린 결코 주저하거나 불평하지 않지, 알겠어? 딱따구리 대장을 향한 우리의 믿음이 세 겹으로 이뤄져 있기 때문이야, 딱따구리 대장을 향한 우리의 기도는 언제나

믿습니다로 시작해서 믿습니다로 끝나는 거야,

그 말씀을 믿을뿐더러 말씀을 내린 딱따구리 대장의 존재까지 믿어 의심치 않는 거야, 그리고

그 존재의 영원함까지 믿는 거지, 이 세 겹의 믿음,

강고한 믿음, 누구도 깨뜨릴 수 없는 겹의 믿음.

하지만 인간들은 결코 무엇도 믿지 못할 테지, 도저히 납득 안 되는 논리다, 그거겠지.

무슨 잠꼬대를 하느냐, *태생? 태생이 잘못됐으니 죽여야 한다?*

그런 아이들의 *씨를 말려야 한다?* 말도 안 되는 그런 논리가 어디 있느냐고 투덜대겠지? 하지만 천만에!

태생이 잘못된 아이들은 죽여야 하는 거야, 죽여야 마땅한 거야, 계시처럼, 딱따구리 대장의 명령처럼.

알아? 너희는 눈이 멀어 볼 수가 없고, 귀가 막혀 말씀을 들을 수 없고, 입이 없어 증거할 수가 없는 거야, 알겠어?

심리학이 범죄를 설명하기 위해 내놓은 최후의 결론은 바로

*죽임의 성향은 설명될 수 없다는 것*이었지, 알겠어?

그 까닭을 밝혀줄 유일한 논리적 근거는 바로

죽음과 공포의 오라의 현대적 현현, 딱따구리 대장인 거야, 알겠어? 너흰

우리 위대한 딱따구리들의 대장을 결코 이해할 수 없는 거야,

너흰 헤아릴 지혜가 여기 없고 총명이 없는 자들인 거야,

그리고 우린 단지 딱따구리 대장, *신에 대해서만* 책임을 *지지,*

위대한 우리 딱따구리 신!

알겠어?

*

그런데 알아? 일곱 난쟁이들의 모자가 실은 빨간색 일색이 아니었다는 것 말이야, K가 다시 말한다.

응?

그 일곱 난쟁이들은 빨간 모자만 쓰고 있었던 게 아냐.

그래?

그래, 실은 빨강, 노랑, 파랑, 연두…… 그렇게 갖가지 서로 다른 색깔의 모자를 쓰고 있었다니까, K가 일곱난쟁이를 돌아보며 말한다. 하긴 1980년은 아직 흑백텔레비전이었지……

도로가 막히고 있다. 아직 퇴근 시간이 되지 않은 이 도로가 왜 이렇게 혼잡스러운지 알 수 없다. 핸들을 잡은 뽀빠이도 다급한 표정이다. ……샐린 별일 없다는 투던데?

뽀빠이는 뒷좌석에 앉은 희를 백미러로 힐끗힐끗 쳐다보며 말한다, 별일 없대, 웃는 얼굴이 예전 그대로야, 귀엽지?

그래, 하고 K는 몇 대의 버스와 우왕좌왕하는 승용차들을 가리킨다. 뭔 일 있는 거야?

앞 유리창에 광선이 부딪혀 튕겨 오르며 시야를 어지럽히고 있다. 태양광선이 놀라울 정도로 강렬하다. 클랙슨 소리가 사방에서 들려온다. K는 담배를 피워 물고는 차창을 내린다. 도로는 터무니없을 정도로 꽉 막혀 있지만 창밖 인도는 한산하다. 어딘가에 문제가 생겼다, K는 몇몇 여자애가 빠르게 가던 길을 되돌아오는 것을 본다. 알아?

응? 여자애들의 얼굴이 짜증으로 꿈틀거리고 있다. 알아? 응?

이렇게 다들 제 갈 길 잘 가게 되리라곤 예상치 못했어, 뽀빠이는 편치 않은 얼굴이다, 하지만 여전히 잘 가고 있는 거겠지? K는 그래, 한다. 여자애들의 찡그린 두 뺨이 태양광선 아래 희고 차갑게 빛나고 있다. 광선이 앞 유리창에 부딪혀 사납고 날카롭게 튕겨 오르고 있다. 그래, 그렇지, K는 차창 밖으로 담뱃재를 떤다. 어쩌면.

…… 그 하얗게 타들어가던 안 선생님의 입술. 일곱난쟁이가 앞 좌석에 탄 뽀빠이와 K에게 묻는다. 안 선생님은 왜 우리에게 그런 음악을 구태여 가르치려 하셨을까?

응?

안 선생님은 또 왜 그렇게 학교로부터 닦달을 당하면서도 고아들의 노래를 부르게 하는 것을 포기하지 않으려 하셨을까? 일곱난쟁이가 창밖으로 시선을 돌리며 나직이 중얼거린다…… 뽀빠이와 K는 말이 없다.

아, 안 선생님이 일곱난쟁이란 별명에 대해 하셨던 말씀, 뽀빠이가 입을 뗀다……

아직 기억해? 뽀빠이는 아예 운전을 포기한 듯 두 팔을 핸들에 걸쳐놓는다. 희는 어디 좌석 밑에 처박혀 줄고 있는지 보이지 않는다. 행인들이 거의 눈에 띄지 않는다. 일곱난쟁이는 아, 하며 기지개를 켠다. 그래,

일곱 난쟁이가 어떻게 일곱 가지 죄악을 뜻하게 되는지 말이야.

응? 뽀빠이와 K가 일곱난쟁이를 돌아보며 응? 한다.

자, 이 빨간 모자를 쓴 이 일곱 난쟁이를 좀 보아요, 이렇게 안 선생님은 말씀하셨지…… 일곱난쟁이가 말한다.

어? 정말 안 선생님 목소리하고 닮았는데? 뽀빠이가 소리친다. 어쨌든 같은 직종에 종사하고 있는 거잖아, 음악 선생, K가 웃으며 말한다.

이 빨간 모자를 쓴 일곱 개 대죄(大罪)를 좀 보아요……

하고 안 선생님이 말씀하셨던 거 기억나?

일곱난쟁이가 나직이 중얼거린다. *첫째 자만, 둘째 탐욕, 셋째 도가 넘는 정욕, 넷째 질투, 다섯째 과식 과음, 여섯째 노여움, 일곱째 게으름. 자,*

이 일곱 명의 난쟁이 대죄……를 좀 봐요…… 안 선생님은 그걸 치명적인 죄, 기본이 되는 죄라고 하셨지…… 거기엔 또 진홍이란 뜻도 있고. 일곱 난쟁이의 스타일이 바로 그래, 일곱 개의 빨간 모자…… 폭력과 광기, 죄의 빛깔.

그래? 하지만 그게 실은 빨간색이 아니었다며? 그래, 하지만 그 당시에…… 안 선생님도 나도 우리도 모두 그걸 빨강이라고 보았었지, 그건 또 왜?

아무튼 그래서? 아무튼 안 선생님은 그때 그러셨지…… 네가 바로 그 일곱 난쟁이라고 말씀이야…… 안 그래? 그러더니 일곱난쟁이가 성호를 긋는다. 일곱난쟁이의 엄숙한 모습에 K도 뽀빠이도 웃음을 터뜨린다. 참 이상하지…… 안 선생님 말씀대로 하면,

정말 일곱 난쟁이가 그러한 일곱 대죄의 은유라면…… 그 난쟁이들은 백설공주를 보살피고 도와주었던 게…… 아니었는지도 몰라, 안 그래?

나중에야 알았는데…… 안 선생님 이야기는 아주 옛날 무슨 교황이란 사람이 이미 했던 말이었어, 일곱난쟁이가 말한다, 서구의 기본을 이루는 무슨 도덕설 같은 거였지…… 그 일곱 대죄는 서양 중세 교훈극의 인기 있는 주제들이었어……

그래? 그렇담 그 중세 도덕설이 *백설공주와 일곱 난쟁이*란 이야기에 영향을 줬단 말이야?

그랬을 수도 있겠지…… 흔히 아이들을 위한 이야기들이란 그런 도덕설에 바탕을 두니까 말이야…… 난쟁이들이란 평소엔 우리가 볼 수 없는 어떤 깊은 숲속에 살다가, 우리의 삶에 어떤 감당할 수 없는 위기가 닥치면 문득 나타나는 계시자의 역할을 종종 맡기도 하잖아.

위기…… 바로 백설공주가 제 계모로부터 살해 위협을 당하던 것 말이야.

그래, K는 쿨럭쿨럭대며 도망치듯 거리를 달리는 사내를 본다, 깊은 숲속? ……숨어 살다? ……그런데 그 난쟁이들은 광부들이 아니었나?

광부? 그래, 광부.

이를테면 난쟁이들은 뭔갈 캐내는 직업을 가졌었다는 말이지. 우리가 알 수 없는 그 어떤 갱도 속에서 말이야…… K는 담배를 이리저리 휘두른다, 안 선생님 해석대로 하면……

그러니까 일곱 난쟁이 광부들이 갱에서 파 올리고 있었던 건 일곱 가지 대죄였다는 얘기가 되는 거지…… 하핫, 정말 그런데? 일곱난쟁이가 앞 좌석에 앉은 K의 어깨를 친다.

그렇담 그 일곱 난쟁이는 어쩌면 백설공주를 증오하고 괴롭히기 위해서 곁에 붙잡아두려 했던 것인지도 몰라……

그래…… K가 계속 말을 잇는다…… 그렇지, 그 광산, 갱, 갱도…… 우리 학교의 그 빌어먹을…… 동굴, 동굴!

동굴? 아까 갔었다던? 뽀빠이가 묻는다.

그래…… 뽀빠이가 한참 말이 없더니, 동굴? 칫, 하고는 클랙슨을 길게 울린다,

일곱 난쟁이가 정말 일곱 대죄의 은유라면…… 동굴하고

딱 어울리는 짝이로구먼…… 칫.

좌석 밑 어딘가에서 희의 짧고 나지막한 신음이 들려온다.

그래…… 동굴, 우리의 동굴, 일곱난쟁이가 이마의 땀을
닦는다.

……그렇담 그 동굴엔 이름이 없는 게 아닌데? K가 뒤돌
아보며 말한다.

응? 일곱난쟁이가 되묻는다.

그런 식의 해석이 가능하다면…… 그 동굴의 이름은 바로
일곱 난쟁이의 갱이 되는 것이잖아.

아하, 그렇구나…… 일곱난쟁이가 중얼거린다, 그래……
일곱 난쟁이의 갱.

뽀빠이가 이맛살을 찌푸리며 한숨을 내쉰다. 차의 빨간
속도계가 영점에서 가냘프게 깜박이고 있다. 빌어먹을 백설공
주와 일곱 난쟁이! 창밖 거리의 행인들은 점점 줄어들고 있다.
그럼,

또, 달려라 *뽀빠이*는 뭘까? 뽀빠이? 나?

텔레비전 브라운관의 휘점일 따름이지…… 뽀빠이가 그
렇게 말하고는 이 빌어먹을 도로가 언제 뚫릴지 아는 사람 있
어? 그래, 도대체 여기서 뭘 기다리고 있는 거야, 하고 저 혼자
소리를 지른다. 차는 여전히 뚫고 나갈 빈 자리를 찾지 못하고
있다…… 우리가 일곱 가지 대죄건 아니건 그게 무슨 대수야?

휘점? 그게 뭐야?

그것도 몰라? 우리가 텔레비전 브라운관을 통해 열광하
며 보았던 그 1981년의 만화 주인공들이 실은…… 브라운관
안의 전자총으로 쏘아대는 전자빔이 만들어낸 수많은 휘점,

즉 빛의 점들에 불과한 거야, 그런 빛의 점들의 집합체가 바로 일곱 난쟁이였고 오로라공주와 손오공이었고 집없는소년이었고……

그러니까 우리는 고작해야 그러한 휘점, 즉 전기신호들과 우리 자신을 동일시하고 있었던 셈이란 말이지…… 1980년, 1981년에 말이야.

그래?

그럼! 시대착오적이지…… 네가 아직도 일곱난쟁이고 내가 아직도 *뽀빠이*라면…… 너와 난 3차원 입체 영상 시대에 살면서 의식은 1981년 2차원 브라운관 속의 허깨비들에 가 있는 셈이라고.

재밌는데? 어쨌든 우린…… 아니 난…… *달려라 뽀빠이*가 아냐.

아니! 싫건 좋건 네 별명은 여전히 *뽀빠이*야, 일곱난쟁이가 키들댄다. 그건 아무도 부인 못 해, K가 말한다.

뽀빠이가 이맛살을 찌푸리며 고개를 돌린다. 그래, 좋아…… 안 선생님이 나에 대해선 뭐라 말씀하셨었지?

*뽀빠이*에 대해서? 그래.

*뽀빠이*야 뭐…… 미국의 전형적인 남성 판타지라고 하셨지, 일곱난쟁이가 말한다.

응?

안 선생님이 그러셨어…… *달려라 뽀빠이는 미국 남성 판타지의 전형이라고*…… 그게 뭐야? 뽀빠이가 되묻는다.

뽀빠이란 서구, 혹은 미국 개척 정신이 부활한 화신이라고. 이를테면 신세계를 향해 끝없이 출항하는 정복자나, 미 서부 개척 시대의 카우보이들이 부활한 화신이라고 말이야.

정복과 모험과 남성적인 야만이 사라진 현대에 서구 남성들이 *뽀빠이*란 캐릭터를 스스로 만들어내고 동일시함으로써 자기들의 왜소함을 극복하려 했다는 말이야⋯⋯

뽀빠이, 그 사납고 거칠고 약자를 괴롭히고 원주민들의 문명을 파괴하고 인디언들의 땅을 빼앗는 추악한 건달⋯⋯ 기억나? 뽀빠이의 팔뚝에 새겨져 있던 그 문신.

안 선생님이 그러셨나? 뽀빠이가 어이없다는 듯 웃는다, 정말? 내가?

일곱난쟁이가 말을 잇는다, 사납고 거친 폭력으로 약자 앞에서 마구 으스대지. 물론 *뽀빠이*는 정의의 골목대장으로 나와서 깡패들을 혼내주는 캐릭터였어⋯⋯ 하지만 *깡패 브루투스와 뽀빠이는 쌍둥이였지, 한 캐릭터의 두 얼굴⋯⋯*이었다고.

그리고 우리 역시 쌍둥이와 우리를 동일시했지⋯⋯

난 *뽀빠이*가 아냐! 뽀빠이가 짜증 섞인 목소리로 빌어먹을, 한다.

그래⋯⋯ K는 다 태운 꽁초를 차창 너머로 비벼 끈다. 푸른 재가 차창을 흘러내린다. 기억나? K가 담뱃재를 손가락으로 훑으며 다시 중얼거린다.

나, *딱따구리*에 대해 하셨던 말씀⋯⋯ 이 세상 끝까지 쫓아다닐 어떤 악몽에 대해서 하셨던 말씀⋯⋯ 기억나? 폭력과 광기의 황금색 부리에 대해서 하셨던 말씀.

일곱난쟁이와 뽀빠이는 아무 말 없다.

얘야, 그건 반드시 텔레비전 브라운관 속의 장난꾸러기 새만은 아니란다⋯⋯ 그건 가짜가 아니란다. 얘야, 그건

실제 있는 실제 악몽의 또 다른 그림자란다…… K는 그렇게 말하고는 일곱난쟁이를 돌아본다, 기억나?

그 딱따구리의 우헤헤헤— 우헤헤 하는 즐겁고 유쾌한 울음…… K가 피식 웃는다, 역시 1980년, 1981년의 만화영화 스타였지.

일곱난쟁이가 피곤한 듯 눈을 내리깔며 중얼거린다…… *애야, 그건 실재하는 악몽이란다*……

그래, K가 고개를 끄덕인다…… 난 사실 아직도 내가 그 딱따구리를 벗어나지 못했다는 생각이야…… 기억나, 뽀빠이?

K가 똥그랗게 눈을 치켜뜨고는 일곱난쟁이와 뽀빠이를 돌아본다…… 안 선생님의 그 하얗게 타들어가던 입술, 한없이 잦아들어가던 목소리 말이야……

우리 모두를 불러 앉혀놓고 하나하나씩 그 별명을 설명해주셨을 때의 안 선생님 말이야……

……라디오를 좀 켜봐, 일곱난쟁이가 창밖으로 시선을 돌리며 뽀빠이에게 말한다.

뽀빠이가 라디오 교통 방송 채널을 돌리자 뉴스 앵커가 기습 시위가 발생했다고 전한다. 뽀빠이가 차창 밖으로 고개를 내밀고는 염병할, 하고 지껄인다. 시위대는 밀리고 있다, 하지만 통제 불능이라는 해설이 들려온다.

멀리 도로 앞쪽 어디선가 흰 뭉게구름 같은 것이 피어오르고 있다. K는 차창을 닫고는 좌석에 몸을 파묻는다. 늦었지, 하고 뽀빠이가 묻자 일곱난쟁이는 아니, 하고 중얼거린다, 하지만 좋지 않아, 시계를 들여다본다,

언제 뚫릴지 어떻게 알겠어?

K는 수건으로 얼굴을 가린 채 비틀비틀 이쪽으로 달려오는 몇몇 시위대를 본다. 머리칼과 손과 얼굴이 땀, 눈물, 체액으로 번들거린다. 남자애가 골목 귀퉁이에 엎드려 속의 것을 게워내고 있다. 한 여자애가 차도에서 뒤뚱거리다 정신을 잃고 뽀빠이의 차 보닛 위로 엎어진다. 어?

저거 미친년 아냐! 뽀빠이가 클랙슨을 울려댄다. 입에서 게거품 같은 것이 질질 흘러나오고 있다. 차창 틈으로 최루가스가 스며들고 있다. 일곱난쟁이가 재채기를 한다. 뒷좌석에서 소란에 잠을 깬 희가 일어나 짜증스러운 표정을 짓고 있다. 저거!

저거 누가 좀 치워줘! 흥분하지 마, 하고 일곱난쟁이는 차 문 손잡이를 비튼다. 후퇴해 온 듯한 아이들이 차도며 인도며 가릴 것 없이 뛰어들기 시작한다. 한 남자애가 내던진 피켓이 차 지붕에 맞더니 앞 유리창으로 미끄러져 떨어진다. 일곱난쟁이는 손잡이에서 손을 놓는다. 붉은 페인트로……'처단하자!'라고 씌어져 있다. 브러시의 결이 그대로 드러나 있고 페인트 방울들이 글자 획들 여기저기서 붉게 흘러내린 채 굳어 있다.

K는 몇 대 승용차 너머에 멈춰 선 샐리네 차를 본다. 샐리, 마이티마우스, 손오공, 그리고 집없는소년이 거기 타고 있을 것이다.

K는 재채기를 해대는 희에게 손수건을 건네준다. 소극장을 나온 지 30분이 지났다. K는 담배 필터를 질근질근 씹으며 차창 밖을 본다. 차 밖은 쓰러지고 도망치고 울고 구토를 해

대는 행인, 시위대들로 온통 혼란스럽다. 그들은 아마도 쫓겨온 것일 테다. 강렬한 태양의 잔광 속에서 그들의 젖은 뺨과 이마가 번들거린다. 참담할 정도로 눈부신 태양광선이 차 앞 유리창에 쏟아지고 있다. 남자애가 눈물을 쏟으며 달려오다 차 옆구리에 받혀 쓰러진다. 뽀빠이는 다시 클랙슨을 길게 울려댄다.

라디오 뉴스 앵커는 아직 이쪽 도로가 통제 불능이라 한다. 앞 유리창의 여자애는 몇 번 꿈틀거리더니 잘 닦인 창에 거품 자국 몇 줄기를 길게 남겨놓고는 보닛 아래로 굴러떨어진다. 쿵 하는 소리가 여기저기의 신음, 비명, 클랙슨 소리에 묻어 차 안까지 들려온다. K는 최루 분말의 흰 장막이 자기네 주위를 완전히 휩싼 것을 본다. 차 안도 이젠 재채기 소리로 요란하다. K는 담배를 한 모금 길게 빨았다가 희에게 넘겨준다. 희의 빨개진 두 눈에서 눈물이 쏟아지고 있다.

일곱난쟁이는 차창에 이마를 기대고는 게게 침 흘리는 남자애를 짜증스럽게 쳐다보고 있다가 손수건으로 입술까지 흘러내린 제 콧물을 닦고는 차창을 열어 남자애에게 그것을 건네준다.

요즘엔 화염병도 안 쓴다잖아, 하고 뽀빠이가 지껄인다. 그럼 대체 무슨 재미로 저 짓을 하는 거야?

최루 분말 장막과 그에 휩싸인 저 앞 도로는 이제 조금씩 뚫리고 있다. 시위대가 물러난 것인지도 모른다. 나가서 좀 볼까? K는 문을 열고 밖으로 나간다. 쿡, 하고 최루 분말이 눈과 코를 찔러온다.

좀 전 보닛 아래로 굴러떨어졌던 여자애는 보이지 않는

다. 희고 누런 최루 분말이 인도며 차도에 웅덩이처럼 고여 있다. 잔광이 희고 누렇게 거기서 튕겨 오르고 있다. '광주 학살 원흉을 처단하자!'라고 씌어진 피켓이 보닛 아래 떨어져 있다. K는 그것을 주워 거리 저편으로 치운다. K는 잠시 허리를 굽혀 피켓을 들여다본다. 빌어먹을 딱따구리놈들…… 차 지붕에 아주 깊고 긴 긁힌 자국이 나 있다.

이 빌어먹을 도로가 어디서부터 잘못되기 시작했나…… 어디서부터 막히기 시작했나……

샐리네 차가 다시 움직이고 있다. 뽀빠이는 여전히 투덜대고 일곱난쟁이는 희와 뭔가 농담 같은 것을 하고 있다. K가 올라타고 차는 속력을 내기 시작한다. 뉴스 앵커는 시위대가 거의 해산됐다고 한다.

차는 이제 막 도심 외곽으로 나가는 도로에 들어섰다. K는 지라시들과 흘린 신발, 전경들이 쏟아놓은 최루탄 파편들과 최루 분말투성이 차도를 돌아본다. 지라시들이 바람에 날려 줄곧 차창에 붙었다 떨어지곤 한다. 도로는 한산하다.

이제 샐리네와의 차간거리가 넓어지고 있다. 일곱난쟁이가 차창을 열어 난 일곱 난쟁이 따위는 겁나지 않아! 난 일곱난쟁이 따위는 겁나지 않아! 난 망하지 않을 거야, 난 안 망해! 하고 우스꽝스러운 목소리로 소리를 질러댄다. 희가 깔깔 웃음을 터뜨린다.

도로 양편으로, 진녹색 측백나무들로 짙게 물이 오른 산등성이가 이어지고 있다. 산등성이의 축대를 덮은 떼가 너덜 너덜 해어져 있다.

차가 시 외곽으로 빠져나가고 있다. 실은…… 정지신호에 걸려 멈춰 서며 뽀빠이가 어이없다는 듯한 표정을 짓는다, 이런 일이 있었어……

응?

얼마 전에 술에 취해 차 속에서 깜박 잠이 들었거든……

넌 주로 차 안에서 잠을 자는구나? K가 빙그레 웃는다.

그래, 어제도 차 안에서 잠을 자다 깨서 네 아파트에 전화를 걸었지…… 그런데 내 말 좀 들어봐, 제기랄, 뽀빠이가 내뱉듯 중얼거린다, 한 새벽 3시쯤 되었나? 차 안에서 잠을 자다 문득 깨어보니 차창에 희뿌연 무언가가 어른거리는 거야, 이렇게…… 하며 뽀빠이가 한 손으로 앞 유리창을 쓱 쓸어 보인다.

신호가 떨어지고 차가 다시 움직인다. 난 무슨 헤드라이트 불빛인가, 아니면 경찰 아저씨가 왔나 했지…… 그래서 몸을 일으키고는 눈을 비비며 밖을 봤어, 그런데……

그 희뿌연 무언가가 도대체 한둘이 아닌 거야,

무슨 예닐곱은 돼 보였는데 그것들이 내 차를 둘러싼 채 빙글빙글 맴을 돌고 있는 거야…… 빌어먹을 꼭 춤추는 것처럼 말이야…… 난 술이 아직 덜 깨서 헛것이 보이는 건가 하고 생각했지, 그런데 그게 아니었어.

가스총을 꺼내 쥐고는 차 문을 열었는데…… 시멘트 포도로 접어들고 있다.

빌어먹을! 밖엔 아무것도 없는 거야.

……그것들이 뭐였을 거라고 생각해? 뽀빠이가 고개를 갸우뚱 틀며 K를 돌아본다.

글쎄, K가 말한다, 샐리한테 물어봐.

옹? 샐리?

그래, 샐리도 그러던데…… 요술공주 샐리년들, 미친 샐리년들이 온다고.

미친 샐리년들? 그래.

뽀빠이가 한숨을 내쉰다, 걔도 미쳤군.

실은…… 한참 말이 없다가 뽀빠이가 다시 입을 연다, 그것들이 뭐였는지 어렴풋이 보긴 봤어.

그래? 일곱난쟁이가 앞 좌석으로 고개를 내밀며 그래? 한다.

그래…… 어린애들이었는데…… 흰색 세일러복을 입은, 왜 그 해군복 있잖아…… 그것들은 아마도……

흰색 세일러복을 입은 어린애들이었던 것 같아, 그렇다면…… 그 새하얀 세일러복 차림의 어린애들이 내 차를 빙 둘러싸곤 밤새도록…… 그렇게 춤을 추었다는 말일까? 응? 내가 잠에서 깰 때까지…… 그러고는 도대체가, 하고 뽀빠이가 낮게 으르렁거린다.

빌어먹을……

낡고 키 낮은 주택과 건물 들이 한산하게 늘어서 있다. 뒤쪽으로 비닐하우스며 밭, 논 들이 널려 있다. 적갈색 흙덩이를 파 올리는 포클레인들도 보인다. 아이들이 이따금 뽀빠이의 차를 향해 손나팔을 불어댄다. 샐리네 차가 속도를 줄이고 있다.

다 왔나 봐, 하고 일곱난쟁이가 길가로 붙고 있는 샐리네 차를 가리킨다. 샐리네 차 타이어에서 적갈색의 젖은 흙덩이들이 뚝뚝 떨어지고 있다. 지라시들이 그랬던 것처럼 어떤 여자애가 흘려낸 게거품이 그랬던 것처럼 진흙 덩이들은 끊임없이 집요하게 차바퀴에 달라붙어 올라온다…… 샐리네 차창 밖으로 손 하나가 나와 손짓하고 있다.

머리가 아파, 희가 코를 막고 칭얼댄다. 구리고 지린 냄새에 현기증이 난다. 뭐라 그랬지?

응?

우리가 가는 데 말이야.

아, 안 선생님 계신 데? 그래. 글쎄, 일곱난쟁이가 창밖을 기웃거린다. 우윳빛 창유리를 단 화장품점, 먼지를 뒤집어쓴 노란색 간판의 가전제품 대리점 따위가 길가에 띄엄띄엄 늘어서 있다. 생철 간판이 떨어질락 말락 간신히 매달려 있는 생필품 잡화점 몇 개도 느릿느릿 곁을 스쳐 지나간다. 글쎄,

물댄동산……이라 했나? 아,

저기야. 샐리네 차가 시멘트 포도에서 적갈색 흙덩이들이 그대로 드러나 있는 길로 빠지고 있다. 측백이며 목련, 자줏빛 달리아 들이 빙 산울타리를 이루고 있다. 희가 공중 높이 매달린 나무 푯말을 가리킨다,

물댄동산이야.

나무 푯말엔 흰 페인트 바탕에 검은 글씨로

여기서부터 물댄동산입니다,

라고 씌어 있다. 전화번호와 수목원, 관계자 외 출입 삼가 따위의 작은 글씨들도 그 아래 붙어 있다. 물댄동산? 수목원? 샐리네 차가 그곳의 입구인 듯한 길목에서 좌회전하고 있다.

울창한 떡갈나무들 사이로 샐리네 차가 사라진다.

K와 친구들이 뒤따라 들어가자 멀리 수목원 내 주차장인지 널찍한 빈터가 나오고 샐리네 차가 서 있는 게 보인다.

사방은 온통 키 큰 메타세쿼이아들로 둘러싸여 있다. 높이가 얼마나 되는지 수관들은 까마득하고 또 보이지조차 않는다.

바람이 잎사귀들을 흔들어댈 때마다 번뜩이는 광선의 파편들이 거울처럼 닦인 차 유리창들을 휩싸고 돈다…… 마치 거대한 폭풍의 한가운데 들어와 있는 듯하다…… 세상에,

뽀빠이가 핸들에서 손을 떼며 중얼거린다. 차가 멈춘다. 뒷좌석의 환히 웃는 일곱난쟁이의 얼굴이 백미러에 비친다.

멀리서 마이티마우스가 손을 흔들고 있다. 손오공이 샐리와 환한 얼굴로 이야기를 나누고 있다. K는 어쩐지 울어버릴 것 같은 얼굴로 차에서 내린다. 희가 거대한 메타세쿼이아들의 풍경이 신기한지 뭐라 조잘대며 저만큼 K를 앞질러 뛰어간다. 주차장엔 그들의 차 말고도 열몇 대의 승용차가 더 주차해 있다.

저 앞…… 일곱난쟁이가 집없는소년을 껴안고 있다. 그들은 서로 어울리지 않는 이루 말할 수 없는 불협화음인 것처럼 보인다…… K는 고개를 젓는다…… 진녹색의 광선과 그늘이 만들어내는 거대한 폭풍에 휩쓸리는 것을 본다.

이리 와……

샐리가 두 팔을 앞뒤로 흔들어대며 경쾌하게 걸음을 옮기기 시작한다. 분홍빛 세일러복 치맛자락이 나풀나풀 휘날린다. 샐리, 손오공이 뒤를 쫓으며 말한다. 어떻게 길을 가자는 거야?

응?

안 보이잖아.

샐리가 높고 째지는 듯한 목소리로 노랫말을 읊조리듯 대꾸한다, 애들아…… 날 따르렴, 난 영악한 길 안내자…… 물댄 동산에선 내 눈이 오히려 너희보다 밝다네……

그러곤 껄껄 웃더니 메타세쿼이아 군락 너머 떡갈나무 숲 새로 난 오솔길을 휘적휘적 재게 걷기 시작한다. 친구들은 어리둥절한 채로 뒤를 따른다.

오솔길엔 떡갈나무 낙엽들이 두껍게 쌓여 있다. 발목까지 차오르는 게 몇 해나 그렇게 쌓인 것인지 알 수 없다. K와 친구들이 걸음을 옮기며 큰 소리를 낼 때마다 높이와 사위를 알 수 없는 키 큰 나무들의 숲속에서 새들이 날고 비명을 지르는 어지러운 소리가 들려온다. 희가 아하, 아하, 하는 알 수 없는 탄성 같은 것을 지르며 그들의 뒤를 따른다.

오솔길은 둥글게 완만한 곡선으로 휘어진 채 그들이 가는 앞으로 멀리 그리고 길게 뻗어 있다.

됐어…… 샐리가 멈춰 선다.

오솔길은 독일가문비 숲 속 어디론가로 계속 이어져 있는 듯 보인다. 친구들의 앞엔 담쟁이덩굴이 빽빽이 타고 오른 어떤 벽이 우뚝하니 서 있다. 친구들은 저마다 당황한 빛으로 샐리를 바라보고 있다. 됐어,

됐다니까! 샐리가 껄껄 웃는다.

그러고는 붉은 물이 든 나무판자로 엮은 쪽문을 가리킨다.

여기야?

그래, 들어가서 기다려…… 곧 올게, 하고는 쪽문을 열어

준다. 쪽문 안으로 어두컴컴한 복도가 펼쳐져 있다.

샐리…… 뽀빠이가 난처한 표정을 지으며 샐리를 부른다.

아냐, 곧 올게, 그렇게 말하고는 샐리가 벽을 따라 심어진 키 낮은 단풍나무들 새 어디론가로 바삐 사라진다.

복도의 창들엔 커튼이 쳐져 있다.

K와 친구들은 커튼을 열 엄두도 못 내고 다만 부드러운 잿빛 어스름에 잠긴 복도에서 서성이고만 있다. 띄엄띄엄 몇 미터 간격으로 벽에 램프들이 달려 있다.

샐린 어딨을까? 손오공이 복도를 이쪽저쪽 둘러보며 말한다. 꽤 긴 듯, 양쪽 끝이 흐릿하니 보이지 않는다. 윤곽들이 부드러운 잿빛 어스름에 지워져 있다. 발밑엔 무슨 색인지 잘 알 수 없는 카펫이 깔려 있다.

램프들이 깜박깜박하더니 불이 들어온다. 복도 벽을 마주하고 섰던 K가 깜짝 놀라 고개를 든다. 친구들 모두 어리둥절해져서 제자리에 멈춰 선다.

램프들 아래 어떤 사진들이 담긴 황금색 프레임이 걸려 있다. K는 넋을 놓고 멍청해져서 제 앞의 사진에서 눈을 떼지 못한다. 눈에는 익었지만 한 번도 이런 식으론 만나보지 못했던 낯익은 것들의 스틸 사진들이다…… 어떻게 그것들을 구했는지 알 수 없는 노릇이다.

스틸 사진들 위로 램프 불빛이 몇 개의 노란 반원을 그리며 어룽져 있다…… 인화할 때 문제가 있었는지 아니면 필름 자체가 그랬는지, 사진들은 윤곽이 대개 흐릿해져 있거나 아니면 지나치게 원색이 드러나 있다.

K는 제 코앞의 황금색 프레임에 들어 있는 4절 크기의 만화영화 〈오로라공주와 손오공〉 사진에서 눈을 떼지 못하고 있다. 바탕의 마젠타색이 기분 나쁠 정도로 핑크빛을 띠고 있다.

어쩜…… 하고 일곱난쟁이가 신음하는 소리가 들린다. 일곱난쟁이 앞에는 디즈니 만화 〈백설공주와 일곱 난쟁이〉의 스틸 사진이 걸려 있다.

〈오로라공주와 손오공〉의 것은 원본 필름이 아닌 어린이용 기념 카드인 것 같다. 망점들까지 커다랗게 확대되어 있다. 이봐, 손오공, 하고 K가 손오공을 부른다, 기분이 어때?

응?

여기 네 사진이 있는데? ……온통 핑크야.

아니, 손오공이 복도 저편에서 벽에 붙은 또 다른 스틸 사진을 가리키고 있다, 이것 좀 보라고.

너야, 너라고, 빌어먹을 딱따구리……

K는 그쪽으로 성큼 걸음을 옮긴다, 세상에.

그 스틸 사진은 딱따구리가 나무 판을 쪼아 제 이름을 새기고 있는, 만화영화 〈딱따구리〉의 널리 알려진 낯익은 타이틀 사진이다…… 당장이라도 우혜혜혜…… 하는 그 딱따구리의 웃음소리가 귓전을 때릴 것 같다.

K는 실감이 나지 않는지 손가락으로 그것을 쓸어본다. 도톨도톨한 표면의 감촉이 낯설다. 딱따구리의 황금색 부리가 금적색 깃털과 함께 반짝반짝 윤을 발하고 있다.

우혜혜혜…… 뒤통수를 얻어맞은 기분이다. 제대로 된 필름을 썼는지 딱따구리의 사진은 색들이 보기 좋게 조화돼 있다. 여기저기서 놀라움과 낯선 것에 대한 경계가 뒤섞인 친구들의 탄성이 터져 나오고 있다.

〈달려라 뽀빠이〉의 스틸 사진에도 시안색이 노골적으로 드러나 있다. 새하얀 세일러복을 쭉 빼입은 *뽀빠이*가 말라깽이 올리브, 스위피와 함께 어느 바다가 보이는 부둣가에서 포즈를 취하고 있다.

빌어먹을…… 난 아니라니까, 뽀빠이가 중얼거린다.

〈백설공주와 일곱 난쟁이〉의 그것은 광산 갱 속의 장면인지 전체적으로 어둡다. 일곱난쟁이가 손가락으로 스틸 사진 속 일곱 난쟁이의 모자를 하나하나 짚어가며 세고 있다. 빨강 하나, 파랑 하나, 노랑 하나, 연두 하나…… 사진 속 일곱 난쟁이는 각각 색이 다른 일곱 색깔의 모자를 쓰고 있다.

*마이티마우스*는 망토를 걸친 채 어딘가를, 아마도 까마득히 높은 마천루의 유리 벽면을 날아오르고 있다. 동그란 두 귀가 달린 새까만 쥐의 모습이다. 그 쥐, *마이티마우스*는 그렇게 위기에 처할 때면 슈퍼생쥐로 변신해서 하늘을 날기도 한다.

이봐, 넌데? 뽀빠이가 집없는소년의 어깨를 툭 치며 말한다. *집없는소년*은 어느 아치형의 돌다리 밑에서 푹 모자를 눌러쓴 채 잠을 청하고 있다. 그래…… 하지만 집없는소년의 얼굴은 침울하게, 침울한 채로 딱딱하게 굳어 있다. *집없는소년*의 옆엔 아무렇게나 흩어진 봇짐 하나가 놓여 있다. 봇짐 끝으론 길쭉한 모양의 빵이 비죽 튀어나와 있다. 흑백이다. 왜 그래? 반갑지도 않아?

하지만 여전히 집없는소년의 얼굴은 스틸 사진처럼 흑백으로 어둡게 침울하게 그늘져 있다. 그래, 그렇지…… 집없는

소년이 겨우 그 단단히 맞물려 있던 입을 연다, 저 아인 아직도 지붕 밑 자기 자리를 찾지 못한 모양이야…… 그렇지?

그러고는 뽀빠이를 돌아보며 씁쓸하게 웃어 보인다. 어쭈, 누군가 외친다.

샐리도 있는데?

샐리? 친구들이 모여든다.

〈요술공주 샐리〉의 스틸 사진은 샐리가 분홍빛 요술 봉을 휘두르며 변신하기 위해 뱅글뱅글 맴을 돌고 있는 장면이다…… 그렇게 샐리가 변신을 할 때는 분홍빛 회오리바람이 샐리를 둘러싸고 있다.

그 분홍빛 회오리 속에서…… 어린 샐리와 성인 샐리의 나체가 동시에 맴을 돌고 있다. 서로…… 몸을 섞고 있다…… 그 성인 샐리의 나체는 어린 친구들의 눈에도 섹시하게 비치곤 했었다.

어린 샐리가 성인 샐리로 탈바꿈하기 위해 한 몸으로 섞여 맴을 돌고 있다. 어쩌면 그 반대의 과정인지도 모른다…… 미친 샐리년들이 와…… K는 고개를 젓는다,

성인 샐리가 온다는 뜻일까, 어린 샐리가 온다는 뜻일까…… 성인 샐리는 언제나 쫓기듯, 몹시 쫓기듯 어린 샐리로 되돌아가곤 했다. 모든 에피소드의 종결부는 언제나 어린 샐리의 몫이었다.

이봐, 뽀빠이가 탄성을 지른다, 여기 벅스버니도 있는데!

벅스버니?

다들 놀란 빛을 감추지 못한다. 황금색 프레임 속 벅스버니가 주홍빛의 커다란 홍당무를 한입 가득 씹고 있다…… 두

개의 커다란 앞니, 볼록 튀어나온 두 뺨, 그리고 더욱 커다란 두 토끼 귀가 실룩실룩 움직이고 있는 것만 같다…… 벅스버니, 우리의 죽은 토끼.

다들 입을 꾹 다물고 생각에 사로잡혀 있는 듯하다. 어지럼을 느끼며 K는 두 눈 가득 눈물을 달고 있는 손오공을 본다. 세상에…… 벅스버니야, 손오공이 울먹인다.

K와 친구들은 〈벅스버니와 그의 친구들〉 스틸 사진 아래 적힌 어떤 글귀를 들여다본다. 각각의 사진마다 주인공 이름이 씌어 있었다. 그리고 〈벅스버니와 그의 친구들〉 아래에는

'희미하게 삭아가는 우리의 옛 필름들을 위해'
벅스버니, 우리의 선한 토끼를 위하여, 1969~81년.
그리고 나머지, 우리 잊힌 만화 주인공들을 위하여, 1980~81년.

이라고 비문 비슷한 것이 씌어 있다. K는 이미 십수 년이 지난 1980년, 1981년에 텔레비전에서 잠깐 방영되었던 만화영화의 스틸 사진들을 어떻게 구할 수 있었는지, 그리고 구할 생각을 도대체 누가 왜 했는지 궁금하기 짝이 없다. 모두 그 두 해에 텔레비전에서 방영되었던 만화영화다. 일본 것들, 그리고 미국의 디즈니사 혹은 옛 워너브러더스사의 것들.

K는 물끄러미 난폭하고 사나운 장난꾸러기였던 벅스버니 토끼의 털북숭이 발에 들려 있는 주홍빛 홍당무를 본다.

녹색 순은 이미 토끼의 게걸스러운 입 속에 들어가 열심히 씹히는 중이다…… 벅스버니, 우리의 선한 토끼를 위하여,

K는 나직이 그 글귀를 읽어본다. 뭐 해? 복도 어딘가에서 샐리의 목소리가 울린다.

　뭐 해?

　도대체 이것들은 뭐야? 뽀빠이가 소리친다. 샐리의 등 뒤로 부드러운 잿빛 어스름이 후광처럼 어려 있다. 뭐? 이 사진들 말이야.

　아, 복도의 램프 빛을 받은 샐리의 두 뺨이 이상할 정도로 통통하고 핏기 없어 보인다. 뭐긴 뭐야,

　샐리가 두 팔을 활짝 벌리며 다가오고 있다, 바로 너희잖아. 너희…… 그러곤 잘 오셨어요, 우리 물댄동산에, 하고 외친다. 사랑해,

　우리 잊힌 만화 주인공들, 샐리는 곁에 있는 손오공을 끌어안고는 그 뺨에 입술을 문지른다. 어머, 언니! 하고 희가 소리친다. 뭐 하는 데야?

　물댄동산.

　물댄동산?

　안 선생님은?

　오실 거야, 밭일 가셨거든.

　밭일?

　그래, 밭일…… 그러더니 샐리가 휘적휘적 친구들을 앞서서 걸음을 옮기기 시작한다, 지금쯤 아마…… 미나리꽝에 계실걸.

　K와 친구들은 샐리를 따라 복도를 걷는다. 어두워서인지 몰라도 복도는 꽤 긴 듯 느껴진다…… 복도 중간중간에 나 있

는 몇 개의 어두운 층계 밑을 지나쳐 그들은 한 층계의 입구 앞에 멈춰 선다.

너희가 안 선생님 못 뵌 지 몇 년이나 됐지? 샐리가 문득 묻는다.

……

친구들은 말이 없다.

다시 층계를 오르기 시작한다. K는 희와 함께 뒤처져 층계를 오른다. 층계 중간에 층계참이 대여섯 있고, 또 각 층계참마다엔 깔끔하게 페인트칠된 키 낮은 철문이 하나나 둘씩 달려 있다. 어둡고 침침하다.

얼마나 올랐을까, 친구들은 그 키 낮은 철문 중 하나를 열고 나가 또 다른 복도로 들어선다. 마찬가지로 부드러운 잿빛 어스름이 복도를 채우고 있다. 역시 창들에 커튼이 드리워져 있고 띄엄띄엄 램프들이 매달려 있다.

희가 걷다 말고 저 혼자 낄낄댄다…… 희의 눈두덩이 검어져 있다.

……날 따르렴, 얘들아, 난 영악한 길 안내자…… 오히려 물댄동산에선 눈이 너희보다 밝다네…… 샐리의 높고, 째지는 듯한 목소리가 복도를 타고 울린다. 이번 복도에도 역시 친구들이 올라왔던 것 같은 어두운 층계들이 중간중간 나 있다.

샐리가 문득 복도 어딘가의 층계 입구 앞에 멈춰 선다. 샐리의 뒤를 따라 친구들은 층계를 오르기 시작한다…… 이번 층계엔 층계참이 없고 층계 수도 열두엇뿐이다. 하지만 역시 어둡고 침침하다.

친구들은 어느 자그마한 키 낮은 철문 앞에 이르러 멈춰 선다. 열어봐, 샐리가 웃으며 말한다.

응? 열어보라고.

하지만 친구들이 주춤하자 샐리가 앞으로 나선다, 좋아,

대신 내가 열어주지…… 하고 샐리가 문을 열어젖히자 갑자기 문 저쪽에서 이루 말할 수 없을 만치 환한 광선이 격렬하게 친구들을 향해 쏟아져 나온다…… 빌어먹을, 누군가 외친다. 눈이 아리고 눈물이 터진다.

친구들은 일제히 고개를 숙인다. 그 폭발하는 듯한 광선 어딘가에서 샐리의 껄껄 웃는 소리가 들려온다.

……K가 얼핏 고개를 든다, 이런! 희가 격렬하게 퍼부어지는 섬광들 속으로 달려 들어가고 있는 게 보인다. 어머, 굉장해! 희의 목소리가 K의 귓전을 때린다…… K는 저도 모르게 섬광 속으로 손을 뻗는다. 희의 빨간 맨드라미꽃 빛깔 털 스웨터가 언뜻 광선 속에 드러났다 사라진다.

희는 사방을 휘저으며 깡총깡총 뛰어다니고 있다. 지기 직전의 태양광선이 온 사위에 가득 충만하다. K는 고개를 들어 위를 올려다본다. 네모난 각진 창유리들이 은빛 창살들과 함께 격자무늬로 엮여 투명하고 거대한 반구를 이루고 있다.

바닥 직경이 백 미터는 될 듯싶은 거대한 유리 뚜껑이다…… 광선은 그 수백 장 창유리를 통과해 K와 친구들에게로 퍼부어지는 것이다. 이런, 집없는소년이 중얼거린다,

굉장한데, 하고는 아직 눈이 따가운지 두 손으로 얼굴을 감싸 쥔다…… 거대하고 환하고 투명하다…… 이곳 유리 뚜껑, 유리 돔에선 그들이 방금 들어온 곳인 듯한 철문 하나만이

유일하게 투명하지 않다. K는 눈을 깜박거리며 주위를 살피기 시작한다.

거의 원형인 듯한 이 유리 돔 바닥에는 깨끗한 진홍 벨벳 카펫이 빈틈없이 깔려 있다. 덥고, 돔의 한가운데로 다가갈수록 더 덥다…… K는 다시 유리 돔의 한가운데로 나아가 고개를 든다. 마치 거대한 렌즈의 배꼽 바로 아래인 양 뜨겁다…… 빌어먹을, K는 고개를 숙인다. 격자무늬로 짜인 유리와 창살들의 거대한 유리 돔. K는 옅은 구토감을 느낀다.

어쩌면 실내가 너무 환해 그런지도 모른다…… 진홍 벨벳 카펫 위론 격자무늬 창살들과 지기 직전의 태양광선이 엮어내는 십자 모양의 환한 그림자들이 어지럽게 드리워져 있다…… 수백 장 창유리를 통과한 광선이 수백 개 십자 그림자를 온 사위에 환히 드리우고 있다. K는 다시 옅은 구토감을 느낀다.

친구들의 환하게 반짝이는 얼굴과 몸뚱이 위에도 십자 그림자들이 한둘씩 얹혀 어지럽게 떠 일렁이고 있다…… 광선과 은빛 창살들로 엮인 거대한 그물인 것처럼 어지럽게 떠 일렁이고 있다.

여긴 다 뭐야?

뭐냐고, 집없는소년이 낮게 으르렁거리듯 말한다.

여기? 샐리가 웃으며 말한다, 어디냐고? 어디긴 어디야?

물댄동산이지, 샐리가 껄껄댄다.

K는 아직도 눈부셔하면서 어째서 샐리와 희만이 아무렇지도 않은 듯 행동할 수 있는지 궁금하다. 희는 폴짝폴짝 뛰어오르면서 K의 바로 앞 유리 돔의 배꼽 아래에 서서 K가 숱하게 보아왔던 그만의 춤을 추고 있다.

희의 맨드라미꽃 빛깔 털 스웨터가 돔의 배꼽 아래에서 눈부시게 찬란하다. K는 한 발짝 물러나 주위를 둘러본다.

유리 돔 안엔 아무 기물도 장식도 없다. 비었고 은빛 창살의 십자 그림자들만이 조용히 일렁이고 있을 뿐이다. 세상에, 마이티마우스가 입을 쩍 벌린 채 어쩔 줄 몰라 하고 있다. 집 없는소년이 뭔가 신기한 듯 십자 그림자 하나를 꾹꾹 발로 눌러보고 있다…… 뽀빠이는 아직 문간에 서 있다, 난 골치가 아파! 손오공이 이마에 난 땀을 훔치며 한 발 한 발을 조심스럽게 내디디며 이리저리 걸어보고 있다.

……아직 정하질 못했어, 샐리가 말한다, 화원을 만들 수도 있겠고…… 레크리에이션 룸을 할 수도 있겠지…… 그런 거야,

너희가 아까 보았던 사진들 있지?

응.

그 스틸 사진들을 옮겨 올까 해.

왜? 일곱난쟁이가 묻는다, 벅스버니와 그의친구들의 묘지를 만들려고?

그래, 샐리가 웃는다.

묘지를 만들어 기념 좀 하려고…… 우리 잊힌 만화 주인공들을 위해. 아, 참,

너희들은 여기서 좀더 기다려줘야겠어, 샐리가 철문을 열며 말한다, 미안해. 안 선생님이 아직 안 오셨거든…… 다시 부르러 올게.

샐리가 나가자 친구들은 이 물댄동산 수목원이며 유리 돔이 좀처럼 믿기지 않는다는 듯이 주위를 찬찬히 둘러보기 시

작한다. ……누가 내 얼굴에서 이 빌어먹을 그림자 좀 벗겨내 주겠어? 하고 뽀빠이가 얼굴에서 십자 그림자를 떼내려 용쓰는 듯한 시늉을 한다,

……뭘까, 일곱난쟁이가 찌푸린 얼굴로 말한다. 친구들은 각자 생각에 잠긴 듯한 얼굴을 하고선 사방으로 흩어진다. 이상해,

희가 K의 곁에 와 선다. 응?

기분이 좋아졌단 말이야, 희가 유리 돔의 천장을 올려다보며 중얼거린다, 정말……

희와 K가 올려다보는 유리 돔 천장에는, 이상할 정도로 흰 구름 덩이 하나가 천천히 떠 흘러가고 있다…… 유리 돔 천장의 구름 덩이는 물그림자처럼 여리고 환하게 어린다…… 좋아졌어,

희가 창유리에 제 손바닥을 꾹 누른다. 희의 손바닥 자국이 무수히 엉킨 얇디얇은 금들로 창유리에 찍혀 난다…… 정말, 하고 희는 그것에 입김을 불고 다시 정말, 하며 소매로 문질러 그것을 지운다…… 희의 두 뺨은 하지만 어떤 불안감으로 꿈틀거리고 있다, 정말.

K는 안쓰럽다는 표정으로 희를 바라본다. 눈두덩이 검어진 희의 얼굴에 십자 하나가 드리워져 있다.

K와 친구들은 말없이 유리 돔 이곳저곳을 걷고 또 걷는다.

K는 본다…… 친구들이 걸음을 옮기며 몸을 조금씩 움직일 때마다 십자 그림자들도 그들 몸뚱이 위에서 조용히 떠일렁이고 있다. 약간 몽롱하고 현기증 같은 것이 느껴진다. 일곱난쟁이, 뽀빠이, 손오공, 마이티마우스, 그리고 집없는소

년, K는 본다…… 그들은 마치 그들 자신이 십자 그림자들인 양 벨벳 위에서 일렁이고 또 일렁인다…… 다들 옛 무허가촌의, 브라운관 속 만화 주인공들이나 안 선생님의 고아들의 노래 따위에도 쉽게 열광하곤 하던 그때의 어린애들이 아니다.

K는 유리 돔의 안쪽 가장자리를 빙 둘러 걸으며 이 물댄 동산이라는 이상한 수목원을 내리 살펴보고 있다…… 유리 돔이 올라앉은 자리는 아마도 어떤 건물의 옥상인 듯싶은데 잔디가 깔렸고 떨기나무 수십여 그루가 주위를 빙 두르며 보기 좋게 가꾸어져 있다…… K는 아까의 주차장이며 그들이 걸어들어온 떡갈나무 숲 새의 오솔길을 찾는다, 어딨을까?

글쎄, 희도 알 수 없다는 눈치다. 건물의 높이가 상당한지 어느 방향에선 멀리 수목원 밖, 촌과 국도의 풍경까지 내다보인다. 글쎄, 메타세쿼이아 숲을 찾으면. 하지만 K와 희가 찾아낸 메타세쿼이아 군락은 한둘이 아니다. 메타세쿼이아며 독일가문비며 적송이며 향나무며 은행나무 들의 작디작은 군락들이 사방으로 흩어져 있고, 또 그렇게 수목원 전체를 진녹색과 은빛 광선의 물결들로 온통 일렁이게 하고 있다.

K는 약간 비틀거린다. 진녹색과 은빛 광선으로 끝없이 일렁이는 숲의 물결이 파란 하늘과 만나 이루는 저 먼 스카이라인 때문이다…… 괴이할 정도로 낯설어 보이고 그래서 약간의 현기증과 구토감을 불러일으킨다…… 진녹색의 숲과 은빛 광선과 파란색의 하늘…… K는 몇 발짝 물러서 숨을 들이켜고는 유리 돔의 다른 가장자리로 걸음을 옮긴다.

모든 방향에서 스카이라인이 내다보이는 것은 아니다.

K는 평평하게 다져진 빈터가 멀리 내려다보이는 가장자리 한편에 가 선다. 무성한 수풀이 그 빈터를 빙 두르고 있다.

빈터는 꽤 넓은 듯한데 황갈색 흙이 그대로 드러나 있다, 아무것도 없다. 아아, 하고 K가 몇십 미터 떨어져 혼자 걷고 있는 *마이티마우스*에게 소리 높여 묻는다.

안 선생님이 *마이티마우스*에 대해선 뭐라 하셨지?

응?

사방이 조용해서인지 유리 돔 안이라서 그런지 소리가 커다랗게 허밍처럼 울려 퍼진다. 응?

안 선생님이 *마이티마우스*에 대해선 뭐라고 하셨느냐고, K는 소리를 약간 낮춰 다시 묻는다.

뭐라고 하셨긴……

뽀빠이가 계속 걸음을 옮겨 나가며 내뱉듯 중얼거린다, *하수도를 헤집고 다니는 더러운 쥐 새끼*라고 했지.

그러면서 뽀빠이는 찍찍 쥐소리를 낸다. 아, 그 얘기야? 마이티마우스가 빙긋 웃는다, 안 선생님이 우리 별명에 대해 하셨던 그 말씀들?

그래, K가 고개를 끄덕인다. 마이티마우스가 걸치고 있는 티셔츠엔 할리데이비슨 바이크를 탄 노란 펑크 헤어의 덩치가 샷건 같은 커다란 총기를 마구 휘둘러대고 있는 그림이 그려져 있다.

*마이티마우스*에 대한 말씀들? 마이티마우스가 잠시 걸음을 멈추었다가 다시 발을 떼며 말을 잇는다, 아,

기억이 나. 그 *마이티마우스*란 평소엔 대도시 지하의 거대한 하수도 속에 살다가 친구 쥐들이 위기에 처하면 그들을

구출하기 위해 망토를 뒤집어쓴 슈퍼마우스로 돌연 변신하는 생쥐에 관한 만화영화였지…… 그래, 기억나,

새까맣고 더럽지만 정의로웠던…… 마이티마우스.

하지만 얘야, 그건 정의의 생쥐가 아니란다…… 마이티마우스가 안 선생의 목소리를 흉내 내며 말을 잇는다…… 그건 우리 내면의 하수도를 헤집고 다니는 추악함과 더러움의 이름으로서의 생쥐란다……

또 이런 말씀도 하셨지…… 돔 저쪽에서 일곱난쟁이가 마이티마우스의 말을 받는다, 그건 실재하는 실제 있는 더러움과 추악함의 또 다른 이름이란다……라고 말씀이야.

하지만 우린 우리 내면에 그런 하수도, 쥐 새끼가 존재한다는 걸 인정하려 들지 않는다고 말씀이야…… K가 말을 잇는다, 그래서 평소엔 도무지 치유하려 들지 않는다고 말씀이야.

그래서 언젠가는 반드시 그 쥐 새끼가 우리 뱃가죽을 뻥 뚫고 바깥으로 튀어나오게 될 거란다…… 걷고 있는 일곱난쟁이 너머로 구름 덩이 하나가 그만큼이나 느릿느릿 떠 흘러가고 있다,

새까맣고 더러운 추악한 슈퍼쥐새끼로 돌연변이해서 말이야……

빈터 뒤로 얕디얕은 계단식 채마밭들이 눈에 띈다. K의 눈에 그것들은 멀리 있고 그래서 한눈에 들어온다…… 흙덩이가 그대로 드러난 밭둑들이 휘어지면서 꽃양배추밭, 무밭, 파밭 따위를 감싸 안고 있다. 창유리를 통해 본 그 풍경은 셀룰로이드 판 위에 그려진 만화영화의 원화 같다…… 덩어리째 눌러놓은 듯한 브라운과 그린 바탕에 양배춧빛 아이보리가 점

점이 흩뿌려져 있다. 퉁퉁하게 물오른 밭에서 흙빛이 반짝이고 있다. 옅은 구토감이 느껴진다.

K는 손을 내민다…… 진녹색의 채마밭들이 덩어리째 손안 가득 퍼 올려질 것 같다. 눈이 침침해진다, 빌어먹을.

……안 선생님이 그러셨지, 집없는소년이 딱딱하게 굳은 표정으로 일곱난쟁이의 말을 이어나간다. 집없는소년의 몸 전체가 창유리에 비쳐 물그림자처럼 채마밭과 오버랩된다.

오로라공주와 손오공은…… 끊임없이, 만화가 계속되던 81회 동안 여기가 어디야, 이제 또 우린 어디로 가야 하지? 하고 묻고 다닐 운명이라고 말이야……

응? 손오공이 걸음을 멈추고 고개를 돌린다, 응?

하지만 정말은 여기가 어디고 어디로 갈 것이냐가 중요한 게 아니라고, 결정적인 것은…… 손오공의 그 묻는 행위에 있다고…… 집없는소년이 멈춰 선다. 집없는소년의 몸에 겹쳤던 채마밭 풍경이 경련을 일으킨다.

그것을 끝도 없이 묻고 다녀야 하는 손오공의 운명에 있다고 말이야……

그래?

손오공은 제가 타고 다니는 근두운이라는 비행선의 컴퓨터에 묻든, 행성의 다른 외계인들에게 묻든 언제나 그것을 물어야 했지.

그래서? 손오공이 고개를 갸우뚱한다.

그런데 만약 그 물음에 대한 대답들이 완전히 어떤 장난, 농담, 거짓 대꾸, 거짓 정보였다면 어떻게 되는 거지?

그랬다면 어찌 되는 걸까? 어떤 균열? 균열이 일어날까?

……실제 행성과 손오공이 그렇다고 믿고 있는 행성 사이에 어떤 돌이킬 수 없는 균열이 생길 텐가? ……낭패야, 미쳐버리는 거지.

하긴, 뽀빠이가 말을 잇는다. 뽀빠이는 멀리 끝도 없이 일렁이는 수목원의 스카이라인 위를 걷고 있다, 나도 기억이 나,

종국에 가서 그 모든 물음에 대한 답이 거짓 대꾸들로 드러난다면? 하고 안 선생님은 말씀하셨지. 뽀빠이가 새하얀 구름 덩이 하나를 훌쩍 뛰어 건너며 말한다.

애야, 어쩜 그런 결말이 나리란 걸 무의식중에 예상하고 있기 때문에, 손오공은 그토록 미친 듯 날뛰고 더욱 난폭하게 구는 것인지도 모른단다……

하긴 손오공은 1981년의 만화영화 주인공들 중에서도 제일가는 깡패였지, 전 은하계를 주름잡는, 마이티마우스가 키들댄다.

……애니메이션이란 원래 실제 움직이는 그림과 우리 눈 사이에 생기는 균열을 이용한 속임수야, 마이티마우스가 철문을 등지고 서며 말한다.

잠시 친구들은 입을 다문다. 그래, 집없는소년에 관해선 뭐라셨지? 뽀빠이가 집없는소년 쪽으로 걸음을 옮기며 묻는다.

나?

그래.

이젠 내 차렌가?

네 차례야, 손오공이 말한다.

그래, 너에 대한 말씀이 그때 우리에게 한 안 선생님의 마지막 말씀이었어…… 일곱난쟁이가 고개를 숙인 채로 천천히

한 발씩 뒤로 걸으며 말한다.

그래…… 내게도 뭔가 하신 말씀이 있었지, 집없는소년이 유리 돔의 한가운데에 천천히 멈춰 서며 말한다, 그래,

너 스스로 아버지와 어머니라는 집을 지어야 한다,고…… 와이셔츠에 어려 일렁이는 십자 그림자 하나를 물끄러미 내려다보며 집없는소년이 말을 잇는다, 난 하지만 그 말을 이해하지 못했지,

낱말들이 너무 어려웠던 걸까? ……하지만 얘야, 주의해야 한단다. 너는 그 집을 폭력으로 지어선 안 된단다, 그렇다고 그 말씀들까지 기억 못 하는 건 아니지…… 하나의 폭력은 그 뒤를 잇는 또 다른 폭력에 변명거리를 만들어준단다, 하나의 거대한 폭력은 그 뒤를 잇는 모든 폭력에 근거를 만들어준단다…… 그리고 이게 안 선생님의 진짜 마지막 말씀이셨어,

하나의 이미 저질러진 폭력은 자신을 정당화하기 위해, 제 뒤를 이어 저질러진 모든 폭력에 근거를 만들어주고, 정당성을 부여해준단다……

하지만 난 폭력으로든 뭐로든 안 선생님이 말한 그 집을 짓지 못했어, 집없는소년이 말을 끊고는 씁쓰레 웃는다.

오늘 같은 날이 오면…… 안 선생님께 번듯하게 지어진 내 집을 보여드리고자 했는데…… 그런 죄송스러움이 내겐 있어, 그러곤 멀리 국도가 보이는 방향으로 걸음을 옮겨 나간다.

채마밭 바로 뒤편으론 전나무 숲이 우거진 언덕 하나가 솟아올라 있다. 손바닥만 하다. 진녹색의 수풀이 언덕을 동그랗게 감싸고 있다. K는 빈터, 계단식 채마밭, 그리고 이젠 전나무 숲 언덕을 본다. K가 갑작스럽게 시선을 옮겼기에, 그것은

마치 K의 망막 위로 불쑥 치솟고 느닷없이 떠오른 어떤 것처럼 보인다.

　광선과 그늘로 일렁이는 수풀 속에 둥그렇게 솟은 진녹색의 언덕…… K는 손가락을 구부려 천천히 그 윤곽을 따본다…… 그 위로 검은 전나무 숲이 한 번 더 치솟고 있다…… 또 그 위로 진녹색의 전나무 수관들이 다시 한번 더 타오르듯 치솟고 있다.

　내 생각인데…… 집없는소년이 낮게 으르렁거리듯 다시 중얼거린다, 안 선생님은 어쩌면 그 당시에

　제정신이 아니었던 건지도 몰라……

　제정신이 아니셨다고?

　그래, 기억나? ……안 선생님의 그 하얗게 타들어가던 입술.

　겁에 질려 한없이 잦아들어가던 목소리…… 자꾸만 초점이 흐트러지던 두 눈동자…… 고작해야 국민학교 6학년이었던 애들이 알아듣기엔 너무 어려웠던 낱말들……

　1981년에 우리가 6학년이었나? 마이티마우스가 눈을 깜박이며 묻는다.

　그래, 일곱난쟁이가 말한다,

　그리고 또 집없는소년이건 마이티마우스건 오로라공주와 손오공이건 모두 1980년, 1981년에 방영되었던 만화영화들이었지.

　1981년에 그 모든 게 저질러졌었어, K가 말한다.

　벅스버니, 안 선생님……

　컬러텔레비전, 고아들의 노래……

히힛, 갑자기 뽀빠이가 히힛, 하고 웃는다, 글쎄,

난 종잡을 수 없는걸?

내 머릿속에선 모든 게 뒤죽박죽이야.

친구들은 더 이상 말이 없다.

친구들은 다시 각자 진홍 벨벳 위를 서성이기 시작한다. 끊임없이 유리 돔 안을 서성대고 있는 만화 주인공들과 바깥 풍경이 서로 무수히 얽히고 흔들리고 꿈틀대며 균열하고 있다. 친구들이 발걸음을 내디딜 때마다 진홍 벨벳의 부드러운 표면엔 그들의 발자국들이 은빛으로 선홍빛으로 나타났다가 다시금 찬찬히 다른 발에 쓸려 사라진다. 공기는 후텁지근하고 태양광선은 아직 강렬한 힘을 잃지 않고 있다. 옅은 구토감과 현기증이 줄곧 느껴진다.

채마밭이 언덕의 밑동을 빙 두르고 있다. K는 채마밭 새로 흘러내리는 몇 개의 희미한 물길을 본다…… 그것들은 언덕 뒤편 산자락에서 흘러내려 언덕을 타고 가장 낮은 층의 꽃양배추밭까지 닿았다가 다시 가장 낮은 층의 흙덩이들 새 어딘가로 스며들어…… 어렴풋이 사라지고 있다.

K는 언덕을 고불고불 휘감듯 내려오는 그 물길들에 은빛 태양광선의 브러시가 언뜻 긴 획을 긋는 것을 본다. 저기요, 하고 부르는 소리가 난다.

유리 돔 철문 앞에 한 사내애가 서서 친구들을 부르고 있다, 샐리 누나가 오래요.

응?

친구들은 오랜 낮잠에서 방금 깨어난 듯한 어리둥절한 얼굴로 사내애를 쳐다본다.

안 선생님 제자시라죠? 사내애가 일곱난쟁이에게 묻고
있다.

그래요, 국민학교 때.

어떤 의미에선 저희도 안 선생님 제자예요.

저희?

그때도 음악을 가르치셨나요?

예.

저희도 안 선생님께 음악을 배워요. 멜로디도 화음도 리
듬도 없고 악보까지 좀 괴상망측한 음악이지만. 그때도 그랬
어요?

예, 일곱난쟁이가 빙긋 웃으며 사내애를 돌아본다.

하지만 환영할 만한 일이죠, 여기 물댄동산 사람들한텐
복잡한 기술이 필요한 음악 연주는 거의 절대적으로 안 어울
리거든요.

거의 절대적?

K와 친구들은 몇 개의 층계며 복도를 따라 내려간다.

친구들은 어느 층인가의 복도에 난 문 앞에 멈춰 선다. 빈
방이란 푯말이 붙었다. 사내애가 문을 열자 와자그르르한 소
리가 쏟아져 나온다. 친구들은 약간 주저하며 사내애를 따라
그 문안으로 들어간다.

K는 문 앞에서 걸음을 멈춘다. 알림 글이 푯말 아래 붙었
다. 뭐야? 희가 그것을 소리 내어 읽는다.

'물댄동산에서 생활하시는 분들께'라고, 하얀 나무 푯말
에 검은 페인트로 씌어 있다.

- 투약은 착실히, 양은 적절히.
- 가족과 친구들은 잠시 잊습니다.
- 세계를 구원하는 일은 우리 알 바 아닙니다.
- 타 원생과 상호 보완적 관계를 유지합니다.
- 우리는 우리의 익명을 존중하고 유지합니다.

그리고 맨 아래에는 우리 자신보다 더 크고 강력한 힘이 언제나 존재한다는 사실을 기억합니다,라고 덧붙여 씌어 있다. 뭐야?

희가 고개를 갸우뚱한다. 글쎄, 모르겠는걸.

익명을 존중하고 유지해? 희는 뭔가 알쏭달쏭하다는 듯 눈을 끔벅인다.

방문객들은 여기서만 용무를 보아야 해요, 더 이상은 안 돼요, 하고 사내애가 문간에 서서 K와 친구들에게 말한다.

빈방은 사람들로 시끌벅적하다. 수십 명도 더 되어 보인다.

안 선생님은 곧 오실 거예요.

친구들은 사내애가 이끄는 대로 방의 귀퉁이로 가 한데 몰려선다. 저 한편으로 샐리가 사람들에 둘러싸여 큰 소리로 웃고 떠드는 게 보인다. 사람들과 안면이 있는지 인사를 나누기도 한다.

아, 참, 전 희수라고 해요.

사내애가 말한다.

병동에서 옮겨온 지 한 달밖에 안 돼서 밭일이니 수목원 일엔 거의 참여하고 있지 못하지만 이제 곧 제 할 일을 뭔가

찾게 될 거예요…… 샐리 누나는 아무리 설명을 해줘도 제가 얼마나 잘생겼는지 못 믿겠다는 눈치예요, 꼭 눈으로 보아야만 알 수 있는 것도 아닌데…… 병동에 있을 땐 상태가 호전돼도 괴롭긴 마찬가지였는데, 여기 있으면 우선 맘이 편해요. 드러그 홀리데이도 주 3일로 늘었고요.

드러그 홀리데이?

예, 약값이 덜 들게 돼서 얼마나 좋은지 몰라요. 아직 책은 볼 수 없지만 공부를 다시 시작해볼까 생각 중이에요…… 오늘은 가족들의 정기 모임 날이지만 우리 엄마는 못 왔어요…… 의사 선생님이 아직은 맞대면할 때가 아니래요, 하고 사내애가 알 듯 모를 듯한 이야기를 친구들에게 한다.

가족들 정기 모임?

예, 알리지도 않았지만 저도 실은 만나고픈 마음이 별로 없어요.

친구들은 빈방 안의 이상할 정도로 기쁨에 차 있는 듯 보이는 사람들과 못 알아들을 소리만 주절주절 늘어놓고 있는 코앞의 사내애를 번갈아 쳐다보며 어쩔 줄 몰라 한다.

전 아무렇지도 않아요, 지금도 그렇지만 예전에도 전혀 아무렇지 않았지요, 하고 사내애가 빠르게 지껄여댄다.

병동에선 자신이 아무렇지 않다고 늘 생각하라고 했지만, 제가 전 미치지 않았어요, 하고 얘기하면 매번 절 믿지 못하는 눈치였어요.

그러곤 꼭 피모지드를 처방해줬지요…… 어떨 때 보면 의사 선생님이 더 중증인 것 같아요, 하고 사내애가 빙긋 웃는다.

전 미치지 않았어요, 다만 책을 읽지 못할 뿐이죠. 그것과

진짜 미친 것 사이에는 하늘과 땅 사이만큼의 차이가 있다고
요…… 친구들은 모두 고개를 갸우뚱갸우뚱, 한다.

물댄동산

알아? 이젠 6시, 혹은 반,

혹은 반의반. 알겠어? 우린 거리로 뛰쳐나온 거야, 충정로 혹은 을지로2가, 혹은

광화문, 그래, 네 활개 치며 거리를 쏘다니는 거야, 전면적 인 공격 자세, 폭소를 터뜨리며 마구 짖어대며 더러운 타액들 을 바닥에 질질 흘리는 거야, 더러운 타액과 좆물의 융단폭격. 저 친구들,

방금까지 데스크에 앉아 곰팡이와 쥐들에 의한 선적 화물 의 손실분, 혹은 전자회로를 갉아 먹는 바퀴벌레들에 대한 쓸 모 있는 대책안을 작성하고 있었던. 그래, 바로 그것,

예측하지 못한 인자들에 의한 삶의 손실분, 그걸 작성하 고 있었던 거야, 이를테면

자기들 뇌를 녹이며 심장을 헐떡이게 하고 허리를 망가뜨 리는 만연한 스트레스와 업무들, 기록들, 결국 그들 자신의 급

사에 대한 보고서가 될. 그리고 이제

퇴근을 하였던 거야, 또 저 친구들, 객장 구석에서 소란스럽기만 할 뿐인 투자자들을 위해 끊임없이 증시 분석과 예측을 해대야 하는

저치들, 이 거리의 가장 눈부신 예언가들. 이 거리를 활기차게 하고 때론 거대한 공포 속에 발작을 일으키게도 하는 이 거리의 영리한 주식 브로커들, 그들이야.

퇴근길에서도 결코 눈빛의 긴장을 놓지 않는구나. 어떤 거리에서도 저치들의 걸음걸이가 가장

민첩하고 재빠르지, 하지만 알까? 자기 운명의 시간을 예측하는 법, 이를테면 제 삶이 상종가에서 느닷없이 거대한 공황 발작을 일으키게 될 즈음을 알까? 그렇지 않다 하더라도

이를테면 활황의 정점에서 문득 폭발하게 될 제 뇌혈관의 폐장 타임, 그걸 예측할까. 이 친구들,

이 친구들이라면 또 모르지, 이 거리를 끊임없이 구획하고 구획의 가치를 일깨우며 강철과 유리뿐인 이 거리에 어떤 인간적인 면모를 수놓으려 부산한 저 친구들,

이를테면 현대의 건축 예술가들, 퇴근하는 저치들. 빌딩을 짓고 부수고, 그것이 중요한 것일 테야, 이 거리 어딘가엔 반드시 짓고 부숨이 있고, 그래서 행인들은 이 거리가

아직 활기차고 아직은 죽음이 멀었다고 믿게 되는 것일 테야. 하지만 또 알아? 저치들의

노곤하고 찌든 삶 어딘가에 끝없이 망그러진 채로 남은 어떤 폐허가 깔려 있을지, 알겠어?

짓고 부수고가 아닌 복구와 복원 불가 판정을 받은 어떤

불가능의 공간이 있을지? 그리고 그것이 저치들이 감당할 수 없을 만치 아주 거대하고 깊게 뭉개진 것이라면? 알아? 그 공간은 언젠가 꽝 폭발할 테고,

그 불가능의 공간이 저치들의 삶 표면으로 천천히 떠오를 때 저치들은

이미 죽은 거야, 죽은 거라고. 하지만 지금 당장은 또 내일 새로 부술 어떤 빌딩과 새로 지을 어떤 빌딩에 대한 유쾌한 대화를 나누며 퇴근하고 있구나, 퇴근.

알겠어? 잘빠진 양복에 저마다 개성 있는 넥타이를 졸라매고 어제 닦고 내일 또 닦을 구두를 껴 신은, 저 친구들. 6시 혹은 반, 혹은 반의반, 이 시각에 거리를 메우며 귀가 차편을 기다리거나, 차를 몰고 교외 어딘가의 보신탕집으로, 혹은 동료들과 한잔 걸치러 가는.

저 끝도 없이 퇴근하는 친구들. 샐러리맨 일가, 혹은 퇴근족 일가,

이 거리를 까맣게 메우고 있구나, 그리고 우리 딱따구리 일가도!

우리는 나타나는 거야, 우리는 아직 태양도 지지 않은 이 눈부신 거리를 난장판으로 들쑤셔놓고 있는 것이야, 알아?

폭풍처럼, 거대한 금적색 날개로 가장한 핏빛 폭풍처럼. 이 거리,

경제와 만연한 스트레스와 탈진한 정치와 활황 중인 뇌내출혈의 1번가, 이 거리를 휩쓸고 공포에 발작하게 하며 미친듯 고통에 휩싸이게 하는 거야, 한갓 바퀴벌레처럼 우리의 격렬한 부리와 날개 아래 구겨놓아버리는 거야, 알겠어?

알겠어? 저치, 점심시간에 사무실에 혼자 남아 훌쩍이며 울음을 울던 저치, 지하철에서 신문을 읽다 문득 엉엉 울음을 터뜨리던 저치, 화장실에서 문 걸어 잠그고 몰래 울음을 울던 저치, 점심으로 먹던 우거짓국 앞에서

문득 터져 나오는 어떤 것을 참지 못해 통곡하던, 알겠어?

자기도 모르게 혹은 몰래 울음을 흐느껴본 치들은 알 거야, 그랬던 경험이 있는 자는 알 거야,

자기 삶의 지층 저 깊은 아래에

얼마나 거대한 죽음과 공포의 불연속 힘이 꿈틀대는지, 얼마나 치명적인 불안과 스트레스의 불연속 힘이 발광하고 있는지, 그리고 오늘은 그 힘이 분출되는 날이야, 오늘이 바로

그날이야, 자기 삶의 지층이 한꺼번에 대격변을 일으키는 날, 딱따구리 데이

우리 딱따구리들이 죽음과 공포의 분출을 도와주는 날, 친절하게도 대신 목을 따주는 날, 바로 딱따구리 데이.

이 거리 자신이 스스로 파멸하기 위해 지어낸 하나의 자폭 버튼, 딱따구리들. 우린 결코 이 거리 밖에서 온 놈들이 아니야, 우리의

모든 악덕이 우리의 밖에 있지 않듯이, 우리의 모든 죄악이 우리의 밖에 살지 않듯이, 우리의 지옥은 우리가 만들 듯이.

오늘, 우리 퐁텐블로 말이야.

*

K와 친구들은 사내애가 달려간 쪽을 기웃거린다. 좀 전

274

유리 돔에서 보았던 듯한 빈터…… 사내들이 테이블과 의자들을 나르고 있다. 한가운데 테이블과 의자들을 반원 모양으로 배열하고 그 몇 미터 앞엔 작은 단상 하나가 놓인다.

사내들은 가슴에 물댄동산이라 쓰인 연두 계통의 셔츠를 입고 있다. 사내애도 언제 갈아입었는지 똑같은 셔츠를 걸쳤다. 빈터는 황갈의 모래땅으로 밟는 감촉이 좋다. 반원의 뒤쪽으로 작은 언덕 같은 것이 정면으로 보인다. 유리 돔에서 보았던 듯한 꽃양배추밭, 파밭, 무밭, 계단식 채마밭 들이 작은 언덕의 밑동을 둘렀고 차츰 올라가면서 전나무 숲이 울창해지고 있다.

빈터는 넓고 측백이니 목련이니 개나리 같은 산울타리에 둘러싸여 있다. 좀 전 빈방에 같이 있었던 사람들이 흥분에 들떠 셔츠 입은 사내들 주위로 몰려든다. 도대체 뭣들 하는 거지? 집없는소년이 나지막하게 중얼거린다. 저런, 하고 뽀빠이가 셔츠 입은 한 사내를 가리킨다,

약물중독이야. 응? 저 사람.

그러고 보니 사내의 생김이 좀 다르고 낯설다. 바싹 말랐고 가파르게 늘어진 양어깨 사이로 가는 목이 누군가 힘껏 잡아당긴 듯 터무니없이 길게 뻗어 있다…… 뭘 했길래 사람이 저 지경이 돼? 희가 K를 보며 얼굴을 찡그린다. 글쎄, 저 사람도 그런데? 뽀빠이가 또 한 이를 가리킨다. 알루미늄 캔처럼 한쪽 뺨이 쉴 새 없이 구겨지고 꿈틀대고 경련을 일으키고 있다. 나머지 한쪽 뺨은 마치 다른 사람의 것인 양 혈색 좋고 아무렇지도 않아 보인다. 아,

저것 봐, 손오공이 뒤편을 가리킨다. 담쟁이덩굴이 어두

운 갈색으로 얽히고설켜 뒤덮고 있는 건물 벽면에는 플래카드가 걸려 있다.

'물댄동산, 가족 모임 및 연주회 그 첫번째'. 건물은 꽤 높은 듯하고 양편 끝은 이미 내리기 시작한 어스름과 키 높은 나무들 그늘에 가려 잘 보이지 않는다.

K는 고개를 들어 아까의 유리 돔을 찾는다. 하늘은 이제 차츰 여린 주홍빛을 띠어가고 있다…… 저녁, 그리고 그렇게 차츰 붉어지다가 어둠에 휩싸이게 될 것이다. 유리 돔은 보이지 않는다. 안 선생님,

안 선생님이 어디 계실 텐데…… 일곱난쟁이가 빈터 곳곳을 기웃거린다, 샐리가 또 없어졌어.

의족을 단 듯한 한 사내가 절룩이며 커다란 박스를 빈터 한가운데로 끌고 온다. 사내들이 입은 셔츠를 가까이서 보니 물댄동산이란 문자는 커다랗고 잎이 아주 많이 달린 나무들이 획 하나씩을 이룬 형상으로 씌어 있다.

그 그림 문자들 아래로 진초록의 섬 같은 것이 붕 떠 있다.

의족을 단 사내가 누런 종이 박스를 벗기자 옛 국민학교 음악실에서 보던 풍금 같은 것이 여려지고 있는 태양의 잔광 속에 불쑥 드러난다. 어머, 희가 신기하다는 듯 외친다,

저게 뭔지 알아? 풍금?

아니, 하프시코드야. 일곱난쟁이가 빙그레 웃으며 희를 쳐다본다. 넌 그걸 어떻게 알았어? K의 물음에 희가 고개를 갸웃한다, 글쎄,

내가 그걸 어떻게 알았을까? 하더니 자기가 그걸 어떻게 알았는지 정말 궁금하다는 듯이 다시 한번 고개를 갸웃한다.

그 뒤로 줄을 잇듯이, 처음 것과 똑같이 생긴 박스들이 빈 터 곳곳에 놓이기 시작한다. 셔츠 입은 사내들이 그 박스들을 풀어 그 안에 들어 있던 것들을 주섬주섬 바닥에 꺼내 늘어놓고 있다. 소중한 것을 다루는 듯 동작은 조심스럽지만 사내들의 얼굴은 즐거움, 환희 같은 것으로 달아올라 있다.

사내들 너머 채마밭들 너머 전나무 숲 울창한 작은 언덕 너머 빽빽한 전나무 숲 수관들 너머 하늘이 희부옇게 여린 주홍빛을 띠면서 어두워져가고 있다. 어머, 희가 감탄이 어린 눈빛으로 사내들의 하는 모양을 바라보고 있다, 어머, 무슨,

마술사 아저씨들 같지? 희가 사내들과 같은 즐거움, 환희에 찬 목소리로 K에게 속삭인다. K는 희의 두 눈동자에 박스의 마술사들이 물그림자인 양 맑고 환하게 어리는 것을 본다.

사내들은 이제 K도 드물지 않게 보아왔던 여러 종류의 악기들을, 반원을 이룬 의자들 앞에 하나씩 하나씩 배열해놓고 있다. 친구들은 모두 어리둥절한 표정이다. 이제 의자들과 함께 반원을 이루게 된 악기들이 그들 모두를 어디론가로, 아득한 1981년의 어디론가로 이끌어가고 있다. 히힛, 하고 손오공이 쓸쓸하게 웃는다, 이젠

안 선생님하고 샐리만 있으면 다 갖춰지는 거구먼.

K는 반원 앞 단상에 서 있곤 하던 아직 젊었을 때의 안 선생님을 떠올려본다…… 그리고…… 희고 통통한 얼굴의 빨간 입술을 한 분홍 드레스를 걸친 어린 샐리가 반원의 중앙으로 천천히 걸어 나온다, 높고 째지는 듯한 목소리로 고아들의 노래를 읊조리면서……

비브라폰의 은빛 금속관들에 부딪혀 튕겨 나온 광선이 찰

랑찰랑 K의 눈을 어지럽힌다. K는 한때 자기 손에 쥐어졌던 우유병 속의 유리구슬들을 보듯 한 테이블 위에 놓인 여러 요령을 본다. 케틀드럼 한 쌍이 그 옆으로 실려 오고 틴 드럼도 채 한 쌍과 함께 그 옆 흐릿해져가는 잔광 아래 자리를 잡는다…… 봉고, 스네어 드럼, 그리고 베이스드럼이 차례차례 놓인다. 친구들은 그 광경에 신기하다는 듯 눈을 떼지 못한다. 실로폰이 놓이고 테이블들 위엔 그보다 작은 악기인 딸랑이, 휘슬, 피리 등이 놓인다.

굉장한데? 집없는소년이 씁쓰레하게 중얼거린다. 우리 때랑은 말도 못 하게 발전했는걸, 마이티마우스가 K를 툭 치며 말한다. 그래, 그 시간이 얼만데.

그래도 딸랑이랑 휘슬은 그대로인걸?

내가 지금 하고 있는 음악 수업보다 악기들이 더 나은걸, 일곱난쟁이가 중얼거린다.

정말 이제 안 선생님이랑 샐리만 있으면 다 되겠구먼, 그렇게 친구들은 한마디씩 한다.

악기들이 다 놓이자 셔츠의 사내들이 의자에 앉기 시작한다. 자리를 잡고 나서 각자 자기 앞에 놓인 악기들의 위치를 조정한다든가 조율을 한다든가 하고 있다. 셔츠 입은 사내들의 반 정도는 아까 빈방에 있었던 그들, 사내들의 가족 같아 보이는 사람들 사이에 끼어 선다.

갑자기 사람들이 술렁인다. 친구들은 술렁이는 쪽을 향해 고개를 돌린다. 빈터의 저편, 목련 산울타리 어딘가에서 백발의 살집 좋은 한 사내가, 샐리와 걸어 들어오고 있다. 사내와 샐리, 둘 다 물댄동산 셔츠를 걸치고 있다. 저런,

하얗게 세셨어, 손오공이 소리친다.

백발 사내의 희고 후덕해 보이는 살진 얼굴이 사내를 둘러싸고 모여드는 사람들 어깨 새로 언뜻언뜻 비친다. 안 선생님이야, 마이티마우스가 튕기듯 그쪽으로 뛰어가려 하자 집없는 소년이 팔을 잡아끈다, 아직. 마이티마우스가 사내 쪽으로 연신 손을 흔들어댄다.

옴폭 파인 사내의 깊고 맑은 두 눈이 친구들 쪽에서 문득 멈춘다. 봐,

보셨어, 마이티마우스가 외친다. 사내가 친구들 쪽에 대고 고개를 끄덕인다.

좋아 보이시는데? 일곱난쟁이가 환히 웃으며 중얼거린다. 안 선생은 곧 친구들에게서 눈을 거두고 반원의 앞쪽에 놓인 하프시코드 앞으로 걸음을 옮긴다. 지나치게 느리지도, 지나치게 빠르지도 않게…… K와 친구들이 기억하듯이.

걸음을 옮길 때마다 셔츠가 출렁거릴 정도로 살집이 좋아졌다. 희고 발그레한 두 뺨이 사람들의 인사를 받을 때마다 빙그레 미소를 짓는다.

이게, 꿈일까? 뽀빠이가 너스레를 떤다.

안 선생은 이제 하프시코드에 앉아 고개를 숙이고는 뭔가를 들춰 보고 있다. 그 역시 친구들에게 낯익은 모습이고 아마도 그것은 악보일 터이다. 빈방에 있던 사람들은 반원에서 좀 떨어진 자리로 모여 선다. 짧게 머리를 밀고 똑같은 물댄동산 셔츠를 입은 사내들과 안 선생이 자리를 잡고 조용해지자 한 사내가 반원 앞으로 걸어 나온다. 역시 셔츠 차림이다.

사내가 꾸벅 인사를 하자 사람들이 가만가만 박수를 친

다…… 다 아실 테지만, 사내가 들릴락 말락 한 소리로 이야기를 시작한다.

……오늘은 우리 물댄동산 수목원의 정기 가족 모임 날이자 첫번째 연주회 날입니다…… 기다리던 날이죠. 저희 모습을 굳이 밖으로 내보일 필요는 없을 거란 의견도 있었지만, 오랫동안 저희 물댄동산만의 작은 즐거움이었던 이 연주를…… 드러내 보이기로 했습니다.

귀를 즐겁게 하는 음악은 아니지만 이 연주가 저희에겐 소중한 것이라 저희 스스로 아끼고 있습니다.

우리 물댄동산 수목원은…… 수목원입니다. 다만 원생들 간의 반목만 가져오지 않는다면 사적인 신앙 행위는 자유입니다.

우리 물댄동산 수목원은 아시다시피 어떤 행태로든 사회에서 일상생활을 해나가는 데 심리적·정신적으로 불편을 겪고 있는 사람들이 잠시 머물며 안정을 취하는 재활원의 역할도 해왔습니다.

병동을 거쳐 어찌어찌해 예까지 흘러들어 오게 된 우리 원생들끼리 그냥 그렇게…… 안정을 취하고 음악을 하며 채소를 키우고 나무를 가꾸는 곳이 바로 이 물댄동산이란 말씀입니다. 아,

저를 예로 들어 말씀드릴 것 같으면…… 1980년에 발병해서 쭉 병동에 있다가 몇 해 전 이 물댄동산으로 옮겨 와 생활하기 시작했습니다…… 저한텐 환후 증세가 있었는데 사람 썩는 냄새가 지독히 났던 거죠…… 사람이 죽어 그 살 썩는 냄새가 견딜 수 없이 지독하게…… 저는 제대로 생활해나갈 수가

없었던 것입니다. 발작도 일으켰고, 재발도 열댓 번 했을 거예요…… 결국엔 병동에서 장시정좌불능증이란 약물 부작용까지 얻었죠.

하지만 여기 물댄동산에서의 몇 년 동안은 편히 생활해왔어요…… 신세를 많이 졌지요. 이 물댄동산

꼭, 사람 같습다, 살아 있는…… 오늘 들으실 연주도 제게 큰 도움이 됐어요…… 우리의 여가 활용의 대부분은 바로 이 음악 연주에 쓰이고 있습니다. 축구나 장기 같은, 승패를 가르는 사소한 게임도 우리에겐 치명적인 게 될 수 있기에 승패가 따로 없는 이 물댄동산 연주를 선택했던 것입니다.

아, 물론, 악기 연주 같은 평범한 스트레스도 견디기 힘든 것일 수 있습니다. 저부터도 휘슬에서 지금의 틴 드럼으로 옮겨 온 지 얼마 되지 않은 사람이고요, 하지만 물댄동산에서 우리가 미리 염두에 두어야 할 것이란 다만…… 다 함께 곡을 연주함으로써 어떤 것, 말로 표현할 수 없는 어떤 것을 공유해보자는 그것뿐이지요…… 우리가 직접 기른 채소와 과일로 끼니를 잇듯 말입니다. 우리의 훼손되고 결핍된 부분들을 메워줄 말로 표현할 수 없는 어떤 커다란 힘, 어떤 커다란 체계를…… 우리 스스로 느끼고 연주하고 생성시켜보자는 그것뿐이지요. 치료에 효과적인 한 방법으로써, 효과적인 치료법으로써……

사내가 말을 맺었을 때…… 요령이 흔들리기 시작한다. 천천히 빈터를 가득 메운 정적 속에서 요령이 1~2초 간격을 두고 울린다. 실로폰이 아주 오래전에 잃어버렸던 기억들을 되살려내듯 깜박깜박 울린다…… 사내는 그 박자에 맞추기라도 하는 듯 느린 걸음으로 틴 드럼 앞에 가 앉는다. 사내가 틴

드럼을 어깨에 멜 때쯤 봉고의 둥둥 하는 가벼운 울림들이 둥근 나무통에서 퍼져 나오기 시작한다…… 사내가 채 한 쌍으로 틴 드럼을 두드린다…… 안 선생이 고개를 끄덕인다, 하나, 둘, 세엣,

비브라폰 앞에 앉아 있던 한 사내가 잔광 속에 빛나는 금속관들을 울린다. 친구들의 눈동자가 반짝이기 시작한다. 찰캉찰캉하는 금속성 울림들이 물댄동산 전나무 숲을 흔들어대는 저녁의 바람처럼 사람들을 휩싸고 돈다…… 틴 드럼이 들릴락 말락 한 빠른 리듬을 그 바람 속으로 가져온다. 안 선생이 하프시코드의 첫 음을 누른다. 가냘프고 투명한 휘슬의 음이 한 번 그리고 두 번…… 울린다. 케틀드럼의 울림들이 빈터에 내리는 저녁 어스름처럼 알싸한 나무숲의 저녁 향내처럼 둥…… 둥…… 빈터 전체를 내리덮기 시작한다. 그것을 신호로…… 스네어 드럼과 피리, 베이스드럼과 심벌즈가 다 함께 터져 오르듯 울리기 시작한다. 피리는 하프시코드와 거의 같은 화음을 연주하고 있다…… 점점 울림들이 커지고 있다.

K는 눈에 띄지 않게 조심하면서 한 발을 들어 올려본다. 울림들이 마침내 발바닥에까지 와 닿았다. K는 그렇다고 느끼며 하프시코드 앞에서 가만가만 고개를 끄덕이고 있는 안 선생을 본다…… 맑고 깊게 파인 두 눈이 예전에도 그러했듯이 이따금 좌중을 향해 치켜떠진다…… 베이스드럼이 4분의1박자로 끄덕이고 있는 고개를 따라 깊고 둔중한 울림들을 뱉어내고 있다. 점점 커지고, 일고여덟의 요령이 똑같은 셔츠 차림의 여러 사내 손에서 한꺼번에 울리고 있다. 빈터는 어느 순간 그 울림들로 빽빽이 메워진다. 아빠……

K는 이제 전나무 숲 하늘을 뒤덮은 주홍빛 노을을 본다. 멀리 전나무 수관들이, 가는 잎사귀들과 가지들로 이뤄진 수관들이…… 짜깁기하듯 팔락이는 그늘의 천들을 노을 속에 드리우고 있다…… 빈터를 둥글게 에워싼 채마밭, 언덕, 그리고 전나무 숲이 반향 벽이 되어 물댄동산, 그 불협화음이 이루는 조화로운 체계인 물댄동산을 사람들에게 되울려주고 있다…… 울림들, 그리고 반향된 울림들, K는 다시 한 발을 들어 올려본다. 발바닥을 무언가가, 베이스드럼이나 케틀드럼의 무언가가…… 물댄동산의 알 수 없는 무언가가…… 자꾸 끌어당기고 잡아당기고 있는 것만 같다…… K는 발을 내려놓는다, 아빠……

아빠,

아빠, K는 아버지 두 무릎에 뺨을 얹어놓고 있었다. 파란 창에 흰 구름이 흘러가고 있었다. 파란 창에 흰 구름이 와서

아버지 두 무릎에 흰 시트처럼 씌워지고 있었다. 얘야, 무릎이 너무

가볍구나, 아버지 흰 시트가 들썩이고 있었다. 두 무릎에 커다란 혹이 주렁주렁 매달려 있었다. 아빠, K는 두 무릎에 뺨을 묻었다. 커다란 혹이 K의 뺨처럼 젖어 있었다, 얘야,

파란 창에 흰 구름이 아버지의 복수 찬 커다란 배에 천천히 와 흰 시트처럼 피어오르고 있었다, 배가 자꾸

떠오르려 하는구나, 파란 창에 흰 구름이 어두워가고 있었다. 이제 곧 아빠, K가 말했다, 아빠,

의사 선생님이 오실 거예요. 오시기만 하면. 얘야 하지만,

아버지의 흰 시트 씌워진 입술이 하얗게 타들어가고 있었

다, 난, 의·사·따·원·필·요·없·단·다. 왜?

K가 물었다, 왜? 아버지는 슬리퍼 두 짝을 가지런히 가슴에 끌어안고 있었다. 꾸르륵

꾸르륵 심장이 발작을 일으키고 있었다. 아빠, 왜? 아버지의 퀭하니 뚫린 목에 꽂힌

튜브에서 검붉은 체액이 쿨럭쿨럭 흘러나오고 있었다. 이제 저녁이고 황혼이었다. 파란 창에 저녁의 구름이 빨갛게 흘러내리고 있었다. 아빠,

왜? 이제 어떤 이들의 얼굴과 손과 가슴이 K가 이해할 수 없는 대꾸들처럼 파란 창에

치켜들려 있었다. 치켜들려 K가 이해할 수 없는 질문들을 던지고 있었다. 아빠. 애야,

애야. 아버지의 없는 두 눈이 파란 창에 치켜떠 있었다, 눈이 너무

밝구나, 눈이 너무 환하구나. 아버지의 없는 두 눈동자가 주룩 핏빛의 저녁 구름을 흘리고 있었다. K는 속의 것을 게워내고 있었다. 애야,

의·사·따·원·필·요·없·단·다, 우리에겐 의사 따원 필요 없단다. 아버지는 약물이 흘러 다니는 가늘고 질긴 튜브들로

피가래가 들끓는 자기의 목을 조르고 있었다. 졸린 목에서 부글부글 아버지가 끓고 있었다. 애야,

단단히 목 조르고 옭아매고 숨통을 끊어놓고 있었다, 숨이 너무,

너무 가벼워 없는 듯하구나. 아빠, K는 흰 시트에 덮인 K

가 이해할 수 없는 어떤 질문들이 끊임없이 줄을 이어 복도를 굴러가는 것을 보고 있었다. 아버지 흰 시트의 침대와 또 다른 이해할 수 없는 침대들이

병동 복도를 천천히 굴러 사라져가는 것을 보고 있었다. 아빠,

아빠, K는 거의 울고 있었다, 아빠,

울컥울컥, 아빠, 울컥울컥,

아빠,

아빠, K는 다시 처음으로 되돌아가는 물댄동산 사내들의 연주를 듣는다. 요령의 뒤를 이어 실로폰의 빨갛고 파랗고 노란 음판들이 울리기 시작한다. 봉고, 그리고 하프시코드가 그 여린 음판의 울림에 차츰 선명해지는 리듬과 화음을 실어준다…… 불협화음, 우연과 불확정성뿐인 사내들의 울림이 하나의 체계로 모이고 있다…… 차분하게 한차례 격정이 지난 뒤 쓸쓸한 부드러움으로 차분하게, 조금은 높게 조금은 더 명쾌하게. 그리고 노을은 조금씩 더 붉어진다…… 물댄동산의 숲 속, 땅거미가 둥둥 울리고 있다. K는 격정이 솟구치는, 저녁의 노을로 물들어가는 친구들의 얼굴을 본다…… 사내들이 실로폰과 비브라폰을 비빌 때마다 떨림들이, 둔중한 베이스드럼의 울림 끝에서 에코처럼 여리고 가냘프게 울리고 있다. 그 끝을 가볍게 들어 올리고 있다…… 이제 다시 봉고의 차례가 온다,

세번째 반복 변주…… 그리고 하프시코드가 아이들의 옹알거림, 아이들의 칭얼거림을 흉내 내고 가냘픈 칭얼거림이 정점에 다다랐을 때 봉고가 빠르게 더욱 빠르게 전나무 숲의 캄캄함을 치대고 어르고 있다. 불협화음이, 악기의 울림이 서

로의 훼손되고 결핍된 빈 곳들을 채워줘가며 끝없이 보완해줘가며…… 조화로운 체계를 만들어나가고 있다. 듣는 이들도 그 조화에 맞춰 발장단을 친다. 아이들의 옹알거림, 칭얼거림,

　　이제 네번째 반복 변주다. K는 완연히 붉어진 전나무 숲 하늘을 본다. 붉고…… 그리고 끝없이 흐려지는 결들로 어둠이 퍼지고 있다. 빈터의 모든 악기가 한꺼번에 울린다. 커졌다가 여려졌다가 다시 둔중해지고 가볍게 어둠처럼 떠올랐다가 어느 순간 흠칫 주저앉기도 한다…… K는 이제 고요, 적막을 닮은 클라이맥스가 오고 있는 것을 본다. 악기들이, 각 악기가 어느 것 하나 처지지도 나서지도 않으면서 그러나 어떤 이해할 수 없는 평안과 평온으로 빈터 전체를 울리고 있는 것을 본다. 끊임없이 반복 변주되는 이 합주는 사내들 각자의 무작위, 자발, 자유로운 선택에 의해 이뤄지는 것이지만 그 안엔 조화에 대한 약속들이 깔려 있고 지켜지고 있다…… 그렇게 어느 쪽으로 귀를 돌려도 그 모든 악기의 모든 울림을 감각할 수 있다…… 하나하나의 울림을 각각 그리고 전체, 조화로운 체계인 물댄동산으로서 들을 수 있다. K는 흥분, 격정에 사로잡힌 사내들의 얼굴을 본다. 자기네들이 만들어낸 조화에, 조화로운 체계에 열광하는, 격렬하게 열광하는 사내들의 얼굴을 본다. 클라이맥스다. 붉게, 검붉게 어두운

　　빈터의 어딘가에서부터 이제 샐리가 걸어 나오고 있다…… 샐리가 검붉은 저녁의 휘장을 걸고 빈터로 걸어 나오고 있다. 반원, 조화로운 불협화음으로 둘러싸인 반원의 한가운데로 샐리가 나서고 있다…… 희고 통통한 얼굴에 빨간 입술 그리고 샐리의 두 눈동자는 마치 없던 초점이 되살아난 듯

번뜩인다. 샐리, 하고 누군가 낮게 지르는 탄성을 듣는다, 우리들의 요술공주…… 샐리는 물댄동산 사내들의 중앙에 서서 잠시 그 울림에 귀 기울인다, 울림에…… 입이 벌어진다. 입이, 울림의 클라이맥스에서 입이 떨어진다. 샐리는 이제 가늘고 높고 째지는 듯한 소리, 울림…… 샐리라는 악기가 되어 읊을 것이다. 읊조리고 또 읊조릴 것이다. 아득히, K는 아득히 사라져가는 노을의 캄캄한 꼬리를 본다.

물댄동산이 여기, 한 도시의 외곽으로 빠지는 콘크리트 포장도로 변에 있다. 물을 댄 동산이라 그렇게 불렸는지, 한 움큼 쥐면 흩어질 작은 언덕을 낮은 꽃양배추밭 낮은 파밭 낮은 미나리꽝 들이 휘 두르고 있다. 날이 너무 가물거나 너무 궂을 때면 물댄동산, 그 품의 무엇인가가 물을 뱉고 삼킨다. 전나무 숲이 가운데 솟아 있고 숲은 낮은 채마밭들 가운데서 조금씩 더 푸르러진다, 조금씩 더 치솟는다. 물댄동산 숲
좌로는 작은자교회가 있고 우로는 애닲원이 있다.
애닲픈 이들이 작은자교회를 찾기도 하고 작은 자들이 애닲원을 찾기도 한다.
물댄동산에는 다리 절뚝 노인네나 중풍 든 노파가, 속병 든 실업자 중년이 볕을 쬐거나 녹슨 관절을 쉬러 온다. 낮은 걸상이나 가슴이 휑 뚫린 평상에 앉고 눕는다. 작은 자의 몸으론 애닲픈 이들의 마음으론 견딜 수 없이 무거운 짐 진 자들이 쉬러 온다. 물댄동산 숲, 그들의 몸과 마음이 한 번 더 견딜 수 없을 때 전나무 가지들은 푸른 불을 지피기도 한다. 물댄동산 숲, 짙푸른 공기의 빈 진찰실들을 열어놓고 그들 다친 이들을

둥글게 감싸기도 한다. 물댄동산 숲,

가운데 지핀 푸른 불은 들어가본 이들만이 안다.

다친 몸과 마음들이 그 불을 쬐러 안으로 들어간다.

물댄동산은 그저 물 댄 동산일 뿐이다. 그 한 움큼 쥐면
흩어질 동산에 들어갔다 나오면, 마른 신발은 진흙으로 질퍽
하고 마른 가슴에는 초록 불이 지펴진다. 상한 무릎엔 불꽃 잎
새들이 피어오르고 썩은 가슴엔 떨리는 불꽃들이 봉오리 맺힌
다. 목이 마르면 동산의 수맥을 빨면 되고 숨이 마르면 동산의
공기들을 짓씹으면 된다. 물댄동산 숲, 그것은 다친 이들에게
로 흘러온다. 물댄동산은

불러본 이들만이 안다. 낮은 숲으로 내려가 그것을 부르면,

이쪽으로 흘러오는 그것의 낮고 낮은 물소리 들린다.

내 펼쳐 든 두 손이 내 펼쳐 든 가슴이 환히 젖어든다.

누가 지핀 짙푸른 불인가, 당신 이렇게 낮고 낮은 데 계신
가, 가까운 데 계신가.

샐리가 계신가, 계신가, 하고 몇 번 읊조리자 심벌즈가 허
밍처럼 뒤를 따른다. 봉고, 그리고 하프시코드가 리듬과 화음
의 종결부를 처리한다…… 날은 어두워졌다. K는 빈터를 둘러
싼 산울타리 곳곳에 박힌 라이트들에 불이 들어오는 것을 본
다. 샐리가 읊조리기를 멈추자 연주도 차츰 잦아들더니 희붐
한 불빛들 속으로 사그라든다. 샐리가 길게 허리를 굽힌다. 박
수 소리가 가만가만 울려 나온다.

봤어? 괜찮지?

우리 때랑은 격이 다른데? 격? 그렇게 한마디씩 하며 K와

친구들은 어수선해진 사람들 새를 헤집고 있다.

안 선생은 하프시코드가 놓인 그 자리에 앉은 채로 사람들의 인사를 받고 있다. 즐거움에 찬 발간 두 뺨이 사람들 허리춤 새로 언뜻언뜻 드러난다.

일곱난쟁이, 뽀빠이, 친구들이 차례차례 안 선생 앞으로 나아간다. 그들의 뺨들이 발그레함으로 빛난다. 집없는소년이 쭈뼛쭈뼛 맨 뒤를 따른다. 일곱난쟁이가 맨 먼저 안 선생 앞에 선다.

친구들은 어떤 말을 꺼내야 할지 모르는 듯 입술만 적시고 섰다. 뽀빠이가 한참을 주저하더니 저, 뽀빠이예요, 하고 입을 연다.

안 선생은 아무 대꾸 없이 미소만 함빡 머금는다.

모르시겠어요? 일곱난쟁이 그리고 딱따구리, 안 선생님, 일곱난쟁이가 무릎과 허리를 굽혀 안 선생 가슴 가까이에 얼굴을 갖다 댄다. 다 왔어요, 마이티마우스, 안 선생님. 손오공이 두 손을 모으며 무릎을 굽힌다. 저희예요, 다 왔어요. 하지만 안 선생은 웃어 보일 뿐 말이 없다.

모르시는 걸까? 집없는소년이 나직이 실망한 투로 중얼거린다.

안 선생의 희고 살진 손 하나가 일곱난쟁이의 머리 위로 올려지고 있다. 희고 살진 나머지 손 하나가 손오공 머리 위로 올려지고 있다. 친구들은 흠칫 놀란다.

안 선생의 두툼하고 흰 손들이 그 둘의 머리를 쓰다듬고 있다. 안 선생님…… 마이티마우스가 저도 모르게 탄식처럼 중얼거린다. 안 선생의 한 손이 길게 뻗더니 K의 붉어진 뺨으로 향한다. K는 가만히 허리를 굽혀 그 손에 뺨을 갖다 댄다. 거친, 굳은살 박인 안 선생의 손바닥이 천천히 K의 뺨을 쓰다듬기 시작한다. 세상에…… 뽀빠이가 얼른 다가와 선다. 왜

말씀이 없으신 거예요? 집없는소년이 안 선생의 손등에 제 손을 얹으며 묻는다. 다 왔어요, 저희예요, 집없는소년은 거의 울먹이고 있다, 정말로.

라이트가 몇 개 광선의 원을 빈터에 드리우고 있다. 그 원들이 겹쳐지는 환한 한가운데 자리에 안 선생의 미소가 놓여 있다. 환하다 못해 폭발할 듯한 안 선생의 희고 살진 얼굴이 그 자리에 놓여 있다. K는 안 선생의 가는, 이제는 늙었지만 혈색 좋은 입술을 본다. 열릴 듯 열리지 않는 그 입술을 본다. 그리고 안 선생은 그렇게 달싹이기만 할 뿐인 입술은 그냥 놓아둔 채 K와 친구들의 다 큰 머리통들을 쓰다듬고만 있다. 안 선생님……

사람들은 물댄동산 원생들과 삼삼오오 모여 이야기를 나누고 있다. 와자그르르한 소리가 빈터에서 터져 오르고 있다. 가족 모임이라 했지…… K가 중얼거린다. 가족…… K는 주위를 두리번거린다, 샐리만 있으면 우리도 가족의 모양을 띨 텐데…… 몇몇 원생과 함께 샐리가 친구들 쪽으로 오고 있다.

피곤하시죠? 샐리가 다짜고짜 안 선생에게 묻는다. 안 선생이 고개를 끄덕인다.

알아보시겠어요? 하지만 안 선생은 미소만 지을 뿐 반응이 없다.

멀리서 찾아온 애들이에요…… 아주 멀리서, 샐리가 안 선생의 한 손을 쥐어 마이티마우스의 뺨에 올려놓는다. 다 컸

어요…… 예전의 코흘리개들이 아니에요…… 안 선생의 손이 마이티마우스의 뺨을 부드럽게 쓸고 있다.

그래요, 괜찮아요, 샐리가 눈물을 글썽인다, 괜찮아요…… 뭐, 저도 못 알아보는걸요. 저도 이 아이들을 볼 수 없는걸요…… 그러더니 일어서서 친구들에게 미안해…… 한다. 그들은 영문을 모르겠다는 듯 샐리를 쳐다본다.

들어가실래요? 샐리가 다시 묻는다.

안 선생이 고개를 끄덕이더니 일어나 지나치게 빠르지도 지나치게 느리지도 않은 걸음걸이로 사내 둘과 함께…… 깜깜한 산울타리 쪽 어딘가로 사라진다.

친구들은 이러지도 저러지도 못하고 그 모양만 넋 놓고 바라보고 있다. 안 선생의 살집 좋고 부드럽게 휘어진 등이 완전히 보이지 않게 되었을 때, 문득 놓았던 정신을 되찾으며 K가 묻는다, 어떻게 된 거야?

샐리의 여린 갈색의 두 초점 없는 눈이 안 선생이 사라진 쪽으로 깜깜하게 박혀 있다. 샐리가 중얼거린다, 기억과…… 말을 잃으셨어……

기억나니, 그때? 우리가 공상할 수 있는 것보다 훨씬 더 끔찍한 일들이 벌어지곤 하던

그때, 우리가 방아깨비를 짓이기고 개미집을 부수는 것보다 더 끔찍한 일들이 벌어지곤 하던 그때. 벅스버니가 적송 숲에서 비둘기들을 굽고 시궁쥐의 껍질을 벗겨 작고 새하얀 해골 목걸이를 만들어주던 것보다 더 끔찍한 일들이 벌어지곤 하던

그때, 기억나니? 그때 우리가 배웠던 것이 무엇이었을까, 고아들의 노래. 그때 그것을 우리가 누구로부터 배웠던 걸까, 안 선생님. 그때 안 선생님은 무엇 때문에 그것을 가르치려 그토록 애쓰셨던 걸까,

그때 안 선생님껜 무슨 일이 있었던 걸까, 무슨 일이 있었기에 저토록 말과 기억까지 모두를 잃으셨던 걸까.

교무실에서 교사 회의에서 주임 선생 앞에서 교장 선생 앞에서 무슨 일이 있었기에 저토록 그때의 전부를 잃으셨을까. 샐리, 일곱난쟁이, 딱따구리, 우리가 감히 들여다볼 수 없었던 교무실, 육성회실에서, 그 안 보이던 방에서 과연 무슨 일이 있었기에

저토록 그때의 기억들까지 잃으셨던 걸까, 마이티마우스, 뽀빠이, 집없는소년, 손오공, 그때의 모두를 잃으셨을까,

기억나니, 그때? 우리가 다니던 그때의 학교 주임 선생.

조례가 시작되기 전 단상에 먼저 올라가 우리 아이들을 침묵하게 했던. 주목이라는 구령으로 시작해 끝에 쇠뭉치를 단 교편으로 단상의 둘레를 한번 쭉 훑는 것으로 아이들을 모두 침묵하게 했던.

쇠뭉치가 단상을 갉아 먹을 듯 씹어 먹을 듯 긁고 지나가는 그 소리에 침묵하던 우리를.

기억나니? 그때 그 소름 끼치는 으르렁거림, 으르렁거림의 주인을,

주임 선생을 기억하니? 우리 학생들의 대열 맨 끄트머리에서도 들을 수 있었던, 맨 끄트머리까지 울려 퍼지던. 그래, 그랬기 때문에 우리는 그가 원하는 것이 무엇인지 정확히 알

수 있었지, 그 행위로 주임 선생은 우리가 지금 무엇을 해야만
하는 것인지 정확히 주입시키곤 했지. 침묵,

침묵, 그리고 우리는 그 교편에서 무엇을 보았지, 벌? 벌
칙? 매? 손바닥을 잘라내는 듯한 아픔? 아니면 우리가 공상할
수 있는 것보다 더욱 끔찍한 그 무엇?

기억나니? 그때, 1981년.

주임 선생과 안 선생님, 그 사이에서 우리가 우연히 목격
한 몇 번의 실랑이. 우리가 수업하고 있을 때마다 음악실 창
너머에서 안을 기웃거리던 주임 선생의 시뻘건 두 눈, 기억나
니? 꼭 술 취한 사람 같았지, 술 먹고 꼭지까지 돌아버린 사람
같았지.

왜 그따위 노래를 부르게 하는 거요? 주임이 안 선생님을
쏘아붙였지, *왜 교과서의 노래를 부르게 하지 않소? 요즘 세상
이 어떤 세상인 줄이나 아시오?* 주임이 안 선생님의 목줄띠를
따버릴 듯 으르렁거렸지. *새끼가 미쳤나?*

기억나니? 그때, 1981년. 안 선생님의 턱 밑을 지그시 찍
어 누르던 교편, *교과서 노래, 참 좋지 않소?* 어린애들에겐 어
린애들에게 맞는 노래가 있는 법이오, 주임의 쇠뭉치 달린 교
편이 안 선생님의 울대뼈를 꾹꾹 짓누르던.

그런 실랑이들이 몇 번이나 더 있었을까? 그런 일들이 반
복되고 자꾸 반복될수록 안 선생님은 더욱 말을 잃어가고……
조금씩 조금씩 더 나 샐리에게 큰 소리로 고아들의 노래를 읊
으라고 시키셨지.

기억나니? *도대체 뭐가 문제란 말이오? 그저 단순히 부모
없는 아이들의 이야기일 뿐인데.* 큰 소리로…… 더욱 사납고

앙칼지게 내지르라고 내게 시키셨던 것. 이 음악이 뭐가 괴상하다는 것이오? 저 광선으로 들끓어 오르는 커다란 운동장까지 고아들의 노래가 다 울리도록.

기억나니? 부모 없는 애들이란 어디에나 있는 것이고, 그런 음악들이란 동네 레코드점에서도 구할 수 있는 종류의 것인데? 안 선생님의 눈빛도 점점 주임을 닮아가고 있었지. 뭐가 반항이고, 비상식이란 말이오? 주임 선생을 빼닮아가고 있었지. 내가 왜 빌어먹을 당신의 지시에 따라야 한다는 말이오? 안 선생님 역시 이미 제정신이 아니셨던 걸까?

제정신이 아니셨던 걸까? 하지만, 기억나니?

실랑이들이 있기 훨씬 전부터 안 선생님은 울음을 삼키며 음악실에 혼자 앉아 계시곤 했었지······

그 커다란 눈에서 떨어지던 눈물방울들을 우린 잊을 수 없었지, 그렇다면

우리가 우리의 나이에 어울리지 않게 날마다 생활의 막막함이란 무엇일까, 삶의 견딜 수 없음이란 무엇일까에 대해 배우고 있었던 그때,

안 선생님은 그렇게 울음을 삼키며 그보다 더 끔찍한 어떤 것을 배우고 계셨던 걸까? 하지만

들려줄까? 그 1981년, 무슨 일이 또 있었는지. 교사 회의에서인가 육성회에서인가 본격적으로 압력이 가해졌지,

안 선생님을 불러다 놓고 다그쳤지, 이렇게, 당신 맛 간 사람 아니냐, 우리 전부 물 먹이려는 셈 아니냐, 이 새끼야.

기억나니? 어느 날 음악실 안으로 뛰어 들어와 안 선생님 보는 앞에서, 바로 우리 보는 앞에서 고래고래 소리 지르며

제 자식들의 손목을 부여잡고 밖으로 질질 끌고 나가던 육성회 엄마 아빠 들…… 보는 우리도 끌려 나가는 우리도 무서워 울음을 터뜨렸지, 알겠니? 우리의 어린 시절이란 다 그렇게 참혹하고 추악하고 끔찍한 것들이어야만 했을까?

　이 미친 새끼야, 우리 아버지 말씀이지, 당시 육성회장을 맡고 계시던 이젠 육순을 바라보시는 우리 아버지 말씀이지, *이 개새끼야*.

　우리 명선이 눈을 어떡할 거야? 명선이가 앞을 못 보게 된 걸 어떻게 책임질 거야, 이 개새끼야, 우리 애를 어쩔 거야?

　그렇듯 비참한 꼴을 당하는 안 선생님을 쯧쯧 하는 눈길로 바라보던 동료 선생들, 잡아먹을 듯 노려보던 교감, 교장, 패 죽일 듯 째려보던 주임 선생. 그리고 또, 무슨 일이 있었더라,

　들려줄까? 동료 간의 우애 대신에 동료 선생님들이 뭐라 했는지, *당신 때문에 우리도 선생질 못 해먹겠다. 우리까지 쫓겨날 판이다, 당신,*

　그만둬라, 만약 그러지 않으면 우리가 대신 그만두겠다, 차라리 우리 모두가 때려치우겠다. 그러면서 안 선생님 코앞에 한 묶음 두둑이 되는 사표 뭉치를 집어 던졌던 게지.

　우리가 감히 엿볼 수 없었던 경외의 두려움의 호기심의 놀이의 공간이었던 교무실에서, 육성회실에서. 하지만 그때

　안 선생님은 아무 대꾸도 없이 책상에 앉아 조용히 사표를 써냈지. 그러곤,

　처음부터 거짓 사표 거짓 약속 거짓 담합, 당신 자신이 속한 세계로부터 당신 자신에게로 행해진 협박, 당신 자신이 속한 세계로부터 당신 자신에게로 저질러진 치명적인 훼손이었

던 그 종이 뭉치를 조용히

　당신의 진짜 사표와 함께 동료 선생들에게 되돌려주었던 거지,

　기억나니? 안 선생님의 그 한없이 잦아들어가던 겁먹은 목소리…… 흰빛으로 타들어가던 그 겁에 질린 입술……

　알겠니? 우리 아버지 말씀이시지, 병상에 누워 매일을 거짓으로 참회하며 보내시는…… 안 선생님은 그렇게 말과 1981년 한 해의 기억을 모두 잃으셨던 거야. 내가 눈을 잃었던 것처럼 또 벅스버니가 목숨을 잃었던 것처럼.

　불 밝혀진 빈터에는 이제 회식 판이 벌어져 있다. 원생들과 그 가족들이 좀 전까지 악기들이 올려져 있던 자리에서 서로 뒤엉켜 소동을 피우고 있다. K와 친구들은 얼이 빠진 채 우두커니 그 자리를 떠날 줄 모른다. 알겠니, 하고 샐리가 다시 입을 연다, 안 선생님은 아마……

　견디기 위해 말과 1981년의 모든 기억을 당신 스스로 지우고 게워내셨을 거야. 견디기 위해, 그래서 1981년의 나도 너희도 이미 당신 속엔 없게 된 거야, 내가 너희를 내 눈으로 보지 못하듯.

　1981년 그 한 해만? 그래, 오직 그 한 해만.

　그리고 우리도…… 우리 역시 너무도 많은 새로운 과목을 배워야 했지, 누구도 친절히 정확히 가르쳐줄 수 없었던.

　……뭘 할까? 뽀빠이가 눈을 내리깔며 말한다.

　뭘 할 수 있을까? 일곱난쟁이가 손목시계를 내려다본다, 늦은 시간은 아닌데……

글쎄, 손오공이 충혈된 눈으로 왁자지껄한 사람들을 물끄러미 쳐다본다, 다 끝난 건가? 아직 멀었나? 집없는소년이 희부옇게 가볍게 머리 위로 떠올라 있는 하늘을 올려다보며 말한다, 글쎄, 우리…… 그때처럼…… 다시 노래 부를 수 있을까?

희? K가 갑자기 나지막하게 소리 지른다. 희? K가 당황한 듯 사방을 돌아본다, 어딨지?

K가 복도를 내달리고 있다.

복도는 두꺼운 캄캄함에 꽉 막혀 있다. 램프들은 더욱 띄엄띄엄 켜져 있고 K는 캄캄함을 똑바로 쳐다보기 위해 자꾸 손등으로 눈을 씻는다. 헐떡이는 박동들이 K의 가슴을 친다. 제기랄, 하고 내뱉으며 K는 층계를 뛰어오른다. 층계를 올라 마주치는 복도마다 희의 흔적이 있는지 찬찬히 둘러본다.

K는 몇 번씩이나 몇 개씩이나 층계들을 오르내리며 희의 흔적을 찾는다. 어딨지? K는 콱콱 막히는 숨을 느끼며 내처 달리고 있다. 하지만 이젠 어느 복도가 이미 들여다본 복도인지, 어느 층계가 이미 거쳐 간 층계인지 알 수 없게 되어버렸다.

숨찬 K의 두 눈에 비치는 복도들은 서로 엉켜 있고 일그러져 있고 K가 이겨낼 수 없을 것 같은 캄캄함으로 꽉 틀어막혀 있는 듯하다…… K는 이제 아무것도 알 수 없다.

……얘야, 그건 반드시 텔레비전 브라운관 속의 장난꾸러기 새만은 아니란다…… 그건 가짜가 아니란다. 얘야, 딱따구리는…… 실제 있는 실제 악몽의 또 다른 그림자란다……

빌어먹을 딱따구리놈들…… K는 중얼거린다, 어떻게 우

리는 10년도 더 지난 안 선생님의 말씀들을 기억하고 있을 수 있는 걸까? 어떻게 그 말씀들이 우리 안에 전부 남아 있는 걸까? 안 선생님 자신도 기억 못 하는 걸…… 빌어먹을,

빌어먹을 딱따구리새끼들! K는 소리를 지른다…… 소리는 복도를 울리며 허밍처럼 에코처럼 서로 뒤엉키고 일그러져 뭉개진 채로 K에게 돌아온다. 무릎이 꺾이고 K는 주저앉는다. 땀이 뚝뚝 떨어져 카펫에 한 번 더 검은 물을 들인다. 고개를 들었을 때 멀리, 희미하게 도란대는 소리가 들려온다. 무릎을 편다. 얘야, 나가서 골목을 쓸어라,

나가서 골목을 쓸어!

……엄마, 하지만 오늘은 드러그 홀리데이예요.

K는 일어나 목소리들이 흘러나오는 쪽으로 돌아선다. 복도 어딘가에 나 있는 층계 위쪽에서 흘러나오는 소리다. 엄마,

드러그 홀리데이에는 골목을 쓰는 게 아니에요.

천만에! 막 변성기가 지난 듯한 사내애의 목소리다, 골목을 쓸지 않으면 약을 먹게 할 테다.

하지만 엄마가 의사 선생님 말씀을 잘 들으라고 했잖아요, 희의 목소리다.

물론이지, 의사 선생님의 말씀을 어겨선 안 된다! 빌어먹을, K는 복도 어딘가에 난 그 층계를 천천히 오른다. 두 무릎이 떨린다. 층계 위 빠끔히 열린 철문이 보이고 그 열린 틈으로 희미한 광선이 목소리들과 함께 흘러내리고 있다.

K는 주저주저하며 철문을 연다. 희미한 광선 아래 검은 두 그림자가 서로 엉켜 있다. 의사 선생님 말씀을 어기면 한 달 내내 골목 청소를 시킬 테다! 사내애의 목소리다. K는 고개

를 든다. 얼키설키 엮인 검은 격자무늬 그림자들이 거대한 반원을 그리며 공중에 붕, 어지럽게 떠 있다. 유리 돔일까?

아까의 유리 돔일까? K는 새카만 두 그림자를 향해 눈을 깜박인다. 그럼 어떻게 골목을 쓸어! 희의 목소리가 거의 울먹이고 있다. K는 고개를 든다. 공중, 격자무늬들 새로 둥글고 흰 달 하나가 떠 있다. 달의 표면에도 십자 모양의 새카만 그림자 하나가 어지럽게 일렁이고 있다. 광선이 하얗게 얼어붙은 듯하다…… K는 옅은 구토감을 느낀다, 빌어먹을……

K는 중얼거리며 두 그림자를 향해 다가간다. 고개를 저으며 K는 라이터를 꺼내 든다. 라이터의 불꽃을 댕긴다…… 번쩍, 희의 얼굴이 비쳐 든다…… 번쩍, 짧게 머리를 민 사내애의 얼굴이 비쳐 든다…… 번쩍, K는 한 발짝 물러선다. 사내애는 아까 친구들을 빈방으로 안내했던 그 아이다. 번쩍, 희와 사내애가 K를 향해 웃고 있다…… 번쩍, 희의 웃는 얼굴이 노랗게 드러난다…… 번쩍, 사내애가 이가 다 드러나도록 웃고 있다…… 번쩍, K는 크게 숨을 몰아쉰다…… 번쩍, 스파크가 공중에 인다…… 스파크가 인다.

너 그런 눈으로 날 쳐다보지 마, 희가 정색을 하며 K에게 종알댄다.

뭐? K가 되묻는다.

엄마, 희가 사내애에게 말한다, 이제 그만 돌아가서 자도 되는 거지?

사내애가 말한다, 그러렴. 하지만 반드시 골목을 쓸어놔야만 해! 내일 아침 내가 자리에서 일어나기 전까지!

샐리는 다시 분홍빛 세일러복 차림이다.

우리가 뭘 하기로 했는지 알아? 뽀빠이가 희를 데리고 내려온 K를 향해 유쾌하다는 듯 깔깔댄다.

응?

우리가 어딜 가서 뭘 하기로 했는지 말이야, 마이티마우스가 샐리의 어깨를 감싸 안으며 말한다. 샐리는 불안한 얼굴 기색을 하고 있다. 자, 증명해보자고, 집없는소년이 피식 웃는다, 어른이 되었다는 걸 말이야.

증명은 무슨…… 일곱난쟁이가 안경을 벗어 닦으며 불안하게 두 눈을 깜박인다.

난 맘에 안 내켜! 일곱난쟁이가 짧게 끊어 말한다.

겁쟁이! 뽀빠이가 키들댄다. 넌 무슨 걱정이 그렇게 많니? 마이티마우스가 혀를 끌끌 찬다, 애늙은이!

다 함께 가기로 했어, 샐리까지. 너도지? 뽀빠이가 말한다.

K가 알았다는 듯이 고개를 끄덕인다…… 바라던 바야, 정말, K가 눈두덩이 새카매져 있는 희를 내려다보며 말한다.

슈퍼아빠 슈퍼엄마

알아? 이제, 이 빌어먹을 하루도 거의 끝나가는구나, 알아?

우리는 스며들었어, 이 중심가의 심층, 지하철로, 알아?

야간 지하철로, 우리가 온 거야, 마침내 이 대도시의 심층까지.

알겠어? 아가리는 닥치는 게 좋을 거야. 거기, 핫팬츠도 가랑이는 닥치는 게 좋을 거야. 저 늙은 주정뱅이,

그래, 창자를 다 긁어내줄까? 저 과로와 누적된 스트레스의 부대 자루, 쭈글탱이 중년 외판원, 너도 지하철 창밖으로 던져버려줄까? 알아?

우리가 왔어, 이 야간 지하철의 거친 순례자들, 딱따구리들,

좌석들은 타액과 토사물로 질퍽하고 승객들은 저마다 목덜미를 꺾으며 흥건히 좌석 밑으로 흘러내리는구나. 안전 유리창마다 흘러내리는 저 걸쭉한 영면(永眠)의 얼굴들.

새끼들아. 비곗덩이 중년이 아랫배를 출렁이며 주먹을 휘

두르는데? 새끼들아, 여긴 너희 놀이터가 아니다. 어, 늙은 주정 뱅이도 비칠비칠 쇠지팡이를 휘두르는데? 새끼들아, 꺼져라,

여긴 야간 지하철이다. 넥타이 맨 귀가족 한 놈도 끼어드는데? 새끼들아, 우린 안전과 안녕의 선점자, 야간 지하철 탑승자들이다. 하지만 알아?

우리는 딱따구리들이다, 알아? 우리에겐 단지 부리를 꽂고 흔들어댈 누군가가 필요할 뿐. 우리는 마구 고함을 질러대며 끝도 없이 어슬렁댈 뿐이야, 조심하는 게 좋을걸?

어디로 달리든 이 미친 듯한 야간 지하철, 운행은 마침내 정지당하고 터널은 무너질 것인데! 알아?

승객들은 벌써 껍질 벗긴 고깃덩이들처럼 공중에서 출렁대고 보지와 똥구멍에서 악취 나는 핏덩이들을 쏟고 있구나. 불알과 자지가 한꺼번에 썩어 문드러지고 있구나. 안전 유리창마다 핏빛 아가리들이 달라붙어 이렇게 아우성치고 있구나.

제발, 이대로 내버려둬! 제발 이대로! 우리 야간 지하철 승객들의 곤한 잠을 깨우지 말아줘! 하지만 알아? 우리는 각자 자기 자신에 대해 적인 거야,

우리는 각자 자기 자신에 대해 딱따구리인 거야, 이 안녕과 안전의 야간 지하철 역시 자기 자신에 대해

환상과 비현실의 미친 야간 지하철인 거야. 알아? 우리 각자가 자신에게 그러하듯 수백

수천만 년 전부터 그래왔듯이 언젠가

이 야간 지하철도 스스로 자폭해버리게 될 거야, 그 미친 듯한 영원 변주의 터널 속에서! 자, 우리 세 발톱 아래서

귀찮게 구는 맹인 비렁뱅이의 두개골이 박살 나는구나,

골과 검푸른 뇌수가 바닥을 더럽히는구나. 핫팬츠가 사타구니를 움켜쥐곤 바닥을 뒹구는구나. 우리가 쑤셔댄 중년의 똥구멍에서 창자가 비죽 흘러나와 있구나, 알아?

알아? 네 삶으로부터 네가 도망칠 수 없듯이 결코 우리 앞에서 도망칠 수 없다는 걸. 우리 딱따구리들,

발랄한 경고와 미친 저주의 주문을 읊는 거친 순례자들. 알아?

알아? 이 미친 야간 지하철은 결코 멈추는 법이 없는 거야,

모든 종착역의 종착역을 향해, 모든 지하의 지하를 향해 우린 다만 치달을 뿐이야. 알겠어? 우리 딱따구리들에겐

영원 변주의 끝없는 순환 노선만이 존재한다는 사실을.

오늘 하루의 딱따구리 순례는 끝났지만 또 알아? 어느 한순간 이 거대 도시의 심층에서

불쑥 또다시 튀어나올지! 콧물을 질질 흘리고 눈곱을 뚝뚝 떨구며 딱—딱— 재치와 광기로 번뜩이는 부리를 맞부딪치면서.

바로 우리 퐁텐블로 코앞에, 우리 퐁텐블로 면상 앞에! 내일 혹은 바로 모레에.

*

글쎄, 김 선생님 부탁이니, 뭐 어쩔 수 없는 일이지만…… 일곱난쟁이가 경비실 창구에 몸을 기대고선 수위와 이야기를 하고 있다. 그저 이 학교 동문들하고 한번 둘러보려는 겁니다. 하필이면 이런 밤중에…… 수위는 마뜩잖은 표정이다. 정 안

된다면 할 수 없는 일이고요, 일곱난쟁이가 간곡한 부탁이라도 하듯 말한다.

좋아요, 그럼, 폐문하기 전까진 나오셔야 하는 겁니다, 수위가 난처한 표정을 지으며 두 대의 승용차에 나눠 탄 K와 친구들을 흘겨본다. K가 일곱난쟁이 곁에 섰다가 아, 그럼요, 하고 토를 단다. 그럼,

여기에 사인을 해주세요, 수위가 일곱난쟁이에게 출입 장부를 내민다. 장부를 내미는 손끝이 떨리고 있다. 예, 일곱난쟁이가 장부를 잠시 내려다보더니 펜을 꺼내 제 이름을 휘갈겨 쓴다, 됐죠?

친구들은 차를 몰고 운동장을 가로지른다. 라이트가 군데군데 켜 있어, 희부옇고 가볍게 떠 있는 듯한 어둠이 운동장을 채우고 있다. 그들은 교사들을 지나쳐 학교 북쪽 산자락을 향한다.

산자락과 학교 사이를 가로막은 철책 앞에 친구들이 짐을 내려놓는다. 철책 너머 아카시아 숲은 전혀 알아볼 수 없다. 자, 뽀빠이가 랜턴을 흔들어댄다. 랜턴 불빛이 그 검은 숲 중앙을 쭉 가른다. 됐지?

정말, 여기가 숲이 됐단 말이야? 집없는소년이 말한다. 그래, 토질을 싹 바꿔버렸다니까, K가 대꾸한다. 굉장한데, 정말 저 안으로 들어갈 거야? 마이티마우스가 주저하듯 중얼거린다. 검은 아카시아 숲 전체가 웅웅 온통 바람에 쏠리고 있다.

일곱난쟁이는 철책을 걸어 잠근 자물쇠를 따고 친구들은 차 트렁크에서 꺼내 온 짐들을 하나둘씩 어깨에 둘러멘다. 기다란 자루가 달린 해머 둘, 랜턴 일곱 개, 쇠스랑 하나, 그리고

술과 스낵 들을 담은 커다란 봉지가 둘.

자아, 일곱난쟁이가 철책 안으로 한 발을 들이밀고 있다, 아까 낮에 딱따구리랑 지났던 흔적들이 남아 있을 거야, 그걸 찾아보자고. 아카시아나 되니까 이런 데서 견디지…… K가 중얼거린다. 그럼, 손오공이 한숨을 쉬며 말한다, 어련하겠어?

인간을 닮은 식물인데…… 허리까지 올라오는 빽빽한 잡풀들과 덩치 큰 아카시아들 사이사이로 친구들이 흔들어대는 랜턴 불빛들이 이리저리 엉키고 있다. 벌레 우는 소리로 혼란한 검은 숲을 곧게 가르며 일곱 개의 랜턴 불빛이 쭉쭉 뻗어나가고 있다. 놀란 벌레들이 튀는 소리며 마른 잡풀들이 꺾이고 쓸리는 소리가 그들의 귀를 어지럽힌다. 찌르고 쏘아대는 불빛들 주위로 날벌레들이 날아든다. 그들은 2~3미터씩의 간격을 서로 유지하면서 낮에 일곱난쟁이와 희, K가 낸 흔적들을 찾아 이리저리 헤매고 있다. 랜턴 불빛 주위로 어둠이 새까맣게 몰려들어 있다.

여기야, 희가 소리친다. 친구들이 희 쪽으로 모여든다. 희가 비추는 불빛에 양편으로 길게 누운 잡풀들이 드러난다. 맞아? K가 묻는다. 그렇겠지, 일곱난쟁이가 앞장서 잡풀들 사이로 난 낮의 흔적들을 따라가기 시작한다. 샐리의 손을 잡은 마이티마우스를 가운데 두고 그들의 행렬이 검은 아카시아 숲 깊은 곳으로 이어진다. 일곱난쟁이가 외친다, 여기 어디 똥물 웅덩이가 있으니까, 발밑 조심하라고.

어때? 랜턴을 휘두르며 앞서가던 일곱난쟁이가 소리친다, 모교에 다시 온 기분이! 랜턴 불빛들이 숲속을 휘젓고 있다. 너만 하겠어? 누군가 외친다, 어때, 애들은 말 잘 들어? 뽀빠이다. 친구들의 발밑에서 꺾어지고 부러지는 나뭇가지와 잡풀 줄기 들의 소리가 요란하다. 며칠 전에는, 일곱난쟁이가 재게 걸음을 옮기며 말을 잇는다,

칠판에 바흐의 미사곡에 나오는 구절들을 옮기고 있었는데…… 일곱 랜턴 불빛이 아카시아 검은 숲을 직선으로 가르며 찢어놓고 있다. 그래, 이런 구절들이 있었지, *모든 세대에 앞서 나신 외아들이시며*, 숨이 찬지 일곱난쟁이의 목소리가 떨리고 있다, 소프라노 파트야, 목소리가 높아지고 있다, *빛으로 나신 빛이시요*…… *창조되지 않고 나시어*…… 친구들의 숨차 헐떡이는 소리가 랜턴 불빛들의 끝 여기저기서 터져 나온다. *인간을 위해*…… 일곱난쟁이가 랜턴을 공중으로 치켜든다, *구원을 위해*…… 일곱 개의 곧은 불빛이 아카시아 검은 숲 공중으로 쏘아 올려지고 있다, *하늘에서 내려오시어*…… 랜턴들이 검은 숲, 검은 공중에 일곱 개의 커다란 원을 그려놓는다. ……빠졌어.

그런데 말이야.

뽀빠이가 쇠스랑으로 절벽 밑동을 타고 오른 넝쿨을 긁어내고 있다. 소리가 요란하다. 일곱난쟁이가 안경을 벗어 닦으며 말한다, 그런데 말이야, 그렇게 바흐의 미사곡 구절들을 옮겨 적어주고 있었는데……

채 한 줄을 다 못 쓰고 분필이 자꾸 부러져 나가는 거야…… 알지? 똑똑…… 분필 끝이 자꾸 칠판에 눌려 뭉개지면서…… 새하얀 가루들이 떨어져 내리고…… 오후 첫 시간이었는데 말이야…… 넝쿨 줄기 끊기는 소리가 귓전에 웅웅 울려온다. ……힘을 주었다 하면 손가락 끝에서 똑똑 부러져 나가

는 거야.

그래서? 마이티마우스가 어깨에 해머를 둘러메며 일어선다.

난, 왜 이럴까 왜 이럴까 하면서도 분필이 불량품이겠지 하고만 생각했지, 공무원들이란 다 그런 법이야…… 넝쿨을 걷어낸 자리에 반원형의 잿빛 돌벽이 삭아 떨어져 내리고 있는 시멘트가 드러난다. 저거야? 그래. 일곱난쟁이가 하던 말을 멈추고 그래, 한다. 완전히 막아버린 거지.

세상에, 마이티마우스가 해머를 쥐다 말고 한숨을 쉰다. 완전히…… 얼마나 오래된 걸까? 손오공이 해머를 어깨 위로 치켜올리며 말한다, 누가 알겠어? 아무튼 우리가 졸업한 1981년 이후겠지…… 일하긴 쉽겠군. 자, 됐어, 마이티마우스와 손오공이 해머로 낡고 오래된, 오래 세워져 있었던 벽을 두드리기 시작한다. 둔중한 이 숲을 울리고 때리기 시작한다. 검은 돌벽 파편들이 모여 앉은 친구들에게까지 튀어 온다.

친구들이 모아 비추는 일곱 개의 랜턴 불빛이 깨어져 나가는 돌벽에 일곱 광선의 원으로 어린다. 그들의 숨을 멈춘 넋나간 일곱 얼굴이 모두 돌벽을 향해 있다. 해머를 휘두르는 마이티마우스와 손오공의 거친 몸짓들이 커다랗게 절벽 한가득 그림자로 어린다…… 절벽을 타고 흘러내리고 있을 산화철 빨간 폭포의 졸졸 소리가 띄엄띄엄 그 타격음 새로 들려온다.

……그런데 그런 식으로 분필 한 통을 다 분질러먹고 나서…… 아이들이 받아 적는 사이에 생각해보니 내가 손가락에 힘을 너무 준 탓이라는 생각이 드는 거야, 문득…… 해머에 맞아 주저앉은 돌 조각들을 뽀빠이가 쇠스랑으로 힘겹게 긁어내

고 있다. 북북 긁는 소리에 소름이 끼친다. 돌 조각 몇 개가 친구들 발치에까지 굴러온다. 알겠어?

……왜 그랬을까? 전엔 그랬던 적이 별로 없었는데…… 뭣에 그토록 긴장했을까? 일곱난쟁이가 중얼거린다.

그렇게 이런저런 생각을 하며 문득 고개를 들었을 때 아이들이, 필기에 정신없는 아이들이…… K는 돌 조각 하나를 주워 손가락으로 비벼본다. 시멘트 가루인지 돌가루인지 알 수 없는 가루가 부스스 손가락 끝을 간지럼 태우며 떨어져 내린다.

그런데…… 아이들이 빨간색 난쟁이 모자를 쓰고 있는 거야…… 빌어먹을.

난쟁이 모자? 그래, 하면서 일곱난쟁이는 어색한 웃음을 지어 보인다, 빨간 난쟁이 모자를 쓴 채 고개를 까딱거리는 마흔 명의 빨간 일곱난쟁이. 착란이었을까? 발작이었을까? 그래…… 일곱난쟁이의 눈에 물기가 어린다.

볕이 너무 강렬했었지…… 너무 격렬했었지, 그래…… 빌어먹을 일곱난쟁이놈들.

다 됐어, 뽀빠이가 외친다. 그 소리에 일곱 개의 랜턴 불빛이 일제히 동굴을 향한다. 동굴의 검은 속으로 일곱 불빛이 쏜살같이 빨려 들고 있다. 일곱 개의 신음이 일제히 친구들의 입에서 튀어나온다. 불빛들의 끝은 까마득한 동굴 검은 속 어딘가로 먹혀 들어가 보이지 않는다.

일곱난쟁이가 떨리는 음성으로 말한다…… 우리 이제 끝까지 다 온 거야, 저 빌어먹을 일곱난쟁이들의 갱 속까지.

동굴 속에서 불어오는 것인지 어떤 것인지 알 수 없는 차고 알싸한 어떤 바람들이 친구들의 뺨을 치고 때린다.

얘기해봐, 손오공이 컵에 든 소주를 한입에 털어 넣으며 묻는다, 오금이 저린다는 말, 이럴 때 쓰는 거야?

K는 동굴의 입구와 어딘가에 있긴 있을 동굴의 끝, 그 두 지점 사이 어딘가에 술판을 벌이고 있는 자기들을 본다. 자기들이 지금 어디쯤에 있는지는 알 수 없다. 그때처럼 그저 K는 컵을 든다, 어딘가에 있는 거겠지……

입구에서 얼마나 들어온 걸까? 글쎄, 일곱난쟁이가 스낵 부스러기를 탁탁 털어낸다, 그걸 알아뒀어야 했는데,

도망쳐야 할 때 도망칠 수 있을 테니까 말이야. 그 말에 뽀빠이가 킥킥댄다, 그래, 그랬어야 옳았던 게지. 입구가 어느 쪽이었지? 집없는소년이 갑자기 소리를 높인다. 친구들이 놀란 눈으로 주위를 돌아본다. 깜깜하다. 이런, 마이티마우스가 외친다, 또 시작이야! 입구가 어느 쪽이었지?

진정해, K가 피식 웃는다, 이제 그런 일은 일어나지 않아……

술판을 가운데 두고 K와 친구들은 둥글게 모여 앉아 있다. 소주 맥주 몇 병, 스낵, 그리고 그들의 원 바깥에 또 하나의 원을 그리며 일곱 개의 랜턴이 그들을 빙 둘러싼 형태로 놓여 있다. 그 랜턴들이 그리는 일곱 개 광선의 원들이 동굴 천장에 커다랗게 어려 있다. K는 울퉁불퉁하고 조금은 창백해 보이는 동굴의 천장을 올려다본다.

이렇게까지 넓었던 것 같진 않은데…… 희가 샐리의 어깨에 머리를 기댄 채 잠들어 있다. 여자들은 어떻게 저렇게 쉽게

친구가 되곤 하는 걸까? 눈두덩에 새카맣게 윤곽이 져 있다.

친구들은 느릿느릿 컵을 비운다. 샐리는 맥주에 입술만 적실 뿐 마시지는 않는다. 샐리의 그 어두운 표정은, 알아? 맥주가 어떻게 생겼는지 볼 수 없는 사람에게 그 쏘는 듯한 맛이 얼마나 예리한 것이 될 수 있는지,라고 묻고 있는 것 같다.

컵을 돌리다가 K가 문득 고개를 든다. 결혼한다며?

나? 마이티마우스가 그러곤 히힛 한다. 그래, 결혼하지.

축하해, 친구들이 한마디씩 하며 건배를 외친다. 어떻게 된 거야?

그냥…… 그랬던 거지, 풀기 어려운 문제가 하나 있었는데, 그 여자애가 도와줬어.

응?

나, 컴퓨터게임 프로그래머 일을 하고 있거든. 알지? 그 여자애랑은 한 사무실 동료야…… 청계천에 있는 조그만 사무실에 다니고 있지. 아, 하더니 마이티마우스가 명함을 꺼내 돌린다.

컴뱃 인더스트리아?

그래, 전투나 군수산업을 응용한 시뮬레이션 게임 소프트웨어를 개발하고 수입도 하고…… 그러는 곳이야.

재밌겠는데! 그으럼, 마이티마우스가 즐거운 투로 말한다, 선생질이나 글쟁이보다야 낫겠지. 너 그 말에 책임져, K가 토를 단다. 뭘, 맞는 말이구먼, 일곱난쟁이가 웃는다. 어슴푸레한 불빛에 친구들의 웃는 얼굴이 일그러져 비친다.

티셔츠 그림이 어쩐지 좀 특이하다 했어, 손오공이 마이티마우스의 티셔츠를 가리킨다. 바이크를 탄 한 노란 펑크 헤어의 덩치가 샷건 같은 커다란 총기를 공중에다 마구 휘둘러 대고 있는 그림이다. 그래…… 이런 일들을 하지. 그 여자애랑 처음 만났을 때 난…… 심즈 같은 패밀리 시뮬레이션 게임 프로그램을 짜고 있었거든…… 그런데 도무지 종잡을 수가 없는 거야.

보수적인 교육이 행해지는 중산층 가정의 아버지 어머니 역할, 그리고 아이들의 역할, 아침부터 밤까지의 여러 사건을 게임자가 여러 가지 가변적인 상황하에서 조작할 수 있게 하는 거였거든……

그래서?

어머니야 계시니까, 어떻게든 짜 맞출 순 있었는데 아버지 캐릭터에선 콱 막혔던 거지, 알겠어? 아버지가 도대체 뭘 하는 작자인지 난 전혀 알 수 없었던 거야…… 이런, 뽀빠이가 신음을 지른다.

그래서 며칠을 잠도 못 자고 고심하고 있는데 그 여자애가 나타난 거야.

내게 그랬지, 우리 아빠에 대해 얘기해줄게요. 그래서 그러면요? 하고 내가 물었더니, 그 여자가 그러는 거야, 그 대신 박 형 어머님을 내게 소개해줘요.

무슨 소리야? 뽀빠이가 고개를 갸우뚱한다.

몰라? 난 다음 날 어머니께 여자애를 선보였고 곧 둘이서 약혼을 했지! 그제야 친구들은 알았다는 듯이 고개를 끄덕인다.

참 괴상한 프러포즈도 다 있군.

1년 전 일이야. 우리는 게임을 만들며 연애했고 게임 속에 우리 사랑의 암호들을 수수께끼처럼 퍼즐처럼 숨은그림찾기처럼 숨겨놨지. 우리 둘만이 알아볼 수 있는 방식으로…… 아마, 하고 마이티마우스가 꿈결인 듯 중얼거린다, 우리는 죽을 때까지 그 게임 속 사랑의 숨은 그림들을 찾으며 살아가게 될 거야…… 그 게임 속의 가족들처럼 아이들 이웃들 친척들과 함께 평범하고 행복하게.

유치해, 유치해, 친구들이 한꺼번에 외치며 건배를 든다.

그래, 완성됐어? K가 묻는다.

아니, 그렇게 쉽게 되는 게 아니야…… 슈퍼파더, 슈퍼마더라고…… 적들이 행복한 가정을 위협하게 될 때 괴력의 초능력자로 변신할 수 있는 아버지 어머니의 캐릭터를 만들었지, 거기까지가 완성한 단계야.

슈퍼파더, 슈퍼마더?

그래, 좀 우습지만…… 어차피 애들용 오락인데…… 뭐, 아니, 내가 하고팠던 말은 이게 아닌데…… 음…… 어느 날 그 여자애가 이런 말을 했지. 박 형은 아버지가 안 계신 덕에 좀더 독특한 캐릭터를 만들어낼 수 있을 거예요. 이를테면 이런 말이지…… 아버지란 존재를 모르고 살았으니 섬세한 그림은 못 그려도 좀더 넓고 자유롭게 아버지 캐릭터를 묘사할 수 있을 거라는.

그래? K가 약간 놀란 투로 그래? 한다.

아버지를 더 넓게 더 자유롭게 여러 소스로부터 취사선택, 변용할 수 있을 거라는 얘기였지, 그래서……

난 생각했어, 안 선생님께 배웠던 그 고아들의 노래…… 그 고아들의 슈퍼파더, 슈퍼마더…… 캐릭터를 게임 프로그램 속에 심어놓았지.

친구들이 들었던 컵을 내려놓는다. 난, 하고 마이티마우스가 가만히 지껄인다, 좋은 아빠 좋은 남편 좋은 가장이 될수 있을 거야……

친구들은 다시 컵을 돌리기 시작한다. 빈 소주병과 맥주병이 무더기로 쌓이고 있다. 뽀빠이가 비닐 컵을 입에 물고 우스꽝스러운 어깨춤을 춘다. 그들은 저마다 뜻도 이어지지 않는 비틀린 이야기들을 풀어내며 이제 결혼해 부모 될 나이가 된 서로를 확인하고 있다. 다들 한자리씩 잡긴 잡았구나, 하고 뽀빠이가 혀끝으로 말아 올렸던 컵을 뱉어낸다, 그래,

내 구두를 좀 봐, 뽀빠이가 구두 한 짝을 벗어 친구들 앞에 들이댄다. 보이지? 보이지? 그렇게 말하는 뽀빠이의 혀 꼬부라진 소리가 동굴을 타고 울린다. 구두의 뒷굽이 심하다 싶을 정도로 얇게 닳아 있다. 보여? 벌써 두번째 갈아 끼운 거라고. 그러더니 앞으로 뒤집는다. 흐린 랜턴 불빛에도 반짝 윤이 난다. 먼지와 진흙이 말라붙어 있긴 하지만 손질이 꽤 잘된 구두란 느낌이 든다. 봤지?

지금은 차도 사고 밑에 애들도 거느리게 되었지만, 그래…… 뽀빠이가 구두 한 짝을 뺨에 대고는 사랑스러운 무엇이나 된다는 듯 비비고 있다, 안 선생님 말씀처럼 뽀빠이, 골목대장쯤 된 거겠지…… 물류 배송업 골목대장, 온갖 지방 소도시들을 쑤시고 다니면서…… 하지만 난 말이야, 다른 건 아끼는 게 없어도 한번 산 구두는 결코 쉽게 버리지 않아!

한창 고생할 땐, 이 씨팔 놈의 구두짝 속에서 청춘이 끊기겠구나, 하는 생각까지 했었거든…… 서울, 경기, 아니 전국 곳곳을 구두 두 짝에 한이 맺히도록 걸어 다니고 쏘다니곤

했으니까…… 구두 밑창은 걸레가 되든 말든 그저 남에게 보이는 구두코만 거울 같으면 됐지! ……그 좆같은 무허가촌을 1984년에 떠났으니까 그럼 난 열여섯부터 세일즈 하나로 먹고 산 거야, 어이구! 하지만 알아?

이젠 이게, 하더니 뽀빠이가 구두를 품고는 벌렁 뒤로 자빠진다, 그렇게 사랑스러워 보일 수가 없어, 알겠어? 난 돈을 아주 많이 벌어서 그 무허가촌 꼭대기에 아주 커다란 구두 모양의 대저택을 짓고 살 거야, 젠장칠! ……그래, 부탁이야,

내가 죽으면 아주 커다란 구두 모양의 관을 만들어서 내 시체를 넣어줘! 아주 커다란 구두 모양의 관을 만들어서! 그러더니 동굴이 떠나가도록 깔깔 웃기 시작한다.

친구들은 그러한 뽀빠이를 바라보고만 있다. 희가 어느 틈에 일어났는지 별 우스운 놈을 다 본다는 투로 K의 귀에 대고 칫, 한다. 입술이 하얗게 타들어가 있다.

기억나? 우리 어렸을 때도 이랬잖아, 이렇게 모여 저녁이 될 때까지 시간을 때웠던 것…… 손오공이 뭔가 복받친 목소리로 중얼거린다. 부끄러움에 말 더듬는 버릇은 여전하다.

동네 뒷산 적송 숲, 바로 이 절벽과 이어지는 우리 뒷산에서. 기억나?

멀리 백화점까지 원정을 나가서 이것저것 장난감 따위를 훔쳐다가 적송 숲에 갖고 가선 놀고 그랬지. 그 말에 친구들이 활짝 웃음을 지피며 고개를 든다. 그래, 참 많이도 훔쳤더랬지…… 일곱난쟁이가 고개를 끄덕인다. 딱따구리하고 시립 도서관에 가서 한 보따리 책을 훔쳐 왔던 것, 기억해? 물론이지.

그랬으니, 저렇게 글쟁이가 된 거겠지! 뽀빠이가 꽥꽥 소

리를 지른다. 동굴이 메아리로 온통 어지럽다. 가장 인기 있던 장물이 뭐였더라? 조립식 장난감? 그래, 엘리베이터하고 에스컬레이터 타러 가는 재미도 괜찮았지. 장난감 자동차가 인기 최고였어, 손오공이 피식, 웃는다. 그래,

슈퍼마켓을 습격한 적도 있었지, 기억나? 친구들이 고개를 끄덕인다. 가져온 양이 꽤 돼서 거덜 날 줄 알았는데 꿈쩍도 안 해서 깜짝 놀랐던 것. 참 신비로웠지…… 집없는소년이 어둡게 중얼거린다, 그리고 어쩌다 걸리면 손금고를 엎고는 냅다 튀었지.

어제는 케이크에 장식을 얹다가 문득 손을 헛짚어버렸어…… 손오공이 기어드는 소리로 말을 잇는다, 주문 케이크였는데 말이야.

……정신을 차려보니, 내 손 하나가 케이크 한가운델 푹 파고 들어가 있는 거야, 얼마나 깜짝 놀랐는지……

내가 정신을 뭣에 팔고 있었던 걸까? 손오공이 친구들 앞에 손을 들어 올려 보여준다…… 무수한 금이 휜 손바닥에 얼키설키 얽혀 있다. 어제 그 생각을 했어, 너희들을 만나겠구나, 하고 말이야. 그럼,

벅스버니도 만나게 되겠구나……

그 말에 친구들의 눈이 휘둥그레진다. 그리고 손오공의 커다란 두 눈에 물기가 그렁그렁하다, 산다는 게 역겹다는 생각이 들었어, 문득…… 사는 게 역겨워.

벅스버니가 살아 있었다면 케이크라도 실컷 먹게 해줬을 텐데…… 소매로 눈가를 닦는다. 상상해봐, 하면서 손오공이 두 팔을 쭉 편다, 제과 제빵실에 하나 가득 구워져 있는 스펀

지케이크들, 층층이 가로 판자에 쌓여 있는 스펀지케이크들,

나는 그것들 사이로 느릿느릿 걸으며 생각했지, 일곱난쟁이, 딱따구리, 샐리, 마이티마우스, 뽀빠이, 집없는소년, 나 손오공, 그리고 벅스버니, 손오공이 친구들을 하나하나 일별해 간다, 알겠니? 그 사이를 천천히 오가며 우리를 생각했던 거야, 그러곤

우리 별명들을 하나씩 그려 넣었지, 손오공이 자기가 거쳐 간 옛 행성들을 추억하듯. 와서…… 너희 몫의 케이크를 챙겨 가…… 친구들은 다시 컵을 돌리기 시작한다. 남은 술이 얼마 없다. K는 한구석에 쪼그리고 앉아 스낵 조각들을 주워 먹는 희를 본다. 동굴의 안 보이는 어느 쪽에선가 아카시아 검은 숲, 바람에 휩쓸리는 소리 들린다.

넌 그냥, 뽀빠이가 반쯤 풀린 눈을 깜박이며 묻는다, 글만 쓰면서 사는 거야? K가 그 말에 고개를 든다. 그래…… 그런 셈이지. 좋겠구나, 일하고 싶을 때 일하고 쉬고 싶을 때 쉴 수 있을 테니…… 뽀빠이가 눈을 흘긴다, 우리 얘기도 한번 써보지그래? 글쎄, K가 히죽 웃는다, 만일 그렇다면 웃기는 공포소설 한 꼭지쯤 나오겠지.

웃기는 공포소설? 일곱난쟁이가 관자놀이를 꾹 누르며 묻는다. 알아? 며칠 전 밤에 이것저것 생각을 하고 있는데, 담배가 안 빨리는 거야, K가 피우던 담배를 들어 보여준다, 너희하고 만날 약속을 잡았던 그즈음인데……

담배가 안 빨려…… 보았지, 그랬더니 필터가 납작하게 뭉개져 있는 거야, 알아? 나도 모르는 새 내가 필터를 짓씹고 있었던 거야. 이상한 기분이 들었지만 흔히 있는 일이라 생각

했지…… 그러고 나서 일어나 방문을 나서려는데, 허벅지가 뜨끔하는 거야. 봤더니 빨갛게 타들어가는 담배 끝이 내 트레이닝복 허벅지 부분에 연기를 피우며 달라붙어 있더라고, 놀라서 얼른 그것을 떨구었지……

주방으로 나가 가스레인지에 커피 물을 올리고서 욕실 욕조에 더운물을 받는데…… 샤워기가 잘못됐는지…… 물이 사방으로 분수처럼 터져 나오는 거야, 물에 빠진 생쥐 꼴을 하고서야 그것을 고쳤는데…… 이번에는 주방에서 팟팟 소리를 내며 물이 다 졸은 빈 찻주전자가 팝콘처럼 튀고 있는 거야, 내가 정신이 없었던 거지……

그러고 나서 욕조에 들앉아 더운물 속에서 커피를 마시고 있는데 문득 웃음이 터져 나오는 거야, 아무…… 까닭도 없는. 그러다가 그만 욕조 턱에 놓았던 커피 잔을 건드려 깨뜨렸지, 아끼던 것이었는데…… 뭐가 잘못됐던 걸까?

그러고선 욕실 밖으로 나와 빗자루를 찾는데 발끝에 쓰레기통이 걸려 넘어졌지…… 온갖 잡쓰레기를 다 털어 넣는 쓰레기통이었는데…… 거실 한가득 쏟아져 흩어진 쓰레기들을 한동안 멍한 눈으로 쳐다보고 있었지, 그러고 나서는 그것들을 하나씩 하나씩 주워 담기 시작하는데…… 얼마나 담았을까, 왈칵 또 웃음이 터져 나오는 거야,

……그제야 웃었던 까닭을 조금 알겠더라고, K가 씁쓸한 표정으로 고개를 흔든다, 모든 게 엉망이고 혼란이야…… 난 겨우 스물일곱인데.

요즘엔 내 열 손가락이 내가 생각지도 못했던 문장들을 워드프로세서에 찍어놓곤 해…… 알겠니? 몽유병 발작, 자다

말고 일어나 워드프로세서를 켜고는 아무 문장이나 거기에 찍어놓는 거야, 나도 모르는 새. 내 열 손가락이 나완 상관없이 제멋대로…… 내가 미쳐가고 있다는 걸까, 내가 점점…… 요즘엔.

알겠니? 하고 K가 검푸르게 짓무른 눈두덩을 소매로 훔치며 말한다. 내 열 손가락은 내게 무슨 말을 하고 싶은 걸까?

그 사내아이 기억나? 샐리가 문득 말을 연다.

응? 그 사내애 말이야.

아, 친구들이 고개를 끄덕인다.

그 아이도 그랬지…… 샐리가 천천히 말을 이어가기 시작한다, 그 아이는 그저 평범한 입시생이었는데 어느 날 아침에 자리에서 일어나보니…… 제 방바닥 가득 책들이 펼쳐져 있더래,

……그것 가지고는 아무 이상할 것이 없지, 그런데 그 책들이 접히는 부분, 책갈피 부분에 말이야, 커다란 대못들이 서너 개씩…… 나란히 박혀 있는 거야. 커다란 대못들이 책들을 방바닥에 못 박고 있었던 거야,

물론 사내애는 무엇도 기억 못 하지…… 몽유 발작…… 그러곤 그렇게 방 한가운데 못 박힌 책들을 남겨두고 병원으로 실려 갔지…… 그 아이는 결코 그 책들을 다시 펼치지 못할 거야. 다신 펼쳐진 부분들을 읽지 못할 거야…… 알겠니?

내게 그 미친 샐리년들이 있듯이…… 그 사내애에게도 뭔가 있는 거겠지…… 아까 물댄동산에서 사람 살 썩는 냄새가 맡아진다는 아저씨도 마찬가지고…… 그 아저씨는 1980년 5월 광주에서 있었던 살육이…… 우리 전체에 영향을 미치는

정신적 외상이라고…… 한 사회, 한 나라 구성원 전체에 작용하는 훼손, 결핍이라고 늘 말하고 다니시지…… 살 썩는 냄새, 이를테면 자기가 그렇다는 거야.

산다는 것은 그렇게 조금씩 훼손되고…… 미쳐들 가는 거라고…… 친구들은 아무 말 없이 술 취한 몸을 가누며 자세를 고친다.

좋아!

한참 잠자코 있던 집없는소년이 입을 연다, 우리 이왕 예까지 왔으니,

다시 한번 해볼까? 응? 친구들이 일제히 응? 한다.

자, 다시 한번 해보자고. 집없는소년이 빈 술병들이며 돌 조각들을 주워 모으기 시작한다. 자, 샐리 공주님, 그 가사들 기억하지?

친구들이 말없이 고개를 끄덕하며 앞에 놓인 것들을 하나씩 주워 든다.

집없는소년이 평평한 바윗덩이에 돌 조각을 문질러대기 시작한다…… 돌 조각 바스러지는 소리…… 떨어져 내리는 돌 가루들, 랜턴 불빛에 비쳐 뿌옇게 빛난다…… 뽀빠이가 박자를 맞추려는 듯 고개를 흔든다. 빈 맥주병 두 개를 천천히 마주 문지르기 시작한다…… K가 빈 소주병을, 만년필이 꽂힌 빈 소주병을 흔든다…… 찰캉찰캉…… 집없는소년이 고갯짓을 하자 친구들은 알았다는 듯이 일제히 박자를 빨리하기 시작한다. 마이티마우스가 돌 조각 두 개를 딱 딱 딱 마주치고 있다. K의 한쪽 귀가 멍해지기 시작한다, 안 선생님……

손오공이 스낵 봉지들을 한 움큼 구겨 손바닥으로 문지른

다, 버석버석, 발소리…… K가 입술을 깨물며 떨리는 손으로 소주병을 흔들고 있다, 안 선생님…… 일곱난쟁이가 빈 맥주병을 들고 윗입술로 후웅후웅 바람을 불어 넣고 있다. 공명음이, 공명음이 K의 귓전에 환청처럼 울리고 있다…… 뽀빠이가 고개를 끄덕끄덕하며 맥주병 두 개를 맞부딪는다…… 빌어먹을 일곱난쟁이의 갱……

마이티마우스가 돌 두 개를 힘껏 맞부딪고 있다. 동굴벽이 온통 그 잔향들로 어지럽다…… 빌어먹을 딱따구리놈들…… K가 흔드는 소주병 속에서 만년필이 미친 듯이 맴돌고 있다…… 집없는소년이 미친 듯이 바윗덩이에 돌을 내리치고 있다…… 빨갛고 파랗고 노란 유리구슬들이 든 유리 우유병, 빌어먹을…… 폭발할 거야, 폭발할 거야…… 귀청이 터질 듯 떠들썩하다…… 미친 듯이 손오공이 스낵 봉지들을 비비고 있다…… 빌어먹을 미친 딱따구리놈들…… K는 땀으로 범벅된 이마를 닦는다…… 무엇이 다시 입과 눈과 기억을 트이게 할 수 있을까…… 문득, 뽀빠이의 두 손에서 맥주병이 깨어지고 박살 난다…… 무엇이 다시 트이게 할 수 있을까…… 뽀빠이가 낮게 욕지거리를 뱉으며 깨진 병을 떨어뜨려버린다, 샐리, 샐리,

네 차례야, 샐리, 뽀빠이가 나지막하게 외친다. 어른들은 물으시죠, 샐리가 입을 연다. 잘 기억이 나지 않는 듯 천천히 더듬듯 중얼거린다, *너희 아버지는 어딨니*…… 이제…… 친구들의 연주가 흐트러지고 있다. 박자가 헝클어지고…… 리듬은 엉망으로 뭉개지고 있다…… *애야*…… *너희 어머니는 어딨니*…… 샐리의 목소리가 이미 탁해져 있다. 예전의 가늘고 째

지는 듯한 어린 요술공주 샐리의 목소리가 아니다…… 마당에
는 *아빠의 부러진 목발과 시멘트 역기가 있고요……* 젠장, 일
곱난쟁이가 엉망으로 어긋나는 친구들의 연주가 불만인지 맥
주병을 던져버린다, 젠장…… *부엌에는 엄마의 기름투성이 냄
비와 행주치마가 있지요……* 이제…… 샐리가 울먹이고 있다,
무서워……

무서워…… 여기 오지 말아야 했어,

그 미친 샐리년들이 다시 나타날 것 같아, 샐리가 어깨를
흔들며 흐느끼고 있다,

여기 오지 말았어야 했어…… 샐리가 겁에 질린 목소리로
엉엉 울음을 터뜨린다. 친구들이 하나씩 손에 쥐었던 것들을
내려놓는다. 씨팔 놈들…… 어디선가 나지막한 웅얼거리는 소
리가 들려온다. 씨팔 놈들…… 잘 알아들을 수 없다. 응?

응?

친구들의 술기운으로 붉어진 얼굴이 일제히 소리 나는 쪽
으로 향한다. 씨팔 놈들…… 희가 으르렁거리고 있다.

씨팔 놈들…… 희가 한쪽 구석에서 친구들을 노려보고 있
다. 홍채가 돌아가고 뒤집혀 있다. 흰자가, 충혈된 흰자가 랜턴
불빛을 받아 핏빛으로 번뜩이고 있다. 알겠어, 씨팔 놈들……

희의 핏기 없는 까만 얼굴이 땀으로 번들거리고 있다. 친
구들은 희의 희번덕거리는 두 눈, 작게 오물거리는 입술과 K를
번갈아 쳐다보며 입을 다물 줄 모른다.

누가 이 쓰레기들을 치워줄 거지? 희가 으르렁거린다. 누
가 이 쓰레기들을 치워줄 거지?

아, 하고 마이티마우스가 비명을 지르며 한 손을 치켜올

린다. 손바닥에 큼지막한 맥주병 조각 하나가 박혀 있다. 이런, 손오공이 소리치며 얼른 그 손을 끌어 쥔다. 걱정하지 마,

이제 곧 장의차가 올 거야. 희가 입술을 찌그러뜨리며 계속 으르렁거린다. 병 조각을 뽑아내자 솟구쳐 나오는 핏줄기가 재빠르게 손목을 타고 흐른다. 마이티마우스가 비명을 질러댄다.

······이제 아주 커다란 장의차가 올 거야. 와서, 너희들을 실어 가버릴 거야······ 희가 계속 으르렁댄다. 너희 쓰레기들을 아예 치워 가버릴 거야······ 치워 가버릴 거야······

저 여자애 입 좀 다물게 해, 집없는소년이 K에게 소리친다. K는 어쩔 줄 모르는 표정으로 푸들푸들 경련을 일으키고 있는 희의 두 뺨을 보고만 있다. ······아주 커다랗고 새까만 장의차가 이제 곧 들이닥칠 거야······

푸들푸들 떨리는 희의 두 뺨, 그 입가로 흰 거품이 조금씩 조금씩 흘러나오고 있다. 저 봐, 소리가 들리지? 희가 손가락을 들어 어둠으로 꽝꽝 틀어막혀 있는 동굴 한쪽을 가리킨다.

······소리가 들리지? 엔진 소리가 들리지?

친구들의 놀란 얼굴이 일제히 그쪽을 향한다. 아카시아 검은 숲, 바람 소리가 동굴 벽을 타고 와 웅웅, 울린다. 뭐지?

뭐야? 샐리가 겁에 질린 표정으로 친구들에게 묻고 있다. 온 거지? 그렇지? 그년들이 온 거지? 아냐, 일곱난쟁이가 아무 것도 아니야, 하고 속삭이며 샐리를 끌어안는다. 바람 소리가 빠르게 빠르게 동굴 벽을 타고 그들에게까지 와 웅웅 귓전을 때리고 있다. 바람이 거세어지고 있다······ 올 거야, 오고 있어,

너희들을 태우러, 자, 저걸 타고 가! 희가 그렇게 낮고 갈

라지는 소리로 외치더니 어깨를 더욱 웅크리고는 동굴 벽 쪽으로 바싹 다가앉는다. 이런!

또 시작이야, 모든 게 다시 시작됐어! 집없는소년이 자리에서 튀어 오른다, 씨팔! 다시 모든 게!

K가 희 쪽으로 엉금엉금 기어간다. 집없는소년의 번뜩이는 두 눈이 동굴의 어느 한쪽, 보이지 않는 한끝을 향해 붙박여 있다. 빌어먹을…… 그것들이 왔어, 집없는소년이 으르렁거리고 있다, 왔어, 왔어.

친구들은 어리둥절한 표정을 짓는다. 빌어먹을 집없는새끼들이 왔어…… 순간 동굴 한끝에서 그들의 것이 아닌 랜턴 불빛 하나가 곧장 그들을 향해 날아든다. 왔어! 랜턴의 커다랗고 환한 불빛 원이 그들에게 곧장 날아와 퍼부어진다. K가 희에게 기어가다 말고 문득 멈춰 선다…… 커다랗고 환한 둥근 불빛 원 속에 비친 희의 두 눈은 부들부들 떨고 있다. 왔어,

미친 집없는새끼들, 그 새끼들이! 얼핏 깨진 맥주병을 주워 드는 집없는소년의 손이 비친다.

집없는소년이 소리 지르며 그 느닷없는 랜턴 불빛을 향해 달려들고 있다…… 어떤 비명이

어떤 비명이 동굴 벽을 온통 타고 울린다…… 땀으로 범벅된 친구들의 얼굴이 일제히 그쪽으로 쏠린다.

뭔 줄 알겠어? K와 친구들이 넋 나가고 멍청해진 얼굴로 집없는소년의 발치를 내려다보고 있다.

세상에…… 이게 뭐야!

너…… 뭔 짓을 한 거야, 일곱난쟁이가 체머리를 흔들며

무릎을 꿇고 앉는다. 세상에…… 뭔 짓을 한 거야?

한 사내가…… 집없는소년의 발치에 쓰러져 울대뼈 아래로 검은 핏덩이들을 쏟아내고 있다. 이럴 수가…… 사내의 커다랗게 떠진 두 눈이 친구들에게로 향해 있다. 쿨럭쿨럭 핏덩이 뿜는 소리가 선연히 귀에 들려오는 듯하다.

씨팔, 집없는소년이 낮게 신음을 지른다. 사내의 목젖에 박힌 피범벅 된 맥주병 병목이 랜턴 불빛을 받아 검붉게 번들거리고 있다……

일곱난쟁이가 낮게 소리 지른다, 네가…… 수위를 죽였어……

두 손으로 얼굴을 감싸 쥔 채 비틀비틀 그 주위를 돈다. 어쩔 거야, 이 일을 어쩔 거야.

빌어먹을…… 네가 내 인생을 망쳤어…… 내 인생을.

딱따구리, 딱따구리, 샐리의 목소리가 들려온다. K를 부르고 있다.

얘들아, 샐리가 친구들을 부르며 동굴 저 안쪽에서 걸어 나오고 있다, 얘들아…… 얘들아, 내,

내 눈이 보여…… 내 눈이 보여……

두 손을 뺨 위에 얹은 샐리가 친구들을 향해 환희에 찬 목소리로 외치고 있다, 내 눈이 떠졌어…… 내 눈이 떠졌어. 어떻게 된 거야? 샐리의 동그란 두 눈이 퍼렇게 빛나고 있다…… 너희가 그 미친 샐리년들을 죽여버린 거니?

샐리년들을 죽여준 거야? 너희가 그년들을 죽여버린 거야? 죽여준 거야?

……네놈들이 수위를 죽였어, 난 이제 어떡해? 일곱난쟁

이가 자기 머리카락을 쥐어뜯으며 소리 지른다.

　……네놈들이 내 인생을 망쳤어, 난 망했어……

　……얘들아, 내 눈이 보여, 내 눈이 떠졌어…… 샐리가 환희에 들떠 울먹이고 있다, 너희가 그년들을 죽여버렸구나!

　……어머! 웬일이야, 키가 조금도 안 커졌잖아, 하더니 샐리가 손을 뻗어 제 키와 미친 듯 뛰어다니고 있는 일곱난쟁이의 키를 재본다…… 예전에도 꼭 이만큼이었는데…… 너희, 어떻게 된 거야?

　우리 아직도 새카만 어린애인 거야, 뭐야? 어쩐 거야, 응? 샐리가 즐겁게 껄껄대며 소리친다. 그런 샐리에게 일곱난쟁이가 사방으로 길길이 날뛰며 꽥꽥 악을 쓴다, 닥쳐!

　다시 검은 아카시아 숲을 일곱 개의 랜턴 불빛이 휘젓고 있다. 얼키설키 엉킨 불빛들이 숲을 온통 어지럽게 하고 있다. 친구들의 어깨엔 동굴에 처음 왔을 때처럼 해머와 쇠스랑과 빈 술병 들이 가득 든 비닐봉지들이 들려 있다. K와 친구들은 숨을 헐떡이면서 걸음을 빨리하고 있다. 발소리와 거친 숨소리들만이 떠들썩하게 들려온다. 아무도 입을 열지 않는다.

　친구들은 철책을 빠져나와 재빨리 차에 나눠 탄다. 걱정하지 마, 집없는소년이 일곱난쟁이에게 나지막하게 외친다, 무슨 일이 생기지는 않을 거야. 일곱난쟁이가 아무 대꾸 없이 부릅뜬 눈으로 집없는소년을 한번 노려보더니 뽀빠이의 차에 올라탄다.

　친구들의 차는 교사를 돌아 운동장을 빠져나가고 있다. 운동장 한편으로 푸르스름한 아파트 단지의 야경이 가볍고 둥근 원반처럼 떠 있다. 집없는소년이 백미러를 흘깃거리며 말한다, 무슨 일이 생기거나 하지는 않을 거야. 집어치워, 마이티마우스가 짧게 끊어 말한다. 병 조각이 박혔던 손엔 넥타이가 둘둘 매듭지어져 있다. 만나지 말았어야 했어, K가 나지막이 중얼거린다.

특히 동굴엔 더욱 가지 말았어야 했어, 모든 게,

모든 게, 다시 시작된 거야…… 희? 어딨지? 이런! K가 당황한 듯 외친다. 누구? 희 말이야. 아, 너랑 같이 있던 계집애? 집없는소년이 앞서 나가는 뽀빠이네 차를 가리킨다, 아까 뽀빠이네 차에 타던걸. K는 하지만 불안한 듯 계속 뒤쪽을 기웃거린다.

샐리는 차내와 차창 밖 풍경과 친구들의 성장한 모습이 신기한지 눈을 뒤룩거리고 있다. 내가…… 내 눈이 떠졌어, 이럴 수가! 샐리가 눈두덩을 문지르며 감탄한다, 보여, 다 보여…… 이럴 수가…… 어쩜!

집없는소년이 학교 정문에서 멈춰 서더니 차에서 내려 경비실 안으로 뛰어 들어간다. 돌아오는 집없는소년의 손엔 아까 일곱난쟁이가 사인을 했던 방문객 장부가 들려 있다. 집없는소년은 장부를 차 조수석에 집어 던지더니 차를 몰기 시작한다. 이게 요즘 나오는 차야? 어머, 참 예쁘기도 해라, 샐리가 신기한 듯 감탄해 마지않는다. 참, 예쁘기도 해라, 샐리의 크고 검은 두 눈동자에 계기반의 현란한 주홍빛 표시등들이 깜박깜박이고 있다, 예쁘기도 해! 하지만 친구들은 아무 말 없다. 차는 이제…… 가로등이 줄지어 선 차도를 달리기 시작한다.

번잡한 구간을 벗어날 때쯤 뽀빠이네 차가 속도를 늦추더니 인도로 다가가 멈춰 서는 게 보인다. 뭐야? 집없는소년이 뒤따라 차를 세운다. 일곱난쟁이가 당황한 얼굴로 차에서 뛰어내리고 있다.

왜 그래? 어떤 불안에 두 뺨이 푸들푸들 떨리는 일곱난쟁이에게 마이티마우스가 묻는다. 장부, 장부…… 일곱난쟁이가 다급하게 외친다, 돌아가야 해, 그걸 두고 왔어!

……여기 있어, K가 장부를 들어 올려 보여준다. 그, 그래…… 일곱난쟁이가 하지만 여전히 불안에 떠는 목소리로 그, 그래, 하곤 다시 차로 돌아간다.

K와 친구들의 차는 이제 국도로 접어들어 있다. K는 잠시 깬 듯하던 술기운이 다시 울컥 치밀어 오르는 것을 느낀다. 저 앞쪽 뽀빠이네 차가 방금 차선을 넘어섰다가 되돌아왔다. 넌…… 도대체 어찌 된 놈이야? 마이티마우스가 한심스럽다는 투로 중얼거린다. 집없는소년은 말이 없다. 모든 게 다 만화영화 속의 한 장면 같아…… 빌어먹을, 마이티마우스가 고개를 돌리며 혼잣말한다. 차체가 한번 크게 요동친다. 뽀빠이네 차가 이리저리 차선을 넘나들고 있다.

어디 가는 거야? K가 묻는다. 글쎄, 집없는소년이 가볍게 손가락들로 핸들을 두드리며 말한다, 어디로 갈까? 쟤네들도 별생각이 없는 것 같은데…… 집없는소년이 갑자기 속도를 내더니 뽀빠이네 곁으로 바짝 차를 붙이기 시작한다.

뽀빠이네 차가 속도를 줄이고 있다. K는 차창을 열고 맨 뒷좌석에 고개를 처박은 채 졸고 있는 희를 본다. 머리칼이 마구 헝클어져 있다. 뽀빠이들은 기분이 풀렸는지 아니면 억지

웃음인지 다들 웃음 띤 얼굴을 하고 있다. 뽀빠이네 차에 바싹 차를 붙이고선 집없는소년이 차창을 열고 소리를 질러대기 시작한다. 뽀빠이가 차창을 내리며 K가 탄 차와 속도를 맞춘다, 뭐?

뭐? 물, 댄, 동, 산!

뭐? 물, 댄, 동, 산! 물댄동산? 뽀빠이가 되풀이해 묻는다. 집없는소년이 고개를 끄덕인다. 샐리가 그 말에 껄껄 웃어댄다. 어떻게? 갈래?

그래…… 그래, 가! 뽀빠이가 잠시 생각하는 듯하더니 곧 웃음을 터뜨리며 그래, 좋아! 한다. 뽀빠이네 차가 갑자기 속도를 내기 시작한다. 차체가 크게 기우뚱하며 두 차의 간격이 멀어진다. 이렇게 된 바에야, 집없는소년이 백미러를 쳐다보며 지껄인다,

안 선생님이나 한번 뵙고 헤어지자고…… 혹시 또 알아? 기억을 되찾게 되실지. 그래!

그래! 샐리가 꽥, 꽥, 소리 지른다, 나처럼 말이야! 좋아, 좋아!

물댄동산으로 가! 물댄동산, 안 선생님께로!

뽀빠이네 차가 다시 옆으로 붙고 있다. 뽀빠이가 뭐라 소리치면서 친구들에게 손짓하고 있다. 손엔 카폰이 들려 있다.

뭐라는 거야? 마이티마우스가 묻는다. 글쎄, K가 카스테레오를 켠다. 뽀빠이가 고개를 끄덕인다. K가 라디오 주파수를 이리저리 맞춰보는데 문득 낯익은 목소리가 잡힌다.

뽀빠이가 카폰에 대고 입술을 우물거리고 있다…… 나요? 나?

예, 말씀하세요…… 나, 뽀빠이, 야…… 예? 나, 뽀빠이라고…… 호호, 여자 엠시가 호호, 하고 웃는다, 재미있는 분이시네요…… 그래요, 나, 재미있어요…… 이 늦은 시간에 차 안에서 뭘 하고 계시는 건가요? 뭘 하긴…… 아 참, 엠시께선 혹시 미친 뽀빠이새끼들에 대한 얘기를 들어보셨는지? 예?

미친 뽀빠이새끼들 이야기…… 예? 그러자 우헤헤헤, 뽀빠이가 커다란 소리로 웃어젖힌다…… 씨팔 놈의 뽀빠이새끼들…… 뽀빠이네 차가 기우뚱하며 차선을 넘는다.

뽀빠이의 웃음소리가 더 커다랗고 날카롭게 스피커를 울린다. 잠깐, 잠깐, 농담하시려거든…… 아, 아녜요, 내가 무슨…… 좋아요, 이 늦은 시간에 어딜 가고 계시는 건가요? 뽀빠이가 장난기 가득한 목소리로 말을 잇는다, 어딜 가는 중이냐고요? 그래요.

소풍을 가는 거지요…… 소풍요, 소풍? 이 밤중에요? 어디로요? 어디? 그곳은 이미 다 잊힌 곳이지요…… 예? 씹고 난 껌처럼 버려지고 누군가의 구두 밑창에 붙어 어디론가 끌려가 사라져버린 곳이지요…… 예? 뽀빠이네 차가 이제는 중앙선 위를 달리고 있다. 예?

하지만 우리는 단지 지루함 때문에 옛 노래를 듣는 거지요…… 그곳으로 가는 모든 도로는 통제 불능이기 때문에…… 예? 그곳으로 가는 모든 도로는 미친 차들로 목이 졸릴 거야…… 예? 말씀을 똑바로 해주세요, 여자 엠시가 짜증 난 투로 지껄인다…… 헤이, 우리 소풍 간다! 뽀빠이가 폭소를 터뜨린다, 우헤헤헤,

우리 소풍 간다, 씨팔 년아, 가면, 네년 엉덩이가 그리워질

거다, 우헤헤헤…… 어머, 엠시가 어머, 하고 외친다…… 씨팔
년아, 우린 누구나 그곳으로 간다…… 메카, 예루살렘, 부다가
야, 쥬라식 파크, 쥬라식 파크…… 뽀빠이가 미친 듯이 소리를
질러댄다, 이 쌍놈의

  씨팔 년들아…… 어머! 우린 누구나 그곳으로 간다……
우린 이미 죽은 지 오래다! 우헤헤헤…… 어머! 여자 엠시의
당황한 목소리가 뽀빠이의 웃음소리 사이사이로 들려온다, 어
머, 죄송합니다…… 청취자 여러분 죄송해요, 이봐요, 연출!
……우린 이미, 죽은 지 오래다! 우린 이미 그곳의 한가운데를
달리고 있는 것인지도 몰라! 안 그래? 헤이! 우리 소풍 간다!
소풍 간다! 우헤헤헤…… 딸깍 하는 소리와 함께 뽀빠이의 목
소리가 끊어지더니 음악이 흘러나오기 시작한다. 친구들은 키
득키득 웃어대기 시작한다. 재밌어!

  굉장해! 샐리가 껄껄 박수를 치며 좋아한다, 그 라디오 엠
시 표정 한번 보고 싶은데? 안 그래? 얼마나 똥 씹은 기분이었
을까? 놀랐어, 안 그래! 집없는소년이 뒤를 돌아보며 꽥꽥 웃
어댄다. 뽀빠이네 차가 중앙선 위를 미친 듯이 달리고 있다.
그래!

  ……우린 이미 그곳의 한가운데를 달리고 있는 것인지도
몰라! 샐리가 소리를 질러댄다, 이미 그곳의 한가운데를 달리
고 있는 거라고! 샐리가 제 두 눈을 손바닥으로 가리며 꽥꽥
소리를 질러댄다. K가 두 손으로 귀를 틀어막고는 우리 소풍
간다! 우리 소풍 간다! 하고 마구 비명을 질러댄다. 나쁜 새끼
들, 마이티마우스가 눈을 내리깔고는 으르렁댄다, 나쁜 새끼
들!

……뽀빠이네 차가 문득 저 앞 좁은 4차선 도로 위에서 뒹굴고 있다. 어? 하고 마이티마우스가 중얼거리는 소리가 뒷좌석에서 들려온다. 차가 공중으로 날아오르고 있다. 집없는 소년의 이마가 차 천장에 짓이겨지고 있다. 쌍, 샐리의 높고 째지는 듯한 비명이 K의 귓전을 때린다.

저택(低宅)

어느 해였더라, 늦가을이 지나고 막

겨울이 폭발하려던 그때, 첫번째 희생자가 죽임을 당하고

그것들이 두번째 세번째 줄을 잇는 희생자들을 찾으러 막

나섰을 때 과연, 무슨 일이 있었더라? 그래, 그것들

그 빌어먹을 것들이 쫓아오고 있었던 거야, 미친 듯이.

　미친 듯이 벅스버니와 그의 친구들은 적송 숲 그 성긴 나무들 새를

　마구 내달렸다. 발밑에서 마른 풀들이 꺾이고 바스러지고 마른 가지들이 머리 위에서 부러지고 빠르게 스치며 뒤로 달아났다. 그리고

　귓전을 물어뜯던 그것들의 깔깔 짖어대고 으르렁대는 소리, 요컨대 그것들이 뒤쫓아오고 있었던 거야. 죽여, 죽여,

　죽여, 죽여, 그렇게 마구 짖어대면서, 그리고 알아? 이미 무허가촌, 평생 저주받은 동네로 돌아가는 길목은 그것들로

막혀 있었지,

그래, 그랬던 거야, 벅스버니와 그의친구들은 풀숲을 지나 진흙 웅덩이투성이의 붉은 산비탈을 탔다, 좁고 가파르고

작은 절벽들로 끊임없이 끊겼다 다시 이어지곤 하는 작은 절벽들

뛰어내리기엔 너무 높고 한 발 한 발 타고 내려가기엔 너무 낮은. 죽여, 죽여,

그리고 그것들 역시 추격을 늦추지 않았다. 즐기는 듯이 놀이하는 듯이 쫓고, 그리고 너무 가깝다 싶으면 일부러 걸음을 늦추어 거리를 넓혀놓는 식으로, 알겠어? 뒤꽁무니까지 달라붙었다가

뒤편 가파른 산비탈 어딘가로 사라지곤 하던 그것들의 깔깔, 하지만

벅스버니와 그의친구들은 그것들의 이 새로운 놀이를 전혀 이해할 수가 없었던 거야. 엉덩이가 까지고 무릎에서 피가 배어 나오고

이마에서 혹들이 부풀어 오르는데도 아픈 줄 몰랐던 거야, 검불이 온몸에 달라붙고. *가르쳐줄까? 진짜 태생이 어떤 건지?*

진짜 다른 태생이 어떤 건지 가르쳐줄까? 그것들의 이 미친 듯이 즐거운 전언, 그리고 또 알아?

벅스버니와 그의친구들이 가파른 산비탈을 도망쳐 내려왔을 때, 그 끝엔 또 뭐가 있었더라? 벅스버니와 그의친구들이 통학하던 국민학교의 북쪽 산자락? 그 붉은, 빨간 진흙탕 길? 그래,

벅스버니와 그의친구들의 두 다리를 삼키고 물어뜯고 바닥을 알 수 없는 저 깊이로까지 끌고 내려갈 듯 보이는 붉은 진흙의 아가리가 있었던 거야, 붉은 진흙 웅덩이들과

모든 물기를 빨아들여 사라지게 만드는 잿빛 돌밭이 벅스버니와 그의친구들 앞에 늪, 치명적인 함정들처럼 놓여 있었던 거야, 그리고

알아? 올 식목일에 심은 묘목들이 죽은 채로 앙상한 방벽을 만들며 줄지어 서 있었다. 그것만 건너면 운동장이 나오고 학교 건물과 선생들이 있는 교무실이 나올 것이고, 하지만 또

알아? 벅스버니와 그의친구들이 그 죽은 방벽을 막 넘으려 할 때 과연 무슨 일이 또 있었지? 그것들?

그것들이 솟아오르고 있었나? 죽은 묘목들 사이에서 죽은 묘목들의 그림자처럼 죽은 묘목들이 되살아나는 것처럼 불쑥불쑥 그것들이 솟아나고 있었나? 벅스버니와 그의친구들 앞에!

그것들이 되살아난 죽은 묘목들처럼 벅스버니와 그의친구들을 향해 걸어 나오고 있었다. 그리고 죽여, 죽여,

잘못했다고 말해! 용서해달라고 말해! 다신 안 그럴게요, 다신,이라고 말해, 깔깔! 그렇게 짖어댔나?

알아? 하지만, 벅스버니와 그의친구들 앞엔 숨을 곳 제 몸 감출 곳이 없었지, 너무 넓었고

아무것도 없었던 거야, 다만 할 일이라곤 무턱대고 뛰는 일뿐. 그리고 벅스버니와 그의친구들은

마침내 거대한 붉게 녹슬어가는 바위 절벽 앞에 다다랐다. 알겠어? 일은 그렇게 시작되었던 거야, 바위 절벽 어딘가

에서 졸졸 신음을 내지르며 흘러내리는 빨간 폭포,

　그리고 어른 키 높이의, 바위 절벽에 뚫린 하나의 검은 구멍
동굴이 있었던 거야, 알겠어? 일은

　그렇게 시작되었던 거야, 그것들의 이 종교적인 전언, 우리
를 괴물로 만들어서 뭘 어쩌겠다는 건지 모르겠구나, 알겠어?

　우리를 괴물로 만들어!

　잠에서 깨자마자 우리는 갑자기 격렬한 외로움을 느꼈다.
호주머니 속에는 지금 지폐 몇 장만이 들어 있을 뿐이고,

　우리가 뭘 하고 있었더라……

　K는 워드프로세서의 액정 모니터에 찍힌 어떤 글의 첫 문
장을 읽는다. 침침하고 흐려서 잘 읽을 수 없다. 알겠어? K는
손으로 이마를 짚는다. 이마가 당장이라도 폭발할 듯 부풀어
있다. 잠시 기우뚱 비틀거렸다가 바로 선다. 알겠어?

　응? K는 물끄러미 제 손가락들을 내려다본다. 그것들은
마치 아무것도 아닌 양, 더는 K의 것이 아닌 양 무심하고 무감
각하게 매달려 있다. 지겨워…… 하고 K는 중얼거린다, 지긋
지긋해…… 그러고는 잠시 서서 웃는다. 약간 목을 틀어본다.
아무렇지도 않고 아무 느낌도 없다.

　알겠어? 그 소리는 마치 K의 귓전에서 아스라한 불빛처
럼 흘러내린다. 알겠어? 마치 K의 귓불을 간지럽히는 아득한
불빛처럼 속삭인다,

　왜 이렇게 모든 게 엉망이고 혼란인 걸까?

　K는 고개를 젓는다.

왜 이렇듯 혼란이고 엉망이고 역겹고 지겹고…… 왜 우리
는 처음부터 이미 죽어 있어야만 했을까? 아, 하고 K는 말한
다, 모르겠어…… K는 혀를 내밀어 공기를 핥아보지만 아무런
맛도 느껴지지 않는다.

알아? 빌어먹을 바위 절벽에 뚫린 하나의 구멍, 동굴은 끝
도 없는 것 같았던 거야, 너무 길고

너무 많은 굴곡과 지나치게 요란한 요철들, 하지만 벅스
버니와 *그의친구들*의 두 다리는 너무 짧았고 또 하지만 그것
들은 긴 다리, 미친 듯한 보폭을 가지고 있었어, *새끼들이 우
리와의 계약을 어겼다!*

알아? 그것들이 지르는 고함이 동굴 벽을 때리고 치고 울
렸다, *계약을 어기면 어떤 대가를 치러야 하는지 가르쳐주지.*
그리고 또

그것들은 랜턴 불빛을 휘두르며 벅스버니와 *그의친구들*
을 쫓았다, 알아? 동굴 속 그 빌어먹을 어둠을 쭉 가르며 비추
던 빌어먹을 랜턴 불빛들. 그러니까,

벅스버니와 *그의친구들*은 추적자들의 불빛에 의지해 추
적자들로부터 도망치고 있었던 거야, 동굴 벽을 마구 핥고 씹
고 다시 핥으며 이제 더 이상 빌어먹을 싸움 따위는 없을 거
야, 이제 더는 *싸움이 없을 거야,*

너희만 죽인다면, 너희만 죽여버린다면, 하고 마구 짖어
대던. 알아? 그리고 마침내

첫번째 비명 소리가 났던가? 벅스버니와 *그의친구들*은
뛰기를 멈추었고 일제히 뒤돌아보았다, 알아?

높고 날카롭고 째지는 듯했던 샐리의 비명, 그리고 벅스버니와 그의친구들은 방금 지나쳐 온 동굴 한 귀퉁이로 샐리의

분홍 세일러복 한 자락이 꼬리를 감추는 것을 보았던 거야, 죽여, 죽여, 하고 마구 짖어대는 소리들과 함께, 알겠어? 그것들이 샐리를 끌고 가고 있었던 거야. 마구

샐리의 머리끄덩이를 비틀어 쥐고는 질질 끌고 가고 있었던 거야, 보란 듯이, 마치 보란 듯이 *태생이 달라? 좋아, 가르쳐주지, 그 개새끼가 말하는 우리의 태생이 어떤 건지, 다른 태생이 무엇인지,*

그게 무엇을 뜻하는지! 알아? 그리고 그것들은 벅스버니와 그의친구들이 울어버릴 것 같은 얼굴로 지켜보는 가운데 분홍 세일러복을 찢기 시작했다. 랜턴 불빛에 물든 그것들의 샛노란 얼굴에선 쉴 새 없이 콧물과 타액과 눈물이 질질 흘러내리고 있었고,

또, 알아? 그것들의 여섯 그림자는 서로 뒤엉켜 동굴 벽에 *커다란 또 하나의 그림자로 어리고 있었지,*

바로 죽음과 공포의 오라, *일곱번째그것, 그것들의 위대한 대장,* 바로 그것이었던 거야,

그 커다란 그림자, 그게 바로 일곱번째그것, 대장이었던 거야, 동굴 벽에 우뚝 어려

거대하고 더욱 사납게 출렁이는. 그것들 모두의 죽음과 공포의 오라가 뒤엉켜 일체가 된. 알아?

바로 그렇게 일이 벌어졌던 거야, 바로 그렇게

그것들도 벅스버니와 그의친구들도 어떤 주체 못 할 감정에 휩싸였던 거야,

미칠 듯이 격렬하고 사납고 모두의 귀와 입과 눈을 멀게 하는. 커다란 그림자 아래에서, 그 거대한 두 날개 아래에서. 그리고 또

어떻게 됐더라? 분홍 세일러복 조각들이 랜턴 불빛 속에 날아올랐다가 떨어진 다음. 알아?

그것들이 희고 통통한 샐리의 몸뚱이를 핥고 물어뜯고 이를 박아 넣고 있었다, 알겠어? 그리고 또 무엇을 보았지? 샐리의 빨간 두 쪽 입술이 천천히 벌어지고 있었다, 천천히

샐리는 비명을 내지르고 있었던 거야, 알겠어? 그러곤 그것들이 샐리를 둘러싸고 그 짓을 하기 시작했다. 일곱번째그것이 그 거대하고 음침하게 출렁이는 두 날개를 활짝 펼치며 샐리를 덮쳐 누르고 있었다. 히히덕, 훌쩍, 훌쩍,

그렇게 히히덕, 훌쩍, 훌쩍, 어린 샐리의 성기를 마구 덮쳐 누르고 있었던 거야, 알아? 알겠어? 빌어먹을 일곱번째그것, 그것들 대장의 미친 듯 떨어대던 거대한 두 날개, *너흰 이 빌어먹을 데서 평생 못 빠져나갈 거야.* 그리고 어린 샐리의 희고 통통한 몸뚱이는 그것들의 발밑에서 마구 비틀리고 있었다, 탁탁 튀고 경련을 일으키고 있었다, 알겠어? 그리고 다시

샐리는 몸을 움찔하더니 경련을 멈췄던 거야.

……우리였던가? 이젠 뭘 하지? 폰팅, 수음? 딸딸이, 오럴섹스, 모럴 섹스? 해바라기? 시인? 라디오 디제이에게 시나 써보낼까?

우리, 이미 죽어 있는 아이들, 창턱을 넘보는 해바라기 떼가 저 미친 태양들을 껴안고 출렁여대고

미친 태양들처럼 붉어 붉어지면서 이봐,

오늘은 뭐가 될까? 노출광? 물신 숭배자, 수간자? 성 미학적 도착자……

K는 워드프로세서의 모니터를 들여다보다가 깜박 고개를 돌린다. 알겠어? 응?

이런 거리에서라면 우리처럼 할 일 없는 자식들이 한둘쯤 사라져도 아무도 모를 거야.

그래, K는 고개를 끄덕인다, 그렇지. 지겹고…… 지긋지긋해, 나 같은 자식 한둘쯤 사라진다고 해서 뭔가 달라질 거리가 어디 이 세상에 있기나 하겠어? 그래, 그렇지. 그러곤 다시 K는

아, 하고 나지막하게 소리친다…… K는 깜박 꺼졌다가 다시 나타난 나무 함을 들여다본다.

붉게 채색되어 있고 층층이 먼지가 더께로 앉았다. 이런…… 뚜껑은 열려 있고 검붉은빛의 낡고 삭은 천 두루마리가 나무 함 밖으로 펼쳐져 있다.

닳은 네 귀퉁이가, 꺼칠꺼칠한 네 귀퉁이가 나무 함 밖으로 펼쳐져 있다. 안녕? 하고 K는 낡고 삭은 붉은빛의 융 두루마리 안을 들여다본다. 안에 조용히 누워 있는

어떤 것을 본다…… 어떤 것, 편안히 몸 눕히고 편안히 잠들어 있는. 안녕?

K는 그 어떤 것을 나무 함 속에 얌전히 눕혀놓던 때를 떠올린다…… 붉은 융 두루마리에 감싸 조용히 나무 함 속에 눕혀놓던 때를 떠올린다…… 그러곤 기도라도 하듯 K는 그것을

두 손으로 감싸 쥐고는 들어 올린다…… 가지런히 모은 열 손가락 끝에서 그것의 예리한 끝이 다시 비죽이 튀어나와 빛난다. 싸늘하고 냉랭한 기운이 K의 손 전체에 느껴진다. 잠시 서서 K는 웃는다.

아, 그렇게 소리쳤던가? 과연

샐리는 그렇게 소리 질렀던가? 내 눈이 타, 내 눈이 타고 있어. 알겠어? 그렇게 샐리는 바닥에 꼼짝없이 뻗은 채로 울고 있었던 거야, 내 눈이 뜨거워,

내 눈이 뜨거워, 안 보여, 안 보여, 알겠어? 그때

바로 그때 벅스버니와 그의 친구들은 보았던가, 그것을 보았던가? 어린 샐리의 희고 통통한 얼굴을 온통 끈적끈적

번들번들 축축이 뒤덮고 있던 그것들의 좆물, 알아? 샐리의 어리고 순진한 두 눈자위에 마치

끓는 수은처럼 고여 있던 그것들의 악취 나는 좆물을. 그리고

샐리가 고통에 바들바들 떨고 있는 두 손으로 뺨을 문지를 때마다 좆물은 희고 끈끈하게

악착같이 달려 올라왔다, 내 눈이 타, 내 눈이…… 알아? 샐리의 어리고 순진한 두 눈은 그렇게 타들어갔다. 멀어갔다. 그러고 샐리는 몸을 일으켜 속의 것들을 다 게워냈지, 기억나?

새카맣게 타버린 샐리의 두 눈, 알겠어? 하지만 그것이 끝은 아니었고

또 무슨 일이 있었더라? 죽여, 죽여, 벅스버니가 그것들을 향해 돌진하고 있었던가? 그것들을 향해 그것들,

그 빌어먹을 것들의 살갗에 벅스버니가 제 예리한 두 앞니를 박아 넣고 있었던가? 그래,

바로 그랬던 거야. 얘들아, 놀이를 더 즐겁게 할 수 있는 법을 가르쳐줄게, 벅스버니가 그것들의 가슴에 박힌 두 앞니를 이리저리 흔들어대며 외쳤다, 더 즐겁게 놀 수 있는 놀이법, 벅스버니가 낄낄 짖어댔다. 잘 봐,

내가 어떻게 노는지! 그러곤 벅스버니는

그 은빛 칼, 비둘기들의 가슴을 가르던 20센티미터 길이의 칼을 치켜들었던 거야, 은빛 칼, 무엇이나 꿰뚫을 수 있는 예리한 송곳니를 가진

어떤 누구의 심장까지라도 가 닿을 수 있는. 어떤 누구의 심장에라도 가 닿아 뚫고 가를 수 있는. 그래,

그랬던 거야. 벅스버니가 가르쳐준 즐거운 놀이법, 알겠어? 벅스버니는 낄낄 짖어대면서 일곱번째그것,

그것들 대장의 가슴에 칼을 박아 넣었다. 칼을 박아 넣고,

비틀어 그것들 대장의 심장을 찢고 마침내 갈랐던 거야, 알겠어? 봤지? 죽여,

죽여, 다 같이, 다 함께, 그러곤 낄낄 마구 짖어댔다, 이제 우리 다 같이 다 함께 폭발하는 거야, 폭발하는 거야.

알겠어? 일은 그렇게 끝났던 거야. 고통에 몸부림치며

한꺼번에 치켜올려지던 거대한 일곱 쌍의 날개…… 한꺼번에 활개 치며 격렬하게 떨던 그 일곱 쌍, 금적색 날개들, 죽여,

죽여, 그러곤 그것들의 깔깔 비명들이 동굴 안에 가득 울려 퍼졌고 그의친구들은

벅스버니의 몸뚱이가 공중으로 치솟았다가 핏빛 덩이덩

이로 떨어져 내리는 것을 보았다. 알겠어? 그것들이 소리 지르고 있었다, 너희는 평생 이 빌어먹을 데서 못 빠져나갈 거야,

한없이 훌쩍대면서 미친 듯 몸부림치면서 깔깔 울어대면서 그것들이 소리를 질러대고 있었다. 알겠어?

평생을 못 빠져나갈 거야. 그러고 또

그것들은 어떻게 됐더라? 그래, 그것들은 동굴, 저 어둠 속으로 기어 들어가고 있었던 거야,

마구 악취 나는 콧물과 타액과 핏빛으로 어른대는 눈물 자국들을 랜턴 불빛 아래 떨구면서…… 기다랗게 고통스러운 두 발을 끌면서 알겠어? 추위에 마구 어깨들을 떨어대면서. 그래,

그랬던 거야, 바닥엔 벅스버니, 이미 죽은 토끼의 번뜩이는 두 안광이, 두 휘점이 사납고 격렬하게 *그의친구들*을 향해 못 박혀 있었고

그것들은 깔깔 마구 짖어대고 울어대면서 마지막으로

*그의친구들*을 끈덕지게 핥고 물어뜯고 저 안 보이는 어둠 속으로 끌어 내릴 듯 노려보았다, 노려보았다, 알겠어? 그렇게

그렇게 일은 끝을 보았던 거야…… 그것들은 그렇게 저 동굴의 단단히 틀어막힌 어둠 속으로 스며들 듯

사라져 없어졌던 거야, 알겠어? 마침내.

……우리, 오늘은 뭐가 되지? 존속살해자? 폭주족, 폭뢰족? 방화광? 딱따구리, 세계 처형자? 딱따구리들? 저 미친, 세계 처형자, 딱따구리족? 알겠어?

오늘은 뭐가 되지? 응? 뭐가 될까? 저 미친 딱따구리들?

지겨워…… K는 그 마지막 문장을 다시 읽는다, 지긋지긋해…… 그러곤 워드프로세서의 온오프 스위치를 내리고는 다시 선 채로 웃는다. 오늘은 뭐가 될까, K는 중얼거린다, 뭐가 될까……

그러곤 웃으며 제 두 손을 얼굴 높이로 들어 올린다…… 손을 쭉 펴자 손가락 열 개가 커다란 손가락 그림자 열 개로 어린다…… 알겠어?

그러곤 잠시 선 채로 운다…… 놓았던 어떤 것을 다시 한 손에 쥔다…… K는 은빛 나이프를 본다. 나이프의 한 면에서 튕겨 나온 반사광이, 그 날카롭고 예리한 휘점이

사납고 격렬하게 K를 향해 번뜩인다. 흠칫, K는 놀라 뒷걸음질 친다…… 나이프에서 튕겨 나온 날카롭고 예리한 빛의 못들이 이제

K를 끈덕지게 핥고 K를 물어뜯고 K를 저 안 보이는 어둠 속으로 끌어 내리고 있는 듯하다…… 끌어 내리고 비틀고 K를 뒤흔들고 있는 듯하다. 아.

K는 다시 울음을 터뜨린다. 빛의 못들이 문득

검붉은 그 어떤 것을 나이프 표면에 긁어놓고 있다, 재빨리. 아,

표면에 어떤 검붉은 문양들을 재빨리 새겨놓고 있다. 재빨리 표면을 긁고 재빨리 어떤 검붉은 글자들을 새겨놓고 있다. 아,

퐁텐블로! 아, 알겠어? 그것들이 다시 올 거야, 다시 와

결국엔 우리를 데려갈 거야, 우릴 데려갈 거야. K는 검붉게 새겨지는 글자들을 본다, 퐁텐블로! 나의,

나의 퐁텐블로에서, 나의 퐁텐블로에서!

알겠어? K는 고개를 든다. 아찔하다. 아, 하고 K는 고개를 젓는다. 아, 하고 K는 중얼거린다, 아,

빌어먹을…… 빌어먹을 새끼들…… K는 제 가슴 위로 어렴풋이 드리워진 검은 십자 모양의 그림자를 본다. 가슴팍에 드리워져 K가 숨을 들이쉬고 뱉을 때마다 가만히 일렁인다. 아,

K는 중얼거린다, 빌어먹을…… 하고 K는 공중을 올려다본다. 둥글고 시뻘건 달이, 달 하나가 검은 공중을 흐르고 있다. 알겠어?

K는 제 가슴팍을 물끄러미 내려다본다. 응, 응? K는 주위를 돌아보며 말한다, 응? 가슴팍의 검은 십자 그림자가 조용히 가슴을 지나 목을 지나 K의 이마 쪽으로 거슬러 올라오고 있다. 누가 이 빌어먹을 것 좀…… 떼어내주겠어, 하고 K는 선 채로 잠시 울먹인다,

누가…… 누가…… 하고 K는 공중을 올려다본다. 십자 그림자들이 달을 둘러싼 채 검은 격자무늬의 공중을 이뤄내며 까마득히 흘러 다니고 있다. 응?

알겠어? K는 주위를 돌아본다, 아, 빌어먹을…… K는 멈춰 선다. 알겠어?

알겠어? 딱따구리…… 아, K는 두 눈을 크게 뜬다.

이봐, 딱따구리…… K는 두 눈이 아주 크게 떠지길 기다린다. 딱따구리…… 아,

K는 그 검은 격자무늬 공중의 한끝에서 천천히 눈에 익어오는, 눈에 모습을 드러내는 어떤 것을 본다. 아,

K는 나지막이 중얼거린다, 집없는소년…… K는 집없는소년이 등을 기대고 있는 어떤 것을 본다. 등은 한쪽 벽에 기대어 있고 머리는 선반에 올려져 있고 한 팔은 다락방 계단을 거쳐 다락방 가운데 솟아 있다. K는 중얼거린다, 아,

어떻게 된 거야? K는 다락방 격자창 너머 집없는소년의 한 팔이 꿈틀거리는 것을 본다. 아,

어떻게 된 거야? K는 집없는소년의 한쪽 다리가 부엌 가스레인지 위에 올려져 있는 것을 본다. 파란 불꽃들이 원을 그려가며 새까맣게 발목을 그을리고 있다. 한 다리는 구부러진 채 천장까지 가 닿아 있는데 이따금 집없는소년은 그것을 흔들어 지붕을 들썩이게 하고 있다. 아,

딱따구리, 이봐…… K는 집없는소년의 문턱에 걸친 한 팔이 자기를 향해 천천히 흔들리고 있는 것을 본다. 아.

딱따구리…… 얼굴 한가운데 벽감처럼 어둡게 패어 있는 집없는소년의 입술이 조금씩 달싹이고 있다. 아, 내 앞에 있는 건 누구나 적이고 경쟁자들을 해치우는 게 유일한 낙인 삶이 어떤 건지 알아?

그게 어떤 삶인지 알아? 비뚤어졌고 기울어졌고…… 결국 자기 자신이 깔려 죽게 되기 딱 알맞은 삶이란 게 어떤 건지 알아? 그 집이 어떤 집인지…… 아, K는 창자를 타고 옅게 올라오는 구토감을 느낀다. 집없는소년의 코에서 시궁창 냄새 나는 것들이 질질 흘러내리고 있다.

난 내 나름의 삶을 살았다…… 그리고 어느 날 뒤를 돌아

보니 내 삶이란 그저…… 우연과 실수의 연속일 뿐이었던 거지, 알겠어? K는 코를 막고 고개를 끄덕인다. 아, 이봐,

딱따구리…… 집없는소년의 혀는 계속해서 쓰레기 더미를 뒤지고 있다. 아, 분노와 적개심만을 키워왔을 뿐이라는 생각이다…… 집없는소년이 가만히 숨을 들이쉰다. 집없는소년의 배까지 늘어진 천장이 한번 들썩인다. 그래,

그랬던 거야, 하지만 이미 모든 건 돌이킬 수 없지…… *태생이란 어쩔 수 없는 거야, 알겠어?*

K는 자기를 향해 까딱이는 집없는소년의 손가락들을 향해 고개를 끄덕인다…… 아, *미친 집없는새끼*들만으로 가득 찬 집엘 가봤나? *미친 집없는새끼*들만으로 지어진 집엘 들어가봤나? 그 집엘 가봤어?

K는 집없는소년의 벽감처럼 어둡고 깊게 파인 입 구멍이 집없는소년을 다 뒤덮을 정도로 크게 뒤집히는 것을 본다…… 윗입술과 아랫입술이 쭉 늘어나 거꾸로 뒤집히고 집없는소년의 얼굴을 뒤덮고, 집없는소년의 온몸을 어둡고 깊게 휩싸버리는 것을 본다. 알겠어? K는 검은 두 쪽 입술에 싸인 검은 입술 저 안쪽에서 들려오는 어떤 소리를 듣는다. 알겠어?

알겠어? 그게 내 *태생*이야, *미친 집없는새끼*들, 알겠어? K는 고개를 젓는다, 아,

손오공?

손오공? K는 검은 물이 든 어떤 층계를 본다. 검게 물든 층계참이 몇 개 있고 아래위로 난 좁은 층계들 위로 어지럽게 검은 십자 그림자들이 일렁이고 있다. 아,

손오공…… K는 맨 꼭대기 층계참에 앉아 있는 손오공을

본다. 쪼그리고 앉아 움츠린 어깨를 바들바들 떨고 있다……
아,

딱따구리…… 이런 날을 살인하기 좋은 날이라고 하나?
K는 손오공의 무릎에 놓인 손가락들이 딸깍딸깍 소리를 내며
장단을 치고 있는 것을 본다. 살인하기 좋은 날이라고 하나,
응?

K는 고개를 짓는다. 내가 처음 시작했던 일은 얼음집에서
얼음을 배달하는 일이었지, 요새처럼 업소용 얼음이 잘 나오
던 때가 아니었어…… 좀 부피가 큰 주문이 들어오면 어깨에
짊어지고 배달을 해줘야 했지…… 쇠 갈고랑이에 얼음을 찍어
등에 짊어지고 말이야, 이봐,

듣고 있어? 손오공이 훌쩍이던 코를 닦으며 K를 돌아본
다. 알겠어? 그래. 꼭 이런 층계였지…… 하면서 손오공이 목
을 빼 제 주위를 돌아본다.

꼭 이렇게 좁고 높은 성가신 층계였지…… 난 이런 쇠 갈
고랑이로, 손오공이 제 두 손을 들어 올린다. 공중을 흘러 다
니던 광선에 두 손의 손가락들이 파랗고 차게 빛난다. 손가락
들 끝이 예리하게 손오공 자신의 무릎을 파고든다…… 이런
쇠 갈고랑이로 난 길이 두 자, 폭 반 자짜리 얼음을 찍어 층계
를 올라갔지.

알겠어? 한 계단, 한 계단, 그렇게 얼음을 어깨와 등에 지
고…… 아, 그렇게 한번 하고 나면 어깨며 등에 죽은 피가 쏠
려 파랗게 피멍이 들곤 했다…… 너무 차가웠던 거지. 살이 얼
고 피가 딱딱하게 응고되어가는 듯했어. 이렇게, 하며 손오공
이 K를 향해 등을 돌린다. 등에 무언가 벌레 같은 것이 쏠아

먹은 듯한 검고 파란 자국들이 점점이 박혀 있다…… 그래,

여름이었고 날은 환했지…… 난 끝까지 다 올라갔어, 좁고 높은 성가신 층계…… 꼭대기 층 층계참에 난 채광창에서 여름날의 볕이 쏟아져 들어와 내 눈을 부시게 했고 말이야,

……그런데 그만 마지막 몇 계단을 남겨놓고 얼음덩이가 굴러떨어져버렸던 거야…… 빌어먹을 저 아래까지 말이야, 아,

알겠어? 난 그냥 주저앉아 훌쩍훌쩍 하염없이했다, 여름이었고 날은 너무 환했지…… 아,

손오공이 천천히 층계참에서 엉덩이를 털고 일어선다, 딱따구리, 세상에는 그런 날도 있게 마련인 거지, 살인하기 좋은 날…… 알겠어?

그때 난 이렇게 시장통으로 뛰쳐나가 쇠 갈고랑이를 휘둘렀어야 했다, 마구 사람들의 낯짝을 긁어대고 마구 갈비뼈를 뻐개고 마구 심장과 허파를 찢어놨어야 했다…… 알겠어? 그 미친 오로라공주와 손오공새끼들처럼…… 그러곤 손오공이 꼭대기 층계참에서 마구 미친 듯이 두 팔을 흔들어대기 시작한다. 깔깔, 마구 훌쩍대고 짖어대면서, 질질 제 얼굴을 눈물과 타액과 콧물 범벅으로 만들면서. 아,

하고 K는 고개를 튼다. 아,

딱따구리…… K는 바로 제 옆에서 귀에 대고 속삭이는 듯한 숨소리를 듣는다. 아,

딱따구리…… K는 듣는다. 바로 제 귀 옆에서 제 귓불을 물어뜯을 듯이 가깝게 들려오는 목소리다. 귓불을 물어뜯고 귀지를 후비는 듯이 가깝게 들리는 목소리다. 응? 하고 K가 묻는다. 아,

딱따구리,

그 여자애가 묻더군, 그 벅스버니란 도대체 뭐냐고.

벅스버니가 뭐냐고? K는 그렇게 되묻는다. 되묻는 소리가
K 자신의 머릿속 어딘가를 한 바퀴 맴돌다가 다시 입 밖으로
나오는 듯하다. 뭐냐고?

그래.

아, 그건 말로 설명해줄 수 없는 거라고 했지.

그래?

벅스버니란 이 세상의 언어로는 설명이 가능하지 않다고
말해줬지…… 그건 벅스버니를 죽인 *미친 마이티마우스쥐새
끼들이 바로 이 세상이기 때문이라고 말이야, 그러니 그것들
─이 세상의 언어로 어떻게 그 벅스버니를 설명해주겠어?*

그렇군, K가 고개를 끄덕인다. 그러자 그 귓불을 물어뜯
는 듯한 목소리의 끝이 에코처럼 떨린다.

그러니까 벅스버니를 제대로 설명하려면 그것들의 언어
가 아닌, 뭔가 다른 언어가 필요한 거야…… *우리 자신의 언어
말이야…… 우리 자신의 언어, 우리 자신의 벅스버니니까 말
이야.*

누구나 자기 자신의 언어를 타고나는 거 아냐? K가 지껄
인다. 아냐, 꼭 그렇지만은 않지,

우리에겐 우리 자신의 언어가 있지 않아…… *우린 자기
자신의 언어를 못 가지고 태어난 아이들이라고. 자기 자신의
언어 없이 태어난 아이들이란 말이야.*

잘 모르겠어, K가 고개를 흔든다…… 그렇다면 우린 언어
적 고아들인 셈인가?

언어적 고아들?

그래, 그렇잖아.

아무튼 그런 얘기를 했기 때문에 그 일이 가능했어. 그 일?

그래, 그 여자애랑 서로 한없이 가까워지는 일 말이야……
벅스버니에 대한 이야기들 때문에 그 여자애랑은 더 가까워질
수 있었어. 서로 사랑하는 데는 서로의 악몽도 알아둘 필요가
있대. 여자애가 말했어, 박 형의 광기도 이젠 참을 수 있을 것
같아요.

재밌어, K가 고개를 끄덕인다, 사랑하게 되면 그렇게들
유치해지나?

그래…… 유치하긴 하지만…… 그건 또 생존의 문제이기
도 하지.

생존? 그렇군, K가 가만히 고개를 끄덕인다, 그런데 참

마이티마우스, 넌 어딨는 거야? 그러더니 K는 고개를 숙
이며 이마를 감싸 쥔다, 너…… 씨팔,

여기 있구나, 빌어먹을…… 마이티마우스, 당장 내 머릿
속에서 나와! K가 으르렁댄다, 내 머릿속에서 나와! 이 *미친
마이티마우스쥐새끼!* 그렇게 소리 지르며 K는 제 이마를 두드
려대며 토악질을 해댄다, 빌어먹을…… 이봐,

딱따구리……

K는 부르는 소리가 귀찮은 듯 이맛살을 찌푸리며 고개를
든다, 또 뭐야? 이봐,

딱따구리…… 뭐냐고, 아,

K는 제 앞에 펼쳐져 있는 광경에 놀라며 낮게 신음을 지
른다, 아, 빌어먹을……

K는 제 앞에 놓인 거대한 은색의 구두를 보며 소리 지른다, 뽀빠이! 공중을 흘러 다니던 광선에 물들어 은색 구두의 커다랗고 둥근 코는 파랗게 붉게 빛을 발한다, 아,

빌어먹을, 뽀빠이…… 은색의 구두 전체에 검은 십자 그림자들이 무수히 어려 격자무늬로 온통 일렁이고 있다. 이봐,

딱따구리…… K는 구두 속 어딘가에서 천천히 기어 나오는 뽀빠이를 본다. 아…… 씨팔, 그렇게 중얼거리는 뽀빠이의 두 쪽 입술에는 오렌지빛으로 타들어가는 담배 한 개비가 들려 있다.

내가 얘기했지, 딱따구리? 뭘? K가 얼굴을 찌푸리며 묻는다, 뭘?

뽀빠이가 담배 연기를 길게 내뿜고는 잠시 뜸을 들이더니 말한다, 이런 거리에서라면 담배 한 개비 태우는 동안에도 우린 감쪽같이 사라져버릴 수 있는 거라고.

담배 한 개비? 그래, 이런 담배 한 개비…… 연기처럼 말이야.

연기처럼? 그렇지, 딱따구리…… 우린 그저 그렇게 사라져버릴 수 있는 거란 말이야, 우리뿐만 아니라, 누구나! 뽀빠이가 깔깔 웃어대며 담배 쥔 손을 이리저리 사방으로 휘저어댄다, 깔깔, 알겠어? 딱따구리,

뽀빠이가 담배를 던진다. 오렌지빛 불똥들이 커다랗고 둥근 은색 구두코에서 사방으로 튕겨 오른다. 아,

딱따구리, 뽀빠이가 깔깔 짖어대며 K에게 두 팔을 흔들어댄다, 이봐,

딱따구리…… 이제 모든 도로가 미친 차들의 클랙슨 소리